# 郁林星纪事

科幻星系丛书

青年科幻作家培育
和科幻创作传播
交流项目

索何夫 著



中国科学技术出版社
·北 京·

**图书在版编目（CIP）数据**

郁林星纪事 / 索何夫著 . -- 北京 : 中国科学技术出版社 , 2024. 12. -- ( 科幻星系丛书 ). -- ISBN 978-7-5236-1150-0

Ⅰ. I247.5

中国国家版本馆 CIP 数据核字第 2024B4F959 号

| | |
|---|---|
| **策划编辑** | 王卫英 |
| **责任编辑** | 王卫英 |
| **封面绘图** | 张于吉 |
| **封面设计** | 北京中科星河文化传媒有限公司 |
| **正文设计** | 中文天地 |
| **责任校对** | 焦　宁 |
| **责任印制** | 徐　飞 |

| | |
|---|---|
| **出　　版** | 中国科学技术出版社 |
| **发　　行** | 中国科学技术出版社有限公司 |
| **地　　址** | 北京市海淀区中关村南大街 16 号 |
| **邮　　编** | 100081 |
| **发行电话** | 010-62173865 |
| **传　　真** | 010-62173081 |
| **网　　址** | http://www.cspbooks.com.cn |

| | |
|---|---|
| **开　　本** | 710mm × 1000mm　1/16 |
| **字　　数** | 278 千字 |
| **印　　张** | 22.25 |
| **版　　次** | 2024 年 12 月第 1 版 |
| **印　　次** | 2024 年 12 月第 1 次印刷 |
| **印　　刷** | 河北鑫玉鸿程印刷有限公司 |
| **书　　号** | ISBN 978-7-5236-1150-0 / I · 101 |
| **定　　价** | 69.80 元 |

# 序

## 将农业科普与科幻有机结合起来

我国是历史悠久的农业古国和农业大国。在约万年的农业实践中，先民们成功地栽培和驯化了水稻、粟、黍、白菜、猪、鸡、家蚕、水牛等动植物，为人类文明的发展做出了独特的贡献。在过去的万年历史中，我国农业内容丰富多彩，技术形态多样，技术水平先进。可以说，我国的农业科技长期居世界先进水平。

进入工业文明以来，农业在国民生产总值中的地位不断降低，但这并不意味着第一产业不再重要。对于生活在钢筋混凝土建起的“森林”之中“不知稼穑之艰难”的现代人而言，他们虽然每天都吃着米饭，啃着鸡腿，喝着骨头汤，但并没有见过现在的水稻是怎么种的，猪、鸡是怎么养的。就是生活在农村的年轻人，也许眼见过水稻种植、猪鸡养殖的现场，但对其中的具体过程和知识，也不甚了解。因此，现在年轻人的农业知识是相当欠缺的。

更重要的是，现代农业知识经过不断发展，早已超越了大多数人所能想到的作物栽培、动物饲养的传统模式。遗传学、生理学、营养学推动着农业生产发展，机械制造、信息技术、人工智能、合成生物学应用等也已经切实地成为现代农业不可或缺的组成部分。相关知识虽然与现代人的生活息息相关，但多数人却少有直接接触和了解的机会。因此，加强现代农业科学知识的普及是迫切的现实需要。

科普工作要有成效，前提条件是吸引读者阅读。只有读者阅读了，才有可能发挥其预期的科普作用。因此，就要探索科普工作的有效表达形式。显然，通过更容易被人们所接受的“故事”进行农业知识的科普，不失为一种值得考虑的手段。

技术飞快发展是显著的时代特征。把科普和科幻结合起来也许更符合我们这个时代对科普的需要。科普是普及已有的知识，科幻则是在已有知识的基础上对未来知识的一种展望。因此科幻小说实现了故事性和科普、科幻的有效结合，是当下科普工作的有效形式。

《郁林星纪事》就是一部这样的小说——严格来说，这并不是一部严肃的科普作品，而是一部非常典型的冒险和悬疑故事。故事中的角色，绝大多数对于农业和农业生产没有多少认识，也没有兴趣，只是为了与巨大的怪物战斗，为了保卫他们生活的那个围绕红矮星旋转的小小世界，被卷入了一系列意外与阴谋之中。但是，通过整个故事的展开，大量的农业相关知识被有序地铺陈在读者眼前，分门别类，杂而不乱。当主人公的冒险之旅向前推进时，大量与农业相关的常识也与他们的生活发生了关系，从而在科幻故事中获得了合理的“应用场景”，不再仅仅是与人们的日常隔绝的纯粹知识。

最重要的是，《郁林星纪事》的科幻内核，也正是围绕“种质资源保护”这一重要农业课题展开的。虽然在故事中，绝大多数人因为一系列意外而被迫世世代代生活在那个作为“种质资源库”的世界，被迫忍受文明与社会发展的停滞，并且遭受着古老的生命科学造物——“年兽”的威胁，早已对当初开拓这个世界的初衷一无所知，但那些对过去有所了解的少数人，还是围绕着这一点，将科技哲学领域至关重要的问题摆上了台面：技术发展的目的究竟为何？是否应当为了某些更加重要的目的而放弃技术的发展？而最后，就像人类历史上的无数事件一样，主角们迫于时势或出于偶然，给出了这些问题的答案，虽然并非经过深思熟虑，但这也确实是一种答案。

总之，除了更加严谨、系统性且正规的科普作品，含有大量科学知识点且可以将其有机地融入故事中的优秀科幻小说，同样可以担负起科普的角色。在未来，更多这样的科幻小说的出现，将会更加有利于科学知识“润物细无声”的普及。对于那些平时在现代人日常生活中缺乏应用场景，并因此显得相对“冷门”的科普领域，比如农业科普而言，在故事情节中创造应用场景，将科幻故事与科普有机结合起来，更是一条极具潜力的科普道路。

严火其

中国自然辩证法研究会理事、农业哲学专业委员会主任，南京农业大学教授

2024 年 8 月 25 日

# 目 录
## CONTENTS

# 序章　赠　礼

乙丑年，第十四本地日，黄昏。

在每日的这个时候，位于山玄大陆最北侧的北莱国境内都会准时开始落下霜雪——这片土地离行星的背阴面相当之近，极北之处甚至不足百里之遥，原本的气候就寒冷而不宜居。在每一日中，只有正午前后的不到100个标准时里，此地的气温才会来到冰点以上。夜间留下的积雪在清晨开始融化，到正午时分留下一片令人不快、湿气氤氲的泥泞，到漫长的黄昏之前又开始封冻。接着，当那颗喜怒不定的殷红色“太阳”随着行星的公转极为缓慢地接近向阳面的地平线，寒霜又会在那些矮小坚韧的植物枝叶上凝结。接着，寒风随着极地高压在入夜之后吹来，让来自那片人类难以生存的永冻之洋的冰雪扫荡这片土地。

如果有一位生在工业革命时代之前的古地球居民来到这片土地，他或者她必定会摇头叹息：任何来自地球的作物，在这种有着可怕而漫长的风雪之夜的土地上注定都是无从生长的。本地人则从没有过这种焦虑——因为在他们的概念中，压根就不存在“农业”和“耕种”这两个专有名词。在整个北莱国境内，除了冢君的居城所在的南方谷地，所有居民都依靠渔猎维持生计。他们在山林之中和冰冷的高山湖泊里寻求自然稀少的馈赠，或者冒险前往遍布流冰的北方大溟海，在可能被来自冰原深处的年兽袭击的情况下捕捉海兽与海鱼。

不消说，这样的生存方式是极为艰辛与困苦的。除非能得到幸运之神的特别眷顾，否则很少有本地人能活到40岁以上，而那些没有因为严酷的环境而选择前往温暖南方的人，大多早早地习惯了如同某些大型掠食动物一样的生活方式：在一次幸运的狩猎或者出海之后大快朵颐一段时间，然后凭着体内储存的能量忍受更长时间的饥寒交迫。

但此时此刻，这里的生活发生了一些变化。

“大人，请收下这个。”当那个穿着白色风衣、有着清秀如少女般面孔的男子走进这座山下的村落时，两名村里的长老从长屋中走出，将手中的藤条篮子双手奉上。这些篮子中装着的是腌制后晒干的鱼子，来自大溟海冰层下那些进入产卵季的大鱼。每隔15个本地日，那些在遥远的南方海域吃得膘肥体壮的滤食性大鱼就会千里迢迢地穿过山玄与水苍两片大陆之间的玄关海峡，来到天敌较少的北方冰海之下产卵繁殖，而捕猎它们的机会也只在那时才有。由于产量非常稀少，这些大鱼的鱼子也被视为极为罕见的美食珍馐，只会被用于招待最为重要的客人。

“多谢。”男子没有谦虚，也没有推脱。因为他深知，在此地，谦虚和推脱只会对他达成自己的目的造成阻碍。他收下了那些贵重的礼物，让站在身后的侍从将它放进了自己的飚艇：“如你们所见，我已经如约返回，来为各位提供进一步的帮助。请问目前我的那些……赠礼的情况怎么样了？”

“托大人的洪福，情况相当不错。我们一直尽心尽力，按照您的要求去办。”两名长老朝着男子深深鞠躬，然后领着他进入了村落。在不算太久之前，构成这座村落的不过是十几座树枝编成的半地穴式披棚，一圈削尖的木棍制成的鹿寨环绕着村子，用来稍稍对针叶林中那些游荡的饥饿野兽造成一点阻碍。但现在，鹿寨变成了齐整的围墙，外面还多出了一圈一人深的壕沟，而原本那些简陋如兽穴般的窝棚，已经被高耸的、有着不易积雪的锐角屋脊的木屋所替代。这座无名村庄在不算太长的时间里得到了显著的发展，这都在男子的预料之中。

当然，一想到这发展最终会带来什么，男子秀美的眉宇之间就短暂地蒙上了一层阴翳……但在下一个瞬间，当察觉到崇拜的目光聚集到自己身上之后，他立即强行控制住自己的面部肌肉，露出了充满自信而友善的微笑。

"大人，这边走。"

在新建起的木屋周围，原本的半地穴式建筑物不但没有被废弃，反倒被进一步扩建了。在接近这些建筑入口时，男子感到了一阵臭烘烘的暖风——那是恒温动物身体散发的热量和微生物发酵产生的热能共同带来的结果。几个体重至少是他两倍的壮硕男人正在不远处劈砍着刚刚从森林中伐来的原木，在瞥见他的刹那，这些人连忙毕恭毕敬地朝他鞠躬，视线盯着自己的脚趾。而在半地穴式建筑之内，那些搬运着大桶、用木铲处理地板上的有机废料，或者忙着往木质建筑的内壁上糊上另一层保温用的泥土的人们，也纷纷朝他鞠躬示意，男子注意到，有好几个少女都偷偷朝他投来了充满爱慕的目光。

男子故意假装自己没有注意到这些目光。毕竟，这些人的爱慕对实现他的目标，并没有太大的作用。

"大人，您看，一切都是按照您的规划来的，首先是这些菌类培育区域，"其中一位长老指了指放置在木架上的一段段圆木，大量的蘑菇正从中冒出，就像是许多只小小的耳朵，"我们一直在照您的吩咐为这里保温，您也能感觉得到，这里很暖和。"

"是的。"男子采下一朵白色的蘑菇，嗅了嗅，又用指尖划过它的菌褶。他的手纤细而小巧，就连许多少女的柔荑也要相形失色，“温度够了。不过，你们用了炉子？”他瞥了一眼放在室内一角的一只火炉，里面烧着的东西除了干柴，还有从沼泽中挖出后晾干的泥炭。

“是的。照您的吩咐，通风管道也都已经挖好了，而且严格按照您提供的设计图。可以保证不会发生那个……中毒。”

“这就好。”男子将白色的蘑菇随手扔进一旁的堆肥中，继续在半地下建筑内前行。随着空气中的臭味变得越来越浓烈，他知道前面等着自己的将是什么—— 一群猪，一群被用蘑菇和厨余垃圾喂得白白胖胖的猪，在圈舍内慵懒地躺着。与这个世界常见的、长着浓密鬃毛和獠牙的野猪不同，这些猪的身体肥胖、行动迟缓，而且几乎毫无攻击性可言。如果一个 20 世纪的新罕布什尔州农场主来到此地，大概会立即认出，这些猪与自己饲养的良种大约克夏猪并无太大差别。

但在这个世界上，它们乃是不该存在之物……当然，在此时此地，只有男子知道这一事实。

“大人，按照您当时的吩咐，猪的粪便处理之后，作为蘑菇温室的补充肥料，另外，也干制加工成鱼的饲料。目前，我们的猪已经从 8 头增长到了 400 头，很快就要再建一个养殖场了。至于鱼，我们从去年就已经开始捕获食用，在 6 个本地日内产了 500 千克，预计今年可以产 3500 千克，甚至更多。”

“好极了。”男子连连点头，同时又指出了一些需要改进的地方：一些已经开始长个子的半成体公猪还没有被以正确的方式去势，猪圈太窄了，粪便未能被及时清理，而且饲料也没有被好好煮过。最后，在离开半地下建筑后，他在一座鱼塘旁止步，看着里面翻滚的埃及胡子鲇——这种来自古地球的生物曾经因为与奥西里斯神的关系而被视若神明，而现在，在这个孤悬于银河系猎户座旋臂最末端的世界上，它们是绝佳的肉类来源,“看来我的估算是正确的,这套基于真菌类的循环种植—养殖体系确实非常适合在这里运行。你们应该已经不缺食物了吧?”

“托您的福,大人,我们现在每个人都能吃得饱。这里不能出产的粮食、蔬菜和草药,现在都能用干蘑菇和多余的肉来换取,再也没有小孩被饿死过。周围村子的人也都非常羡慕我们的生活,差不多每年都有好几十个人来投靠,现在村里总共有 577 人,明年预期会达到 600 人以上。”

577 人……男子注视着水面下翻滚的黑色身影。在上一个辛酉年,当他第一次来到这座小村庄时,这里的人口还只有 90 人,而现在,村里的人口膨胀速度比他想象中的还要快……当然,这正是稳定的食物供应的威力。他不难想象,在前一任救主时代就已经开始这场实验的那些地方,人类的繁衍已经到了什么样的程度。按照这个趋势下去,很快,这个一侧是黑暗的冰原、一侧是沸腾的风暴,中央部分则被葱茏的绿色林海所覆盖的世界,就会发生翻天覆地的变化,正如数千光年外人类的故乡一样。

但这些人们并不知道,在这个世界,未来等待着他们的究竟是什么。

“对了,最尊贵的大人,我们还有一样东西,等待您过目,”就在男子的思绪飘向远方时,长老之一开口道,“请随我来。”

男子感到有些困惑——根据他的计划,在这座偏远村庄所投入的新生产体系只有眼前的这几样而已,这些人究竟又要让他看什么呢?

答案很快就揭晓了:在村子中央,一座由中央被掏空的巨树树桩改造而成的神堂中,一座全新的雕塑正在等待揭幕。在大多数村子里,这种小神堂中都供奉着自然之神东皇太一,但奇怪的是,这座雕塑显然有些……奇特。

当一名等待已久的少女揭开覆盖在雕塑上的红布时，谜底揭晓了：那是一尊他的雕像，虽然做工有些粗糙，但男子还是能够看出，那块黑曜石被小心翼翼地雕琢成了他的模样。雕像的每一根线条上，似乎都能看出雕刻者那带着万分崇敬的诚惶诚恐。不过可惜的是，他并不需要这样的崇拜。

“这是……”

“东皇太一从未给予我们足够的眷顾。但是大人，您做到了，”长老说道，“我们谨以此表达对您的崇敬。未来，我们的子子孙孙都将记住您的面容，并牢记您赐予我们的伟大赠予。”

“子子孙孙……吗？”有那么一瞬间，男子几乎想要讲出他所知的一切。但最终，他的理性让他按捺住了这种冲动。“照顾好我的赠礼，照我传授的方法去做，”在转身离开之前，男子说道，“这个世界，以及人类，终将获得更美好的未来。”

此起彼伏的赞颂声在男子身后响起，直到他登上飚艇、绝尘而去也未曾止息。他并不在意这些赞颂，毕竟，这一切无助于他的宏大目标。

一切都在按计划进行，他还得继续送出更多的“赠礼”。

# 第一章　绯红誓约

戊辰年，第四本地日，午后。

随着反重力发动机在刺耳的嗡嗡声中逐步提高出力水准，“小玉”号的行驶高度从离地不到30厘米，一下子跃升到了20米以上。在纵横于郁林星上的各类飚艇中，这种绰号“鹭”的型号有着最为庞大的体积：它的每一侧短翼都有成人展开双臂那么长，艇身内的空间可以容下“绯红誓约”小队的全部3名成员，还能额外存放她们的日常用品和个人装备。虽然飞行能力远远不如真正的固定翼飞机，但在爆发式地提升引擎出力之后，“鹭”仍然可以在短时间内爬升到300多米的极限高度。

“瞬时速度，380千米每小时；爬升速度，5.5米每秒，行驶状态平稳。”在飚艇最前端的操纵席上，名义上担任“绯红誓约”小队队长的青葵一边念着仪表板上的数据，一边打了个长长的呵欠，毛茸茸的橘色猫耳朵和系着蝴蝶结的猫尾巴一同随着她的呵欠颤抖——或许对于这颗行星上的绝大多数人而言，380千米每小时的速度绝对算得上是难以想象的极速了，但对她而言，这顶多只是刚刚开始“动起来”而已。

“注意控制加速度，太快的话，会影响到我的观察和瞄准。”在她身后的侦查席上，碧菘低声提醒了一句。与身材高挑、浑身上下有着显著的猫科动物特征的青葵不同，这个有些瘦弱、留着一头黑色长发的少女有着一对类似柴犬的绒毛耳朵，以及一条很不老实、总是来回摇晃的狗尾巴。据说，这些本与现代人无缘的特征之所以会存在于她的身上，完全是她那些生活在卫兰星系的祖先们肆意使用基因技术对自己的遗传信息进行删改的结果，不过基因技术早已失传。虽然她不太喜欢自己的耳朵和尾巴，不过，对于基因改造的另一些产物——远超于常人的敏锐嗅觉，以及在高速运动中的优秀平衡感，她倒是相当引以为傲，“还有，后面的那个谁，在我们索敌时做好警戒工作，我可不希望让‘小玉’再莫名其妙地被那些怪物偷袭了。”

“喂喂，什么叫‘那个谁’啊？！人家也是有名字的！”在位于飚艇最后方的通信员兼自卫射手席上，一名小个子少女瞪着红色的双瞳，气鼓鼓地抗议道，耷拉在她脑袋两侧的深棕色兔子耳朵随着她的动作晃个不停，上面还用红线系着好几只木制或者玉石制的小型护身符。与她的两位同伴一样，这个名叫小晴的女孩也继承了祖先基于美观、时髦和实用主义进行的一系列基因改造，可惜的是，除了稍微优于常人的听力，她并没有从这种改造中获取什么好处……事实上，就连优秀的听力本身也未必算是件好事：至少在此时此刻，飚艇引擎产生的大量次声波正让她感到头晕目眩，就连戴上通信用耳机也无法完全缓解，“我是小晴，是小晴啦！你究竟要‘那个谁’‘那个谁’地叫到什么时候啊？！”

“够了，你们两个！你们是不是忘了我们现在正在出任务？！”随着速度提高到 500 千米每小时，青葵总算来了点精神。虽然这台飚艇的涡轮喷气引擎最初制造于 5 个世纪之前，但得益于古人那高超的技艺，以及遗留下来的神奇维护手段，直到现在，这件装置仍然能发挥出过去的大半功率，为这架有着梭状轮廓的载具提供汹涌澎湃的强劲动力，从喷口涌出的气流将下方数米处的巨木吹得左右摇晃。“根据周边几个村子的报告，这次的对手是‘辰星’级的。呐，你们该不会想要成为被区区‘辰星’给击败的游侠吧？要是那样的话，丢掉性命还是小事，我们的盟会可是会因为这种事被其他人笑话上很多年的！你们想害大家蒙受羞辱吗？”

“唔……其实栽在与‘辰星’的战斗中的游侠也不是没有啦……”碧菘小声嘟囔着，同时通过面前的投弹瞄准仪上附带热成像功能的12倍瞄准镜，以及一旁的探测雷达观察着下面的情况。虽然这一带的丛林里遍布着树龄高达数个世纪的巨树，但要隐藏一头年兽——哪怕是最低等的“辰星”级别——也是很不容易的。作为郁林星上最可怕的“土特产”，年兽们在人类的第一台无人探测器抵达这里时，就通过直接将它碾个稀烂的方式向尚处在扩张阶段的人类打了个“招呼”。在那之后，试图开发这颗行星的人类又接二连三地遭到了它们的袭扰。这些庞然大物的老巢位于自然条件极为恶劣的行星向阳面和背阴面区域，在残酷的磨炼之下，它们获得了极为强韧的生命力……以及更加庞大的胃口。虽然根据过去的人类律法，在新发现的世界上的土著物种应当得到保护，但年兽们猖獗的活动严重影响了在郁林星上进行的“宝库计划”，迫使当时的邦联当局不得不批准对它们实施“有限度的防御性猎杀”。

据说，最初的飚艇就是为了这个目的被设计出来的。

“等等，我想我看到什么了……”随着“小玉”号掠过一座由嶙峋怪石构成的山丘，碧菘小声说道。

“我也看到了。”青葵表示。出现在她们脚下的这些痕迹相当明显，就算不依靠探测雷达和瞄准镜，也能够看得清清楚楚：在成片的温带阔叶林之间，一条玉带般的小溪蜿蜒流淌，在山丘下方形成了一片河湾。在这片河湾周围的开阔地上，大量青色的麦子正在随风摇曳——

如果有一位古地球农学家站在此处，他大概会惊讶地指出，这些植物全都是最为珍贵的原始单粒小麦，比起作为粮食，它在育种和生物学研究方面的价值要大得多。不过，在郁林星，与古地球农学和农艺相关的绝大多数知识都早已被人遗忘，尽管与古地球那些经过万年改良的小麦相比，它们的质量和产量都只能用惨不忍睹来形容，但在郁林星，这些小麦确确实实是人们的重要副食品。

如果一切顺利的话，再过一个月左右，这些小麦就会成长到可供采收的阶段，人们会用短镰逐一切下它们细短的麦穗，再将那些小小的麦子脱粒、晾干，用石臼捣碎，作为煮粥的原料，或者在进一步研磨后用来烤制坚硬磨牙、却可以长时间保存的硬无酵饼。但现在，其中大部分麦子已经不可能变成人们餐桌上的粥和饼了：不久之前，有某个极为沉重的东西从这片麦地中碾了过去，留下了一道弯曲狭长的痕迹。虽然“小玉”号上的三人对这种痕迹并不陌生，但出于谨慎，碧菘还是将眼睛贴在了瞄准器的目镜上，把放大倍率调整到了最大。

如她所料，那些倒伏的小麦——其产量至少足够三四个人吃一整年——并不仅仅是被压倒或者碾碎了而已：它们的茎秆、叶片，以及尚未成熟的麦穗，连同共生的杂草一道，被某种物质溶解成了一团轮廓难以分辨的柔软的糊状物，像极了蜗牛爬行后留下的痕迹。而这种糊状物，只可能是年兽的“杰作”。“情况确认，这就是年兽造成的，”碧菘说道，“不过，恐怕之前我们得到的消息有误……”

“你的意思是……呀！”

随着青葵发出的一声尖叫，飚艇猛地在麦地上方做出了一个极为剧烈的S型机动，躲过了两团从不远处的树丛中喷射而出的物质。这是两团浅绿色的黏稠半流质液体，在从空中飞过的同时，还留下了散发着刺鼻酸味的烟幕。在抵达抛物线顶端、耗尽动能之后，它们砸落到了麦地中，数十株麦子在与它们接触的瞬间迅速脱水，变成了散发浓烟的黑色焦炭。

“看，我就说吧，”碧菘一边调整着控制面板上的旋钮，重新输入数据，一边嘀咕道，“首先，这不是村长所说的‘苍年’，而是一只从风暴之海来到这里的‘赤年’；第二，从它留下的痕迹推断，这东西的直径至少有 15 米，肯定超过了‘辰星’，应该已经进入了‘荧惑’的级别。”

“我们就这么倒霉吗？！”通信员席上的小晴发出了小小的哀鸣声，青葵的绒毛耳朵却完全支棱了起来——这是她在进入兴奋状态后的下意识反应：“你确定？这玩意儿真的是‘荧惑’级别，而且还是只‘赤年’？！”

“确信无疑。”当飚艇迅速压低艇首、堪堪闪过又一团高温腐蚀性黏液之后，碧菘用冷静到近乎毫无情绪波动的语气说道。与好斗的青葵不同，情况越是紧张，碧菘越会表现得镇定，“我们需要近距离准备一次全出力主武器射击，才有把握歼灭目标。”

“好——嘞！”青葵欣喜地大喊一声，显然对面对的新挑战感到十分激动。相反，小晴的脸色却变得有些难看，不过，她还是解除了通信员席后方的自卫用爆能枪的保险，激活了瞄准具。虽然俗话说，在郁林星上找不出两头相同的年兽，但在与这些巨兽长年累月的斗争中，人们还是逐渐为它们制定了一套分类方法：按照外壳的直径，年兽被分为“辰星”“荧惑”“太白”“镇星”和“岁星”这 5 个级别，这些词语的原初含义已经被人们遗忘，据说，它们都源自古老太阳系内的天体。最小、也最常见的“辰星”身体直径已接近 10 米，而最庞大的“岁星”的直径据说接近 200 米，甚至可以让许多山丘相形见绌……

值得庆幸的是，绝大多数在大陆上游荡的年兽都不会超过“太白”级别，而“镇星”和“岁星”几乎是传说中的存在，只有资历最老的游侠们才可能有与它们交手的经验。除此之外，由于诞生区域不同，即便是同等级的年兽之间，也可以分为两大类：来自行星向阳一面的永恒白昼之下、生长于无尽的强大风暴和翻涌的沸腾大海之中的“赤年”；以及由行星背阴一侧的永夜冰原之中出现、缓慢但却坚韧的“苍年”。一般而言，这两类年兽各有其难缠之处，但就她们使用的飚艇型号以及战术习惯来说，“绯红誓约”相对更讨厌“赤年”一些。

“我会继续保持相对低速盘旋，引诱这家伙喷完腐蚀性液体，”在检查了一遍面前的仪表板后，青葵说出了她在一秒钟前刚刚想到的作战计划，“等它失去远距离攻击手段之后，碧菘你就准备用主武器射击，争取一口气搞定它！”

“明白。”虽然这计划听上去有些过于简单，但它确实是在对付这种类型的年兽时的标准作战方案——相较于复杂的计谋，与年兽作战更需要的，是操纵飚艇的游侠们的优秀技术、反应速度、勇气，以及……一点儿必不可少的运气。

“小心，又来了！”小晴尖叫道。

“好极了，要的就是让它这么做！”青葵像操作自己的手脚一样驾轻就熟地控制着操纵杆，轻而易举地避开了从树林中射出的一团又一团高温腐蚀性黏液，其中一些黏液在穿透树冠层时，也对树木的枝叶造成了严重的烧蚀，让隐藏在下方的年兽暴露了出来：这是一只有着灰色球状外壳的庞然大物，看上去很像一只蜷缩起来的潮虫——当然，它的体积要比那些在稻草堆和旧地板缝隙里钻来钻去的潮虫大上好几万倍，而组成它外壳的也不是普通的甲壳素薄片，而是由以橡胶烯为主的高韧性有机质网格固定起来的一层层碳酸钙，其中还夹杂着用于提升强度的碳化硅颗粒，足以完全抵挡普通的刀枪剑戟，甚至是投石器和黑火药发射的弹丸。

随着年龄增长，年兽的球壳会越来越厚实，它们躯体的所有关键器官都隐藏在这层球状硬壳之内，而且终生不会从里面离开，与外界的交流则完全依靠硬壳表面的无数大大小小的孔洞：最小的那些孔洞只有毫米级直径，主要用于进行气体交换；大一些的则可以伸出凝胶状的不定型伪足，推动年兽滚动着前进。这些怪物在陆地上的唯一进食方式，就是利用自身重量将所经之处的一切有机物不加区分地统统压扁，再从伪足表面分泌消化液，将被碾烂的东西变成营养糊，然后再由伪足吸收。除此之外，那些最大的孔洞也可以被它们当作“发射口”使用，比如这头“赤年”刚才从孔洞中发射那些高温腐蚀性黏液。

值得庆幸的是，虽然杀伤力颇为可观，但这些黏液的储量相当有限。仅仅几次射击之后，这头怪物就失去了最具威胁的远程攻击手段。

“太岁！观测到太岁出现！”当这只巨大的圆球不再喷射腐蚀性黏液后，它并没有坐以待毙。随着小晴的喊声，数十团半透明物体扭动着从巨兽躯体表面的孔洞中接连钻出——这些外形不定、尺寸从几十厘米到一两米不等的凝胶状生物平时栖息在年兽体内，而关于它们与年兽的具体关系，人们知之甚少：有些学者认为，它们是年兽尚未开始成长发育的幼体；但也有些人坚称，这些人称“太岁”的小怪物与年兽并没有亲缘关系，只是一种共生生物。但无论如何，唯一可以确定的是，一旦年兽遭遇危险，太岁就会从那巨大的球状外壳内蜂拥而出，用自己的方式与攻击者展开不死不休的厮杀。

“当心，它们来了！”

随着位于飚艇尾部的爆能枪传出短促的、令人耳膜发痒的“滋滋”声，一团团杀伤力比过去的重机枪子弹更强的高能等离子团接连从枪膛内的高强度磁场中射出，在这台古老设备的一侧交织成了一片狂暴的能量骤雨。虽然这些等离子“子弹”只能在年兽的外壳上留下一些不疼不痒的凹坑与灼痕，但对于那些柔弱的半透明小生物而言，这些“子弹”却可以实打实地带来灭顶之灾：有一只较小的太岁被直接命中中央部位，并在几秒钟内蒸发成了一团蒸腾的云雾；另外几只虽然只是被等离子团擦过，但也在极短的时间内损失了构成身体的大部分物质，残存的部分则在吸收了过量热能之后因为其中的水分汽化而迅速膨胀，然后像吹过头的气球一样接连炸裂。对于那些最优秀的爆能枪使用者而言，这一轮射击至少可以消灭一大半刚刚从年兽体内钻出的太岁，但由于小晴的射击技术一如既往地处于接近不及格的水平，因此，绝大多数太岁都安然度过了刚刚离开年兽身体时的那几十秒危险期——它们那原本如同阿米巴变形虫般不定型的身体开始拉长、膨胀，最终变成了与地球海洋中的枪乌贼相似的弹头状，两只薄薄的飞翼在它们躯干的两侧迅速固定成型。接着，当高压气体喷射制造出的阵阵哨音响起，这些小怪物就像一枚枚火箭般飞向空中，朝着袭击年兽的飚艇疾驰而来。

“就算这只年兽是‘荧惑’级别的，但它带着的太岁也未免太多了吧？”在小晴手忙脚乱地开火还击时，碧菘小声嘀咕道。每一个有经验的游侠都知道，与年兽共生的太岁的数量，通常和年兽的大小直接相关。但除此之外，如果一头年兽在不久之前遭到过袭击，它们的球状外壳内携带的太岁数量会骤增，“难道有谁之前攻击过它吗？”

“如果真是这样的话，那我要诅咒那个混蛋屁股长疮、走路撞断脚趾头、睡觉时被蚂蚁钻进耳朵、喝蛤蜊汤时吃到的全是空壳！”小晴一边扣着爆能枪的扳机不肯松手，一边用歇斯底里的语气咒骂道，“我以东皇太一第二十八奉祀官继承人的名义诅咒那个蠢东西——哇啊！”

“认真射击！优先干掉那些距离最近的！”当飚艇的艇身在一次爆炸的冲击波中开始剧烈摇晃时，碧菘说道，“毕竟，那些怪物才不在乎你到底是谁的继承人。而且我也不认为在这种情况下，你的那些护身符能派上什么用场。”

“那个……护身符本来就不是用来抵挡直接攻击的啦，这样太粗俗了！”随着爆能枪的枪管在持续射击中变得越来越热，小晴不得不暂时松开扳机，打开了一处阀门，将更多备用散热剂注入了这件武器的套筒内。大团大团白色的蒸汽随即从套筒前端的散热孔内喷出，看上去就像是一头正在喘息的火龙。“东皇太一和四方众神的祝福是用来改变运势、消灾解厄的！只要使用者足够虔诚，就可以提前避免灾祸的发生。古人云，‘善摄生者，陆行不遇兕虎，入军不被甲兵……以其无死地’，说的就是……”

“要真是这样的话，那我可得怀疑你的虔诚程度到底够不够了。”在再一次爆炸发生后，操纵着飚艇的青葵评论道——在完成变形，并通过喷射压缩气体获得飞行能力后，太岁们的攻击手段事实上非常有限，多数情况下，它们只能竭力接近目标，然后引燃体内通过电解水产生的大量氢气，以及储藏在特殊腺体内的其他易燃易爆液体，将自己变成一枚枚小型炸弹。而此时此刻，趁着小晴被迫停止射击的当儿，至少四五只太岁通过抄近路的方式靠近了“小玉”号的下方，并且接连引爆了自己。万幸的是，青葵及时地发现了这些家伙的企图，并在它们自爆前的瞬间进行了一连串紧急机动，让飚艇避免了遭受重创的命运。

“这个……东皇太一有时候也会为他虔诚的仆人降下考验嘛，”小晴摇晃着她的兔子耳朵，那些护身符在相互碰撞时发出了阵阵清脆的叮咚声，“正所谓‘天将降大任于斯人也，必先劳其心志，苦其筋骨，饿其体肤……’”

“抱歉，请问你能安静地面对这些‘考验’吗？我要准备发射主武器了。”侦查席上的碧菘将眼睛贴在了瞄准具的目镜上，同时用平静，但却透着一股不可违抗意味的语气对小晴说道。这位东皇太一的奉祀官继承人立即乖乖地闭上了嘴巴，开始默不作声地继续朝着尾随而来的太岁倾泻火力。不知是否因为身上挂着的那堆护身符开始显灵的缘故，或者单纯是因为在巨大的压力下成功发挥出了潜力，这一次，小晴的准头居然有了显著的提高，试图接近“小玉”号的太岁全都被炽热的等离子弹当头命中，变成了在空中炸散开来的肮脏烟火。而拜她的拦截射击所赐，太岁们在接下来的一段时间内都无法对飚艇的飞行，以及碧菘的瞄准工作构成任何干扰。

“保险已经打开，主武器充能完毕，射击倒数五、四、三……”

在某种程度上，“鹭”式飚艇威力巨大的主武器与20世纪出现的航空鱼雷有一定相似之处：这座重型等离子炮所射出的“弹药”只能在自身磁场约束下持续维持不到10秒钟的时间，而且只能沿着直线飞行，因此，投弹者在完成瞄准后，还必须维持一段时间的稳定直线航行，并通过持续加速确保随后射出的等离子弹能够拥有更快的飞行速度与更强的动能。在这一过程中，任何微小的机动，甚至是稍微严重一些的颠簸，都会导致射击准头受到严重干扰，而不幸的是，就在碧菘准备数“一”时，“小玉”号突然猛地昂起了艇首。

“这是怎么——”由于之前毫无预警，碧菘没能及时停止射击。于是，在下一个刹那，一枚苍白的微型“太阳”从飚艇下方射出，沿着一条懒洋洋的抛物线、而不是干练的直线飞向了年兽。而这枚“太阳”发出的强光也照亮了两个小小的身影：这是一个小男孩，以及一头比男孩的个头更小的、看上去像是幼年野猪的动物，男孩和野猪都恰好位于“小玉”号之前飞行方向的正前方，而且由于忙着互相追逐，他们并没有注意到飚艇的出现。如果青葵没有及时做出拉起动作的话，刚才那枚等离子弹几乎肯定会将一人一兽直接分解成逸散的基本粒子。不过，虽说她及时通过操作避免了最糟糕的结果，但这也意味着，这次任务暂时无法完成了：为了确保对年兽一击必杀，刚才碧菘瞄准的是它躯体上最大的孔洞所在的位置，也是年兽坚固的外壳上最显著的弱点。在无法击中弱点的情况下，这头庞然大物被击毙的概率微乎其微。

“返航吧……”在瞥了一眼眼前的操作面板后，碧菘叹了口气：“小玉”号目前的残余能源储量已经无法支持再来一发像这样的全力射击。她们接下来必须花上几个小时的时间为这艘飚艇重新充能。而在这段时间里，那头村里委托她们除掉的年兽也许会继续在森林与河边四处游荡，摧毁更多的农田、猎场，甚至可能威胁到离这里已经不算太远的村子……

“别急，你看！”与露出沮丧表情的碧菘不同，当一团白光在远处炸裂开来之后，青葵发出了惊喜的喊声：之前她们射偏的那枚等离子弹虽然没有按照原定路线直击年兽外壳上的弱点，但最终还是在抛物线的终点处幸运地命中了这头怪物的顶部。更令人惊讶的是，它居然成功击碎了这头尺寸已经达到“荧惑”级别的年兽的外壳，并直接灼穿了里面的软组织。随着体内的水分在高温下受热汽化、急剧膨胀，这头年兽在眨眼之间就被从内到外炸了个粉碎，黏糊糊的组织液和甲壳的碎屑先是被爆炸的冲击波推向空中，然后又如同雨点一样，淅淅沥沥地溅落在周围的地面上。

“唔，看来明年这一带的麦子会长得挺好……至少可以弥补今年的损失了。”在揉了揉眼睛，确认眼前发生的事并不是自己的白日梦之后，碧菘长长地呼出了一口气。虽然年兽的肉在口感上还不如鼻涕，基本没人愿意去吃，它们的营养含量却是实打实的，作为肥料的价值相当高，“不过，刚才到底是怎么回事？按理说，这家伙的中弹位置应该没有显著弱点才对……”

“还能是怎么回事？！肯定是我的祈祷起作用了！”小晴抖动着兔子耳朵，同时举起了一只护身符。此时此刻，之前追击“小玉”号的太岁们大多已经耗尽了在空中飞行所必需的压缩气体，接二连三地落回地面，重新变成了不定型的胶状物。只不过，在无法得到年兽收容的情况下，这些变形虫般的恶心生物将无法获得营养补充，注定只能缓慢地等待死亡，“所以我就说嘛，我的那些护身符——”

“我觉得，另一种解释也许会更恰当一些，”碧菘摇了摇头，“那头年兽刚才被击中的位置虽然没有孔洞，但我之前在用雷达进行探测时，确实在那一带发现了一些不寻常的、类似于烧灼产生的痕迹。恐怕，在最近这段时间里，这头年兽曾经遭到过其他游侠的攻击。虽然攻击本身没有造成致命伤，但也确实破坏了年兽甲壳的内部结构，所以我们才能阴差阳错地给它致命一击。”

“其他游侠？那会是谁呢？”青葵好奇地问道。

“我不清楚，也许村里人会知道些什么吧。”碧菘摇了摇头。

不幸的是，那些拜托“绯红誓约”小队对付这头年兽的村民们也不知道这个问题的答案。他们坚持声称，在过去的一年中，曾经造访过这座位于山玄大陆西侧的青要山下的无名小村的游侠，就只有她们三人而已。而青葵一行人也没有继续深究这个问题：毕竟，她们的工作只是解决那头对村子构成威胁的年兽。既然这项首要任务已经完成，其中的细节也就无关紧要了。

由于黄昏将尽、漫长的夜晚即将开始，村民们热情地挽留了“绯红誓约”的成员们，并为她们奉上了村里最好的食物和酒水——虽然在大多数地方，3 名女孩在人生地不熟的偏远村落留宿都是极为危险的行为，但作为在额带上佩有绿松石徽章的游侠，青葵等人并不需要担心自己的人身安全：在郁林星，游侠是最受人们尊崇的职业，任何谋害游侠的人都会被视为大逆不道之徒，沦为全民公敌。毕竟，游侠是行星上唯一一群能够操纵古老的技术遗物，尤其是强大的飚艇的人，也只有游侠才能战胜年兽。如果没有他们，郁林星的人们将只能任由那些四处滚动的怪兽肆意凌虐，永远在惶恐不安中颠沛流离。

根据惯例，在消灭年兽后的当天晚上，村里组织了一场盛大的祭典，以庆祝这场值得纪念的胜利：年兽那被炸得四分五裂的外壳残片被村民们收集起来，在村子中央堆成了一座小丘，盛装打扮的人们在这座小丘附近点燃了10多座篝火，围绕着这些篝火载歌载舞、大声喧嚣。自然，就像人类历史上的绝大多数庆祝活动一样，酒精在这种场合也不会缺席。很快，两种酒就被装在泥瓮里端了出来，分发给了人们。其中一种是用丰宁国内特产的一种含糖的树汁煮熟后酿造的，尝起来有点寡淡，却有着一种树木特有的浓郁醇香的味道；另一种则是更常见的谷物酒，只不过，浮在白浊的酒液中的谷物颗粒要比常见的稻米、小麦细长得多，色泽也更为特殊。

“这是什么谷物啊？”在拿到自己的一杯酒后，小晴有些好奇地问道。

“是菰米，我也是头一次见到实物。”碧菘取出了她随身携带的一本手掌大小的图鉴，翻到了其中一页。这本图鉴是她那云游各地的商人父亲留给她的唯一遗物，其中记录着许多种动植物的信息，这些动植物相当一部分甚至根本不存在于这个世界上。它的书页是用古老的太空时代的特殊技术制成的，因此即便过了数个世纪，还是光洁如新。“这种植物生长在水泽地带，据说有特别的滋味，但产量并不高。”

“听起来挺有趣的。就是不知道用它酿的酒又会是什么味道……欸歘？！”小晴正要将黑陶酒杯送到嘴边，却被青葵劈手夺了过去，“队长，你干什么啦？”

“要是我没记错的话，你还要再过3个本地日才满15岁吧？！”青葵的那条系着蝴蝶结的猫尾巴就像天线一样在她身后挺立了起来。熟悉她的人都知道，这是她开始严肃起来的标志，“成年之前不能喝酒。”

“你不说的话，这里又没人知道……”小晴不快地摇晃着兔子耳朵，但却只能无奈地看着今年已经17岁的青葵和16岁的碧菘在村民们的赞颂声中，一杯又一杯地饮下那些散发着诱人香气的酒液。在郁林星，许多古代的奇怪规矩一直保存了下来，并被人们遵守着，其中就包括“未成年人不得饮酒”这一条——虽然“成年”的标准已经随着科技的失落和生活方式的退化被下调到了15岁，这条规矩却一直没被改掉。

由于无法加入“大人”们的酒局，暂时还得继续当个“小孩”的小晴只能耸了耸肩，和同样无权喝酒的村里的孩子们混在了一块儿。很快，这些好奇心旺盛的孩子们就朝她抛来了各种各样的问题。

“我看过你们的战斗了！”其中一个留着长马尾辫、有着古铜色皮肤的男孩说道，“你们真的太厉害了！我要怎么做，才能像你们那样成为游侠呢？”

“这个……有点不好解释呢，”小晴挠了挠脑门，“从技术上讲，游侠是由盟会筛选和训练的。无论是在山玄大陆这边，还是我的老家、玄关海峡西边的水苍大陆，都有游侠盟会。只不过，这种事你是没办法自己去报名的，你只能……呃……被选中。”

“什么是被选中？”一个女孩眨着眼睛问道。她的瞳孔一侧是红色，另一侧则是翡翠般的绿色，就像小晴的兔耳和兔子尾巴一样，这也是古老的基因工程留下的痕迹。

“这个嘛……盟会的人会主动来找你，然后让你去基地接受测试——说是测试，其实就是到他们的殿堂里，坐在一把专门的椅子上，然后睡上一觉，仅此而已，”小晴说道，“我也不知道这测试是什么意思。但按照他们的说法，那椅子是过去星际时代的技术遗物，能够用来测定候选者在各个方面的‘契合度’。大多数候选的游侠都是在很小的时候被选上的，比如青葵那家伙，就是在 9 岁时通过测试的，然后一直接受训练。我却直到 13 岁生日时才被叫去坐上那把椅子，在那之前，我一直以为自己会继承家里的神殿，成为一名东皇太一的奉祀官来着……”

“那被选中之后，就可以驾驶飚艇与年兽战斗了吗？”之前的男孩继续追问。

“这个……还要训练啦。所有人都要用 3 个月学习基本理论和基本控制技术，再用 3 个月到半年的时间在自己被分派的岗位上进行专门训练，”小晴耸了耸肩，“之后还得通过实战测试、盟会长老们的评估，以及必要的宣誓仪式，才能组成行动小队，分到自己的飚艇。在那之后，如果没有盟会的命令，我们游侠都会四处游走，为各地的人们解除年兽的威胁。当然，在某些年兽出没相当频繁的地方，也会有一些游侠在那里长期驻留。但那种人通常都是资深的精英。”

“我听说飚艇都是游侠们自己亲手打造的，是真的吗？”一个吸溜着鼻涕、留着鸟窝头的小孩问道。

“当然不是。现在已经没人知道该怎么制造这些设备了。”小晴答道，“几乎所有飚艇都是几个世纪前的遗物。在盟会的基地里，有一些一直在运转的古代设备可以修复和翻新飚艇，有时候也能从过去的遗迹里挖出新的飚艇，但我从没听说有哪儿能造新的……啊对了，有些时候，天上也会落下装有维护用具和零部件的包裹，像‘小玉’号这种有高性能通信设备的飚艇，就有可能找到这些包裹——这也是我这个通信员的任务之一。”

“天上？”

“嗯，没错哦。”小晴抬头望向空中，在那里，一颗“星星”正以极快的速度掠过，“在过去留下的技术遗产里，大多数其实是位于轨道上的自动空间站……当然，没人知道那些空间站究竟是什么样子，也没人知道它们为什么还在运转。以前的技术对我们而言和魔法没什么两样，而过去的历史记录几乎全都已经散失了……”

还没等小晴把话说完，她突然注意到，自己身边似乎变得安静得有些过头了：随着一口装满水的大铁锅被架上篝火，孩子们的注意力立即从她的身上移开了——作为一场庆功宴，肉食自然是少不了的。随着大锅里的水逐渐升温，越来越多的肉类被投了进去：从附近的河里捕捞上来的鱼、被切成大块的河蚌肉，以及兼做调味品、用酒糟和盐发酵过的肉酱。一些在日落之前才被捕获的猎物则被就地拔毛、放血，新鲜的血液被撒上盐末，在稍微凝固之后便被一盆盆地投入锅中。

或许是因为祖先接受的基因改造留下的影响，小晴并不像青葵和碧菘那样酷爱肉食，而血这种东西只会让她感到肠胃不适。不过，当血块开始在沸水中翻滚时，她身边的孩子们却全都露出了垂涎欲滴的表情：对他们而言，能够大量吃肉的机会并不常见，即便是炖煮过的血块，也都是相当难得的美食。

……只有一个孩子例外。

“不要，求求你不要杀掉斑斑！”就在一名村民举起尖刀，准备刺向一只被绑在案板上的小动物时，一个身高只到小晴胸口的小个子男孩突然冲了上去，用尽全身力气抓住了村民握刀的手。在愣了片刻之后，小晴突然认出，他正是“绯红誓约”小队之前在与年兽战斗时差点儿用等离子弹意外击中的那个男孩，那只被捆住四肢、准备宰杀的小动物，则正是男孩当时追逐着的那只小野猪。

“小屁孩，别碍事！”被扰乱了工作的村民恼火地抬起一只胳膊，似乎想要抽男孩一个耳光。但在他挥出手之前，小晴已经挡在了他和男孩之间。

“那个……请问，能告诉我这到底是怎么回事吗？”

# 第二章　古老的禁忌

“游侠大人，请你务必要帮帮我！救救斑斑！”

见小晴突然出现在两人之间，原本已经接近绝望的男孩连忙不管不顾地抱住了她的胳膊，大声恳求。而他的做法让小晴一下子陷入了尴尬之中：作为一名游侠，她可不希望稀里糊涂地卷入村里人之间的矛盾，尤其是当周围人的目光全都落在她身上之后。

“咳咳，这个……请问斑斑就是……呃……它吗？”小晴瞥了一眼被扔在案板上等待宰杀的小野猪，然后清了清嗓子。

“是的，它是……”

“它是今晚的主菜，明白吗？”拿着刀子的村民说道，“为了款待各位游侠大人，我们打算尽量多准备点儿新鲜肉类。像这种刚刚两三个本地日大的小猪，正好是肉最嫩的时候，非常适合……”

“但斑斑是我的朋友！”听到对方用评论食物的方式说出这么一番话来，男孩的脸上顿时挂满了泪珠。

“去去去……人哪有和畜生做朋友的？！”

“但斑斑确实很喜欢我啊！而且……而且我可以保证，它以后对村里也非常重要！”

“请问，你所谓的‘重要’，是怎么个重要法？”随着两人吵嚷的声音越来越大，原本正在与村民们推杯换盏的青葵和碧菘终于被吸引了过来。虽然喝下了不少酒，但由于祖先通过基因工程所获得的优秀酒精分解能力，以及那些自酿酒度数较低，两人除了脸颊略微有点发红，都没有任何喝醉的迹象，“为什么你一定要保护它呢？”青葵问道。

“是……是这样的，”见3位尊贵的游侠都已经介入，男孩知道自己的“朋友”暂时没有被宰杀的风险，于是情绪也变得平稳了许多，“我是在两天之前遇到斑斑的……准确地说，是一天半之前。当时，斑斑和它的妈妈走散了，独自在村子东边的树林里游荡，我觉得它很可怜，就把它带了回来……”

“一天半啊……我想想……按照野猪的一般生长速度，那时候斑斑应该还没断奶吧？”碧菘一边说着，一边下意识地摇晃着毛茸茸的耳朵——这是她专心思考时的动作。在郁林星的可居住地带，一次昼夜变化的耗时相当于古地球上的足足20天：这颗行星所绕转的恒星是一颗光谱型为M2的红矮星，其质量只有太阳的十分之一，光度则更加微弱。因此，它的宜居带相当狭窄，任何处于其中的行星都必然陷入潮汐锁定状态。正因如此，在郁林星上，只有在晨昏线附近不到1000千米宽的区域内，才会因为行星轴偏角的存在而存在昼夜更替。而人们所谓的“一天”，或者更准确地说，一个“本地日”，事实上是郁林星的“一年”。为了尽可能保留古老的历法，郁林星居民的通行做法是以18个“本地日”为一年，每4年设置一个闰日，“你是怎么让它活下来的？”

“这个……我用捣碎的麦子煮的稀粥喂给它……”男孩说道。

“麦……麦粥？！”拿刀的村民露出了恼火的神色，“好你个浑小子！居然喂一头畜生吃宝贵的麦子！你知道河边那片麦地每年才有多少收成吗？！况且，你知道野猪有多危险吗？嗯？！就算它现在还是只小崽子，但只要再过个两年，这家伙就能轻而易举地干掉我们村里的任何一个人！”

“斑斑不会这么做的！”男孩摇头道，“在头一次遇到我的时候，它就既没有逃跑，也没有攻击我……其实，那天是斑斑主动跟着我回家的。”

“你说它主动跟你回家？”碧菘用饶有兴趣的语调问道，“真的？”

“嗯！”男孩立即开始用力点头，“在那之后，它对我的态度也一直很亲密！一点儿都没有惧怕或者敌意……”

“在野兽之中，有时候确实会出现不那么怕人的个体，和那些见到人就会本能地躲开的同类不太一样，”碧菘自言自语道，“唔……过去的人们管这种特殊的情况叫什么来着……对了，突变。”

“是的，所以我在考虑，也许斑斑能派上非常关键的用场，”男孩连忙接过了话茬，“想想看，我们让斑斑在村里生下孩子的话，它的孩子们也许会像它一样不怕人，甚至习惯在人类的村子里生活。在那之后，我们甚至还可以从斑斑的孩子中挑出那些相对更不怕人的，然后让它们生下更多孩子……”

“噢噢，我明白了！这样的话，村里的所有人都会有一只小猪做朋友了，这就是你的目的吧？”青葵两眼放光地插话道，“说起来，我以前就一直想养一只可爱的小动物，每天抱着它一起睡觉。可惜我一直……”

“我猜他的目的大概不是这种无聊的事啦，”碧菘用力拽了一下青葵的耳朵，打断了她一厢情愿的自言自语，“小朋友，你该不会是觉得，如果你的这个计划能成功的话，村里就能有吃不完的猪肉了吧？”

“嗯嗯，就是这样！之前也有人试着把抓来的成年野猪养在村子里，但它们非常害怕人，最后不是逃走，就是因为不肯吃东西而饿死。如果能让野猪变得不像以前那么怕人，那么……”男孩继续一边比画，一边竭力试图说服在场的其他人。碧菘下意识地用尖锐的犬牙咬住了嘴唇——她很清楚，男孩之所以这么说，主要目的多半还是想找出一个听上去足够诱人且合理的理由，让自己的这位“朋友”可以名正言顺地逃过在今晚变成炖肉的命运。但同时，她不得不承认，这个男孩相当聪明，他刚刚提出的这个计划，听上去确实有那么些可行性……

“不行。”一个苍老的声音突然打断了碧菘的思考，也让男孩停下了滔滔不绝的发言，“这么做是绝对不可以的。”

“村长阁下。”当那名须发斑白、脊椎弯曲如虾一般的枯槁老人快步走来时，男孩、拿着刀的村民，以及其他浑身酒气、直到方才都还在痛饮狂歌的村民们，全都立即闪到了一旁，并向他躬身致意。这位老者不但是这座无名村落的村长，也是村里的祀主——也就是东皇太一神龛的祭祀者，在每一年开始和结束时向神祈求恩赐的人。虽然这一地位比不上小晴家族中世袭的“奉祀官”，但能够身兼此职者，也必然是在当地德高望重的人物。或许是因为年龄太大、行动不便的缘故，除了在“绯红誓约”小队刚刚抵达村子时，向她们交代关于年兽的任务，这名老者就再也没有露过面。甚至在晚上的庆祝会开始时，人们也没有见到他的身影。

现在，他却来到了众人面前。

“为什么不可以？”男孩虽然露出了畏缩的神情，但还是鼓起勇气问道。

“因为这是禁忌。”

在用仿佛念诵咒语般的语调说出这句话后，老人瞪着浑黄的瞳孔，四下环视一圈，最后将视线停留在了小晴的身上。或许是察觉到了对方目光中的某些情绪，小晴的兔耳猛地抖动了一下，挂在上面的护身符来回碰撞，发出了一阵叮当声。

“这位游侠阁下，我记得，我们初见之时，你说你原本是奉祀官的继承人，”村长说道，“那么，你可曾听过这句话？‘天地生财，自有定数，取之有制，用之有节。’”

小晴点了点头。就算她并没有完成作为下一任奉祀官的修行，但这段写在《东皇信经》中的话，她还是从小就耳熟能详的。

“那么，你知道这句话究竟指的是什么吗？”

“我知道。作为行为良善、光明磊落之人，我们不可抢掠，不可盗窃，不可欺诈，如此方能获得诸神之庇佑。”小晴用一本正经的语气答道，同时不由自主地瞥了一眼忍不住偷笑的青葵和碧菘——虽然村里人不知道，但她的这两位同伴可是很清楚，她平日里只要一有空闲，就会抓紧时间雕刻各种各样的护身符和驱邪符，并向遇到的每一个人兜售，声称这些“在至高神殿接受过正式奉祀官祝福”的小玩意儿可以消灾解厄、祈福禳凶，“我……呃，我本人一直都在努力遵守这些信条。即使不能成为正式的奉祀官，但我仍然从未对自己的道德准则放松过一分半毫。”

“我想也是。”在注意到村长的语气中并没有嘲讽的意味后，小晴稍微松了口气，但村长随后又补充道，“但事实上，这句话的含义不止于此。”

“哦？”

“为了考验他的信徒，东皇太一有时也会降下试炼。”村长说道。这话小晴倒是也经常说——只不过，她在说这话时，面对的通常是那些因为她的“护身符”没能派上用场而怒气冲冲地要求退货的买家。“各位应该都听说过，有时候，我们播种下的庄稼和蔬果里，会偶然长出味道更加甘美、谷穗更加丰满，或者更不易被各种灾害损伤的特殊个体；而山野之中的野兽，也偶尔会有几只生来就与人亲近，或者长得特别肥壮……就像这次的一样，”他瞥了一眼仍然被绑在案板上的斑斑，“当然，这一切都是东皇太一与四方诸神的恩赐。我们应当充满感激地收下，这没有问题。但如果因此就贸然自大、贪求非分，那么，等待着我们的就只有灾祸了。”

“我没有贸然自大，我只是……”男孩想要辩解，但在与村长的目光接触之后，他立即打了个哆嗦，像是被蛇瞪住的小鸟一样动弹不得。

“你只是希望，在以后能不必手持武器、冒险进入山林，就可以获得新鲜的肉，”村长摇了摇头，“这……就是非分。”

“呃……”

“你不相信吗？孩子，但事实确实如此：我们的先祖曾经创造了无比伟大的文明，可以在群星之间遨游，将万物的本源之理操纵于掌中，甚至凭着自己的意愿与喜好，将生命的本质加以扭转和改造，”在说出这番话的同时，村长的目光缓缓扫过了“绯红誓约”小队的三人：在这片大陆上，每 20 个人中就有至少一人像她们这样，因为祖先所接受的基因改造而继承了明显的“非人类”生理特征，而带有不太明显的改造痕迹的人甚至超过了三分之一，“他们认为自己无所不能，认为自己如同神明，最终却因为自己的狂妄而走向衰亡。正因如此，当流亡到这片土地上之后，我们的祖先便定下了信条：世世代代，当恭谨顺从天理命数，绝不可有非分之想。”

“如果有呢？”男孩问道。

“那么，那些自作聪明者或许可以获得一时一世的幸福，却必将为他们的氏族与子孙后代招致天谴！你们听说过‘凶年’吗？”

所有人都点了点头，并且条件反射地露出了畏惧的神色——当然，青葵除外。这位好斗的队长在听到这个词时，双眼就闪烁起了充满期待的光芒。“凶年”是在郁林星上最可怕的灾难。当它降临时，那些原本在郁林星上漫无目的地四处游走、随机制造破坏的年兽会突然开始聚集，并对特定地点发动有组织的攻击。根据游侠盟会的荣誉记录，那些最伟大的游侠曾经携手击退过不算严重的“凶年”现象，但最为可怕的“凶年”就连他们都束手无策：在这种状况下，平时极少出现、被归类为“镇星”级的巨型年兽会蜂拥而至，甚至连最可怕的、几乎只存在于传说中的“岁星”也会粉墨登场。即便游侠们拥有强大的飚艇，以及其他古代遗留下的武器技术，但要对抗这种字面意义上的“碾压式”灾难，仍然是难上加难。

“从这里往东走，渡过清水河的第二道河湾，在耿山的南侧有一大片废墟。这座村子里的磨盘，还有许多房子的地基，用的就是从那座废墟里取回的石材，”村长朝着东南方向指了指，“各位应该都知道吧？”

没人插嘴。于是，在短暂的静默之后，村长再度开口了：“那座废墟，在 200 年前，曾经是当时的丰宁国的国都。虽说现在的丰宁国只是大陆西侧由几十个村镇组成的松散联盟，但在以前可不是这样：毕竟，在遨游星际的旧文明衰落之后，这里是流亡者们在郁林星上最早的落脚之处，保留下的知识与财富也是最多的。在站稳脚跟之后，当时的人们不满足于自然的馈赠，一直想要索求更多。于是，他们开始挑选质量更好、产量更高的庄稼和蔬果，只播种它们的种子；又挑选那些从山间捕获的动物、在河中捕获的鱼虾中的优良个体，在城墙之内的圈舍和人工挖掘的池塘中饲养它们，培育出更加肥美可口的品种。到最后，那些家伙甚至还不惜触犯最大的禁忌，从旧文明纪元的遗迹中找出了那些被改造过生命本质的扭曲生物，尝试着用它们去‘改良’圈养与种植的动植物。靠着这些手段，丰宁国度过了 10 代人的富庶岁月，根据传说，在极盛时代，它的都城里总共生活着 12 万人。”

“喔……”聚在村长周围的人们不约而同地发出了惊呼，甚至连青葵和碧菘也都下意识地竖起了尾巴：对于这个时代的人而言，12 万是一个难以想象的数字——毕竟，这座小村子的人口只有不到 200 人，附近最大的城镇居民也只有 4000 人，甚至将目前被称为“丰宁国”的、占据了山玄大陆西侧十分之一面积的这片土地上的全部居民加在一块，很可能也不到 12 万人。

“在那时，人们并没有想到，他们的一切幸福都已经标定了惊人的价码，而偿还的时间已经近了。”在惊呼声平息下去后，村长用哀伤的语调说道，“在丰宁城建立的第 300 年，随着一场大风暴降临大陆的西侧，数量史无前例的年兽从南北两侧涌上了山玄大陆，来自永昼的风暴之海的巨怪喷吐着炽热的强酸，由北方的永冻之洋冲出的怪物们则有着坚不可摧的外壳。据目击者的记录，在那一天，1000 多头年兽在南北两个方向构成了两道滚动的“高墙”，每一道的长度都超过了 15 千米，而位于‘高墙’正中的，是 10 头如同山丘般大小的‘岁星’，它们直接撞向了丰宁城中央的方向。”

“那时的丰宁国并非毫无防备，当‘凶年’降临之时，5 个游侠盟会的数百名游侠，以及数千名武装起来的市民被部署在城市周围进行防御。但在这足以撼动大地的天谴面前，一切准备都显得荒谬而可笑：整座城市，连同周围那引以为傲的万亩良田，都变成了被腐蚀殆尽的酸性泥沼。超过 200 位游侠和 8 万平民在一日之内丧生，他们的一切努力都化为乌有，幸存的人只能在狂风骤雨中仓促四散而逃，并永远将那一日的恐怖铭刻在心底最深处，再也不敢像过去那样，放任自己的非分之想。”说到这里，村长垂下了头，长长地叹了口气，“没错，驯服一头野猪，让它在村里生活，这只是件小事。但谁能知道，50 年、100 年之后，这件事又会对村子，甚至对生活在附近的其他人带来何等的恶果！”

“这……”男孩终于说不出话来了，而负责屠宰工作的村民也又一次举起了刀——他知道，这一次，这头可怜的动物终究是难逃厄运了。

不过，就在在场的所有人都这么想时，小晴却第二次挡在了那人的刀锋与斑斑之间。

“抱歉，请问您这么做是什么意思？就算您是游侠大人，也不能随意违反禁忌，”村长蹙眉道，“这只畜生的存在，本身就已经构成了极大的隐患，我们必须防微杜渐……”

“你们不能让隐患留在村里，对吧？”小晴看了看男孩，又瞥了一眼村子，“那好，我正好有个主意，也许你会喜欢……”

“所以说，这就是你的解决方法啊，”当次日的晨曦洒落在遍布于丰宁国东北方的阔叶林带上时，在以经济巡航速度行驶的飚艇旁行走着的碧菘打量着那头被小晴抱在怀里、不断用鼻子拱着她的胳膊撒娇的小野猪，一边打着哈欠，一边嘟哝着，“不得不说，这法子挺不错，不但没让那孩子因为看到自己的‘朋友’当场被杀而留下心理创伤，还让我们赚了一顿免费的肉食，这可真是皆大欢喜。”

“喂喂，什么叫‘免费的肉食’？！”坐在通信员席上的小晴一边将从村里带出来的芜菁叶喂给撒娇的斑斑，一边反问道。通常而言，在不作战时，除了负责轮流驾驶的那人，游侠们都会选择离开飚艇、徒步旅行——这一方面是为了通过降低负重节约飚艇的能源消耗，另一方面也是一种锻炼身体、保持警惕性的方式。只不过，小晴只要一有机会，就喜欢赖在座位上不下来，而这次，由于有了“照顾斑斑”这个合理的理由，她更是欣然留在了飚艇上，“我们可是已经答应过那孩子了，会好好地确保斑斑顺利长大的。”

“对啊，等到它长大了，我们就会有比现在多得多的猪肉了。”驾驶席上的青葵扭头瞥了斑斑一眼。现在，这头小野猪的身上仍然保留着用于模拟周围环境、躲避敌害的黑褐色条纹，但过不了多久，随着它继续成长，这些条纹就会褪去，而它也会变成一头黑色的大猪。“话说，猪肉可是相当不错的肉哦。虽然不如野牛和野山羊的肉，但它的优点在于无论用什么办法烹调都很合适。”

“是哦。”碧菘接着说道，“猪蹄和耳朵都很适合烤熟了吃，油脂和皮直接用盐水生腌，肠子清洗干净，然后填充上切碎的内脏，还有脖子和肚子上的下脚肉做成香肠，剩下的里脊和大腿都可以拿来做蔬菜肉汤——从森林里弄点儿羊肚菌或者鸡坳菌，可能的话，放点儿香椿芽提提鲜，再加上新鲜的葵菜或者菘菜一起煮……唔，这么一说，我们俩和猪肉还挺有缘。”

“那个，我觉得葵菜比较好，”青葵“嗯”了一声，“只要别煮得太久，那种又滑又脆的口感绝对不错。”

“但是葵菜如果煮过头了就太软烂了，不是吗？”碧菘耸了耸肩，“相比之下，菘菜就没有那种问题。而且，菘菜不会有苦涩的怪味，还能遮掉猪肉里的那种臊味……”

“唔，这么一说我倒是想起来了，斑斑应该是雄性吧？”青葵突然说道，“雄性的猪在长大之后会长出危险的獠牙呢。而且身上有一股子怪味儿，很难去掉……这么一想，果然还是现在宰掉它比较好。”

“其实也不是没办法啦。”碧菘从她用野山羊皮做成的挎包里掏出了那本视若珍宝的小册子，动作麻利地翻开了几页，“唔……这本书上就提到过，如果要让雄性的养殖动物长得更好，就要采取被称为‘阉割’的手段，而且最好是从小就这么做。不过话说回来，这个‘阉割’到底要怎么做呢？”

不知是否听懂了碧菘的话，刚才还在撒着娇的斑斑一下子在小晴的双腿之间缩成一团，开始瑟瑟发抖。青葵则来回晃动着她的绒毛耳朵，用双手撑住前方的防弹风挡，伸了个货真价实的猫式懒腰：“你问我，我问谁？不过，我还是觉得，炖猪肉配葵菜会比较好。就算如果炖太久，口味会变差，但只要掌握好放进菜叶的时机，就不会……”

“够了啦！你们两个！”被这段对话搞得越来越不快的小晴竖起了长长的耳朵，用脚后跟“嗵嗵”地蹬着飚艇的复合式碳纤维艇壳，用这种所有被激怒的兔子都会采用的方式表达着自己的不满，“我都说了，斑斑不是什么食物，我也不会允许你们宰掉它！它是我们的朋友啦！”

“是啊是啊，但朋友就要帮助朋友，所以它应该也很乐意在力所能及的范围内替我们改善伙食，”青葵说道，“这点难道不是常识……欸欸？！”

“怎么了？”

“路边……好像有什么东西。”随着引擎停止运转，“小玉”号缓缓地停在了路面上。虽然就像一切人类生活的地区一样，郁林星也存在着许多道路。但由于人丁稀少、缺乏维护，大多数所谓的道路，都只是植被比较稀疏、稍微平整一点儿的土路而已，许多地方甚至连“稍微平整”这点都做不到——比如这一带，就满是大大小小的坑洼。不过，对于平时都依靠反重力技术在悬浮状态下前进的飚艇而言，糟糕的路况并不构成太大问题。

“那……应该是个人吧？”在跳下飚艇之后，小晴小心翼翼地从腰间抽出了一把长匕首，保持着戒备缓缓接近，“等等，那也是个游侠吗？”

“很有可能。”碧菘动作麻利地收起了她的那本宝贝书，仔细地嗅了嗅空气，然后又低头打量了一下躺在路边大坑里的那人：和她们一样，那个年轻人也穿着一件有着许多衣袋的灰绿色短衫，以及面积恰好足够护住胸口和背部的轻型护甲，这两件东西全都是游侠盟会发放给正式完成训练的游侠的装备，虽然并不特别起眼，但却采用了来自废墟之中的古代技术，有着相当不错的防护能力与舒适度。一件用与短衫相同材料制成的暗褐色长斗篷被他垫在了身下——这同样也是游侠们的标配装备，在接近夜半球的寒冷地区可以披在身上用来保暖，在其他场合则可以被当成铺盖或者枕头使用。

“哇，总算遇上了！”青葵兴奋地竖直了尾巴，“之前好几天一直没有遇到同行，害得我都在担心山玄大陆上是不是已经没有游侠可以接受我们的协助了！”

“那你现在至少用不着担心这个了。”碧菘一边说着，一边凑近对方，像一只真正的好奇小狗一样嗅了嗅。这名年轻人虽然是男性，但由于身材纤细，外加留着一头长长的黑色直发，因此乍一看，很容易被误认为是一名女性，“喏，看看他脸上的刺青标记，那不是我们大陆上用的标记。这位老兄确实是个本地人。”

青葵所指挥的“绯红誓约”小队是在 6 天——在古代太阳系的历法中，这大约等于 4 个月——之前渡过玄关海峡，来到山玄大陆上的。通常而言，每个游侠盟会都下辖少则十来个、多则近百个游侠小队，并且有相对固定的分管区域。而她们所属的盟会位于山玄大陆以西的水苍大陆上，通常并不需要在乎海峡东边发生了什么。只不过，在最近几年中，由于山玄大陆各国的年兽活跃度逐年递增，本地的游侠盟会损失惨重、左支右绌，因此不得不频频向海峡另一侧的盟会发出邀请，要求他们派遣增援。在这一年，水苍大陆的各盟会就一次性派出了 20 个小队前往山玄大陆，“绯红誓约”正是其中之一。

在登陆山玄大陆后，“绯红誓约”一共遇到了 5 个村子，并且击杀了 3 头威胁村民的年兽。其中两头属于体形最小、也最常见的“辰星”级别，最后那头则是昨天遭遇的那头“荧惑”。在第二次战斗中，她们得到了另一支同样来自海峡以西的游侠小队的支援，但却压根没有见到任何一个山玄大陆本地的游侠……事实上，沿途各村的村民也都表示，他们已经很长时间没有遇到过游侠了。

“那个……这位先生……他还活着吗？”小晴有些不安地问道。

“没关系，他还有气儿，只不过稍微受了一点儿伤而已……”碧菘仔细地在这名小个子男性周身嗅了一阵，然后在嗅觉的指引下卷起了他的一侧裤管，露出了一处已经有些溃烂的伤口。

“这……这种程度的伤势恐怕不能称为‘一点儿’吧？”小晴皱着眉头，看着那处流出脓水的伤口。无疑，这个少年肯定是在战斗中受了伤，并且与同伴分离了。更糟糕的是，他身上并没有携带游侠的万用医护包——那件东西很可能留在他的同伴身上，这导致他无法及时且有效地处理伤口，只能眼睁睁地看着伤处遭到感染，然后因为失去力气而陷入昏迷。事实上，要是与她们相遇的时间再稍微晚一些，他的状况就很可能会变得极为凶险。

但至少现在，要救他还不是件特别困难的事。

“那个……医护包里的‘存货’还够吗？”小晴有些不安地问道，碧菘的答复则是表示肯定的点头。接着，这位小队里的侦查员兼医疗员从随身携带的挎包里掏出了一只小小的绿色匣子。这只匣子是由旧文明纪元才能生产的特殊人造革制成的，在盒子的中央画着一个白色圆圈，圆圈正中是一个红色的十字标志——在人类曾经抵达的银河系的各个角落，这个源自数千年前的标志代表着“医疗”。

“还剩 3 支吗？好吧，反正以后当心别随便受伤就行了。”在打开匣子后，碧菘从里面翻出了几件手术用具、一小瓶药剂、一卷纱布和缝线，最后拿出了一只装有 3 根与成人小指差不多粗的管状物的袋子。在盟会的培训课程中，所有游侠都会被告知关于这些古代科技产品的知识，因此，就算是听课最不认真的小晴也知道，这些管状物的正式名称是“I-2 型一次性注射器”，而装在其中的浅灰色物质，则是人称“万用智能免疫注射剂”的纳米机器人群落。这些物质一旦被注射入人体，就会自动开始通过循环系统扩散，并且捕获和消灭一切有害人体健康的有机体：无论是病毒、细菌、真菌、寄生虫、肿瘤细胞还是别的什么麻烦的玩意儿，都会变成它们自我复制的材料，这几乎可以给予使用者“不坏金身”。据说，在人类刚刚离开太阳系、开始勘探其他拥有独特的生态系统的世界时，这种注射剂曾经为人类的扩张起到了极大的推动作用。

可惜的是，出于安全考虑，这些纳米机器人群落会在注射入人体3 ~ 4个月后自动停止复制，这意味着它本质上是一次性的消耗品。而现在，就像绝大多数旧文明纪元的科技产物一样，这种注射剂早已无法继续生产，偶尔才能从古代遗址中找到少量存货，因此，游侠盟会规定，只有游侠才有权使用这种注射剂，而且只能在最迫不得已的情况下用来拯救那些面临生命危险的人。

幸好，眼前的这个小个子少年正好满足了这两项条件。

在注射器里的灰色物质被推进动脉后，那名本地游侠挣扎了一下，发出了一些含混不清的嘟哝声。“接下来，只需要再让他好好睡一会儿就好了，”碧菘宣布道，“把他搬到飚艇上吧。”

“好——嘞！”青葵立即将男孩一把拎了起来。虽然以男性的标准而言，这位陌生游侠的体形有些纤弱，但他的重量仍然不算太轻。可是，青葵却像是搬一只包裹一样，轻而易举地就将他扛到了肩上，然后步伐轻松地走向了飚艇。

“等等，这是什么？”在那名游侠被扛走后，小晴突然注意到，在他刚才躺着的地方似乎还有别的什么东西。她小心翼翼地拎起了那只口袋，发现里面装着数十个浅黄色的、圆溜溜的东西。

“东皇太一在上！是蛋啊！”

“蛋？！”听到这个词，刚刚把那个可怜的家伙像一卷旧衣服一样塞进飚艇里的青葵一下子来了兴致，像一只闻到鱼腥味的小猫一样蹿到了小晴面前，“真的欸！而且居然还这么大！”

“这……这人是从哪儿搞来这些蛋的？”就连见多识广的碧菘，在见到这一整袋的蛋时，也有些愣住了：虽然在遍布广袤丛林的郁林星上，蛋这种副食品并不特别罕见，但它也确实不是什么可以轻而易举到手的东西——获得几枚蛋，往往意味着需要想方设法找到隐藏极好的鸟类巢穴，并且恰好碰上鸟儿们的产卵时节。而且，多数情况下，能够到手的鸟蛋都不会太多或者太大，而这只口袋里的蛋却有成年人的掌心那么大，而且还有好几十枚，无论以哪种标准，都已经够得上是奢侈品了。

“那个……你觉得这是什么蛋？”小晴拍了拍碧菘的肩膀。

“我也不是很清楚，但从大小来看，也许是鸡……不，应该是鸭子的蛋。”碧菘想了一会儿，最后做出了自己的推测。

“鸭子……”青葵用力吸溜了一下差点从嘴角落下的馋涎。在常见的、容易被端上餐桌的鸟类中，绿头鸭是仅次于野鸡的种类。不过，与后者相比，前者的飞行能力相当优秀，因此非得有相当不错的射猎技巧，才能逮住这些动物。她已经记不清自己上次吃到鸭肉或者鸭蛋是在什么时候了。

“呐，既然我们救了他，那我觉得，用这袋蛋作为报酬，应该也是合理的吧？”在瞥了一眼青葵、又瞥了一眼碧菘之后，小晴提议道，“毕竟，我们可是在他身上用掉了一支非常宝贵的万用智能免疫注射剂啊。”

“这个嘛，虽然从原则上来讲，游侠之间的相互协助应该是不收取报酬的。不过我觉得，他应该会很乐意对我们的帮助表达一些感激之情……”青葵吞吞吐吐地说道，“所以，就算我们稍微自作主张……”

“但你们俩能确认这袋蛋就是他的财产吗？”碧菘同时伸手拍了拍

两人的肩膀，让这两位垂涎欲滴的同伴安静了下来，“如果，我是说如果，这些蛋只是其他人委托他保管或者运送的呢？”

“这倒也是。”小晴和青葵一下子泄了气，“那看来是吃不成了。”

“这倒也未必。”碧菘将鼻子凑到袋口嗅了嗅，然后将里面的鸭蛋一个接一个掏了出来。小晴注意到，最后被掏出的几只鸭蛋已经破裂，蛋液在袋子里流得到处都是。只不过，因为袋子本身是用旧文明纪元留下的防水材料制成的，所以她们之前才没有发觉，“至少，我觉得他应该不会反对我们稍微回收利用这些已经破掉的蛋。”

“但……破掉的蛋要怎么弄呢？”小晴问道。由于要尽量避免浪费这种珍贵食物，在绝大多数时候，郁林星的居民们在处理蛋类时，都会采取将它们整个儿煮熟的做法。虽然在没有烹饪条件时，也会有人喝下生的蛋清和蛋黄，但小晴不觉得碧菘打算这么干。

“看我的吧。”在收起医护包后，碧菘先是打开了自己随身携带的水囊，将少量的水倒入了已经被腾出的袋子，然后将水连同蛋液一道，倒入了从飏艇上取出的折叠锅中。接着，她从行李中取出了一大把野菜——这些是她们在离开之前那座无名村落时收到的饯别礼。

“唔，我瞧瞧。有蜂斗菜，也有野葵菜和蕨菜，都很合适。”碧菘一边点起小火，缓慢地加热掺有加水蛋液的折叠锅，一边用小刀将这些野菜迅速切成了手指粗细的长条状，然后撒上了少量的细盐，丢进了慢慢接近沸腾的锅里。接着，小晴和青葵惊讶地看到，原本四处飘散的蛋液迅速粘在了切成细条的野菜表面，并在这一过程中迅速凝固，变成了一团团黄绿交杂、看上去像是毛毛虫一样的东西。在锅里的水完全沸腾之后，碧菘将一小撮有着刺激性气味的牛至叶片粉末，连同几小片切碎的咸鱼一同撒了下去，然后继续安静地等待着。随着越来越多的水在加热过程中被蒸发，剩余的、含有蛋液的汤汁开始变得越来越浓，干巴巴的咸鱼片则随着吸收水分而逐渐膨胀了起来。

“能……能吃了吗？”当锅里的汤汁只剩下勉强可以盖住锅底的一小层糊糊之后，小晴的肠胃已经开始非常不安分地蠕动了——虽然她父母常说，由于祖先往染色体里塞进了兔子的基因片段，所以他们家族的成员都不太能吃肉和蛋之类的动物性食材，但至少在此时此刻，这一理论显然不太站得住脚。

“再等等。”在朝汤里撒下一小把磨得非常细碎的小麦片后，碧菘等待了一小会儿，才用一捧干土盖灭了火，然后用勺子舀了一小碗裹满凝固蛋液的野菜，递给了小晴和青葵。后者只往嘴里塞了一段蔬菜条，双眼就冒出了惊喜的神色。“这这这这味道……真的……”

“怎么样？”

“我……我不知道该怎么说……”一旁的青葵努力搜索着自己不太充实的词汇库，想要找到合适的形容词，“就像是……呃……我也不知道像是什么，但总之非常非常好吃就是了。”

“对，你往里面加入咸鱼片，其实是为了替代盐吧？”在尝了一口之后，小晴评论道，“这个主意很不错呢：比起单纯用盐，咸鱼本身是带有鲜味的，只是平时尝不出来。但如果放进快要煮沸的汤里，就能让味道渗入蔬菜和蛋液……而鱼肉本身的咸味会降低，被煮散的鱼肉和蛋清混在一起，又会让剩下的汤汁变成黏稠的浓汤——关键在于适时地加入麦片增加黏稠程度，还有控制加水的量。这两点做好了，就可以……”

“你呀，平时不是总说自己是东皇太一奉祀官的正统后继者，要‘君子远庖厨’什么的吗？平时在盟会的基地训练时，你也总是拿‘对料理一窍不通’这个理由不去厨房帮忙，”碧菘微笑着敲了一下小晴的脑袋，“怎么现在一下子又变得这么在行了？”

“这……这不一样啦，”小晴连忙为自己辩护道，“野炊属于游侠的基础技能，和在脏兮兮、满是油烟的厨房里干活可不是一回事！这属于我们保护人们安全与幸福的高贵工作的一部分，是非常标准的君子行为！”

“说得好，”随着一股类似雨后松林般的清香从风中传来，有人在小晴身后轻声说道，“那么，请问你们能给我也来一份吗？我也很想亲自体验一下各位在这项基础技能上的造诣。”

# 第三章 东怀公子

“我们是‘绯红誓约’小队，来自水苍大陆的真白盟会，奉命前来贵大陆提供支援。我是担任侦查员的碧菘，这位是担任队长兼驾驶员的青葵，而这边这个自称奉祀官继承人的家伙是小晴，担任通信员和自卫武器射手的职务……啊对了，如果她向你兜售据说很灵验的护身符的话，最好不要买。”5分钟后，那名刚刚从死神手中逃脱、饥肠辘辘的少年一脸满足地放下了手中的空碗。接着，碧菘递给了他一块用来擦嘴的细麻布，并用尽可能温和客气的语气逐一介绍了自己的同伴后，问道：“说起来，我们还没请教您的尊姓大名呢，请问您是……”

“如你所见，我也是一名游侠——虽然现在和一条落水狗也没啥两样。”身材纤细的少年伸手撩起了那会让人将他误认为是女性的柔顺长发，露出了位于脸颊边缘的刺青。虽然乍一看颇为古怪，但只要仔细观察就不难发现，构成这处刺青的图案其实是由两个篆字变形而来：虽说在郁林星上，大多数人都在使用以简化的拉丁字母拼写的、被称为“邦联通用语”的语言，但这种来自古代地球亚洲的书写符号仍然会在一些特定的场合被应用，比如游侠们用于相互识别的标记。在“绯红誓约”小队成员的手臂上，就全都有“真白”这两个字，而这名男孩脸上的字样则是“南终”。“在下姬稷，是来自南终盟会第十九小队的资深游侠。诸位的救助之恩，我一定会终生铭记……啊对了，刚才的那碗浓汤也一样。”

“别把自己的性命和一碗汤相提并论啦。”碧菸耸了耸肩，有些不好意思地说道，但从脸颊上浮现出的些微红晕来看，她显然对这种恭维颇为受用，“况且，游侠之间本来就有必须互相救助的义务。我说的没错吧，东怀公国的公子殿下？”

“呃？你怎么会知道……”姬稷的眉宇之间露出了一丝惊愕之色。与此同时，除了之前那股类似雨后松林的气味，一股淡淡的、类似于茉莉香味的气息也开始从他身边飘散开来。

“很简单，我只是基于你刚才提供的信息进行了一点逻辑推理而已，”在注意到对方的表情后，碧菸有些得意地说道，“你刚才说，自己是南终盟会的人，据我所知，那个盟会位于山玄大陆东侧沿海的东怀公国。”

“对，但这并不能证明我的身份。毕竟，不是所有游侠盟会都只招募本地人。”

“但南终盟会是个例外。”碧菸从挎包里掏出了另一本书——那是一部由这个时代所生产的粗糙纸张装订而成的手抄本地图册，无论是装帧还是制造工艺，与那些旧文明纪元留下的图鉴相比实在是寒酸至极。但即便如此，在这个连印刷术都未能保留下来的时代，这本书仍旧价值不菲，“唔……就我所知，这是唯一一个将总部设在离岛上的盟会。由于特殊的地理位置，被盟会招募的人全都来自东怀公国的主要领土，也就是东怀岛。”她翻开地图册的一页，指了指位于地图边缘的一座不算太大的岛屿。

“所以呢？这顶多只证明了我是东怀公国的人。”

“但是你刚才报上了自己的名字，‘姬’应该是你的姓氏吧？大多数会刻意在名字里保留姓氏的人，都是贵族的后裔，而这个姓氏原本属于紫宸国的国君家系，众所周知，东怀的大公是紫宸国国王的兄弟。”

“你了解的东西确实不少。”姬稷有点佩服地点了点头，“我还以为来自水苍大陆的人不可能会知道这些事情呢。”

“碧菘可是我们盟会里大名鼎鼎的读书家哦。在受训时，她就把总部典籍库里的书全都读了一遍，读书的时间比参加训练的时间还多，所以大家都管她叫‘文字中毒者’。”小晴用不知是褒是贬的语气解释道，“在离开盟会时，她还利用作为游侠的特权以‘行动需要’的名义借走了不少书，天知道带着那些东西究竟有什么用处……”

“恕我直言，如果你以前认真念过书的话，也不至于无法理解知识的价值了。”碧菘耸了耸肩，“按理说，东皇太一的奉祀官应该是古代历史的传承者和经典的解读者，小晴你却连典礼仪式上用的篆字都认不得，史书和经典也连一章都背不出来。就算你在被盟会招募之前没有完成奉祀官的功课，这种情况也是很不应该的吧？”

“呃……那个啥，古人云，‘尽信书不如无书’嘛。比起死记硬背书本知识，我更倾向于从实践中探求真知……再说，至少护身符上常用的那几十个篆字，我都是认识的，一口咬定我不认识那些字也太过分啦……”小晴支支吾吾地为自己辩解着，但显然有些底气不足，那对长耳朵也下意识地垂了下来。

“不过话说回来，就算知道了我的姓氏，也无法构成认定我就是东怀公子的充分证据。”姬稷并没有在意碧菘和小晴的小小争执，而是继续提出了质疑。与此同时，周围空气中那种类似于茉莉花香味的气息也变得更加浓郁了。“你既然了解这片大陆的历史，那当然也应该知道，古老的贵族留下了相当多的后裔。其中不少远系旁支并没有继承权。另外，源自古老王国的贵族并不只有紫宸和东怀，还有许多家族所统治的国家早已瓦解，他们的后裔也都已经流散。这意味着，拥有我的姓氏的人很多，我完全可能是某个压根没有继承权的贵族远支。”

“确实。”碧菘点了点头。根据目前残留的历史记录，在旧文明纪元的末期，有大量来自不同殖民世界的难民，以各种方式抵达郁林星逃避战火，并在这颗星球的宜居区域建立起了风格迥异的大小国家。但在之后的数个世纪中，由于一系列灾难，尤其是几次毁灭性的“凶年”事件，大多数古老的国家都已经分崩离析，像丰宁国一样变成了纯粹的地理概念。在“绯红誓约”的故乡水苍大陆，不同村落与城镇之间的司法仲裁和贸易协调等事务，甚至是由游侠盟会来负责的。而在山玄大陆上，真正意义上的国家也只剩下了屈指可数的几个。“不过，我还有一个，不，两个证据。”

“唔？”

“首先，虽然和我们水苍大陆的男性留短发的习惯不同，东怀和紫宸的男性大多会留长发，但一般人通常会将头发扎成发髻——这据说是一种来自古代地球亚洲的习俗。”碧菘解释道，“但是，富有或者位高权重的那些人却会直接把长发披散下来，就像你一样，这么做的最初目的，是表明自己有钱有闲，可以让用人花许多时间来打理自己的头发……顺带一提，从你的头发的保养程度来看，之前你身边应该一直有人侍奉你吧？”

“啊……被你看出来了。”姬稷的双脸开始略微发红，周围空气中的茉莉香气也带上了一股类似于山楂的、酸酸的味道，“我……我之前确实有个同伴，她姑且也算是游侠的一员。但在昨天的战斗中，我们遇到了一头有点儿棘手的年兽……”

“等等，那头年兽难道是‘荧惑’级别的？”

“对。我在交战时成功击中了它，但我的那艘‘隼’式飚艇的主武器是激光炮，在攻击坚固目标时需要持续瞄准聚焦。结果，在我把它的外壳烧穿之前，就遭到了它释放的太岁的反击。我的飚艇损伤严重，而我从座舱里掉下来受了伤。”

“那我们可得多谢你了！”青葵兴奋地跳了起来，给了姬稷一个热情的拥抱，在她那铁箍般的双臂力量之下，身材比同龄少女还要纤细的姬稷被勒得险些没能喘过气来，“如果没有你留下的伤痕的话，我们可没法干掉那家伙！”

“唔……你们已经干掉它了吗？那……那可真是太好了……但麻烦你……先放开我，肋骨好痛……”

“那么，你的飚艇之后怎么样了？”碧菘问道。

“谢天谢地，它至少没有被直接摧毁。”在从青葵的死亡拥抱下挣脱后，姬稷大口喘着气，抚摸着自己的腰腹部，“我的飚艇在受损之后启动了自动撤返程序，离开了战场，结果我就和我的同伴失散了。”

“那还真惨啊……”一直安静地担任着旁听者角色的小晴忍不住咂了咂嘴。虽然在正常状况下，游侠们的飚艇是由驾驶员操作的，但在两种情况下也会出现例外。其中一种情况，就是飚艇遭受了非常严重的损伤。在这种情况下，飚艇会取消使用者的控制权限，自动返回最近的游侠盟会据点接受维修。

当然，在许多时候，这种撤退意味着任务失败，甚至会导致在战斗中脱离飚艇的游侠因此丧生。但是，比起可以重新招募与培训的游侠，或者是一整座即将面临灾祸的村落，这些已经无法继续生产的古代设备要宝贵得多。因此，游侠盟会从未尝试解除自动撤返程序——当然，就算他们想这么做，也是有心无力。毕竟，对现代人而言，古老的自动化和人工智能技术早已变成了如同魔法般神秘而难以理解的存在，所谓的“程序语言”更是宛如天书，基本无人能够理解。

“唔，话说回来，除了发型这点，判断你身份的最关键的证据，其实是气味，”碧菘抽动着鼻翼，像真正的小狗一样仔细地嗅了嗅空气，

“紫宸和东怀的贵族，拥有一项源自祖先接受的基因改造的特殊遗传特征。这项改造会影响他们的汗腺分泌，使得他们的体味随着情绪变化产生微妙的改变。虽然没什么实际意义，但这是区分贵族位阶的重要标志：常年和平民通婚的庶流与旁支很快就会失去这种特征，只有常年和其他贵族通婚者，比如东怀的大公家系，才能拥有如此……生动的味道。”

“没想到还会有人用‘生动’这个词描述味道。”青葵吐槽道。与此同时，姬稷却涨红了脸，周围空气中的酸味开始陡然变得明显，就像是有人不小心弄洒了一大杯酸梅汁，甚至连鼻子不太灵光的青葵和小晴也能清楚地闻到了。

“好啦好啦，别说了！我承认！”姬稷摆了摆手，大声说道，“我……我确实是东怀大公的第四个儿子，只不过，现在的我已经不是什么‘公子’了。”

“为什么？”小晴问道。

“因为我被我那混蛋老爹从家谱里除名了。”姬稷摇了摇头，“在游侠盟会找上我，宣布我拥有游侠资质之后，我就一直坚持要求成为一名游侠，但他觉得这会败坏公国的名声。所以作为加入盟会的交换条件，我必须和他断绝父子关系。”

“败坏名声？！”“绯红誓约”小队的三人同时露出了不可思议的神情——在郁林星上，游侠可以说是最受尊重的职业。毕竟，人们之所以能够还算平稳地过活，完全仰赖于他们四处驱逐年兽、保卫城镇和村庄。通常而言，加入游侠的行列会被视为巨大的荣耀，至少她们从未听说过，成为游侠居然会败坏名声。

“在你们那边，游侠也许还挺受尊重，山玄大陆的西边也还算好。但是，至少在最近这些年，游侠在大陆东边的名声已经变得有些……

唔……微妙了。”姬稷做了个深呼吸，同时抠了抠腿上的伤疤——之前注射入体内的纳米机器人群落将病原体一扫而空，在一小时前还严重溃烂感染的伤处，现在已经基本愈合了。“总之，一般的游侠或许还能让平民百姓高看一眼，但若是我这种贵族加入游侠，则不免会让人有所疑虑。”

“欸？！”青葵和小晴，甚至是盟会里最见多识广的碧菘全都露出了“有听没有懂”的表情，“这究竟是怎么回事？”

“这……向你们这些水苍大陆来的人恐怕不太容易解释。但如果各位打算继续向东的话，应该很快就会明白我这话的意思了。”姬稷说道，“真是可惜，我现在没有飚艇，无法协助各位……”

“没关系的，你可以跟我们一起走。”碧菘立即说道，“我们现在也打算继续往东，去最近的游侠盟会修理飚艇。如果你的飚艇只是启动了自动撤返程序的话，到那儿多半就可以和你的同伴会合了。”

“对，而且我还从没和一位真正的公子殿下一起旅行过呢，”在说出这句话时，青葵的那对猫耳朵耷拉了下来，闪闪发光的双眼中露出了某种古怪的兴奋与喜悦之色，“这……呃……一定会是一段……呃……非常令人印象深刻的经历。”

“对了，公子殿下，你需要买护身符吗？”在众人开始收拾餐具时，小晴拍了拍姬稷的后背，“我这里恰好有一些受过司掌‘友谊’的第三神殿奉祀官大人祝福的护身符，只要佩戴上它们潜心祈祷，就能改变运势，让人们在无意之间看到你最优秀的一面！这样一来，要获得良好的声誉也就不再只是梦想了！现在买的话还可以打九折，而且可以附送——”

“才不需要那种东西！”除小晴之外的三人异口同声地对她说道。

在这一天剩下的白昼时间中，腿还没好利索的姬稷都一直坐在原本属于小晴的通信员席上，小晴自己则只能和她负责照顾的斑斑一同徒步前进。由于这一带最近下了好几场雨，越是往前，道路就越泥泞，而天空中密布着的云层，也让那颗暗红色的红矮星本就微弱的光芒被进一步削弱，迟迟无法将土壤中的水分烤干。就像往常一样，“绯红誓约”小队遵循着每 6 个小时休息一次、每 12 小时停下扎营睡觉的标准作息，但潮湿的环境严重损害了休息的效率，只有斑斑似乎对此颇为满意，只要小队停止前进，它就会用灵活的口鼻部位翻开路边被泡软的新土，开始孜孜不倦地“寻宝”——有时，它发现的“宝藏”是藏在泥土中的蠕虫或者蛴螬，有时，则是在接触到雨水后竞相生长的真菌和植物嫩芽。在它敏锐本能的“指引”下，碧菘和小晴也趁机跟着收集了不少可以食用的羊肚菌、鹿茸菌和野菜，让路上的餐点增色不少。

自然，与她们同行的姬稷也为丰富餐桌出了一份力。他将自己随身携带的那一整袋鸭蛋统统贡献了出来，而碧菘也没有浪费这些难得的食材。她很快就让其他同行者知道，蛋究竟可以有多少种做法：在整个白昼中，这些鸭蛋被分批次变成了煎蛋、煮蛋、溏心蛋、蛋花汤和填充了新采来的碎蘑菇馅的蛋饼，而每一次，它们都没有让人失望。

“说起来，公子殿下，请问您是怎么得到这么多蛋的？”在最后一批鸭蛋也进了众人的肚子，而郁林星长达 100 多个小时的白昼开始接近尾声之后，青葵好奇地询问道，“据我所知，蛋可是非常珍贵的食材。就算在城镇里的市场上，要一次买到这么多也很不容易……”

“我都说了，别叫我公子殿下。现在我的名字已经正式退出了东怀公国的大公家谱，不再有贵族头衔了。”姬稷有些腼腆地摇了摇头，“至于这些蛋……它们是之前委托我对付年兽的村子送给我的礼物。可惜，我没能完成他们的委托。所以，我觉得把这些蛋转送给最终解决了那头年兽的你们，才是最合适的做法。”

“照这么说，那村子还真是富裕啊，”青葵的脸颊红彤彤的，毛茸茸的尖耳朵每隔一小会儿就会下意识地摇晃一下——自从姬稷加入队伍之后，只要与他开口交谈，她就一直是这副表现，“居然能送给你这么贵重的礼物。”

“不，鸭蛋其实只是鸭川村的土特产而已，”姬稷说道，“村里没有别的好东西，只有鸭子，以及各种和鸭子相关的产品还算拿得出手……啊，对了，那边那条河就是鸭川了。如果顺利的话，今晚应该可以在村里过夜，顺便把年兽被消灭的好消息告诉村民们。这样的话，他们晚上应该就能放心休息了。”

“哇，河里真的有鸭子啊！”小晴指着那条遍布芦苇、蜿蜒曲折的小河，兴奋地喊道。随着黄昏的到来，这条河的河面已经被斜阳的暗红色光芒映照成了一片金红色。许多小小的白色身影就在这片金红色之中来回游动着。不过，在仔细观察了一阵子之后，她突然感到了些许不对劲：“等等……那些……真的是鸭子吗？”

“应该是吧，毕竟这味道错不了。”碧菘仔细地嗅着从小河的方向吹来的晚风，点了点头，“不过，虽然味道确实是鸭子的味道，但这些动物确实有点怪。”

“是哦。”驾驶着缓慢行驶的“小玉”号的青葵附和道。在全小队中视力最好的她可以比另外两人更清楚地看到河面上的那群水鸟的细节：虽然它们的长相与她印象中的普通鸭子相当类似，但却并不像普通鸭子一样，在头颈部位长有亮绿色的绒毛，许多个体甚至从头到脚都是白色。除此之外，比起那些擅长飞行的普通鸭子，这群鸭子似乎并不喜欢使用它们的翅膀。除了偶尔扑腾着飞过一小段距离，它们绝大多数时间都在河面上游动，或者在河岸上走来走去，看起来颇为慵懒。

“这些确实是货真价实的鸭子，没什么好奇怪的。”姬稷解释道，“自从第一批来自其他世界的难民在这片大陆上落脚时，这些鸭子就生活在这片土地上了。当然，就算是同一种动物，在不同的地方往往也会产生不太一样的外貌和行为特征，所以这里的鸭子就算看上去和其他地方的有点儿不同，也没什么奇怪的，更不是人为干预的结果，所以当然也不会触犯任何禁忌。”

“是吗？”小晴半信半疑地问了一句。

“既然公子殿……啊不对，姬稷先生已经这么说了，那肯定没错！姬稷先生不是那种会信口开河的人，我看人很准的！”甚至没等姬稷开口，青葵就已经抢着说道。

“至少，我确实没有必要在这个问题上欺骗各位。事实上，正是托了这些本地鸭子的福，鸭川村的人们才可以过上比其他村子更加富裕的生活。”姬稷说道，“如你们所见，在这一带栖息的鸭子不擅长飞行，也不喜欢迁徙，最重要的是，它们不会怕人。所以，鸭川村的人们只需要为它们提供保护，避免鼬鼠和野猪之类的动物袭击它们的巢穴和雏鸟，就可以源源不断地收获鸭蛋、鸭肉和鸭绒了。除此之外，他们还会把多余的谷物和厨余垃圾投喂给河里的鸭子们，让它们生长得更好，通常……等等……”把话说到这儿，他的表情突然变得阴沉了起来。

“怎么了？”除了脸颊绯红、嘴角仍然挂着傻笑，不知道在胡思乱想些什么的青葵，碧菘和小晴都察觉到了姬稷的不安，“有什么事不对劲吗？”

“是的。按理说，都已经这个点了，村里应该会派人到河边投喂鸭子，并且准备组织今晚的值夜小队才对。现在这里却没有一个人，”姬稷下意识地咬紧了嘴唇，不过，这种紧张的表情反而让他看上去更像是一名可爱的少女了，“鸭川村的人肯定不会忘记这种事！除非……”

随着一阵风从村子的方向刮来，碧菘呼哧呼哧地用力吸了几口气，然后神色阴沉地点了点头："我闻到味道了——是火焰和烟的味道，还有血的味道。"

"大家快上飚艇！做好战斗准备！"之前还一脸傻笑的青葵在听到这几个词后，一下子反应了过来，"肯定是年兽袭击了村子！"

"这可未必。"在飚艇开始加速朝鸭川村驶去时，姬稷用只有自己才能听到的声音小声嘀咕了一句……当然，没有任何人注意到这句话。

由于多了姬稷和斑斑，原本颇为宽敞，足以在让碧菘和小晴坐下后还能留出足够空间存放行李与杂物的飚艇座舱一下变得非常局促，好在，"鹭"式飚艇强劲的动力让他们增加的这点重量变得无足轻重。在升到20米高的空中，并由不足10千米每小时的经济巡航速度快速提升到300千米每小时的战斗时速后，"小玉"号只花了半分钟就抵达了鸭川村……但村里的情况完全超出了"绯红誓约"小队的预料。

"欸？年兽呢？年兽在哪里啊？"坐在飚艇末端的小晴四下张望着，却一无所获：虽然这座村子超过一半的房屋都出现了遭到破坏的痕迹，有些屋子甚至还着了火，但却并没有年兽存在的迹象——即便是"辰星"级年兽中体形最小的那些，其球状外壳的直径也会有6～7米，在开阔地带极为显眼。更重要的是，即使是那些遭到破坏的房屋，也并不像是被年兽摧毁的：后者会直接将屋子碾成一片细碎的木渣与瓦砾，完全看不出原先的形状，还会留下大量气味刺鼻、用于消化有机物的高温腐蚀性黏液。为了维持这种液体分泌，年兽更倾向于在降雨之后，或者接近潮湿区域的地方活动，这也导致了郁林星的居民们对于晴朗天气的喜爱，甚至会在长途旅行时用"日高天晴"作为祝福语。但是，在鸭川村中，被破坏的房屋更像是遭到了人类的打砸和焚烧，而且，飚艇上的众人也没有嗅到那种令人不快的黏液味道。

“恐怕这根本不是年兽干的。”姬稷的表情变得更加阴沉了，“在村里降落！”

“好……好的。”虽然在理论上她才是队长，但青葵立即照着姬稷的命令降低了飞行高度，最终将“小玉”号停在了村子中央的小广场上。大多数村子里都会有这么一块平地，用来晾晒食物、给粮食脱粒，或者存放建筑材料之类的大件杂物。有时候，这地方也会被用于举行各种公共活动，比如婚礼、新年祭典或者重要的祭祀活动。但现在，这儿所举行的“活动”却是一行人前所未见的：数十名衣衫褴褛、惊恐万状的村民被驱赶到了这片场地上，像一群被黄鼠狼包围的鸭子一样瑟缩成一团，而站在他们身边的，是七八个穿着皮甲、戴着金属头盔的人。这些人不断朝着村民们大喊大叫，用手中的武器恐吓他们，在广场的角落里则堆着不少麻袋和坛坛罐罐，似乎是从村民的住所中搬出的财物。

“这是怎么回事？”“绯红誓约”的三人全都对于眼前发生的事毫无概念——在水苍大陆上，虽然作为地理概念的“国家”仍然存在，但因为人口密度普遍低下，不同的村落和城镇很少会因为土地或者资源发生争斗，这类争斗即便发生，也会最终交由具有超然地位的游侠盟会调解和裁决。在极为偶然的时候，水苍大陆上也会有所谓“战争”发生，但这种有限的暴力行为，通常是仪式性和表演性的：来自不同城镇的代表武士们穿上华丽的护甲，在事先约定的地点，通过捉对厮杀的方式决出胜负。

但这里发生的事情显然并非如此。

“恐怕……是从东方来的流寇。”姬稷用恼怒的语气说道，“这些年东方各国之间的战乱一直没有停过，有不少被打散的败兵都变成了这些依靠抢掠度日的匪帮。只不过我也没想到，会有流寇跑到这么远的地方。”

“战乱？”在“绯红誓约”的三人中，除了碧菘多少从历史书中了解过一些相关信息，另外两人对于姬稷的这番话完全无法理解。即便如此，她们还是能够意识到，发生在鸭川村的肯定不是什么好事，“我们要……怎么办？”

“先别轻举妄动，我会先试着和这些家伙交涉。”姬稷说道。随着“小玉”号在村子中央逐渐停稳，几个流寇也从不同方向小心翼翼地凑了过来。这些人有男有女、年龄不一，身上的武器和防具看上去都颇为破旧，许多人身上还缠着肮脏的绷带，残留着丑陋的疤痕，与水苍大陆上那些参加仪式性战斗的武士们衣甲鲜明的模样判若云泥。但即便如此，这些人手里握着的长矛、战斧和滑膛枪仍然足以置人于死地。

“你们是游侠吗？”在这群人中，一个留着花白的胡须和乱发、看上去年纪最大的半老男子大着胆走近几步，大声问道。

“对。”小晴说道，“我们是来自水苍大陆真白盟会的‘绯红誓约’小队。而这边这位公子可是东怀公国的——唔——”

“我说了，让我来交涉。”姬稷没等小晴说完，就一把捂住了她的嘴巴。一股类似烧焦木炭的淡淡气味从他身上逸散开来，很显然，他并不希望小晴在目前的场合说出他的身份，“诸位先生，我是前些日子受本村民众委托、负责保护他们安全的游侠。我希望知道，你们在鸭川村里究竟所欲为何？”

“这不关你们的事，自以为是的小子。”那半老男子的态度虽然不至于特别粗鲁，但似乎对眼前的游侠们并无好感，而他的同伴们也纷纷举起了手中的武器，朝着姬稷一行人示威——这是“绯红誓约”小队过去从未见过的景象。毕竟，在她们的故乡，就算是最桀骜不驯的人，也会在表面上对游侠保持起码的敬意。但在这些人眼中，她们不仅看到了敌意和怀疑的神色，甚至还发现了一丝憎恶。

“你说谁自以为是？！”青葵尾巴和耳朵上的浅黄色绒毛全都竖了起来，她就像一只被激怒的猫一样，从喉咙深处发出了恼火的嘶嘶声。很显然，对方对于姬稷的轻蔑态度让她感到十分不快，“这又怎么不关我们的事了？”

“你们‘游侠’的职责难道不是仅限于驱逐年兽吗？”一个手持滑膛枪的瘦小男人用嘶哑的嗓音喊道，“既然年兽已经被干掉了，那这儿就没你们的事儿了！怎么？难道你们还想收报酬不成？！”

“你……”这下子，就连小晴和碧菘也彻底被激怒了。对于游侠而言，“想要收报酬”可以说是最为激烈的指控——毕竟，游侠的一切生活开支和其他必要费用，在理论上都是由他们所属的盟会支付的，虽然许多时候，因为年兽被驱逐而心怀感激的民众会向游侠赠送礼物，但“游侠不会索取报酬”早已成为常识。

至少，在“绯红誓约”的故乡是这样。

“哈，我就知道你们这些混账游侠是什么东西——你们是担心我们把村里的东西全都拿光了，你们就拿不着报酬了，对吧？”那个瘦小男人似乎将小晴和碧菘等人的表现当成了对他的质问的承认。于是，他从广场的角落里拎出了两只袋子，丢在了众人面前。虽然袋子很大，但这瘦弱的男人拿着却丝毫没费力气，“喏，这是两袋子鸭绒，都是最上等的。我们也没想到，这么个破村子里居然能有像这样的好东西！拿到之后就快滚吧！你们这些道貌岸然的混蛋，这是你们应得的！”

“队长，看来这些人并不知道村里的鸭绒是哪儿来的，”碧菘小声对青葵说道，“这应该是件好事，起码他们不会去打河里的鸭子的主意。”

“恐怕未必，”姬稷说道，“这支流寇应该是从比较远的地方流窜到这一带的，所以才不清楚鸭川村的事儿。不过，用不了多久，他们就会开始怀疑这些鸭绒的来历，在最糟糕的情况下，这些人说不定会对村民们严刑拷打，迫使他们说出是如何获得鸭绒的。”

“这……严刑拷打？会有这种事？！”青葵惊讶地问道。

“在以前倒是没有，”姬稷摇了摇头，“但现在的山玄大陆，特别是东方诸国，已经和往日大不相同了。古老的规则和礼仪都已经被人们所遗忘，像这一小群流寇，其实远远不能算是最糟糕的东西。”

“一小群？”青葵有些不可置信地咬了咬嘴唇。在她看来，这十几个流寇已经是一支规模不小的武装力量了——毕竟，在玄关海峡西边，不同村镇之间在偶尔以仪式性战斗解决争议时，往往也只会派出数十人而已，甚至双方只派出几名冠军轮流单挑的做法也屡见不鲜。

“喂，你们这到底是要干什么？”见对方不但没有去拿自己扔下的“报酬”，反而开始窃窃私语，瘦小男人有些不耐烦了，“装清高不要报酬是吧？那就现在滚吧！这里已经没有年兽了，也没你们的事儿！”他一边挥手，一边从嘴角发出驱赶讨厌小动物般的“嘘嘘”声，似乎对游侠这个职业极为鄙夷。

“不，这里当然有我们的事儿，”姬稷走下飚艇，朝对方走近了几步，“这位先生，您说得没错，作为游侠，我们确实只有驱逐年兽这一项职责。但是，作为一个路见不平的普通人，我很希望问各位两个问题：请问诸位来自何处？而这座鸭川村里的村民，与各位是否有什么宿怨？”

“我以前是沧罗国人，”或许是察觉到了姬稷身上那种与众不同的气度，之前带头逼近飚艇的那个半老男人在开口回答问题时，语气变得温和了不少，“在和濂宁国的战争中，我居住的村子成了两国交战的场所，而我们一族里的青壮年，甚至像我这样的老头子，都被征召参战，许多人都在战场上白白丧了命。我不想和那些人一样变成秃鹫与蛆虫的食物，就带头做了逃兵。我的同伴中，大多数人都是因为类似的原因逃出来的。在那之后，我们一路往西，就来到了这里。”

“那你们为什么不在这里安安分分地过日子？”姬稷问道，“大陆西部地广人稀，有的是未经开垦的土地。你们完全可以在这里住下来，然后开始一段全新的生活。”

“因为我们还想回去，”半老男人哀伤地说道，“我们……大多数人是在战场上逃走的，但我们的家人和亲戚都还留在故乡，而战争迟早会结束。到时候，我们总得回到家乡、重新开始，如果能在那之前存下一些财物的话……”他瞥了一眼从村里抢来、堆在附近角落里的物资，“到目前为止，我们的目的只是抢一些浮财而已。如果不是迫不得已，绝对不会杀人。”

“是吗？那看来你们还没糟糕到不可救药，”姬稷露出了一个看上去非常……少女式的甜美微笑，一股带着些许酸苦味的甜美气味从他身边散发开来，就像是用毒花酿出的蜂蜜，“这样的话，我可以给你们一个机会：把抢到的东西都留下，然后离开这里，不准回来。我不会追究你们破坏房子和恐吓村民的罪过，如何？”

“不可能！”那个拿着滑膛枪的男人吼道，“凭什么？你们这些游侠自己就不是什么好东西，有什么资格对我们指手画脚。”

“我承认，在大陆的东方，或许有一些游侠确实不是好人，”姬稷的脸色阴沉了下去，之前那种带着酸苦味的甜蜜气息，已经变成了纯粹的、刺激性强烈的酸味。就算是嗅觉不太灵敏的小晴，也从中察觉到了危险的味道，“但我现在不是作为游侠，而是作为一个路见不平的好心人与你们交涉。在我数到三之前，你都还有时间考虑。一、二……”

“欺人太甚！假仁假义的混蛋！”还没等姬稷数到三，男人已经举起了滑膛枪，朝着他扣动了扳机。在水苍大陆上，“绯红誓约”一行人也曾经见识过这种用火绳和黑火药击发的原始枪械，但它们只是被用作狩猎的工具，从未被用于城镇之间的仪式性战斗。可是，这个男人手中的滑膛枪显然是用来杀人的。

但它射出的弹丸并没有击中姬稷。

“虽然我不愿伤人，但也有权自卫。”还没等黑火药燃烧的硝烟散去，姬稷已经抓住了男人持枪的手腕——虽然体格如同少女般娇小，他的腕力却一点也不弱，对方用尽力气，却无法挣脱他的抓握，“另外，在这个距离上用滑膛枪射击是不明智的。这种原始枪械从点火到子弹出膛之间的间隔时间超过半秒钟，对我这种游侠而言，如果事先有所防备，这点时间是足够采取躲避动作的。”

“少……少废话！”那人虽然无法挣脱，却仍然不打算示弱，“你这小白脸不过是有点儿狗屎运而已，别以为自己很了不——噗啊！”

“抱歉，您父母没好好教过您如何礼貌地说话吗？”在用势大力沉的一拳击中瘦弱男人的脸颊之后，青葵冷哼道，“居然接二连三毫无缘由地侮辱公……啊不对，侮辱他人。光凭这点，我就有必要稍微教育教育你。”

“那个，队长她刚才是想说‘公子殿下’吧？”小晴凑到碧菘耳边，用略带促狭的语气嘀咕道。

“也许吧，但这不重要，”随着其他流寇纷纷拿出武器，朝着他们逼近，碧菘摇了摇头，“今天的事儿恐怕有些麻烦了。”

# 第四章　破戒者

在那些气势汹汹的流寇一步步逼近的同时，小晴迅速地估算了一下敌我双方的力量对比：单论人数，对方能够站着的总共还有 7 人，而他们这边只有 4 人，显然处于不利局面；更重要的是，对方手中全都持有武器，而如果撇开飚艇上的武器装备不算的话，他们身上只有几把工具小刀。在对上述信息进行了一通分析之后，她迅速得出了一个显而易见的结论，并将手伸向了“小玉”号的自卫用爆能枪的保险。

“别。”虽然面对着那群流寇，但青葵那对灵敏的耳朵还是捕捉到了小晴打开保险时的声音。她抬起一只手，朝着小晴的方向晃了晃食指，示意她立即停下：“我想，我和公子殿下应该能说服这几位朋友。你们俩就不需要掺和了。”

“说服？”小晴被这个词搞得愣住了——至少在她看来，眼前这群恨不得把他们生吞活剥的家伙可不是靠三言两语就能搞定的。不过，仅仅几秒钟后，青葵就用实际行动向她展示了“说服”这个词的另外一种含义。

当青葵又准又狠的飞踢落在自己的胯下时，离她最近的一个壮汉完全没有反应过来：虽然他也注意到了青葵信步朝自己走近，但身上的护甲与战斧，以及青葵赤手空拳的状况还是极大地削弱了他的警惕心。而当他认识到这个错误时，从双腿之间传来的痛感已经让他的大脑无暇再思考该如何采取补救措施了。就在壮汉仰面跌倒后不到一秒，一个披头散发、握着长矛的粗野女人成了她的下一个目标——虽然这女人比她的同伴反应速度要略快一些。在意识到自己成为目标之后，她立即放平钢制矛尖，摆出了准备战斗的姿势，但这并没有为她带来什么优势。

在用一个假动作欺骗对方提前刺出长矛之后，青葵就像一头真正的掠食猛兽一样一跃而起，以寻常人类无法做到的敏捷度一脚蹬在了长矛杆上，在让矛尖扎入地面的同时，一脚踢中了那女人的腹部。吃痛后退的女人仓促朝后退了几步，又撞在了一个正在准备举枪射击的同伙身上，还没等这家伙反应过来，刚刚击倒了另一个持刀男人的姬稷已经欺身上前，在夺下滑膛枪的同时朝他的肩颈部使出了一记肘击。

那倒霉的家伙顿时像断线人偶一样倒在地上，失去了意识。

“干得漂亮！”碧菘和小晴一同鼓起了掌。虽然游侠们的主要武器是飚艇，因此并不强制要求具备优秀的近身战斗能力，但精于此道者也并不算少，而青葵就是其中之一。拜祖传的基因改造所赐，她的肌肉力量和反应速度比起普通人类，倒更接近于一头小型的美洲豹，这种先天优势再加上日常进行的大量训练，使得她能够轻易打败绝大多数持有武器的普通人。不过，让她俩有些意外的是，看上去纤细瘦弱的姬稷居然也有着不凡的身手，虽然未必比青葵更强，但她俩就算加在一起，恐怕也不是他的对手。

“好了，先生，请问现在我们可以比较……平等地交涉了吗？”姬稷吹了吹夺来的滑膛枪的火绳，将枪口指向了最后还站着的那名流寇——也就是之前最先与他们对话的半老男人。在看到枪口的瞬间，须发斑白的流寇小头目短暂地流露出惊恐的表情，但很快，他就又恢复了镇静。

“来吧，杀了我吧。”半老男人说道，“反正这对你们这帮伪善的家伙而言，也不是什么难事，对吧？”

“喂喂，嘴里放干净点，公子……不，我们游侠哪里伪善了？”青葵气鼓鼓地走上前去，伸手拔下了半老男人的一小撮花白的胡须，让后者疼得发出了一声惨叫。

“请克制一点，青葵小姐。不要随便使用不必要的暴力。”姬稷朝青葵投去了一个不满的眼神，后者顿时打了个哆嗦，像一只犯了错的小猫一样缩到了一旁，耳朵和尾巴都紧贴在了身上，“另外，我大致可以理解这位先生的指责……虽然我并非是那样的人。”

“并非？哈！我……我看出来了，你这模样……难道你是紫宸的王室吗？还是东怀的大公家的人？”半老男人突然跪坐在地，发出了歇斯底里的笑声，“果然……你们就这样直接操纵着游侠盟会，让他们为你们的野心服务吗？！”

“什么野心？请恕我直言，我对郁林星上的每一个人都没有恶意，也从未有过任何非分的政治企图……事实上，现任的东怀大公，已经与我断绝了父子关系，因此我在理论上并不能算是大公家或者王室的一员——以上所言字字非虚。”在用平稳而不容置疑的语调说出这番话时，一股令人心神安宁的、类似茉莉的清香在姬稷身边逸散开来。虽然很难用语言精确地描述，但在闻到这股气味时，小晴和碧菘都立即确信，她们的这位新同伴确实没有说谎。“我知道有些游侠背弃了自己的誓言和戒律，但那不包括我。”

“好一个‘不包括’！在大陆的东方，现在哪一国的军队里还没有游侠助阵？而且，我以前居住的村子，就是被游侠毁掉的！所以才不得不背井离乡，靠着四处劫掠度日！”半老男人继续冷笑着，完全不接受姬稷的说辞，“9 年前的那天，我亲眼看到他们的飚艇从空中投下火焰，把村外的整片田地，连同正在田里工作的人们都变成了火海！之后火势一直延烧，毁掉了大半座村子……我的孩子，我的亲戚，他们……”男人的笑声突然变成了抽泣。

“等等，先生，这在技术上不太现实吧？”一直没有插话的碧菘终于忍不住说道，“我们游侠的武器，是不能用来直接攻击人类的！”

“没错，在加入盟会时，我们就被告知过，‘仁者爱人’这句古话是盟会存在的第一信条。最重要的是，我们的武器里也内置了基于这项信条的程序。”小晴打开保险，在没有瞄准的情况下用爆能枪朝着半老男人的方向猛烈扫射了起来。在几秒钟内，数十团高能等离子团像雨点般呼啸而出，在他身边留下了一连串泥土被灼烧后产生的焦黑小坑，其中一发甚至打中了他丢在脚边的斧头，把这件武器烧成了红热的废渣……却没有任何一发击中半老男人。“看到了吧？只要我们的瞄准具检测到瞄准方向上有人类，就会制止针对人类的射击。这项程序是无法由游侠本人更改的。”

在说完这句话后，小晴长长地呼出了一口气——毕竟，刚才她的做法等同于交出了一张重要的底牌。除了少数与游侠有特别关系的人，绝大多数普通民众对游侠的了解仅限于“基于规则不会攻击人”，而不是“无法蓄意用飚艇的武器攻击人”，因此，许多游侠都习惯于用爆能枪进行警告射击，以此吓跑那些不怀好意，却又并不理解这一点的家伙，而在刚刚被这群流寇包围时，她也是这么打算的。

“当然，如果人隔得非常远、处于掩蔽物内或者快速移动状态下，瞄准具也有可能没法立即将他们识别出来。毕竟这些设备都已经非常古老了，平时我们只敢让它们以最低功率运行。”碧菘补充道，“还记得吗？在上次的村子里，我们之所以差点误伤那个男孩，就是因为设备来不及识别的缘故。所以，这位先生声称游侠袭击了他们的村子，也许只是一次误击而已。或许那些游侠当时正在对付年兽，却不小心射偏了……”

“这绝不可能！”半老男人瞥了一眼脚边那些还在冒烟的焦坑，摇了摇头，“我记得清清楚楚，村子周围当时根本没有年兽出没！他们就是冲着我们来的！”

“这……”小晴还想要说什么，却被姬稷用一个手势打断了。随着村子外围传来一阵喧哗声，一股类似燃烧的松节油的紧张味道开始在他身边逸散开来——有一股二三十人的流寇突然出现在了鸭川村的入口。很显然，之前占领村子的这些人并不是他们的主力。

作为流寇头目的半老男人却并没有露出欣喜的神色。相反，当一阵众人非常熟悉的、如同无数昆虫振翅般的嗡鸣声从空中传来时，他甚至因为恐惧而打起了哆嗦：在远方被浓密森林覆盖的山峦上方，两台飚艇正贴着树梢朝村子飞来。在看到飚艇的梭状轮廓朝他们迅速接近时，冲到村外的流寇们纷纷发出了悲鸣。

“不！我们没有甩掉它们！”

“快跑！散开跑！”

“来不及了！找个地方躲——”

最后那人的尖叫还没结束，一道炽热的光束已经短暂地点亮了半个天空。对于所有游侠而言，这种光束的色调并不陌生：那是双座型“隼”式飚艇特有的激光炮开火的景象。与更大一些的“鹭”式飚艇不同，“隼”式飚艇只有两名乘员，而作为主武器的激光炮虽然不需要像“鹭”式飚艇的等离子弹那样进行长时间的充能，但在破坏年兽甲壳时的效果也并不太好，更适合用来扫荡所谓的“软”目标……比如说，那些正在奔逃的流寇们。虽然激光扫过他们的时间只是短短一瞬，但在这极短时间内放射出的强大能量，仍然让这些不幸者身上的一切可燃物都熊熊燃烧了起来——无论是毛发、衣服还是皮肤。注定难逃一劫的牺牲者们在火焰的包裹下挣扎着、呼号着，然后一个个死去。

“你……你们！”在目睹了这一切后，那名半老男人发出了半是哭喊、半是悲鸣的凄厉吼叫，挥舞着手中的斧头冲向了“绯红誓约”一行人。不过，在下一个瞬间，姬稷就把那支抢来的滑膛枪当成棍子，用力砸在了他的一侧大腿上，让他不得不跪倒在地。“抱歉，看来你确实没说谎，”姬稷说道，一股类似于山茱萸和花椒的辛辣气味从他身上散发了出来，“说实话，虽然对于臭名昭著的‘破戒者’和‘影之战争’早有耳闻，但我也是头一次亲眼见到他们如此肆意妄为。”

“破戒者？影之战争？”出身于水苍大陆的另外3名游侠都从未听说过这两个词，但她们当然也不是傻瓜——在看到刚才那惊人的一幕之后，任何头脑正常的人都能在几秒钟内大致将这两个词的含义猜出一二，“这究竟是……”

“没空解释了！赶紧发动飚艇！”姬稷举起滑膛枪，朝着一架刚用激光炮完成扫射、从不远处飞过的“隼”式飚艇开了一枪。沉重的铅弹打在了这架有着数个世纪历史的技术遗物的外壳上，然后就被无害地弹开了，甚至未能在那层强化碳纤维结构表面留下一丁点儿划痕——在巨大的技术鸿沟面前，能够确保游侠无法侵害郁林星普通民众权益的唯一硬性保障，正是小晴之前提到过的、理论上应当植入了每一艘飚艇武器系统中的“仁者爱人”程序。但对于不再受到这一程序束缚的“破戒者”而言，寻常人等早已无法与他们相抗衡。

唯一能对付他们的办法，只剩下一种……

“发动飚艇之后又要怎么办？”随着“小玉”号的反重力发动机开始激活，小晴将窝在她的座舱里瑟瑟发抖的斑斑丢给了姬稷，然后问道，“那些家伙也是人类对吧？我们的武器可没办法用来攻击人类啊！”

“哈？！你在盟会上基础理论课时难道没听过吗？”这下换成姬稷傻眼了，“关于我们的武器限制条例里，有一项额外条款：当其他游侠使用技术装备主动攻击其他人类时，飚艇的武器系统会暂时开放针对他们的打击权限。所以你现在其实已经可以攻击这些家伙了。”

“唔……真的吗？欸，真是这样！”在将爆能枪指向空中盘旋着的一艘“隼”式飚艇之后，小晴惊讶地发现，本该在瞄准人类时出现在光学瞄准具中、用于表示“无法开火”的红色叉号并未出现，不过，由于双方的距离太远，她并没有立即开火，“我以前居然不知道还有这种事。”

“那是因为你在上理论课的时候有一半的时间在打瞌睡吧？”碧菘嘀咕道，“要是我没记错的话，连青葵醒着的时间都比你要多。”

“好了，现在没时间说这个啦！”随着飚艇开始加速，青葵说道，“小晴，用公共频道向那些家伙发出信号，询问他们的身份和目的，以及为何攻击人类。命令他们立即停止行动。”

“先礼后兵吗？”小晴咬了咬嘴唇，开始在通信面板上操作了起来——由于平时以单打独斗为主，她在大多数时间扮演的都是后座自卫武器射手，而不是作为“本职工作”的通信员角色。但是，在需要与多支游侠小队共同行动时，一艘“鹭”式飚艇的存在是很有必要的：这种飚艇的通信设备功率和抗干扰能力在所有飚艇中都是最强的，尤其是考虑到郁林星所绕转的那颗红矮星所制造的不稳定电磁环境，“鹭”式飚艇在许多情况下的价值更是无可取代，“好吧，我试试。”

当小晴按照青葵的指令将信号发出后，那两艘“隼”式飚艇迟迟没有回应，而是继续进行着它们的“工作”：其中一艘在激光炮完成重新充能后，立即再度俯冲过正在惊慌逃难的人群，将 10 多个村民和流寇不加区分地点燃，另一艘则在盘旋一圈之后离开了村子，朝着附近的河流驶去。

“他们没有回答，”小晴说道，“现在该怎么办？”

“制止他们。”青葵言简意赅地说道，同时控制飚艇加速冲向了那艘刚刚完成扫射的“隼”式飚艇。与“鹭”式飚艇不同，“隼”式飚艇并没有额外装载自卫武器，一旦主武器进入充能状态，就会在短时间内失去作战能力，这种弱点也让这种型号的飚艇更加适合组队行动，而在单打独斗时显得颇为脆弱，经常会在与年兽的交战中意外“翻车”——姬稷的情况就是个很好的例子。不过，就算那艘“隼”式飚艇还能开火，情况也不会有什么变化。因为青葵选择了冲向它的后侧下方。由于唯一的主武器朝向正前方，而且驾驶者的后向视野非常有限，在发现自己被咬住尾巴时，小晴已经将十字瞄准线压在了它的艇身上。

根据爆能枪瞄准器自带的读数，小晴在之后的5秒内总共发射了80次标准威力的高能等离子束，其中大约十分之一命中了目标。“隼”式飚艇的外壳被灼出了好几个红热的孔洞，黑色羊毛般的浓烟从里面冒了出来，让空气中充满了一股刺鼻的味道。不过，这一轮攻击显然并没有摧毁那艘飚艇的关键设备，目标左右摇晃了几下，却并没有被迫降落。

“只命中了这么几发而已吗？小晴的枪法好差啊。”碧菘嘀咕道，“我记得你以前不是总向别的游侠推销什么‘一发必中’的护身符吗？为什么轮到自己就没用了？”

“啰……啰唆！”小晴生气地抖动着长长的耳朵，把挂在上面的护身符摇晃得叮当作响。虽然她现在很想继续开火，但可惜的是，这支年高有德的古老爆能枪已经有相当长的时间未曾更换过枪管和供能用电容器。为了避免过热，她只能在每次快速射击后都进行一次冷却操作,“那些护身符因为太好用，之前已经被别人买完了，我现在手里正好没有啦！这就是古人所谓的‘福兮祸所伏’，充分说明生意做得太好有时候也是……”

“那你耳朵上挂着的又是啥？”碧菘耸了耸肩，指了指小晴左耳上挂着的一只镌刻着“必中”两个篆字的黄铜护身符。

“那个是……啊……呃……那不重要啦！反正先解决掉这家伙再说！”随着冷却剂汽化的烟雾从爆能枪中排出，小晴总算做好了再次射击的准备。但可惜的是，就在她忙着进行冷却的这几秒钟里，那艘“隼”式飚艇的驾驶者也已经琢磨出了应对不利局面的方法，在接连做出几个S型机动动作后，将飚艇的高度降到了几乎紧贴地面的程度，并开始利用燃烧的房屋废墟与“小玉”号捉起了迷藏。比起体积较大、机动性更差的“小玉”号,“隼”式飚艇在机动性上的优势要大得多。小晴好几次试图在瞄准具的视场中锁定对方，但都只能作罢，这也意味着，在无法进行长时间持续扫射的情况下，射击技术差强人意的小晴几乎不可能用这挺爆能枪击中对方。

值得庆幸的是，不知是否因为之前被击伤的缘故，在一阵腾挪躲闪后,“隼”式飚艇的机动幅度开始逐渐减小，速度也开始放慢。而“小玉”号也不必再费力地应对对方的机动，二者的行驶路线逐渐变成了一条直线。“它快要不行了！”小晴兴奋地喊道,“我这就把它——”

“不，注意后上方！”青葵突然大喊道。

“后上方？欸？！”虽然不能理解为什么要这么做，但“绯红誓约”的队员们都很清楚，她们的队长或许在别的时候会很不靠谱，唯独战斗中的直觉绝对不差。按照青葵的要求，小晴立即以最快的速度将爆能枪转向了后方，接着，她在瞄准具中看到了令人惊出一身冷汗的一幕：之前从村子边缘飞离的那艘“隼”式飚艇刚好在这一刻钻出了薄纱般的云层，用艇身前端的激光炮瞄准了“小玉”号。如果她的动作再晚两秒钟，被从背后射来的高能激光连同“小玉”号一道烧融，就将是她们三人的下场。

“好家伙，搞这一出是吧？！”小晴恼怒地咬紧嘴唇，狠狠地扣下了爆能枪的扳机。由于那艘“隼”式飚艇正在进行瞄准和武器预热，完全无法机动，双方基本上处于相对静止状态。这也意味着，就算凭着她那差强人意的射击技术，在这种情况下要命中对方也不是什么难事。“尝尝这个！”

即便飚艇的前风挡具备一定的防御能力，但在温度高达数千摄氏度的等离子弹面前，也和一层薄纸没什么区别。那名准备偷袭的游侠甚至来不及操纵座驾进行躲闪，就在一道迎面而来的刺眼闪光中结束了自己的一生。在他身后的武器操作席上，他的同伴倒是幸运地存活了下来——但也只是多活了几次心跳的时间而已。就在他试图启动逃生设备脱离座舱时，为那门激光炮供能的能量电池相当不凑巧地被引爆了，爆炸的冲击波让他的身体像一只被踩破的气球被瞬间粉碎，大量令人作呕的半流质残片随着纷飞的余烬从空中落下。

直到那艘“隼”式飚艇彻底在浓烟与火光中消失之后，小晴才终于意识到，自己刚才做了一件整个真白盟会，不，也许是整座水苍大陆上的游侠都不敢想象的事：她不但用游侠专用的飚艇上的武器杀了人，而且还杀死了两名与她一样的游侠，顺带摧毁了那艘可谓无价之宝的技术遗产。在意识到这一事实的瞬间，她原以为自己会惊恐，会不知所措，会陷入价值观崩溃的境地。但让小晴惊讶的是，除了一丝惶恐不安，以及一点点庆幸，她什么都没有感觉到。

“或许，这是因为是他们先动了手吧……”小晴自言自语道。

“可恶，那家伙跑了。”就在小晴想起来要调转枪口、继续对付前方的那艘飚艇时，一团呛人的烟雾突然笼罩住了“小玉”号，迫使青葵不得不为了避免撞上房屋废墟而拉高了飞行高度——那艘假装受损严重、试图以自己为诱饵吸引“绯红誓约”注意力的“隼”式飚艇在发现同伴被消灭后，立即放弃了原本的作战计划，释放出了大量烟幕，“碧菘，火控雷达能找到它吗？”

“不行。”碧菘用略显沮丧的语气说道，“这些烟幕可不普通。如果我没猜错的话，它们应该也是旧文明纪元的造物，在发烟剂中混合了纳米级电子干扰纤维，在妨碍目视观测的同时也能把雷达变成‘瞎子’。当然，如果继续飞高一些的话，也许能摆脱干扰影响。”

“是吗？那好吧……”青葵不甘地咬着牙，让“小玉”号持续爬升到了超过200米的高度——虽然也可以被视为一种飞行器，但飚艇并不能像过去的固定翼飞机一样在高空长时间停留。在绝大多数情况下，为了避免引擎负担过重，飚艇都会选择以更接近于地效飞行器的方式贴地飞行，对“小玉”号而言，200米几乎已经是上升的极限了。当然，正如碧菘所说，在抵达这一高度之后，她们确实摆脱了烟幕与电子干扰的影响。但那艘“隼”式飚艇早已趁机逃之夭夭，无论是肉眼还是雷达都无法找到它的踪迹。而在不算太远的地方，一场熊熊烈火正在四处蔓延，显然是不久之前被点燃的。

起火的地方正是被鸭川村视为命脉的鸭群聚集的河畔。

“好啦好啦，其实那不是你的错，也不是任何人的错啦。”在一个半本地日之后，当“小玉”号结束了6个小时的行程，准备在路边停下来时，小晴拍了拍又开始唉声叹气的青葵的肩膀，试图安抚自己的队长，“我们当时不可能预料那帮‘破戒者’的袭击，在那种情况下，能够在袭击开始之后击落他们一架飚艇，已经算是非常不错的了。”

“是的。从战术层面上讲，除非事先有充分准备，否则阻止他们摧毁鸭子的栖息地是不可能的事情。”正用上次做饭时剩下的野山芋投喂斑斑的碧菘也补充了一句，“而且我们的战斗表现并不差。尤其是考虑到我们三人，不，应该是所有海峡以西出身的游侠都没有与其他游侠战斗的经历，能打成这样其实很不容易……”

“我知道，但干掉那两个混账‘破戒者’也不能让死掉的人复活，更不能让那些被烧成灰的鸭子回来……我原本还希望以后能继续吃到鸭川村的鸭蛋。”在控制着飚艇停好之后，青葵愤愤不平地说道。自从那场战斗之后，她就开始经常流露出这种情绪，只有与姬稷待在一起时，才会稍微表现得开心一些。

“那个嘛……也许以后也不是不行，虽然得等上一段时间……”姬稷说道。在那次袭击中，有 10 个流寇和 7 个村民死于两艘“隼”式飚艇的攻击，更糟糕的是，在袭击村子之前，它们首先攻击了河边的鸭群栖息地。致命的激光武器在瞬间煮沸了河水，点燃了河边的芦苇丛，将上千只鸭子，以及它们在河边的巢穴全部扫荡一空，少数幸存者也被大火驱散，不得不逃之夭夭。值得庆幸的是，在鸭川村里还留存着少数已经受精、可以孵化的鸭蛋，村民们也设法找回了几十只鸭子，但即便如此，让鸭群恢复数量也需要好几年，甚至更长的时间。

没人知道这种袭击究竟是为了什么。

在询问了残存的几名流寇，尤其是那名首领之后，“绯红誓约”一行人得知，这些会使用飚艇袭击平民的游侠，似乎被以“破戒者”这一恶名相称。但人们并不知道“破戒者”究竟为何要四处进行破坏，也不清楚他们的具体身份——在过去，曾经有人致函游侠盟会，要求查清作恶者，最终调查却迟迟没有进展：根据盟会的公告，所有在盟会登记造册的游侠，其飚艇都会定期发回方位信息。而对这些方位信息的清查结果表明，所有盟会麾下的游侠都有着完美的不在场证明，无人曾经袭击过无辜民众。

当然，与人们几乎无条件信任着游侠的水苍大陆不同，在山玄大陆，尤其是大陆的东部地区，一般民众对于盟会的信任度并不太高，那几个被抓住的流寇尤其如此：他们一口咬定，盟会的说法不过是谎言，游侠都是些假仁假义、残暴嗜血的人渣败类。虽然青葵等人一开始还想要反驳，但一想到导致这些不幸的人落草为寇的原因，她们就放弃了争辩的打算。

在离开鸭川村前，一行人还检查了那艘被击毁的“隼”式飚艇的残骸：由于在准备开火时凑巧被击毁电容器，导致了致命的大爆炸，这艘飚艇连同里面的操纵者都被炸得粉碎，连比巴掌更大的残骸也没剩下几块，更别说回收有用的零件了。不过，在仔细搜索过那一地狼藉之后，他们还是发现了一份被烧得只剩少数残片的笔记，其中勉强可以辨认的少数文段中，反复提到了一座位于山玄大陆南方的港口城镇——雨安国的狐港，并且强调了要在当地“执行任务”与“集结”。于是，这座港口城镇也就变成了他们接下来的目的地。

“唔，天气热起来了呢。”在跳下“小玉”号之后，小晴像一只刚从水里爬出来的小动物一样用力地抖动着身子，甩掉了浑身上下渗出的汗水——随着众人不断向南进发，从这一天的早晨开始，“小玉”号上的气温计读数就已经超过了 35℃。虽然飚艇在理论上安装有被称为“空调”的、可以调整座舱内温度的设备，但为了减少设备损耗，极少有游侠会使用它们。在气候寒冷之处，倒是可以利用发动机产生的废热取暖，可一旦到了炎热的地方，飚艇座舱内的环境就会迅速向烤箱靠拢。“啊啊啊啊热死啦热死啦热死啦！所以说我才讨厌南方嘛。”

“往好处想，至少在这种阳光强烈的地方，为飚艇充能需要的时间也变少了。”碧菘一边展开“小玉”号两侧短翼上的太阳能充电板，一边说道。虽然也有别的充能手段，但在大多数情况下，那颗高悬或者低垂在天空中的暗红色恒星是飚艇组织主要的能量来源，“呼……出了太多汗了，好口渴。”在干完手头的工作后，她下意识地伸出舌头，开始以相当可爱的方式小口小口地喘气——这个习惯性动作也是她祖先植入体内的犬科动物基因片段所带来的遗产之一。

“没心情做饭了，”连续驾驶了几小时的青葵直接趴在了路边的地面上，将腰间水囊里剩下的那点儿水全都倒进了嘴里，“天气这么热，光是想一想烧火煮饭就让人烦透啦。”

“那就吃点水果之类的东西吧。”姬稷建议道。

“怎么可能恰好有水果啊，而且我们现在也懒得去煮。”小晴嘟囔道。与物资供应丰沛的旧文明纪元不同，在这个不存在现代农业的世界上，水果是一种并不常见的东西。大多数时候，野生水果不但数量少，而且口味往往又酸又涩，只有在用加过糖或者蜂蜜的水煮过之后才容易入口。“算了，能有点凉水喝就不错了，反正我们也一点儿都不饿。”

“但我建议还是吃点东西，要是在饿着肚子的情况下不得不投入战斗，可不是什么好事。”姬稷耸了耸肩，朝着道路两旁四下张望着。接着，他的注意力落在了不远处的一大片有着宽大的翠绿色叶片，以及粗壮的浓绿色茎秆的植物上，“唔，看来我们的运气不错。”

“怎么了？”青葵问道。

“是香蕉林。”姬稷有点儿兴奋地说道。

“太好了，公子殿下！你找到香蕉林了！”青葵兴奋地说道，“不过……呃……香蕉是什么啊？”

“那是一种植物，生长在接近南方昼半球的湿热地带，”碧菘说道，“比如说这种地方。”

“它能吃吗？”小晴问道。由于水苍大陆比山玄大陆整体上更接近于永久封冻的夜半球，只有极少数区域位于昼半球附近。因此，包括她在内的绝大多数水苍大陆居民都对于热带植物一无所知。

“能吃，但据说不太好吃，”碧菘晃了晃尾巴，似乎想起了什么让人不太愉快的事，“我在被盟会选中之前，曾经跟着家人去过南方，所以也吃过几次香蕉。总之，这东西的果实虽然看起来很大，但里面的种子非常多，得花不少时间才能把里面的那点果肉挑出来，然后做成糊糊。而且如果生吃的话，还会有股涩味……”

“哦，这可就未必了，”姬稷摆了摆手，露出了一抹意味深长的笑意，他身边的空气中也出现了一缕快活的鲜甜味道，“在我们这块大陆上，香蕉是一种……不太一样的东西。”

“哦？”

“跟我来就是了。”姬稷丢下这句话，率先走向了那片香蕉林，而将信将疑的碧菘、打着呵欠的小晴，以及一脸好奇的青葵也都跟了上来。但他们没走出多远，就又放慢了脚步。

“这里……有些不对劲。”碧菘指了指香蕉林外侧的一条沟壑，小声说道，“看那儿，那是一条排水沟。如果我没记错的话，由于不怎么好吃，应该没什么人会故意种香蕉才对。”

“也许这条沟是用来干其他事的呢？”小晴猜测道。

“那这些脚印你打算怎么解释？”碧菘朝着地面努了努嘴，然后又俯下身来，小心翼翼地嗅着留在红壤地面上的一连串足迹，“这些脚印的味儿还留着，肯定是不久之前刚留下的。”

“你们猜对了。”姬稷说道，“在雨安国，香蕉确实是可以人工种植的，不过……唔……”在瞥了一眼那些脚印之后，他的表情突然变得有些失望，“真是可惜，我们来晚了。”

“来晚了？”

“这一带的香蕉已经被采摘完毕了。恐怕是今年的雨水比较多，气温也比往年更高，所以香蕉成熟得比较早的缘故。”姬稷有些惋惜地摇了摇头——就像他说的那样，大多数香蕉树虽然看上去仍然郁郁葱葱，但枝头上空无一物，只剩下了被锐器劈砍后留下的痕迹，证明那里确实曾经存在过什么东西。

“啊……怎么这样？照这么说，现在这儿岂不是只剩下了一堆完全没用的木头而已？！”小晴恼火地踢了一脚离她最近的那株香蕉树，没想到这植物的韧性却好得惊人。在香蕉树反弹的作用力下，她差点儿直接跌倒在地，不得不极为狼狈地后退了一段距离，才勉强恢复了平衡。

“严格来说，香蕉树虽然被称为‘树’，但其实并不是木头，”碧菘一边抽动着鼻翼，一边用一本正经的语气纠正道，“根据书上的说法，这是一种草本植物。”

“哈？可它们看上去……”

“过去的生物学家们在区别‘树’和‘草’时，从来都不是按照高度和看上去如何，而是基于它们的茎干部位木质化的程度。也就是说，茎干部位木质化的植物，就算是最为矮小的灌丛，也是一种‘树’。反之，就算长得特别高大——比如说竹子——那也只是一种草而已。”

“这种事怎么样都好啦！”小晴不满地用脚后跟跺着地面。虽然就在几分钟之前，她还一脸疲态，完全没有食欲。但在徒步走出一段路程，外加被姬稷的话勾起了好奇心之后，小晴现在反倒相当渴望能够吃到传说中的香蕉。因此，只要一看到那些空荡荡的枝头，她就感到恼火不已。

“总之，这里应该是没有什么有价值的东西了。”在四下走了几步之后，姬稷得出了结论，“一旦收完之后，用不了多久，这里应该就会被……等等，你们听到什么声音了吗？”

“唔？”跟在他身后的青葵愣了一下，“好像确实有什么声音，听上去像是……”

“是飕艇在接近！那是飕艇的引擎声。”小晴那对长长的兔子耳朵在这种场合一下子派上了用场。在将耳朵竖起来后，她很快便靠着耳郭面积巨大的优势，第一个判断出了声音源头的位置，“东南偏南，大约 1 千米外，有飕艇正在迅速朝我们接近。从音量和频率判断，有点像是一艘‘隼’式飕艇。”

“是吗？”青葵和碧菘的表情都变得严肃了起来。此时此刻，一种可能性不约而同地出现在了两人的脑海中。仅仅两秒钟后，这种可能性就变成了现实。

一道高能激光从引擎声传来的方向照进了这片香蕉林中。

# 第五章　神农氏的赠礼

“糟了，快找掩护！”

在那道激光发射之前，小晴就已经提前察觉到了危险——由于之前与其他游侠小队多次协同行动的经验，她很清楚，“隼”式飚艇在开始动用主武器射击之前，往往会短暂地减速以确保瞬时瞄准精度，而不像“鹭”式飚艇那样通过突然加速的方式，为投射出的重型等离子弹提供更大的动能。而在这么做时，“隼”式飚艇的发动机所发出的噪声会明显降低。

因此，在灵敏的耳朵捕捉到这一变化的瞬间，小晴打了个激灵，一边朝同伴们大喊示警，一边跳向了不远处的那条排水沟里。另外三人也都立即照做了。事实证明，他们的行动相当及时，如果再晚上哪怕半秒钟，那道高能光束就会直接将一行人笼罩在内。

以最强功率进行的激光照射只持续了数次心跳的时间，但对于处于照射范围内的香蕉林而言，这点时间已经足够造成天翻地覆的变化了：在激光带来的高温中，香蕉树的叶片和茎干被迅速加热，宽阔的树叶被迅速烤干、碳化，它们肥厚的茎干则在被点燃之前，就因为内部大量水分的沸腾而接二连三地发生爆炸，无数黏稠的碎片被水蒸气炸飞到空中，然后又在眨眼之间被烤干、引燃，变成了无数在空中翻腾的嫣红流火，在翻腾的热空气形成的上升气流中上下翻飞，就像是暮春季节随风飘落的花瓣。残存的香蕉茎部则变成了一支支丑陋的焦黑“蜡烛”，当激光照射结束之后，明灭不定的残火仍然在这些“蜡烛”的顶端摇曳跳跃。

“还好还好，”从湿漉漉的沟底抬起头之后，碧菘嘀咕道，“至少这一带相当潮湿，这么做应该不至于造成不可控的火灾……吧？”

“现在还管那个干什么啊？！”小晴嚷嚷道，“真正重要的是，那混蛋为什么要袭击我们？”

“还能是为什么？！”随着足以刺痛视网膜的强光逐渐变得黯淡，青葵第一个从排水沟里跳了出去。基于过往的战斗经验，她很清楚，“隼”式飚艇的最大特点，是在单次射击之后需要为激光炮充能。由于没有安装任何副武器，在充能完成之前，它都无法再造成任何威胁，“肯定是之前在鸭川村从我们手上逃掉的那两个‘破戒者’！这些家伙一定知道我们来找他们了，所以故意在这种地方埋伏我们！”

“真的吗？可是队长，我还是觉得……”碧菘抖了抖耳朵，想要说出不同意见。不过，青葵没有让她继续说下去：“我们现在没空聊天了！必须马上返回‘小玉’号，然后迎战那帮混蛋！如果他们只有那一艘‘隼’式飚艇的话，现在剩下的时间应该还来得及——呜啊啊啊啊啊！”

由于忙着抬头警戒空中的动向，没有注意脚下的青葵绊到了一个温热柔软的东西，并且差点一头撞在地面上——更糟糕的是，就在她的脑袋将要撞到的地方，居然好死不死地卡着一块颇为尖锐的石头。虽然得益于老祖宗接受的诸多基因改造和强化，像她这样的卫兰人的头盖骨要比普通智人的坚硬不少，但这么来一下子仍然免不了要破相。

万幸的是，就在青葵条件反射地闭上眼睛，准备在额头上永久性增添一道痕迹的瞬间，一只手强行拽住了她的胳膊，将她拉到了一旁。

不过，拉住她的那人也没能很好地保持平衡，因此，两人先是撞在了一起，然后又在地上翻滚了几圈，撞上了另一个柔软的东西，这才勉强停了下来。

“哇……脑袋好晕……欸，公子殿下？！”晕头转向的青葵花了点儿时间，才挣扎着从湿软的红壤上爬了起来。接着，她发现，刚才及时伸出援手、让自己堪堪免遭破相之灾的人正是姬稷，绊倒了她的则是从“小玉”号的方向一路跟来的斑斑。虽然在最近这段时间已经成长了不少，身上的条纹也逐渐消失了，但这头半大的小野猪还是无法承受两个人的重量，被撞得哼哼唧唧、哭嚎不止。

“喂喂！你弄痛斑斑了！”跟着跑来的小晴用恼火的目光瞪了一眼青葵，然后连忙在斑斑身边蹲下，一边抚慰着它，一边小声念叨起了“痛痛飞走”。

“那个……我很抱歉。欸，等等，现在不是说这个的时候吧？！”青葵正想要向小晴道歉，却又突然想起了什么，“糟糕！我们刚才已经耽误太多时间了！这样的话——”

随着发动机的嗡鸣又一次迫近，那艘“隼”式飚艇出现在了不远处的空中。此时此刻，它的激光炮已经重新亮起了代表充能完毕的不祥光晕，而青葵一行人恰好在这时离开了香蕉林，失去了一切掩护。在看到涂在飚艇前端的那张鲨鱼嘴朝自己迫近时，青葵下意识地咽了一口唾沫，然后站直了身子：如果无法逃跑，她至少希望自己在面对死亡时不会显得那么难看……

但死亡并未如约而至。

“隼”式飚艇过了好几秒钟才再度开火，它射击的对象也并不是青葵一行人，而是那片香蕉林的残余部分。上百棵采收完毕的香蕉树在强光中爆裂起火、燃烧倒下，而在干完了这活儿之后，飚艇又绕着浓烟滚滚的香蕉林转了一圈，然后才降落在了众人身边。

在那艘飚艇降落之前，姬稷已经兴奋地朝着它招起了手。一股清新的薄荷味儿随着他的动作出现在了空气之中，让香蕉树被点燃所散发出的焦煳味儿一下子变得好闻了不少。“各位，请允许我介绍本人的座驾，隶属于东怀南终盟会的‘沧溟’号。”他用半是兴奋、半是自豪的语气说道，“这也是整个东怀最好的一艘飚艇。在转入我手中后的5年间，它总共在战斗中参与击杀了27头年兽。”

“啊……它……那个……确实非常不错，相当……呃……漂亮。”由于变化实在是太过出乎意料，刚刚已经做好了慷慨就义准备的青葵一下子没有反应过来，愣了好一会儿，才勉强从脑子里搜罗出了这么两个赞美之词。当然，这话倒也没错：虽然所有同型号飚艇的外观通常都差不多，但或许是刚刚接受过大修的缘故，“沧溟”号的外观看上去颇为整洁，外壳被涂成了海洋般的水蓝色，而非普通飚艇的浅灰色或者白色，还用细小、美观的篆字在短翼上记录着每一次战斗和击杀年兽的战果。

“那是当然的。”一个冷冰冰的女性声音从停稳的“沧溟”号前部驾驶舱里传了出来，“无论如何，这也是东怀公子的座驾，可不能丢了大公家的脸面。”

“好啦，尤莉。我已经不是什么公子了，更谈不上大公家的脸面，所以说……”在一股子薄荷的清香味中，姬稷微笑着走上前去，然后……伴着一声掌心与面部皮肤快速接触的清脆响声，他那白皙可爱的脸颊上多出了一个红彤彤的掌印。

“我——不许——你——这么——说！”从飚艇驾驶舱中跳出来的那名女性恼怒地说道。从外貌来看，她的年纪要比“绯红誓约”的三人更大一些，很可能已经超过了25岁，一头浅棕色头发在脑后盘成了一个中规中矩的发髻，白皙干净的瓜子脸虽然还算清秀，却也没什么特别引人注目之处，一对有着褐色瞳孔的丹凤眼时刻审视着在场的每个人，仿佛不从他们身上挑出什么毛病就誓不罢休，“殿下，请记住，您的身份并不是在形式上放弃继承权就可以更改的。您仍然是大公的血脉，也是我侍奉的对象。”

“唔……这么说恐怕不妥当吧。我说过多少遍了？在加入盟会之后，我们的身份就是平等的游侠同伴、一同对付年兽的战友，仅此而已。”姬稷捂着被打的脸，颇为委屈地说道，“作为战友，我倒是不需要你来‘侍奉’我……但至少不应该对我随意施加暴力吧？”

“对冒失家伙的适当教导不等于暴力。”尤莉双手叉腰，不依不饶地说道。虽然她和其他人一样穿着游侠特有的短衫和护甲，但这位游侠给人的感觉更像是一名忠心耿耿的资深侍从或者仆役，“我以前说过多少次，为了公子殿下您的安全，在情况不对时应该主动放弃战斗？！在发现那头年兽是‘荧惑’级时，你为什么非要选择冒险发动攻击，而不是听我的劝告，去寻找其他游侠来协助？！还有，你知不知道在分开的这些天里，我究竟有多担心你？！”

“担心到突然对我们发动袭击？”小晴冷笑着问道，“你是不是要告诉我，这就是古人所谓的‘打是亲，骂是爱’啊？”

“才……才不是！我……等等，难道刚才你们在……在……”尤莉的脸上突然失去了血色，话语也变得结巴了起来，“那个……我……我真的不知道……”

“行了，让我来解释吧。”坐在“隼”式飚艇的后座、也就是武器操纵席上的那位游侠跳下了飚艇，从不知所措的尤莉那儿接过了话茬。这是一个人到中年的秃头男性，山羊般的方形瞳孔和头部两侧蜷曲的浅黑色弯角表明，他和“绯红誓约”的三人一样，也是先祖进行过基因改造的卫兰人后裔。不过，虽然在一般人的印象中，头上有角的卫兰人男性通常都是极为健壮的，这人却是个例外：他的身高固然比普通人要高出一些，身材却完全与健壮无缘。即便他曾经有过强壮的时候，但在过去的许多年中，大量的脂肪早已聚集在了他的腹部和四肢上，让他变得像是一只把自己吹胀的河鲀一样臃肿。幸运的是，由于在设计时留有非常大的空间，因此就算是他也可以将自己的身体轻易塞进飚艇的座舱。“幸会，我是里奇，是狐港盟会的资深中队长。在最近这几天里，我一直与尤莉小姐临时搭档出任务。”

“呵，‘出任务’，”刚刚险些体验了一把字面意义上的“火烧屁股”的小晴一边用脚后跟踩着地面，一边冷笑道，“你指的是用‘隼’式飚艇的激光炮把树林给点燃吗？恕我直言，根据我刚才的观察，这林子里似乎没有年兽啊。”

“确实。如果有年兽的话，那反而会比较麻烦：这些怪物的消化液会渗入地下，对香蕉种植构成严重的威胁。”里奇完全忽略了小晴话语中的讽刺意味，“既然小姐您确定了没有年兽，那我可就放心了。”

“唔……”小晴被这意料之外的答复噎得一下子说不出话来，“那个……但是……”

“您似乎认为，在下身为盟会的资深中队长，却驾驶飚艇干这种活儿，很有些不务正业的嫌疑，”里奇微笑着说道，厚厚的脂肪层随着他面部肌肉的动作来回摇晃，“但事实上，这种顾虑是不必要的：众所周知，根据游侠誓言的内容，我们的职责是‘为这个世界上生活的人类谋取福祉’，而不仅仅是‘对抗年兽’。”

“这我知道。”小晴耸了耸肩——虽然听上去颇为牵强，但游侠们确实从未宣誓只将年兽作为交战对象。在“绯红誓约”的故乡，盟会的游侠们也会负责在自然灾害中协助民众避难，调解不同城镇之间的纠纷，或者定期地为人们寄送信件。但是，像刚才的那一出，她却从没见过，“那么，请问您刚才又是在为谁‘谋取福祉’呢？”

“这个嘛，当然是本地的香蕉种植从业者啦。今年的香蕉长势非常好，所以他们的采收压力也特别大。所有人都忙着采收的结果，就是一时半会腾不出人手来砍伐这些第一批采收过的香蕉林，”里奇解释道，“所以，我们游侠盟会就当仁不让地要帮点儿忙了。”

“呃……等等，为什么采收之后要把果树给砍掉？”青葵也听糊涂了。毕竟，在她的概念中，果树是一种非常有价值的财产，需要许多年才能生长起来。而砍伐果树无疑是相当恶劣的行径。

“从技术上讲，香蕉树可不是‘果树’，”里奇走回了飚艇的座舱旁，从原本属于姬稷的座舱内取出了一串黄澄澄的香蕉，将其中的几根分别递给了“绯红誓约”的三人，“来，都尝尝看，今天才刚摘下来的。”

“呃，我还没见过这种香蕉，”三人中唯一对香蕉有第一手经验的碧菘一边抽动着鼻子，一边困惑地自言自语，“我以前见过的那些从野外采摘来的香蕉都不长这样……”

“这……这是什么味道啊？”小晴先是一脸困惑与好奇地撕开了香蕉皮，在像真正的兔子一样小心翼翼地啃了一口之后，她的表情立即变成了惊喜，“这种甜味……还有香味……我从来没吃过像这样的东西……”

“确实，这些香蕉的口感根本和我之前吃过的那些没有任何可比性。事实上，我怀疑它们到底是不是同一种植物。”在狼吞虎咽地吃下一根香蕉后，碧菘评论道，“我印象中的香蕉要比这些香蕉小得多，味道也差得多，只能当作紧急粮食而已。最重要的是，它们果皮里的绝大多数东西都是种子，而这些香蕉……”

“它们其实也有种子，只是退化了而已，”里奇直接掰断了另一根香蕉，指着横截面中央的细小黑色籽粒说道，“就是这个。”

“没有种子的话，这些香蕉要怎么种植呢？”青葵问道，“难道靠扦插吗？我记得有些果树是……”

“呵呵，这就是为什么我们可以直接在采收结束之后摧毁整个林地的原因了。”里奇迈开那双包裹了过多脂肪的粗腿，快步走到了还在闷燃着的香蕉林中。接着，他随手捡起了一截被烧剩下的香蕉叶柄，用它在地面上刨开了一个小小的土坑，露出了一段粗大的根茎，“这才是这片香蕉林的本体。”

“哦，这我明白，”碧菘从挎包里掏出了那本被她视若珍宝的古代图鉴，迅速翻到了其中的某一页，“嗯……没错，像香蕉、竹子这类植物，真正关键的地方是它们的地下茎。地面上的植株，其实只是从地下茎的芽眼里长出来的芽而已。”

“啊，是这样吗？”青葵问道，“这么说的话，这一片林子其实都是……”

“没错，地面上的许多株‘香蕉树’，其实都只是同一株植物的不同地面部分。”姬稷点了点头。

“当然，就像绝大多数草一样，‘香蕉树’在第一次采收之后，就不会再继续开花结果了。在这种时候，继续让植株存在，只会毫无必要地浪费营养，甚至变成害虫滋生的源头，还会抑制新的香蕉芽的萌发，所以必须及时砍伐掉，”里奇点了点头，将土又盖了回去——虽然地面上的香蕉植株被飚艇的激光烧得面目全非，但多亏了厚实潮湿的泥土保护，下面的根茎部位倒是一点儿事也没有，“如果种植者的人手不足，我们游侠就要伸出援手了：你们不觉得，‘隼’式飚艇的主要武器在干这种事时非常合适吗？烧过的香蕉树还能更快回归土地，重新替大地施肥呢。”

“公子殿下，本来我在修理好‘沧溟’号之后，就应该尽快回来找您的。但您也知道，南终盟会与雨安国没有合作协议，”在里奇高谈阔论的同时，尤莉面带愧色地对姬稷说道，“所以，我只能先把‘沧溟’号借给他们干这些活儿，来贴补修理费。结果一来二去就耽搁了……幸好您安全地找到了这里来……”

“合作协议？那又是什么东西？”青葵好奇地问道。在她的常识范畴中，无论位于何处，郁林星各地的游侠盟会之间的互相协助都应该是无偿的——尤其是在提供补给和维护服务时。而且，在严重受损、进入紧急撤离程序后，飚艇会自动进入最近的盟会控制的维修设施内，而那些有着数个世纪历史古老的维护设备会自行进行检查与修理。由于过于古老和复杂，现代人甚至无法真正了解这些设备的具体结构与运转机制，更别说参加修理工作、收取修理费了。“为什么修飚艇会需要付钱？”

“这个……你们是玄关海峡西边来的吧？”里奇瞥了一眼青葵身上的刺青，“我只能说，在山玄大陆，特别是大陆东边的许多地方，游侠的规则和你们那边的……不太一样。这要解释也不太容易。总之，既然各位是姬稷公子的朋友，那就不妨与我一起回狐港吧？现在是香蕉的收获季节，我们对游侠的需求非常大。”

“为了像这样处理没用的香蕉植株吗？”碧菘问道。

“那只是顺带的工作，主要任务当然还是要防范年兽，”里奇说道，“每到香蕉成熟的季节，这一带的年兽袭扰就特别频繁。我们当然不能眼睁睁看着那些家伙把好不容易种出来的香蕉给糟蹋喽。”

“话说，你们这一带的香蕉是哪儿来的？种了多久了？”碧菘继续问道，“我在水苍大陆也见过香蕉，但和这里的香蕉不同，那边的香蕉没什么食用价值。我在图鉴里读到过，在很久以前，人们曾经通过人工选育的方式栽培出了类似的食用香蕉……”

“我不知道什么人工选育。”里奇摇头道，“在我太爷爷还活着时，这里的香蕉据说也都是那些又小又涩、满是籽儿的玩意，只有饿得发慌的人才会吃它们。但在大概20年前，有人在森林里意外发现了这些食用香蕉——不过，在那时，并没有人知道该怎么栽种这种水果。是一个突然来到狐港的陌生人教会了本地人要怎么栽培香蕉。是他告诉我的祖辈和父辈，要以什么方式施肥和灌溉，应该如何收割，又要如何保证香蕉更好地长出新芽。多亏了这个陌生人的帮助，我们才拥有了香蕉种植业。光是这一项产业，就能解决雨安国的大部分食品需求。”

“那个陌生人是谁？”

“不知道。不过我听说，在紫宸国周围一带，他被崇拜者称为‘神农氏’——这个绰号据说来自古老的太阳系时代，至于究竟是怎么来的，我就不太清楚了。事实上，‘神农氏’甚至不一定是同一个人。毕竟，他在不同的地方出现的时间，前后相距足有好几十年，但所有人都说，这是一个长得非常漂亮的年轻人，甚至还有人说那是个女孩子。”里奇说道。

“噗——”听了这话之后，青葵和碧菘同时将目光转向了姬稷，然后忍俊不禁地笑出了声。只有小晴若有所思地垂下了长耳朵，一边摇了摇头，一边喃喃自语：“神农氏……尝百草之滋味，水泉之甘苦，令民所避就……我得说，这个绰号倒确实和他的所作所为非常相称。”

里奇点了点头，脖子上的几圈赘肉随之来回摇晃：“没错，这个人……或者说这些人，他们不断为人们提供帮助，让他们找到更高产的植物和动物，教给他们新的种植和畜牧知识，帮人们改进农具，指导他们更高效地修筑水利、开垦土地。所以，在最近这几十年里，大陆东部的人口足足增加了好几倍。但人一多起来之后，很多以前的老规矩就不管用啦。”

“比如说呢？”碧菘问道。

“比如说大陆西边，还有你们水苍大陆上到现在仍在坚持的那些‘禁忌’，就已经没什么人在乎了。在‘神农氏’刚刚开始与各国的人们接触时，其实反对的声音并不算少，据说，许多恪守传统的地方，都曾经拒绝过这些帮助，因为他们认为，这有违于东皇太一的戒律，会招来天谴，有人甚至试图把‘神农氏’烧死……当然，并没有成功。”里奇叹了口气，“不过，这些反对的声音到后来就变得越来越微弱，最后彻底不见了。”

“为什么？”

“因为那些反对这么做的村子和城镇，最后都被打败了。”里奇的回答简明扼要，“随着人口的增加，不同的国家和城镇之间对于土地的争夺也越来越激烈，这导致了连绵不断的战争——不是你们的大陆上那种仪式性的小规模战斗，而是真正意义上的战争，会让成百上千人死去的战争。自从旧文明纪元结束，我们的先祖不得不逃到这个位于银河系边缘的世界上之后，这种事就一直没发生过，直到最近这些年……总之，越早接受了‘神农氏的赠礼’的地方，就能拥有越多的粮食，也就拥有更多的人。这既让他们有扩张的需求，也让他们在扩张过程中拥有了更强的力量。于是，毫不意外地，他们总是能成为胜利者，而惧怕触犯‘禁忌’的人们只能向大陆荒芜的西部和北部迁徙。据说，其中一部分人因为对过去的失败感到耻辱，甚至拒绝为新的居住地起名，因为他们觉得，如果给脚下的土地一个名字，就意味着已经认同了这片土地。换句话说，他们将再也不会回到故土。”

“是这样吗？”“绯红誓约”的三人面面相觑——确实，在她们从大陆西部经过的村子中，就有不少座村子是没有名字的。

“行了，里奇阁下，我们还是先回去吧。”尤莉拍了拍她这位临时搭档宽阔的肩膀，“公子……呃……姬稷殿下和他的朋友们远道而来，应该已经相当疲惫了。我们最好还是先请他们去盟会总部歇歇脚。我想，他们也许能够帮上你们很大的忙。”

“帮忙？”在说出这个词时，青葵的双眼中泛起了兴奋的神色，“你们这里有委托吗？当然，我指的是战斗类的，清理香蕉种植园的活儿我可不干。”

“哦，这你尽管放心。如果只是想杀年兽的话，你们可来对地方了，”里奇微笑道，“这里从来不缺这种委托。”

早在渡过玄关海峡之前，“绯红誓约”的成员们就听说过狐港——这座港口城镇位于山玄大陆南端的一座半岛上，是雨安国的首府。它也是山玄大陆最著名的商业中心：在来自炽热的昼半球的风暴吹拂下所形成的强大海流的协助下，从这里出发的商船可以相当迅速地抵达大陆东部的沿海区域。海运虽然有不小的风险，但除了飚艇，这就是郁林星上速度最快的交通方式了。其中的潜在收益也相当巨大，足以让这座港口城镇积聚巨大的财富。

就像人类历史上一切积累了巨大财富的地方一样，狐港在很久以前就是个人烟辐辏之地，而在最近的这些年，它的规模更是大幅度扩张：至少 6 万人生活在这座半岛南端的城市中，鳞次栉比的建筑物布满了沿海的山坡，看上去就像是一片在暴雨之后疯长的蘑菇丛，一圈薄薄的、爬满青苔和藤蔓的石墙则勉强将这些建筑围在了里面，活像是一只被塞了太多重物的薄口袋。

由于这个世界并没有“城市规划”的说法，作为一个整体的狐港谈不上美观——但在它的各个角落里，倒是不乏漂亮或者新奇的地方。在跟随着“沧溟”号驶入城内的途中，青葵一行人不止一次为出现在道路两侧的精巧别墅发出惊叹声。姬稷则告诉她们，这些建筑大多属于在贸易活动中赚取了足够利润的商人，或者那些依靠贸易可以利用自己技术和灵感积聚财富的工匠、艺术家与发明家。“当然，如果愿意的话，你们也可以拥有这些，”当两艘飚艇驶过一座布满争奇斗妍的鲜花与外形奇特的热带植物的小花园时，里奇说道，“这并不困难。”

“真的吗？”小晴一下子来了兴致，“要怎么做？”

“容易，只要与市政委员会签署契约就行了，”里奇表示，“这样的话，你们将获得所有契约游侠应得的权利，并在这里定居。”

“契约游侠？定居？”“绯红誓约”一行人被彻底搞糊涂了。毕竟，“游侠”这个称呼的由来，就在于他们居无定所，经常在盟会的辖区内四处流动，以便对付那些在大陆上四处游荡的年兽。在一片区域中的年兽活动特别频繁时，许多游侠小队会组成特遣队，在当地盘桓一段时日，直到威胁被彻底肃清，即便如此，游侠们仍然不会在当地长住。一些希望成家立业的游侠会选择主动退出，将古老的武器装备留给盟会选定的下一位继任者，唯有如此，他们才有可能结束居无定所的生活。

“这种事三言两语也说不清楚，还是让首席阁下向各位解释为好，”里奇挠了挠脑袋上的弯角，“我们马上就可以抵达盟会了！如果不介意的话，就由我把各位引荐给首席阁下吧。”

虽然在位于郁林星宜居区域的两块大陆和千百座小岛上，不同区域的居民早已因地制宜地发展出了丰富多彩的建筑风格，但无论在什么地方，游侠盟会的外观都是一模一样的：这些方方正正的建筑物虽然毫无装饰、外形朴素，乍看并不起眼，但灰白色的墙体却有着现在的任何一种建筑材料都无法与之比拟的光滑与强韧。在水苍大陆上，一位旅行歌手曾经将其比喻为“如同钢铁般的水晶”——但事实上，它比钢制武器还要坚硬。虽然出于便于防御的考虑，游侠盟会的窗户非常窄小，活像是碉堡的射击垛口，也找不到任何肉眼可见的通风管道，但建筑内部的空气流通得相当顺畅，而且冬暖夏凉，丝毫没有要塞和堡垒内部特有的沉闷感，照明更是非常充足。除此之外，在盟会的地下区域，还保留着包括自动化检修车间、智能医务室、地热能转化系统和检定室在内的诸多复杂设施，而它们的工作原理，在这个时代早已无人理解。

这一切，不过是旧文明纪元伟大成就微不足道的极小部分。

由于过去曾经发生的一系列灾害和意外，与郁林星早期历史相关的记录残缺不全，人们只知道，早在旧文明纪元终结、来自不同世界的难民们蜂拥逃往郁林星避难之前，这些建筑就已经存在了。而且即便在人们无法对它们进行任何维护的情况下，盟会仍然数百年如一日地为游侠们提供着强有力的后勤支援，让他们有能力抵御可怕的年兽。虽然不同的游侠分属不同的盟会，但根据不成文的传统，所有盟会都会像对待自己人一样对待来自别处的游侠，在热情款待他们的同时，尽量满足一切分内的需求。

但是，在将飚艇以及待在飚艇里的斑斑留在门外，步入这座建筑大门之后，青葵等人立即察觉到了一种异样的气氛：虽然这座盟会的大厅中也有好几位游侠，但没有任何人在第一时间对她们表示欢迎。相反，在发现她们是新面孔之后，这些人的目光中甚至流露出了一丝戒备。直到里奇走到他们身边，向其他人挥手示意后，这些人的眼神才变得稍微柔和了一些。除此之外，大厅两侧的神龛也很奇怪——通常而言，这些神龛中应当供奉着最伟大的自然神、被郁林星居民视为保护者的东皇太一的雕塑，但在这里，却只摆着两束交叉而立的谷穗。

“里奇队长，请问这几位小姐是？”在短暂但令人尴尬的沉默后，一位年纪较大的男性游侠试探着问道。

“哦，他们是我新找来的帮手，有志于与诸位并肩作战，我可以保证他们绝对不会有歹意。”在说完这句话后，里奇又拍了拍姬稷的肩膀，“对了，这位先生可是个男孩子，而且还是尤莉失散的同伴。”

“是这样吗？既然是尤莉的同伴，那想必没有问题。”那名游侠露出了稍微放心的表情，退到了一旁。

“喂喂，你刚才在说什么啊？什么叫‘保证不会有歹意’？”在稍稍远离那人之后，小晴很不高兴地小声对里奇抱怨道，而青葵也露出了随时准备炸毛的恼火表情：“难道你们这儿的游侠都是这么看待陌生人的吗？！”

“我……很抱歉。”回答她的并不是里奇，而是姬稷，在开口的同时，一股不悦的酸草味道从他身上冒了出来，“正如里奇先生之前提到过的，在最近这几年里，许多曾经被视为理所当然的事情，在山玄大陆上都已经完全改变了。在游侠这个行当中尤其如此。曾经无私与互助的美德，现在已经变得相当稀罕了，游侠们也不再只专注于驱逐年兽。”

“为什么？”青葵问道。

“因为……呃……”姬稷刚想要回答，却在前方的一扇大门自动开启的瞬间，及时把话咽了回去：在所有的盟会中，位于这扇自动门后的都是盟会负责人——有些地方称之为会长或者首席，抑或是领袖、指挥官或者盟主——的个人办公室，但在这儿，待在房间里的人却足足有 6 个，“嗨，各位好。请问你们谁是这儿的负责人？”

“我是首席。”其中一个不太起眼的年轻男性站了起来。游侠盟会的负责人在理论上并不存在年龄限制，但即便如此，担任这一职务的通常也是资历较深的人，“不过，严格来说，我并不算是负责人。”

“欸？”

“忘了告诉你们了，在最近这几年，狐港的盟会已经改成了合议制，这与盟会人员结构发生的变化有关。”里奇对一脸惊讶的“绯红誓约”一行人说道，在过去的几十个小时里，来自海峡以西的三人已经接连好几回遇到了这种让她们惊讶的事情，“目前，在本地出身的游侠已经成了盟会里的少数派，大多数游侠都是从外地招募来的。他们签署了契约，永久性或者暂时地在狐港居住。因此，现在我们采取由来自不同区域的游侠各自选出代表的方式决定重大事务，原本作为负责人的首席只负责召集会议和向全体人员宣读决议而已。”

“各位是水苍大陆来的游侠吧？事实上，在本盟会的186名在册游侠中，有18位与你们一样来自水苍大陆的朋友。”在查看过青葵等人身上的刺青后，首席说道，“这边的这位御风先生，就是来自水苍大陆的游侠代表。幸运的是，他也是来自真白盟会的人，我想你们应该认识。”

“是……的。”青葵盯着那个坐在首席右侧椅子上的男人看了好一阵子，才总算确定，他确实是那个御风——被选中时间较晚的小晴姑且不论，在青葵和碧菘刚刚成为游侠时，“真白的冰血御风”在当地可是赫赫有名：除了对抗年兽时的战功，以及在人前不苟言笑的表现，他最为著名的是在担任新进游侠的教官时严酷的训练作风：“冰血”这个绰号就是因此而来。但现在，这个曾经在基础训练中让青葵和碧菘吃尽苦头并在6年前被选派前往山玄大陆支援的男人，与两人记忆中的那个“真白的冰血御风”只剩下了些许面部轮廓上的相似之处。现在的他早已发福，看上去就像是个在街边开杂货店的普通大叔，即便在这种严肃的会议场合，也还在不停地从面前的盘子里拿出油炸香蕉块，塞进嘴里咀嚼。

“我也认识她们，”在咽下一大块油炸香蕉后，御风嘟哝道，“小青葵和小碧菘都是挺好的孩子，学东西上手也快。在我离开水苍大陆时，她们已经基本完成训练了。唔，看样子，你们也被派来支援了？”

“是的，”青葵语气尖刻地说道，“每一年，山玄大陆这边都在报告说，这里严重缺乏游侠，需要支援，而无论支援多少人，到第二年，照样还会有求援文书被送来。但我看诸位的情况似乎相当悠哉嘛，而我们一路上遭遇的年兽，也并不比在水苍大陆上遇到的更多或者更强。早知如此，我们也犯不着千里迢迢到这儿来了。”

“此言差矣。”御风说道，“游侠人手短缺可是千真万确。至于我这副模样……呃……只是因为这里的伙食太好了。”在吞下最后一块香气四溢的炸香蕉之后，他坐直了身子，“许多比你们更早来到这里的水苍大陆游侠，也向我提出过一模一样的疑问。但造成这种情况的原因，其实不难理解。”

“愿闻其详。”碧菘说道。

“主要原因有二。”御风伸出了两根手指。虽然身材已经走样，但他的手指上倒是仍然保留着过去反复训练留下的老茧，“第一，年兽的活动频率确实与日俱增，而且强大年兽出现的频率出现了显著增长，只不过，它们几乎全都集中在了诸如狐港这类富庶地区的附近；第二，则是游侠队伍的持续减员：在与年兽的战斗中，有一些游侠遭遇了不可避免的伤亡……不过这并不是主要问题。真正要命的是，有许多人因为其他原因丧生。”

“什么其他原因？”在问出这句话时，碧菘已经隐约意识到了答案。

“‘破戒者’，”御风说道，“游侠中最可怕的耻辱，也是我们必须对外保守的秘密。”

# 第六章　隐藏的恶意

就像银河系中所有的同类恒星一样，郁林星所绕转的暗红色恒星，是一颗稳定、但在某种意义上又不那么稳定的天体。说它稳定，是因为这颗红矮星的温度不高，氢元素在聚变中的消耗速度极为缓慢，这意味着它可以在即便以宇宙学标准而言也极端漫长的岁月中不断以几乎不变的功率发光发热。就算照耀古老地球的太阳坍缩很久之后，它都不会退出主星序。

但是，这颗小型恒星同样也是不稳定的——内部充分的对流让它存在着很高的耀斑活动频率。每隔一段时间，恒星的光度和电磁辐射都会骤然变化。居住在郁林星的人们早已明白，当平日昏昏沉沉地低垂在地平线边缘的恒星骤然明亮起来时，应当待在家中或者有荫凉的地方，以免狂暴的射线对皮肤造成伤害。而对于必须在这种时候出任务的游侠们而言，这还意味着另外一件麻烦事：在电磁暴的影响下，飚艇上的电子设备工作效率会显著降低，哪怕是以电子设备性能优越著称的“鹭”式飚艇也不例外。

“喂，这里是‘绯红誓约’小队的‘小玉’号，听得到吗？”在将通信器频率调到最高，同时又一次尝试过滤杂波之后，小晴下意识地抖动着耳朵，用几乎是嘶吼的音量朝着通信器喊道，“继续保持原有队形，跟随我们前进，直到目视发现目标为止！不要偏航！”

"收……正在……已经做好……无异常……"在令人牙酸的尖锐杂音中，跟在后方200米外的两艘飚艇勉强传来了一点儿回音。这两艘飚艇都是"鹭"式飚艇，属于名叫"璞玉之剑"的本地游侠小队。与已经有多年经验的"绯红誓约"不同，该小队的成员全都是刚刚完成训练、严重缺乏实战经验的新人。按照狐港盟会首席的说法，这支小队的人员会不断轮换，积累一定出击次数的队员会离开小队，然后补充进出现了减员的队伍，或者像"绯红誓约"一样，继承过去曾经被前人使用过的小队名号，组成新的队伍。下一批完成训练的新人则会被塞进这支小队，如此循环往复。

在头一次知道这种模式时，青葵、碧菘和小晴都承认，这确实是相当不错的方法：在她们的老家，训练完毕后得到自己飚艇的游侠就必须像离巢的鸟儿一样独自打拼，除了一个前辈曾经使用过的小队名称，一无所有。即使可以获得盟会的协助，在职业生涯的最初阶段也注定困难重重、麻烦不断。

而在狐港盟会的训练小队中，新手们能够在资深游侠的引导下参加行动，相对安全地完成至关重要的经验积累。但不幸的是，她们也很清楚，这种模式只有在山玄大陆的东方才能实施——与人烟稀少、游侠们需要不断四处巡行以保护零散聚落的海峡以西不同，这里的大型游侠盟会大多已经变成了所谓的"专属守卫"组织：人口众多的大型城邦国家利用自己的财富高价招募游侠，让他们在当地长期甚至永久性驻扎，从而极大地提高了人员的稳定性，使得新人小队可以有效地获得协助和指点。

这一切变化，都是在短短两三代人的时间中发生的。

当"小玉"号掠过一条笔直的灌溉渠后，它和后面的两艘"鹭"式飚艇的短翼所刮起的气流短暂地吹动了位于灌溉渠另一侧的一大片矮小的灌木，将它们细长的叶片刮得沙沙作响。在海峡的另一侧，这种被称为木薯的灌木也和香蕉一样稀少，甚至比后者更不受人待见——毕竟，野生的香蕉只是难吃且不易处理，木薯则是一种含有剧毒的植物。只有在荒野中遇难、实在走投无路的人，才会在反复用水浸泡去毒之后冒险尝试它苦涩的块茎。

但是，就在狐港的居民获得种植香蕉的知识后不久，传说中的"神农氏"便再度造访了这里。这个神秘的人物夸赞了人们在香蕉种植业上取得的成果，并赠给了他们一些特别的木薯种子作为"奖励"。这些种子种出的木薯没有那种可怕的苦涩味，毒素的含量也微乎其微，只需要彻底煮熟就可以食用。自然，这些甜木薯的出现，又进一步地刺激了本地人口在接下来几年中的快速增长，并间接导致了年兽在这一区域更加频繁地造访。

"说实话吧，山玄大陆上的人们也不是傻瓜。在这些年里，大家已经注意到，被'神农氏'赠予了高产作物、教导了新的农业技术的地方，全都成了年兽袭击的高发区，"在两个本地日之前，作为水苍大陆出身游侠代表的御风在盟会里曾对初来乍到的"绯红誓约"一行人说出过这样一番话，"一个地方的新作物和新种牲畜培育得越多、粮食越充足，年兽也就越喜欢攻击那儿。就这一点而言，当初那些反对'神农氏'的守旧派其实是对的，'禁忌'确实有其道理。唉，如果……"

"但也就只有那么一丁点儿道理而已。"姬稷迅速打断了御风的话。从他身边散发出的轻微火药味表明，"禁忌"这个词让他感到很不高兴，"因为年兽非常巨大、破坏力惊人，也无法交流或者吓阻，因此，人们会把它下意识地当成一种天灾——而将天灾超自然化、神秘化，是人类从地球时代起就有的老毛病了。事实上，所谓的'禁忌'完全可以用简单的逻辑推理加以解释：一旦一片土地上的粮食产量更多，年兽就更容易被丰富的食物来源所吸引，从而更频繁地袭击这些地方。而人烟稀少、粮食匮乏的地方，对年兽的吸引力也就相对更低。毕竟，这些畜生的一切行为都是围绕着觅食本能进行的。”

“这可未必。”御风迟疑地说道，“根据传说，当年摧毁了郁林星诸国的那场‘凶年’的规模，可不是用‘觅食’就能解释的。我们应该保持敬畏……”

“注意你的言辞，先生，请不要继续传播这种缺乏事实根据的话，”姬稷用严厉的语气说道，“我不希望有人误会你也是‘破戒者’中的一员。”

“东皇太一在上！我……我当然不会是什么‘破戒者’。”面对这一隐晦的指控，曾经通过雷厉风行的做派为自己赢得“冰血”绰号的御风彻底慌了神，“我……我只是……”

“我本人当然愿意相信你——但请注意，你刚才的话确实和那些家伙的理论很类似，”姬稷耸了耸肩，身边的火药味随之渐渐散去，“‘破戒者’们平时最喜欢说的，不正是‘触犯禁忌迟早会引来凶年，使得我们的文明被付之一炬’那一套吗？”

“我……我当然不这么想。”御风连连摇头，“我可是水苍大陆出身的人！在我们那儿，从来都没有什么‘破戒者’活动，我也不可能和那种人有联系。所以，我完全信任这几位来自我故乡的小姐……”

“多谢您的信任。”作为队长的青葵说道。

“事实上，他们之前曾经在鸭川村与两组‘破戒者’交战过，”里奇不失时机地插话道，“而且还打掉了其中一组！一艘‘鹭’式飚艇对两艘‘隼’式飚艇，那可真是一场值得写成歌谣的光荣战斗！哦……对了，你们之前对‘破戒者’了解多少？”他看了一眼青葵一行人。

“不太了解。事实上，我们只知道那些人似乎是和我们一样的游侠，不过，他们可以突破禁制，使用飚艇的武器攻击其他人类。”在与两位同伴交换了一个眼神之后，碧菘首先开口道，“虽然我在来到雨安国之前，也曾经向姬稷先生询问过关于‘破戒者’的事，但他总是语焉不详……”

“这很正常，因为根据盟会的规定，关于‘破戒者’的详细情况是游侠内部的机密。为了避免引起一般民众的恐慌和不信任，相关信息只能在游侠盟会内部讨论。在公开场合，我们不会正式否认，但也不承认这种人的存在。”坐在一旁的首席插话道，“没错，‘破戒者’们确实是，至少曾经是游侠。他们背弃了盟会‘仁者爱人’的信条，从盟会中叛逃，并通过某些特殊的技术手段解除了武器系统的限制。这些人认为，山玄大陆东方诸国的发展触犯了禁忌，背离了所谓的‘正道’。因此，他们有义务将其‘导正’。”

“导正？靠四处搞破坏吗？”碧菘问道。

“这我们就不清楚了，毕竟没人真的明白那些家伙的具体行动纲领。但可以肯定的是，这些人会基于某些目的袭击和谋害其他游侠，甚至会用假身份混入盟会之中，伺机破坏。”姬稷说道，“麻烦的是，当时袭击我们的两艘‘破戒者’飚艇，似乎来自雨安国一带。因此我怀疑，狐港盟会中极有可能混入了‘破戒者’，而且他们说不定有所图谋。”

姬稷话音刚落，周围便传出了一阵不安的低语——对于普通游侠而言，“破戒者”可以说是最大的威胁：这些潜藏在他们身边的罪人在平时几乎不可能被识破，却随时有可能在同伴毫无防备的状态下，朝他们背后狠狠捅上一刀。

“当然，请大家不必过度担心。我们会提高警惕，随时注意可能出现的一切破坏活动，并委托出身水苍大陆、最不可能与‘破戒者’存在瓜葛的游侠们，尽快制定一份行之有效的应对方案。我保证，假如那一小撮疯子敢继续作奸犯科，他们很快就会被揪出来，受到应有的惩罚。”首席站了起来，轻轻拍了拍手，示意其他人安静下来，“当然，也请诸位按照惯例，对今天谈论的关于‘破戒者’的一切严格保密——即便是在盟会内部，除了需要参与应对行动的游侠，其他人也不能知晓此事。在目前的情况下，我们不能让无谓的猜疑搞得人心浮动。另外，为了避免‘破戒者’逃走，从明天起，所有盟会麾下的飚艇除非得到批准，否则不得离开狐港执行任务，获得批准的所有游侠都要登记身份、外出地点和时间。”

虽然“绯红誓约”的三人都对这种严格保密的做法颇有些不满，但她们也不得不承认，在目前的情况下，维持游侠队伍内部的相互信任确实相当重要：随着狐港的香蕉和木薯开始大量成熟，在食物的诱惑下，年兽开始越来越频繁地出现在这座位于雨安国南方的沿海城市附近，而这些造访者的块头也变得越来越大，比过去更难对付。比如这一次，根据最先接触目标的侦察组报告，那头出现在城市西北方石鼓丘陵一带的年兽很可能就是“太白”级别的。它虽然不如传说中的“镇星”和“岁星”那么可怕，但大多数游侠一生中都很难遇上几回。

“呐，我说，这回跟着咱们的这帮小子的运气还算不错。”随着“小玉”号从被灌溉渠分割成长条状的木薯田上方飞过，下方的地势开始逐渐升高，由适合种植作物的冲积平原变成了绵延起伏的丘陵。迟迟没看到目标的小晴打了个长长的呵欠，对两名同伴说道：“他们这是第几次执行任务来着？第三次还是第四次？能这么早就有机会在实战中对付一头‘太白’级年兽，可是相当难得的经验。”

“没错，所以我们可不能松懈。”碧菘一边盯着控制面板上的仪表和显示屏，一边说道。和显得有点儿悠闲的小晴不同，她今天从出发之后就表现得非常慎重——这在很大程度上是因为红矮星耀斑所导致的糟糕电磁环境，以及由此造成的电子设备性能显著下降，“对几乎没什么实战经验的新人而言，和‘太白’级别交战还是有相当的危险性的。所以我们必须尽一切努力降低这种危险性。特别是你，小晴，你的警戒工作的成效可是会直接关系到那些新手的安全的。”

“哈，这有什么好怕的？不算那些新手的话，盟会这次可是出动了6个小队一同对付那只‘太白’哦。正所谓‘猛虎难敌群狼’。如果是传说中的‘岁星’倒也罢了，一头‘太白’再怎么说，也没法招架住我们这么多人吧？”小晴不以为意地抖动着耳朵，同时瞥了一眼一左一右跟在后方的两艘“璞玉之剑”的飚艇，“更何况，我在昨天才为那些可爱的小朋友们每人都准备了一份护身符，还为他们进行了标准的祈福仪式。这种祈福仪式可是我们奉祀官家族秘传的……”

“用那些乱七八糟的小玩意儿和唱唱跳跳的把戏骗年轻人的钱，你的良心就不会痛吗？”碧菘直截了当地说出了自己的感想，“还有，在目前的情况下，大量游侠同时出动未必就全是好事，毕竟……”

“我明白。”驾驶座上的青葵沉声答道，小晴也跟着点了点头——考虑到狐港盟会里极有可能隐藏着至少两名邪恶的“破戒者”，他们如果想要继续谋害其他游侠的话，最合理的做法就是利用这种人多艇杂的混战发动突然袭击，这样一来不但成功率有保障，还能将袭击伪装成“意外事故”，“不过放心，根据我的判断，上次遇到的那帮家伙的技术和实力其实非常一般。就算他们发动偷袭，我也有九成把握应对得来。”

“这倒也是。”碧菘点了点头：在一同并肩战斗了数十次之后，她和小晴早已对这位队长有了充分的理解——虽然青葵可能有着这样那样的缺点，但只要待在飚艇的驾驶座上，她就是几乎无懈可击的，这不仅仅是因为技术水平，更是因为她那近乎预知能力般的敏锐直觉。之前在鸭川村的交战中，“破戒者”们之所以在拥有机动性和数量双重优势，并且互相配合设下陷阱的情况下惨遭挫败，也正是拜青葵的直觉所赐。

但即便如此，碧菘心中的忧虑仍然没有彻底消失：不知为何，她有一种预感，那些隐藏在盟会中的“破戒者”的目标，很可能远远不止袭击其他游侠那么简单。

“目视发现目标。”随着“小玉”号像一只跃身击浪的海豚一样越过一处丘陵的顶部，青葵兴奋地喊道——在这座丘陵的另一侧，一个直径至少有三四十米的灰绿色大球正在缓慢地滚动着。在这家伙途经的区域，上千棵被压倒、碾烂的香蕉树形成了一条散发着酸臭味的黏稠“胡同”。虽然这些香蕉树在半个本地日前就已经被采收完毕，即便年兽不来，按计划也要被砍伐或者焚毁。但年兽巨大的自重也会压坏地下的香蕉根茎部位，其分泌的消化液更是会渗入土中、破坏芽眼，因此危害仍旧相当巨大。青葵随即发布指令：“准备联合攻击！”

“‘璞玉之剑’，按计划进行牵制攻击！重复，‘璞玉之剑’，按计划进行牵制攻击！”在收到队长的指令之后，小晴立即用通信器朝后方的两艘飚艇发出了指令，却没有收到任何回音。更糟糕的是，她旋即注意到，就在穿过丘陵的这一小段时间里，这两艘新手驾驶的“隼”式飚艇居然从她的视野中消失了！

“怎么了？”虽然没空朝后看，但青葵那准得惊人的直觉还是让她察觉到了什么，“‘璞玉之剑’在哪儿？他们无法按计划进攻吗？”

“这……恐怕很有可能。”小晴一边小声地咒骂着头顶上那颗偏偏选在这种时候抽风的混蛋红矮星，一边设法调整着通信设备，试图与狂乱的电磁暴相抗衡——但可惜的是，每当她这么做时，都觉得自己仿佛乘着一叶扁舟在狂暴的巨浪间漂流，无论怎么努力，都注定只能任由任性的自然之神随意操弄：无论哪个通信频道，现在都充斥着毫无规律的电磁干扰，身份识别系统难以使用，来自盟会的定位信号也时断时续。这不但意味着她们现在无法获取来自盟会的定位协助，也意味着盟会不能实时掌握她们的位置。

通常而言，每座盟会总部除了是行政设施，也是一座接近完全自动化的修理厂和指挥控制中心。在正常情况下，任何接近盟会所在地 70 ~ 100 千米之内的飚艇，都会被立即识别出身份与位置，并可以根据这些信息接受协同指挥，而年兽也会在这一范围内被发现。正因如此，盟会的周边区域又被游侠们称为“新手区”或者“安全区”。因为在这一区域内的作战效率会大幅度提高，对年兽的预警也容易得多。除此之外，由于任何飚艇，哪怕是不属于该盟会旗下的飚艇在这一带的行动都会处于盟会监视之下，这也意味着，除非出现多艘飚艇共同参战、随时可能“误击”的混战状态，否则藏在盟会内的“破戒者”不可能有机会袭击任何人，这也为其他游侠无形中增添了另一重保护。

但现在，由于红矮星强烈的耀斑活动，这一保护眼下已经被显著地削弱了。

“要继续攻击吗，队长？”碧菘问道，“还是先和‘璞玉之剑’会合再说？”

“呃……那个……算了，暂停攻击，先和‘璞玉之剑’会合吧。”青葵纠结了好一阵子，最终还是像一只被迫放弃美味鲜鱼的猫咪一样耷拉着耳朵，不情不愿地下了指令，“反正我们离年兽的距离还很远，它应该还没有注意到我们。”

“明白。”碧菘点了点头。虽然年兽这种玩意儿在外观上看不出任何可以辨识的感觉器官，但对于接近自己的一切运动物体都颇为敏感，并会让体内与其共生的太岁攻击被视为威胁的接近对象。越是巨大的年兽，对于威胁的感知就越敏锐，感知范围也越大——以眼前这头中等水平的“太白”为例，一艘接近到3千米以内的飚艇必然会被它发现。

幸好，当青葵做出这一决定时，碧菘面前的火控系统测距仪上所显示的数字是4700米。

随着“小玉”号开始转向，碧菘打开了位于自己座位右侧的一处保险，拉动了一旁的拉环。随着“砰砰”几声闷响，几枚小型发烟弹被压缩气体发射了出去，一大团由含磷发烟剂形成的黄褐色烟幕随即出现在了空中。这些发烟弹是极少数盟会还能自行生产、不需要古老神秘的自动化加工厂代为制造的消耗品，在游侠们需要组队行动，却无法用通信器进行交流时，它们就是最后的应急通信手段。

青葵操纵着“小玉”号围绕着扩散的烟雾转了三圈。当她转到第四圈时，“璞玉之剑”的两艘“隼”式飚艇总算找到了方向，从远处飞了过来。

“很好，现在我们只需要重新编队，然后……欸？！”青葵自信满满的话只说到了一半，剩下的半句话则随着状况的突然改变被噎在了她的喉咙里——就在两艘“隼”式飚艇出现的当儿，一大群像鸟一样的小型飞行物突然从年兽的方向朝着“小玉”号直冲而来。不过，凭着充足的经验，她在第一次瞥见这些玩意时就意识到，它们当然不是什么人畜无害的小鸟，而是从年兽厚重的甲壳下钻出的、长出了双翼的飞行太岁。

“可恶，被发现了！”小晴一边打开自卫用爆能枪的保险，一边嘟哝道，“早知道出发前就该多做一次祈福仪式才对。”

“那种浪费时间的事情还是省省吧，”碧菘说道，“之前在新年时你还说，可以靠祈福仪式让引擎一整年不出故障，结果第一个白天还没结束，冷却器就已经坏了3回。”

“唔……”没法接住话茬的小晴抖了抖耳朵，开始专心致志地用“小玉”号唯一的自卫武器朝蜂拥而来的太岁群射击。虽然长着翅膀，但这些看上去像是水母和鱿鱼混合物般的生物并没有可以高速振动双翼的生理结构，它们的飞行动力主要靠喷射管状躯体内的压缩空气获得，翅膀只作为滑翔翼兼空气舵使用。这种飞行方式让它们显得很不灵活，尤其是在高速飞行的状况下。

随着第一批等离子弹雨点般落入成群的太岁之中，这些丑陋而短命的生物纷纷爆炸——如果能成功接近目标，它们体内混合着氢气与甲烷等易燃气体的气囊将成为相当危险的燃烧弹，可现在，这些玩意儿能够引燃的只有它们自己以及它们的同类而已。当小晴不得不停止射击、等待爆能枪冷却时，空中已经凭空出现了大量一边燃烧、一边坠落的“雨点”，蛋白质被高温点燃所产生的臭味几乎让她的嗅觉完全失灵了。

与此同时，青葵巧妙地减缓速度，绕着熊熊燃烧的太岁群飞了一圈，成功吸引了这些没有大脑、只拥有非常粗糙的网状神经系统的生物的注意力。数以百计的太岁在压缩气体喷射的嘶鸣中追向“小玉”号飞行留下的尾迹，结果全部变成了小晴相对静止的活靶子。不过，就在她第二次将手指伸进扳机护圈时，飚艇下方突然传来了一阵意料之外的震动。

“呜啊！”

“哇噢！”

“噫——疼疼疼疼疼！咬到舌头啦！”

在“绯红誓约”的三人之中，小晴不出意外地又一次成了最倒霉的那个：她原本打算在开火射击之前，抓住机会说上两句豪言壮语，结果却因为来自脚下的冲击，一不小心咬破了自己的舌尖，令人不安的血腥味随即充满了口腔。更糟糕的是，这种震动并没有结束，而是变成了不规律的左右横摇：从青葵所在的驾驶座传来的刺耳报警声表明，刚才的冲撞已经对飚艇的机体造成了一定程度的损坏。

“刚才那是怎么回事？”青葵一边努力稳住飚艇，一边问道。

“似乎是有东西从下方撞到了‘小玉’号的侧后部……唔，我看到了。”由于既不负责驾驶，也不负责操作自卫武器，即便在眼下的紧张状况中，碧菘仍能空出手来，“是一艘‘鸢’式飚艇。如果我没猜错的话，刚才那头年兽其实并没有发现我们，这些太岁多半是被这艘‘鸢’式飚艇引来的。”

“可恶，这是哪个小队的飚艇？！净干这种缺德事！”在碧菘报告完状况之后，小晴也看到了那艘闯祸的飚艇：在郁林星上活跃着的各种游侠座驾之中，“鸢”式飚艇是数量相对较少的一种，也是作战能力最差的一种。这种双座型飚艇的主武器是一具声波定向能发射装置，可以用来破坏坚固物体——比如年兽的厚重甲壳——的结构强度，或者驱散少量的太岁。但在绝大多数情况下，它无法达到像“鹭”式飚艇的主武器重型等离子炮那样一击必杀的效果。除此之外，它就只有一挺与“鹭”式飚艇一样的爆能枪用于自卫了。这种飚艇的主要优势在于速度和动力，经常被用来在远离盟会总部的区域进行侦察，甚至在某些情况下被派去运送重要邮件，很少单独投入作战。“你们有谁看清它的编号了吗？要是看到的话一定要记下来，这样我们回去好和他们算账！”

“没，那艘‘鸢’式飚艇刚才一直在机动，看不清编号。不过话说回来，按照作战规划，这次行动应该没有‘鸢’式飚艇参与才对。”碧菘嘀咕道，“这个家伙是从哪儿冒出来的？”

“谁知道？也许是在附近执行不相干的巡逻任务，结果因为路线出错，碰巧遇到了这头‘太白’？”小晴猜测道，“在耀斑活动特别激烈的时候，新手因为通信和定位系统失效而走错路的情况还蛮常见的。”

“也许吧。”青葵小声说道。在与接近失控的机械设备奋力“搏斗”一番之后，她总算逐渐夺回了控制权，让“小玉”号停止了颤抖。与此同时，“璞玉之剑”小队的两组新手也结束了不知所措的观望状态，凭着自主判断能力加入战斗，用“隼”式飚艇的激光炮扫过了紧追着“小玉”号的太岁集群，将它们的数量迅速削减到了之前的零头。

“干得漂亮，各位！”小晴在通信频道中兴奋地喊道，但她并不清楚对方是否听到了这句赞美：直到现在，大多数频道中仍然塞满了令人烦躁不已的杂音，定位和导向设备也仍旧很不好使。原本应该与“绯红誓约”和“璞玉之剑”同时抵达的另外几支小队，直到现在才陆陆续续出现在了地平线上——他们显然是在看到碧菘发射的烟幕后才找到方向的。

值得庆幸的是，即便通信状况仍然一塌糊涂，但除了跟着“绯红誓约”的两组新人，所有的小队全都是身经百战的老手。凭着丰富的作战经验，他们迅速分配了目标，并有条不紊地对年兽展开了压制作战：“隼”式飚艇和更小的、在正前方装有4挺固定爆能枪的“鹰”式飚艇两两一组，分别扫荡那些从年兽的甲壳中蜂拥钻出、试图保卫宿主的太岁；拥有强力武器的“鹭”式飚艇则在掩护下加速接近目标。作为最先投入战场的飚艇，“小玉”号自然而然地获得了头一个朝目标开火的殊荣——当然，这也意味着，它成了那头正为了生存拼命挣扎的年兽攻击的焦点。

在碧菘面前的测距仪读数从3千米变成2千米、又进一步变成1千米的过程中，各种各样危险的东西从那只直径差不多40米的巨大球体表面接连射出，朝着“小玉”号迎面飞来：这些玩意儿主要是足有成年人胳膊那么粗、以音速飞行的几丁质刺针，以及大团大团的高压沸水。对于前者，青葵就像走路时绕过路面上的坑洼一样，轻而易举地将它们逐一躲过，后者却造成了一些不容小觑的麻烦——不知是否是那头年兽有意为之，这些沸水球并没有被直接射向“小玉”号，而是在这艘飚艇航线的上方炸散开来，形成了一片片滚烫的“雨水”。这些小范围的瓢泼大雨不但炽热，更要命的是，其中还混合着大量有毒的腐蚀性消化液，对于坐在敞开式座舱里的飚艇人员非常危险。

“这下麻烦了。”在估算了一会儿之后，青葵有些失望地发现，自己要么冒着全员被烧伤的危险继续前进，要么放弃攻击、改变航向——而这意味着她们会失去头一个攻击目标的荣誉。不过，就在她做出决定之前，一道光束已经扫过了那些拦阻在前方的“雨水”，将它们统统蒸发成了气态。

“公……公子殿下？！”在注意到出手相助的那艘“隼”式飚艇上的标志后，一秒钟前还一心一意地只想着干掉年兽的青葵一下子陷入了出神状态，甚至险些没有避过一根射向“小玉”号的刺针。好在，碧菘及时地敲了一下这位面红耳赤的队长的肩膀，让她重新恢复了正常。紧接着，“沧溟”号在“小玉”号的后方进行了一个最小半径的急转弯，用第二次射击将10多只接连从年兽甲壳上一处孔洞中钻出的气球状太岁全部烧成灰烬，顺带直接灼穿了覆盖在孔洞口的甲壳。

碧菘紧接着将等离子弹直接射入了这处孔洞之中。

在“绯红誓约”的作战史中，面对“太白”级年兽作战的经历总共只有3次，而这是她们头一次取得首发命中——虽然无法一击致命，但以最大功率发射的那枚等离子弹还是在这个庞然大物外壳上的脆弱部位制造出了一道数米长的裂口，并重创了它的内部软组织结构，让它再也无法进行还击。在之后的几分钟里，剩下的飚艇就像争食垂死巨鲸的群鲨一样蜂拥而上，用雨点般的能量武器火力彻底将这怪物变成了一堆粘着碳化软组织的甲壳碎块。

作战就此结束。

如果是在玄关海峡以西的土地上，一头“太白”级年兽的出现和被消灭，会成为足以让整个盟会纪念好几年的大事，而取得战果的游侠甚至会在盟会编写的地方志里留下名字。但在狐港，虽然盟会也组织了一场庆功宴来庆祝这次胜利，但除了头一次面对“太白”的“璞玉之剑”小队成员，其他人并没有太把这次胜利当一回事——与人口稀少、相对平静的西方不同，近几年里，狐港每年都会遭到数十只，甚至上百只年兽的威胁，而其他发展得欣欣向荣的东方城邦的情况也相差无几。“太白”级年兽出现频率虽然较低，但也并不稀罕，据说，在更往东的地方，已经有人遭遇过了直径在50米以上的“镇星”级年兽，并与之发生了战斗。

尽管如此，由于行动时恰逢高强度耀斑导致的电磁风暴来袭，“绯红誓约”作为一支外来队伍，在通信和定位系统几乎无法使用的情况下头一个抵达年兽出没位置，并成功取得首发命中战果的事迹，还是在狐港引起了一阵小小的轰动。很快，青葵和碧菘就发现自己变成了名人，甚至在街边买炸香蕉吃时，也总会有人朝她们挥手打招呼。小晴则抓住了这个机会，到处暗示“绯红誓约”的成功和某些超自然力量不无关系，结果成功地将手头的上百个长期滞销的护身符卖了出去——就像古地球上的士兵和探险者一样，郁林星的游侠，尤其是那些经验不足的新手，大多也对虚无缥缈却能影响他们生活的“运气”抱着一种近乎虔诚的敬畏之情。因此，花点小钱，沾沾好运气的事儿，几乎每个人都乐意去干。

可惜的是，快乐的时光过去得总是特别快。就在小晴成功卖掉手里的最后一只护身符，开始考虑是否应该补货时，姬稷和他的忠诚仆人尤莉突然来到了三人在盟会中的住所。在这位东怀公子冲进房门时，他周身都带着一股山茱萸果实般的辛辣味，神情中更是充满了前所未见的紧张与不安。

“公……公子殿下，您来找我们有什么事？”在发现来人是姬稷时，青葵先是红着脸露出了傻笑，但在嗅了嗅空气中的味道之后，她就意识到了情况有些不对，“等等……是发生意外了吗？”

“是的，非常严重的意外，”姬稷点了点头，“情况危急，请在 20 分钟内完成出击准备。我还要去通知在城里的其他人。”

“是年兽吗？”碧菘问道，但她旋即摇了摇头——对于专门以消灭年兽为业的游侠们而言，像是“岁星”那种超大型年兽，或者众多年兽组成的群体出现，也许可以被描述为“情况危急”，但绝对不会被视为“意外”。毕竟，那仍然属于他们的日常工作范畴。

“不是。”姬稷的回答并不出乎意料，“是更糟糕的东西。”

“比年兽还糟糕？”

“你们到了集结地之后，自然就知道了，出发后，盟会的导航系统会给你们坐标。”在撂下这句含混不清的话之后，姬稷和尤莉匆匆离开，前去通知其他还留在盟会里的游侠了。在一个小时后，至少 30 艘飚艇——差不多是狐港盟会目前能出动的一半战力——先后抵达了指定的集结点。这里是狐港西北部的丘陵地带，离之前那头“太白”级年兽被干掉的地点不远，遍布着郁郁葱葱的香蕉种植园。当青葵一行人抵达狐港时，这一带的香蕉才刚开始绽放硕大的金红色花朵，按照日期推算，现在还远不是收获的时候。

正因如此，当看到最先抵达这里的几艘“隼”式飚艇突然朝香蕉林射出高能激光束后，“小玉”号上的三人都惊呆了。

“他们在干什么？”青葵嘀咕道，“我记得这一带的香蕉应该还没有收过……”

“没错，姬稷先生，你能解释一下吗？”小晴打开了通信器。在最近这段时间，红矮星耀斑活动带来的磁暴影响已经逐渐结束，飚艇的各种电子设备运转也都恢复了正常，“这究竟是怎么回事？为什么要烧掉还没有采收的香蕉？”

“原因很简单，因为这些香蕉已经不能再采收了。”在用激光扫过一片香蕉林，让数百株香蕉树沦为巨大的火炬之后，姬稷的“沧溟”号降低了速度，开始与“小玉”号并列飞行，并引领着后者来到了一片尚未起火的香蕉林上方，“碧菘小姐，请打开你的光学瞄准具，调至最高放大倍率，看看那些香蕉林的情况吧。”

# 第七章　瘟疫与敌人

“这些香蕉树……究竟发生了什么事？”

为了保证威力强大的主武器的精准度，“鹭”式飚艇侦查员席配有一台功能相当优秀的光学瞄准具，在可见光波段下，可以将位于飚艇正前方左右各60度、上下各45度范围内目标放大至30倍以上。当然，大多数经验丰富的操纵者——比如说碧菘——几乎不会在战斗中使用这一功能。毕竟，在以毫秒计算的迫近射击过程中，精确瞄准其实非常困难，而感觉往往才是最可靠的。

不过，在观察固定目标时，这件瞄准具就非常有用了。

在朝瞄准具的视场中瞥了一眼之后，碧菘的表情立即阴沉了下去：毫无疑问，这些香蕉树已经完全没救了。它们宽阔的叶片就像被烤过一样，逐渐变成了焦黄色，本该茁壮成长的果实也都干瘪枯萎，看上去甚至比碧菘曾经见过的野生香蕉的果实还要瘦小。铁锈色的腐败茎叶在林地中散落了一地。

“这是某种……疾病吗？”小晴探头看了一眼瞄准具上的图像。

“对，哦对了，请不要继续降低高度，更不要降落到地面，”在发现青葵打算操纵“小玉”号继续接近香蕉树林，好看得更仔细一些时，姬稷连忙提醒道，“目前最好任何人都不要接触这些香蕉树，否则或许会把病原体带出去。”

“病……原体？”“绯红誓约”的三人全都露出了一头雾水的表情。不过，早已对姬稷完全信任的青葵还是听话地维持了原本的飞行高度。

“你们不知道吗？唔……不对，你们原本就应该不知道——除了像飚艇这类可以自动维护的技术遗产，这个世界上几乎没保留下什么与旧文明纪元相关的东西。要是你们知道这些知识的话，反而会有点儿让我伤脑筋。”姬稷问了一句，然后又自言自语地说了一通让人听不太懂的话，“所谓的病原体，就是造成疾病的微生物。”

“没听说过。”小晴耸了耸肩，“众所周知，疾病要么是阴阳失调或者不同的元素精灵冲突造成的，要么就是因为不敬神而受到了天谴，从没有人见过什么‘微生物’。”

“要是不敬神就会得病的话，像你这种整天以神的名义替人假装祈福、兜售来历不明的护身符的家伙，还能像现在这样活蹦乱跳？”姬稷用哭笑不得的语气说道，“所以说，要和连基本概念都没有的人讲明白这些，实在是……”

“我倒是听说过‘微生物’，”碧菘说道，“我以前在图鉴上看到过，那是对许多种非常微小的、肉眼看不到的生物的统称。另外，我们以前在盟会学习关于游侠的基本知识时，教官不也提过关于古代流传下来的万用智能免疫注射剂的事吗？这些注射剂里包含的‘纳米机器人’的主要作用，就是消灭侵入人体内的有害微生物……”

“哦哦，好像上课时确实有讲过这事！”小晴点了点头。对于在基本课程学习阶段几乎全程睡觉混过去的她而言，能回忆起课堂上的内容，实在是件不太容易的事，“那么……那个什么‘微生物’也能危害香蕉树吗？”

“是的，虽然那与危害我们人类的微生物并不是同类……顺带一提，游侠盟会的万用智能免疫注射剂在理论上也能清除它们，但不幸的是，要治愈一整片香蕉林需要的量太大了，估计整个行星的存货加在一起，也不够解决目前的问题。”姬稷一边在通信频道中解释着，一边俯瞰着下方这片病入膏肓的香蕉林——虽然乍看之下是数百棵“树”，但事实上，那只是少数几棵“草”的地面部分罢了，在很早以前，感染就已经深入到了它们的地下根茎之内。“毕竟，除去偶尔在古代遗迹内找到的存货，只有不到十分之一的游侠盟会还保留着能制造这些注射剂的自动化设施，而且这些设施也老化得厉害，一年都生产不了几支。”

“确实，那种好东西给香蕉用可真是浪费了……虽然香蕉确实很好吃，”小晴下意识地舔着自己的嘴唇，在狐港的这段时间里，她的味觉已经完全被这种可以同时充当粮食的水果作物征服了，“但是，就因为生了病，所以这些香蕉必须被铲除吗？”

“很不幸，不只是已经被感染的要被彻底铲除，那些位于它们附近、可能遭到感染的也一样需要被完全摧毁——虽然这会造成很大的损失，但如果不这么做，情况可能，不，应该说是肯定会变得更加糟糕，”姬稷说道，“根据来自地球时代的古老经验，镰刀菌所引起的黄叶病是一种非常难以治疗且传播迅速的流行病。要是就这么放着不管，用不了几年，整个雨安国境内大概就不会再有可食用香蕉存在了。”

镰刀菌，这又是一个“绯红誓约”的三人所听不懂的词。不过，就算对医学和微生物学几乎一无所知，她们对于流行病倒是多少有些概念：每个具备常识的人都知道，如果随便靠近某些病人的话，自己很有可能也会得上相同的疾病，这类疾病就是所谓的“流行病”。一些地方有将死于这类疾病的患者的尸体甚至是生前的用具全部烧掉的习俗。因此，姬稷一提到这个词，她们立即明白了该怎么做。

“总之，我会指挥‘隼’式飚艇分队首先烧毁边缘区域，从而划出需要彻底焚烧净化的范围轮廓，”随着“沧溟”号开始加速，姬稷说道，“你们和其他‘鹭’式飚艇负责用等离子弹分区轰炸范围内的香蕉田，不要着急，慢慢来。务必要把这下面的每一块土地都用高温炙烤一遍，才能确保将病原体根绝。”

“明白。”三人给出了同样的回答，语气却各有不同：对青葵而言，只要能为她口中的“公子殿下”帮上忙，无论做什么都是令人开心的事，因此她的语调相当轻快而兴奋；至于另外两人，可就没她这么精神抖擞了。毕竟，执行轰炸生病的香蕉田这种无聊的“作战”行动，既不能让她们的履历中增添一笔光彩的战功，也无法让她们获得任何值得一提的成就感，由于没有半点技术含量可言，狐港盟会之后会以最基础的例行巡逻任务的标准发放补贴。最重要的是，和对于战斗（当然，也许还有姬稷）之外的话题缺乏兴趣的青葵不同，在对姬稷刚才的解释进行了一番思考之后，两人脑海中都出现了一个模模糊糊却令人不安的想法。

“呐，碧菘，你觉得这场流行病究竟是怎么来的？”当一枚由飚艇发射的等离子弹像坠落的微型太阳般掉入枯黄的香蕉林中，并在转瞬间引发一场火焰风暴时，小晴低声问道，“虽然我对疾病和医学什么的没啥了解，不过我的直觉告诉我，这次的事情应该……没那么简单。”

“我也一样，”碧菘习惯性地抽动鼻子，嗅着空气中浓烈的烟雾气味——不知为何，这味道让她感到了稍许安心，“我以前在旧文明纪元流传下来的书上读到过一段记载。按照作者的说法，许多会侵害人类、动物或者植物的病原体，原本就栖息在自然环境之中。之所以突然造成烈性疾病，原因一般有两个：要么新的宿主过去从未接触过这些旧病原体，因此不具备必要的免疫能力；要么这些病原体突然发生了一种被称为‘突变’的现象，使得它突然可以对宿主造成更加严重的危害。但无论是前者还是后者，最初被感染的受害者必然都非常稀少，需要经过不断传播，才能变成一场大规模的灾难。”

“我明白了。”小晴说道，“也就是说……像这样一下子出现这么大规模的疾病暴发，其实是不正常的，对吧？”

“是的，今天我们烧掉的香蕉起码有好几千亩，全都已经病得不可救药了，而就在一两个本地日之前，它们还一点儿事都没有。虽然我不是很懂这个，但我的直觉告诉我，里面肯定有什么蹊跷。”在又一次按下主武器发射按钮后，碧菘快速地抖动着那对毛茸茸的犬耳。与她长期相处的人都知道，这是她感到烦心时的习惯动作，“你还记得那时候吗？”

“那时候？你是指……哦对了，上次对付那头‘太白’时，我们作战的地方就离这里不远。”小晴说道，“在那时，因为那艘突然冒出来的‘鸢’式飚艇，我们可是差一点儿就阴沟里翻船了。”

碧菘点点头：“你不是说要事后找那艘飚艇上的人算账吗？之后你有查过它的具体身份吗？”

“欸？那个，我好像忘了。”小晴有些不好意思地挠了挠自己的长耳朵，“毕竟在回去之后，大家都来找我要可以带来幸运的护身符，所以光是处理他们的迫切需求，替每个人进行祈福仪式，就花掉了我相当多的时间……”

“我就知道，”碧菘嘀咕道，“幸好，我倒是抽时间调查了一下：虽然受磁暴的影响，当时盟会总部的定位系统无法正常发挥作用，但所有执行任务的飚艇都有记录。你猜猜当时我们遇到的是谁？”

“不知道。”

“说得好，我也不知道。”碧菘耸了耸肩，“因为根据记录，在我们执行任务的区域，当时压根就不该有‘鸢’式飚艇出现。”

“哦？”

“不过，在附近区域，倒是有不止一艘‘鸢’式飚艇在巡逻。而且非常有趣的是，在稍微计算了一下那艘‘鸢’式飚艇从原巡逻区到我们的作战区域之间的可能飞行路线后，我发现，这一路线与目前爆发黄叶病的区域是基本重合的。”随着控制面板上的主武器充能状态灯再度由红色变成绿色，碧菘又一次按下按钮，把好几亩生病的香蕉树烧得灰飞烟灭。随着下方的火势越来越大，由热空气形成的上升气流也让在空中飞行的飚艇颠簸得越来越厉害。好在青葵一直稳稳地控制着“小玉”号，让碧菘能够在还算从容的状态下投弹，“更巧的是，从时间上看，正是在那件事之后，流行病才开始同时在这一带的香蕉林中爆发。在今天之前，我并没有意识到这有什么奇怪的，但现在回想起来……”

“呐，你难道觉得，这事和‘破戒者’有关？”

“不知道，毕竟我们目前掌握的证据实在是太少了。不过，如果你在家里睡觉时，突然听到床底下有东西在窸窸窣窣地乱动，无论知不知道那是什么，总是得去看上一眼的，对吧？”在与另外两架“鹭”式飚艇一同向最后未被摧毁的香蕉林投下等离子弹后，碧菘问道。

“没错。”小晴嘀咕道，“我可是最讨厌藏在床底下乱动的东西了，无论那是什么。”

由于相当接近行星的地轴南端，或者更准确地说，接近永昼的向阳面一侧的缘故，雨安国的白昼是非常漫长的：在约等于 20 个地球日的本地日中，白昼足足占了四分之三的时间。即便在那颗暗红色的恒星从地平线上沉下去之后，通过大气折射传到这里的光线仍旧足够明亮，足可以在相当于一个多地球日的时间里让人们继续活动。在这个除少数技术遗产外就没有任何工业，人工光源基本依靠松明、动物油脂和木柴提供的世界上，这样的时间是弥足珍贵的——白昼的终结意味着大部分主要劳动的结束。趁着黑夜尚未真正到来，人们会在这漫长的黄昏时分抓紧时间放松自己、享受生活。

在狐港这样的城市中，这一点表现得尤为明显。

“啊，唯独在这种时候，城里的人看上去特别多。”在将飏艇停放回盟会的仓库，并且在盟会总部前台填写了行动日志后，走在城内大道上的碧菘摇晃着尾巴，在摩肩接踵的人群中感叹了一句。在“绯红誓约”的故乡，由于低下的农业产能，最大的城镇人口也不会超过一万，而大多数镇子常住居民只有一两千人。许多地方甚至连固定的商店都是稀罕物，人们只会在特定的时间聚集起来开展贸易。而在这座人口已经接近6位数的巨大港口城市里，不但有着种类繁多的摊贩与商店，甚至还有许多在玄关海峡以西很难见到的有趣人物，比如在街头卖艺的杂耍演员、乐师，甚至是披着黑色麻布斗篷的占卜者。

“说实话，刚到这里来的时候，我其实有点怕。”小晴到街边买来了一大串油炸香蕉，一边小口小口地啃着，一边说道。烹炸这些香蕉的油，据说是用一种在雨安国遍地可见、被称为“棕榈”的树木的果实榨出来的，与其他常见的油脂相比，用棕榈油炸的食物尝起来没有什么怪味，能更好地保留食材原本的味道，这点让她相当满意。“毕竟，我这辈子还是头一次和这么多人走在一起。”

“是哦，我以前也从没见过这么多不同类型的人。”碧菘附和道。光是在这条街上，就能同时看到十几种外貌差异明显的人同时活动，其中有像“绯红誓约”三人一样，具有某些动物特征的卫兰人，也有身材矮小健壮、据说祖先来自高重力世界的德沃夫人，肤色苍白、具备红外视觉的尼克斯人，以及一些她们说不上名字的人类亚种——虽然在古地球时代，不同人类种族只有微不足道的基因差异，但由于数千年的太空扩张造成的基因漂变和适应性演化，以及遗传学技术的大量使用，到旧文明纪元终结前夕，银河系中的人类早已有了数以百计的亚种，而郁林星的居民是来自不同世界的难民。虽然在大多数地方，不同的人类亚种习惯与自己的同族聚居，但在这种大城市中，这种多样性会以强烈视觉冲击的形式，被更直观地展现出来。

“我倒是无所谓啦，”走在两人后面的青葵插话道，“只要能和我的公子殿下在一起，哪怕是要单枪匹马向一头‘岁星’级的年兽发起冲锋，我也绝对不会皱一下眉头的。”

“喂喂，什么叫‘你的公子殿下’？”与姬稷走在一起的尤莉不快地说道。这位“沧溟”号的驾驶员自称是侍奉了姬稷多年的贴身仆人，对于青葵动不动往姬稷身边凑的行为一直颇为不满。此时此刻，她正穿着一件以宽大的连衣裙为主的侍女服饰，还背着一只硕大的竹制背篓，用黑色麻布盖得严严实实，看上去颇为诡异，“还有，殿下他和你这种肌肉脑可不一样，他的睿智能让他分清什么是勇敢，什么又是愚蠢！如果真的要去对付一头强大的‘岁星’的话，殿下肯定会先集结一支可靠的战斗队伍，制定周密有效的作战计划，然后再运筹帷幄、一击致命。而不是像某些只能充当劣等炮灰的家伙一样，去单枪匹马地发起自杀式冲锋，然后凄惨地变成年兽的养料。”

“你你你……你这野蛮人知不知道什么叫修辞手法啊？！我我我我只是……只是在用稍微夸张的方式表达对公子殿下的信任而已……”青葵涨红了脸，像一只真正的炸毛猫咪一样龇出了尖牙，也让周围的行人争先恐后地“礼让”出了一块空地——毕竟，祖先经过深度基因改造的卫兰人和野生动物相似的地方，可远不止耳朵、犬齿与尾巴而已，任何与卫兰人，尤其是具有食肉动物特征的卫兰人进行过街头斗殴的倒霉家伙都明白，这些人的力量与敏捷性绝对不愧“掠食者”的称号。

“信任？你这脏兮兮的流浪猫，也配得上殿下的信任？！”如果换成别人，在面对炸毛的青葵时多半会下意识地退避，尤莉却摆出了一步不退的姿态，“殿下是有高贵血统和高尚情操的人。你这种家伙能够有幸为他服务，就已经是几辈子修来的福分了。事实上，殿下的宏伟志向，早已远远超出了你们这种目光短浅的蹩脚货色能够想象的极限。你们根本就无法了解——”

“行了，尤莉，我很欣赏你的忠诚，但我现在不是‘殿下’，只是与你地位平等的游侠同伴。”姬稷走到了剑拔弩张、随时会像抢夺地盘的小动物一样撕咬成一团的两人之间，轻而易举地伸手分开了她们。从他身上散发出的那股松香般的淡淡气息表明，他现在的情绪相当平稳，“青葵，你也是。现在我们可是有更重要的工作要完成。你们俩的能力、才智和决心都是必不可少的，所以还请相互包容一些。”

“好吧，看在公子殿下的份上……”

“为了对东怀公国和殿下的忠诚……”

虽然互相用不肯退让的语气抛下了一句这样的话，但至少，姬稷的调解确实起到了立竿见影的效果。青葵和尤莉最终避开了彼此的目光，不再摆出准备一决高下的姿态，而周围那些生怕被波及的路人们也纷纷松了口气。

“我们的目的地应该已经不远了吧？”在跟随姬稷穿过了好几条人流如织的热闹街道后，敏锐的小晴第一个注意到，身边的摊贩和行人开始显著减少，结构简陋的半临时性商铺也逐渐变成了带有庭园的高大青石楼房。虽然初来乍到的她对这座大城市里的路并不算熟，但直觉告诉她，住在这一带的显然就是他们要找的“大人物”。

“对，这里正是本地游侠大家族的居住地，又称‘羽林街’。”姬稷微微一笑，随手指了指其中一座特别高大的建筑物。即便在这一整片富丽堂皇的建筑之中，这座建筑物也是鹤立鸡群式的存在：它的周围环绕着一圈大约5米高、用玄武岩堆砌而成的围墙，上面甚至还设有小型的雉堞和望塔，好几名携带着长戟和滑膛枪的守卫在围墙上来回巡逻，即便说这是一座迷你城堡也并无不妥。围墙内的建筑主体则是一座圆柱状的青石塔楼，从塔楼的体积，以及塔楼外侧开的窗户数量推算，就算在里面住个近百人也没问题，“而这儿，就是朱刃家族的宅邸了。”

“宅邸？我看称为要塞应该更妥当吧？”青葵盯着眼前的建筑物看了一会儿，然后嘀咕道。在水苍大陆上，由于为数不多的战争通常也只是仪式性的决斗，城镇和村寨里几乎看不到防御设施，顶多只有一些用来防范盗贼和野兽的壕沟与鹿寨。像这样的防御建筑，她只在来到山玄大陆之后才见到过，而堂而皇之地在城市内建起小型要塞这种事，更是完全超出了她的想象，“在城里搞出这种东西，未免也太夸张了。”

“如果在50年前的话，这么说确实没错。当时的狐港只有不到两万人口，甚至连外部的城墙都还没有修建，”姬稷点了点头，“但现在可就不同了：这半个世纪以来由于‘神农氏’在大陆东部的活动，东方各国的农业产量不断提高，人口增长了好几倍。原本仿佛多到用不完的土地，尤其是那些适合耕作的肥沃土地，目前全部变成了各个国家和城邦争抢的对象，战争也变得频繁了起来。就连我的老家，位于岛屿上的东怀公国，也在港口修建了城垒，以预防可能发生的入侵。而朱刃家族不但是狐港最古老、最强大的游侠家族，也是担任城市市政官的三大家族之一。对他们一族而言，修筑防御设施算是某种对城市的义务：一旦敌人攻入城内，这些要塞化的宅邸会成为重要的防御枢纽。”

“这么说，‘神农氏’简直就像是在害人一样，”碧菘咂了咂嘴，“如果他没有四处散播那些技术的话，这片土地至少会少发生许多战争……”

“这可就未必了。”姬稷摆了摆手，一股深邃的松香味迅速渗入了他身边的空气之中，“在‘神农氏’引导东方诸国的人们一步步突破‘禁忌’后，战争确实在这片土地上变得频繁了。但是，能发生争夺土地的战争，本身就意味着有许多原本‘不会出生’的人诞生在了这个世界上——如果‘神农氏’没有四处引导人们，这些人会由于粮食产量有限，从一开始就不会出生。难道你们想要告诉他们，‘为了这片土地的和平，你们就不该被生下来’？”

“不不不，我……我当然不是这个意思……”由于姬稷的逻辑听上去实在是无懈可击，碧菘只好连连摇头，“所有人都有权利出生，但我只是不希望看到有人被杀害……”

“我也不希望。但很不幸，这个世界上不存在永远两全其美的事，”姬稷叹了口气，“在大多数时候，想要享受福祉，就必须付出代价。当然，有些人将这称为‘公平’。”

“公平……是吗？”

“算了，哲学问题什么的，以后有空再讨论也不迟。”随着一行人来到那座小型城堡附近，姬稷摆了摆手，“还记得我之前分配的任务和教过你们的那些话吗？待会儿可不能出错。如果让朱刃家族的人对我们产生了过度的怀疑，后面的行动会变得非常棘手。”

“明白。”另外四人异口同声地答道。其中，青葵和尤莉甚至还故意就谁在回答时的声音更高展开了竞争，结果吸引了在公馆大门处站岗的守卫的注意。不过，就在那个男人打算来询问他们为何喧哗之前，姬稷已经快步走了上去，将一张名片递给了他。

“您……您是……东……东怀的殿、殿……”姬稷递出的名片相当特别，上面的文字是直接在一片青铜上镂刻出来的，本身就是一件颇为精致的工艺品。在名片一角还有一个用错金工艺绘制的金色家纹。在看到家纹后，那守卫的舌头顿时打起了结，“您有……有预约吗？”

“抱歉，因为公务繁忙，没来得及。哦对了，至少从技术上讲，现在我不是什么殿下，只是个普通的游侠而已。我来此也只是以为狐港和雨安国临时服务的游侠身份，与尊敬的朱刃家族的同僚就一些……工作上的事情进行讨论，还请不要安排什么正式的欢迎仪式。”

“我……我会通报的，请稍等。”守卫深吸了一口气，捧着名片从一旁的小门中走进了宅邸，片刻之后，另外几名守卫走了出来，在开启正门的同时，也对访客们摆出了“请进”的手势。不过，虽然表面上毕恭毕敬，但在这些人望向姬稷的目光中，全都透着某种隐约的敌视与厌恶。

“恕我直言，我从这些人的身上嗅到了不信任的气味，”在走进大门后，碧菘低声说道，“你和他们有过节？”

“你怎敢如此污蔑殿下！”尤莉恼火地瞪了碧菘一眼。

“我平时可是一直秉持与人为善的信条的，怎么可能随便与人结怨？只不过，像我这样的‘殿下’，在游侠中并不受欢迎。”姬稷说道，“我以前也说过这事儿吧。”

“对，但为什么呢？”

“因为在大陆东方，游侠的风评已经和过去不同了，在像雨安国这样的地方，强大的游侠家族不再云游四方对付年兽，而是专门守护一座城邦，最终通过积累功绩和声望，变成了事实上的贵族。由于游侠们普遍选择了留在富庶的大城市里，许多偏远地区逐渐陷入了缺乏保护的状态，因此山玄大陆的游侠盟会才不得不一直向水苍大陆上的同行求助，希望他们派人帮忙。”在穿过位于宅邸围墙与塔楼间的花园时，姬稷说道，“还有一些地方，尤其是紫宸国，王公贵族把自己的子女塞进游侠盟会，最终变成盟会的控制者，从而让后者的力量为自己所用。这种做法非常令人厌恶，而我之所以要在成为游侠后切断与大公家的关系，也是为了避嫌……但后来我才发现，这么做其实也没什么用。所有知道我曾经是东怀公子的人，都会下意识地怀疑我有什么见不得光的计划，如果不是为了顺利进来，我也不会对那些家伙亮明身份。”

“但游侠的武器不是不能用来对付人类吗？”小晴问道，“呃，我是说，除了那些‘破戒者’……”

“对。但就算这样，游侠盟会的价值也是巨大的。”姬稷的身边散发出了淡淡的酸楚味，“虽然除了为人不齿的‘破戒者’，游侠无法在被迫自卫之外的情况下，使用古代武器直接伤害他人，但别忘了，飚艇的机动性，意味着它们可以成为绝佳的通信和侦察手段。比起直接攻击对方，这些手段在战场上可以带来压倒性的信息优势。而即使不作战，盟会在行政方面的价值也很大。”

“哦。”“绯红誓约”的三人都点了点头。她们当然受过用飚艇侦察年兽行动轨迹的训练，而在水苍大陆，也确实有些游侠会替人运送信件。但是，像东方国家这样频繁使用飚艇的做法，对她们而言还是有些难以想象。

“除此之外，游侠盟会对抗年兽的能力，本来就是巨大的政治筹码——在像狐港这样的大型城邦崛起之后，位于城外的大规模农业区自然也会引来大量年兽。如果游侠们不提供强力保护，这种城邦根本无法维系下去。”姬稷继续说道，“像朱刃家族这种树大根深的游侠家族，在城邦里最终变成掌权者，可以说是必然发生的事情……当然，待会儿可别在他们面前提起这事。”

朱刃家族的那座青石塔楼一共有 5 层，每一层的空间都足以容下至少 20 座盟会总部提供给外来游侠的临时宿舍。其中，位于最下方的一层是训练大厅，里面放满了各种用于进行体能训练的器械，中央则是用绳圈围成的擂台。在大厅的门口，一个似乎是朱刃家族远亲的低阶游侠拦住了尤莉：“这位女士，请允许我对您进行检查。”

“检查？！你有没有搞错？！我作为游侠的资历多半比你还深哦！你有什么资格检查我？！”尤莉毫不客气地怼了回去。

“不……不是啦，”被尤莉震慑的年轻游侠有点害怕地后退了两步，“我只是奉命行事！首席之前通知过我们这些大家族，说是最近有‘破戒者’秘密混入城内，必须提高警惕，所以任何可疑物品在进入前都要接受检查。”

“哦？你说殿下的私人物品很可疑？！”尤莉拍了拍背上那只用麻布盖住的硕大背篓。

“我没有这个意思！但家主就是这么吩咐的。”年轻游侠露出了困窘的表情，“其实我也不想干这活儿，不过你也知道，‘破戒者’的存在对于绝大多数人是保密的，不能让没有游侠身份的守卫进行检查，所以才让我负责……我也只是在执行命令……”

“你是在执行命令，我难道就不是在执行命令？殿下给我的命令是，我必须将他的个人物品随时带在身边，方便殿下能在需要时立即取用。”尤莉用丝毫不打算妥协的语气答道。

“呃……我不记得我下过这种命令。”有些意外的是，姬稷略显尴尬地说道。

“总之，这里面都是殿下的私人物品，我发誓绝不会让它们离身！更不会允许任何人随便碰它们！谁要是敢——”

“行啦行啦，我也可以不搜查。但要是这样的话，你就得和这些东西留在外面。”负责检查的年轻游侠最后只好这么说道，“任何未经检查的可疑物品，都不得进入塔楼内部，这点我不能让步。”

“哼，那就这样吧。我还不稀罕去见那些家伙呢。”

在甩下这句话后，不肯与背篓分离的尤莉留在了门外，姬稷和“绯红誓约”的三人则在交出随身武器之后，被放了进去。在进入塔楼时，青葵还不忘转过身去，朝着尤莉扮了个鬼脸，后者只是噘起嘴角，将脸转向了一侧。

在穿过满是锻炼器材的训练大厅后，一个仆役小跑着来到了一行人面前，领着他们沿着一处螺旋楼梯登上了二楼。从陈设来看，这里显然被塔楼的主人作为会客大厅使用：在大厅两侧陈列着许多游侠们根本用不上、而普通士兵又用不起的华丽盔甲和仪式武器，以及古老的家族旗帜和狩猎得来的动物的剥制标本，角落里则摆放着寓意不明的雕塑和奇怪的水墨字画，硕大的黄铜火盆里燃烧着某种混合香料，让大厅内充满了浓郁得发腻的香气。朱刃家族的七名拥有正式游侠资格的直系成员全部坐在这些宝贝之间，看上去活像传说中看守着成堆财宝的龙。

通常而言，游侠内部并没有多少繁文缛节：在见到熟悉的同伴时，游侠们通常会将拳头放在胸口致意，与陌生同行初次见面时采用的礼节，则是来自地球时代的古老礼仪——握手。不过，就在青葵走上前去，准备与坐在雕饰华丽的椅子上的朱刃家族成员逐一握手时，其中那名年龄最小、留着一头卷曲的浅褐色头发的女性却冷冰冰地拒绝了她：“抱歉，这位女士。根据握手这一礼节所代表的最基本含义，我不认为我们有这么做的必要。毕竟，我身上没有携带用于危害您的武器，而我也可以确定，您同样没有携带暗藏的武器。”

“哈？”碰了一鼻子灰的青葵发出了困惑的声音。不过，姬稷立即接替她走了上去，双手合十，对着七人中最年长的那名头发斑白的男性躬身致意，然后按照特定的顺序朝着他身边的其他家族成员行礼。在这一连串复杂的礼仪完成之后，先前对试图握手的青葵感到恼怒的朱刃一族的表情才稍微变得平和了一点儿，并纷纷以相同的方式向他回礼。

“请坐，殿下，”在回礼结束之后，年长的男性说道，“恕我冒昧，但您的这些仆从实在是有些欠缺必要的教育。”

“她们不是我的仆从，我现在也不是‘殿下’了。”姬稷立即答道，“这三位是来自水苍大陆的‘绯红誓约’小队的成员，她们最近才被派遣来到山玄大陆，为我们提供援助。由于一些机缘巧合，我们之前在大陆西部相遇，我也就暂时与她们一起行动了。我保证，她们都是优秀而可靠的游侠。”他看了看青葵一行人，又瞥了一眼那名年长的男人，“诸位，这位先生是朱刃苍阁下，狐港的前任市政官，20 年前盟会中最优秀的游侠，也是朱刃家族的族长。他是曾经参与击杀过两头‘镇星’级巨型年兽的勇者。”

“能有优秀而可靠的游侠前来协助我们，真是令人感到荣幸。”虽然口头上说着“荣幸”，但自始至终，鬓发斑白的男人甚至没有正眼看过青葵一行人，“不过殿下，您突然前来造访，究竟所为何事？”

“我现在不是什么‘殿下’，只是一名游侠。”姬稷重复了一遍，一股淡淡的酸醋味开始在他身边弥散。不知为什么，跟随着他的青葵一行人都能感觉到，朱刃一族的族长似乎是故意这么称呼姬稷的——而且，和尤莉与青葵那种基于个人情感的称呼不同，他们似乎想要以此提醒他某些事。“东怀公国与我虽然不至于无关，但也只是我有义务保护的诸多土地的一部分罢了。我已经没有大公位置的继承权，也不参与国家的政治。此次前来，也只是询问一些游侠内部的事宜……简而言之，是关于前一天与那头入侵西北区域的‘太白’级年兽交战的事儿。”

“我们知道那一战，不过可惜的是，当时我们家族的成员都在别处执行任务，无法参加那场战斗。”朱刃苍说道，“在我年轻时，‘太白’级的年兽一年最多也就出现一两次，现在倒好，差不多每隔一两个本地日就会冒出来一头。有时候，我真有点惋惜自己出生得太早了。要是现在还是我的全盛时期的话，也许我能取得远比过去更辉煌的战功。”

“我可不觉得这有什么值得惋惜的，”青葵插话道，“游侠存在的目的就是消灭危害人类的年兽，比起击杀这些怪物立功，把它们赶尽杀绝才是我们的真正使命。既然年兽变得越来越多，那就意味着我们的使命并不成功……”

“呵，水苍大陆的年轻人原来只受到了这种程度的教育吗？”虽然青葵的插话很不礼貌，不过，之前一直纠结着礼节问题的朱刃苍却并没有对此表现出不快，反而朝着姬稷意味深长地笑了笑，“您没告诉过他们，关于年兽来源的最新理论？”

“那只是理论而已，目前还没有切实证据，”姬稷没打算接过话茬，“我真正感兴趣的是一些传闻。在那一战中，有参加行动的游侠报告称，他们遭遇了一艘本不在参战序列中的‘鸢’式飚艇，并在之后的交战中与它发生了碰撞。这件事差点扰乱了整个作战计划。”

“哦，是吗？”朱刃苍问道，“那可很不妙。”

“事实上，实际情况也许比看上去更加不妙。”姬稷不紧不慢地说道，“盟会总部的定位系统已经判明了那艘飚艇的身份，而且，他们怀疑，这艘本不该出现在那一带的飚艇是蓄意这么做的。”

“蓄意？为什么？”

“从外面那位要求对我们进行检查的先生的表现来看，各位应该已经知道，有一些‘破戒者’混入了雨安国，并有可能潜伏在盟会之中。这些恶徒一直以来都伪装成我们的同伴，并在背地里制造破坏、谋害其他游侠，或者蓄意袭击无辜民众。”姬稷摇了摇头，随后将视线投向了之前曾拒绝与青葵握手的那名少女。在与他的目光接触的瞬间，后者轻轻地打了个哆嗦，姬稷继续说道：“在事后回顾了那次‘意外’后，当事人表示，那艘‘鸢’式飚艇的驾驶者有很大可能性就是潜伏的‘破戒者’，企图用这种方式危害同伴、破坏作战行动，并让其看上去像是一场‘意外’……”

“才……才不是！”还没等姬稷把话说完，之前被他注视着的那个女孩突然尖声喊道，“我才不是什么‘破戒者’！更没有故意去撞别人！那次的事情完全是个意外！”

# 第八章　告密者与墓地

“小红，没有长辈允许，不准擅自发言！你父母平时没教过你这些吗？”

在少女失态地呼喊出声之后，坐在一族人中央的朱刃苍用冷冽得仿佛能冻住太阳的目光狠狠地瞪了她一眼，后者立即发出了一声小小的哀鸣，像是被蛇堵在角落里的小鸡一样缩回到座位上。

“抱歉，殿下，我侄女实在是有些不成熟，让您见笑了。”在训斥过少女之后，朱刃苍对姬稷微笑着说道，“她平时只顾着磨炼作为游侠的技术，没来得及好好学习礼节，有时候会表现得和那些来自荒僻之地、缺乏教养的家伙没啥两样，我保证以后一定……”

“不必了。作为游侠，礼数什么的虽然不能不讲究，但也没必要太讲究。把打倒年兽的技术认真练好，就已经挺不错了。”姬稷自然听出了对方话中有刺，“顺带一提，有些时候，和您所谓的‘缺乏教养的家伙’一起行动，反而会让人感到自在舒坦呢。”

听了姬稷的这番话后，青葵的脸一下子红了起来，朱刃苍则只是“呵呵”了两声：“好吧，言归正传，我这位侄女那天确实在执行任务，她当时奉命驾驶‘鸢’式飚艇，在石鼓丘陵西侧进行例行巡逻。只不过，各位也知道，那天发生了非常严重的耀斑现象与磁暴，而她学艺不精，在导航信号被干扰后没有认真观察周围的地形地貌，弄错了导航参照物，然后就偏航了……”

“……那个……其实不完全是……我……我记得当时明明收到了信号，只……只是不知道为什么……”朱刃红试图争辩几句，但当叔父的目光再一次瞪向她时，少女剩下的话立即被噎在了嗓子里。

“万分抱歉，我之后会以恰当的方式对她施以惩戒。无论如何，犯下如此低劣的失误，实在是让我们家族面上无光，如果传扬出去的话，很可能败坏民众对于盟会的信任，”这一次，朱刃苍的语气变得坦诚了不少，似乎确实对此感到有些难堪，“还请各位不要对外宣扬此事。”

“那是当然。”姬稷点了点头。

“不过，我同样可以保证，无论小红究竟犯下了多么严重的失误，她都绝对不可能是‘破戒者’——在过去的16年里，我亲眼看着这丫头长大，亲自教导她。在没有我的允许的情况下，她甚至不能与外人随便说话，更从没有离开过雨安国。如果质疑她是‘破戒者’，那就等同于质疑我和我的家族……”朱刃苍没有继续将话说下去，但他的言下之意已经非常清楚了。

“不不不，我们怎么会质疑声名卓著的朱刃家族呢？之前的推论，也只是在陈述一种理论上的可能性而已，并不是指控。”姬稷连忙说道。

“也罢，如果你们实在信不过我，还可以去申请由盟会主持仲裁——这也不难。我可以直接向首席阁下提出建议，动用盟会的古代设备。”朱刃苍用非常认真的语气说道，“你也知道，殿下。狐港盟会的医务系统是各个盟会中保存最完整的，甚至还保留着非常罕见的心理治疗室，其中就有可以进行测谎的设备。”

“测谎设备？那是什么玩意儿？”青葵忍不住小声向同伴问道。

“那是一种旧文明纪元的东西啦。”碧菘凑在青葵耳边解释道，“你们也知道吧，在蓄意说谎时，大多数人在生理上会有一些反应，比如心跳加快、呼吸急促或者流冷汗之类的。而一些医疗设备也能用来检测这些生理指标的变化，以此判断那人是否在说谎……虽然咱们的真白盟会里没有这种设备，我也没见过，但至少书上确实是这么写的。”

“您的意思是……”姬稷抬起了一侧眉毛。

“我会让我侄女在诸位代表的公证之下，接受正式的测谎——到时候，诸位可以指派任何一位值得信任的盟会代表直接询问她，让她回答自己是否是‘破戒者’，又是否蓄意袭击了当时正在战斗的其他游侠。”朱刃苍说道，“唯有如此，才能彻彻底底地证明我们家族的清白。”

“您的决心真是令人钦佩。我相信……”姬稷还想再说几句什么，就在这时，塔楼下方的宅邸庭园中突然传来了一阵喧哗：构成这阵喧哗声的既有人的喊叫声，也有东西被掀翻打碎的声音，还有一阵阵尖锐的动物嘶鸣声。

“可恶，这是怎么回事？”朱刃苍终于顾不得形象，从座椅上跳了起来，一把单侧开刃的弧形战刀就像魔术般出现在了他的手中。而他家族中的其他成员也纷纷抄起家伙，进入了戒备状态——即便没有飚艇和其他旧文明纪元留下的技术装备可用，游侠们仍然是具备可观战斗能力的一群人，“侍从长！是谁在外面闹事？”

“大……大人，是……是一头猪。”过了一会儿，朱刃家族的一名侍从跑进来报告道。

“猪？宅邸里怎么会有猪跑进来？”

“不知道……不过幸运的是，那头猪似乎已经被姬稷殿下的侍从制服了，也没有造成什么破坏。”那人答道，“那位侍从说，作为害她受到惊吓的代价，这头猪应该归她所有，请问……”

“那就给她好了，我们反正也不缺这点儿肉。还有，我早说过要认真检查围墙！要是以后再让什么畜生在墙根下乱挖洞钻进来的话，我唯你们是问！”朱刃苍恼火地吼道。虽然防卫森严的宅邸里居然会有猪钻进来，确实有点令人意外，但他并没有太把这种事放在心上。毕竟，猪这种动物可是出了名的能跑会跳，下水能游，入地能钻。偶然有那么一头猪从狐港周围的森林趁着夜色钻进城内，又趁着守卫的懈怠溜进宅邸，倒也不是什么不可思议的事。

“是……是的，大人。”那倒霉的侍从在主人的训斥下露出了瑟缩的表情，这让一旁的青葵等人感到有些莫名的不快：在她们的故乡，很少存在这么明显的地位和等级差别。虽然所有人都会尊崇和优待游侠，不过，至少她们从没见过有谁在其他人面前表现得如此唯唯诺诺。

“那么，我们也告辞了。”姬稷说道。虽然厅堂内充满了浓郁的焚香的味道，但嗅觉最灵敏的碧菘还是注意到，他身边似乎散发出了一股类似于茉莉花香般的欢快芬芳，“既然朱刃红小姐很乐意接受检测来证明自己不是‘破戒者’，那我们自然也不应该继续对她保持猜疑。至少我本人完全相信朱刃家族的清白。”

“感谢您的信任，阁下。我期待能继续与您共同保卫这座美丽的城市。”朱刃苍点了点头，表情变得稍微柔和了一些。接着，他在一群侍从、家族成员和低级游侠的陪同下，郑重其事地将姬稷和“绯红誓约”小队三人送到了塔楼门口。之前因为拒绝接受检查而被留在外面的尤莉正在那儿等着他们，而她的怀里抱着的……正是斑斑。

“这是怎么回事？”在离开朱刃家族的宅邸一段距离后，青葵问道，“为什么斑斑会跟到这儿来？我记得我们把它留在宿舍里了……”

“也许是它太喜欢我们了吧。毕竟这里可是有我这位受到东皇太一与四方神灵眷顾、天生就不同凡响的奉祀官继承人在啊！”小晴拍了拍跟在一行人身后的斑斑的脑袋。现在，这头小动物身上的条带状斑纹已经完全消失，毛色变得越来越深，这表明它已经结束了幼年阶段，正在一点点地成长为一头威武雄壮的大猪……不过，目前，斑斑仍然可以被任何一个人轻而易举地抱或者背起来。小晴接着吹嘘道："要知道，真正天生优秀的人，甚至可以得到动物们的认可。在地球时代的亚洲有句古话，'鸟兽翔舞，箫韶九成，凤皇来仪，百兽率舞'，说的就是……"

"斑斑是我带来的，"走在一旁的尤莉没有放过这个破坏小晴兴致的机会，在她说到兴头上时直接打断了她的话，"殿下命令我带上它，将它秘密带进朱刃家族的宅邸内。"她指了指自己的背篓。

"唔，是这样吗？怪不得你不愿意让人检查。"小晴嘀咕道，"然后呢？没能成功，反倒让它跑出来了？"

"不。虽然有人在塔楼外检查是意料之外的事。但就算没有这些检查，我也会以'侍从不应该参与主人的谈话'的理由留在塔楼外，"尤莉对小晴暗带讥讽的语气不屑一顾，自顾自地说道，"因为这就是目的。"

"啊？""绯红誓约"们同时露出了困惑的表情。

"虽然拜'神农氏的赠礼'所赐，目前在山玄大陆的东方，比如紫宸国、东怀国和槐江国一带，已经开始成规模地养猪了。甚至北陆那一带也有。不过，大多数地方的猪都还只是野生动物，所以来自玄关海峡以西的你们对猪有些不太了解，倒也很正常，"姬稷温和地说道，"这种动物虽然眼睛看不太清楚，嗅觉可是非常灵敏的……可能比碧菘小姐还要灵敏一些。"

"真的吗？"碧菘下意识地摸了摸自己的鼻子。拜祖辈所接受的基因改造所赐，卫兰人的五感都比一般的现代智人更强，而像她这样的犬型卫兰人，自然继承了相当优秀的嗅觉，也比普通人更清楚所谓“嗅觉灵敏”究竟是怎样的。

“没错。其实在东怀国，我们还会训练猪在森林里嗅出可以食用的地下真菌，”姬稷解释道，“而在之前这段时间里，我也稍微用类似的方法训练了一下斑斑，让它能够通过嗅觉替我寻找东西。”

“是这样啊……”青葵的脸颊红了起来，“不……不愧是公子殿下，您的远见卓识真是令人……”

“不，这其实也谈不上远见。我只是觉得，通过训练让动物形成特定的行为模式很有趣而已，”姬稷微笑道，“没想到这次居然阴差阳错地用上了。我想，各位应该觉得很奇怪吧？比如为什么我一直没问香蕉林不正常枯萎的事，而只是询问那位朱刃红小姐是否蓄意袭击了你们。”

“确实，”小晴说道，“虽然朱刃家族的人说愿意让她接受测谎，但我觉得他们多半会耍什么花招……”

“这倒是不至于。首先，我认为这个时代的人并不具备欺骗或者改造古代技术设备的能力；其次真正聪明的骗局会尽可能减少不必要的小花招的数量——这些花招越多，就越容易穿帮。”姬稷耸了耸肩，“我怀疑朱刃家族中可能混入了搞破坏的‘破戒者’，但这可不等于他们全都是‘破戒者’。为了安全起见，他们完全可以让一个不知情的次要成员负责实际操作。比如说，趁着磁暴影响导致盟会总部无法定位远处飚艇的机会，在香蕉林上方投下病原体。顺带一提，当时在周围巡逻的‘鸢’式飚艇不止一艘，而且属于不同家族。朱刃家族的人愿意主动承认，也替我省了不少事儿。”

“好吧……但这和斑斑有什么关系呢？”

“我的一位线人在染病的香蕉林被彻底焚毁之前，找到了这个东西。”姬稷掏出了一只因为碰撞而变得有些扭曲的金属罐子。这只罐子的长度与成人手掌相仿，直径则相当于他的食指，表面上开了许多小孔，被包裹在一团柔软的纺织物中，看上去就像是一只被蜘蛛绑住的小虫，“放心，他在那之后就没有进入或者接近任何香蕉种植区，而我们也一样。”

“这是……”

“一个带有降落伞的简单布洒器，可以用来散播气溶胶或者粉末形态的物质。如果在上风处投放，那么里面装着的‘货物’足以一次性感染数百亩香蕉林。”姬稷答道，“这样的布洒器可能有好几个。这就解释了这次传染病的特殊之处：在离开地球之后，人类在许多世界上都大量种植香蕉。为了避免病害，这些香蕉的祖先在离开地球时都接受了仔细的消杀和检查，以避免携带病原体，只有极少量引发黄叶病的细菌和其他有害微生物一起，作为样本被储存于各个科研机构。换言之，至少在理论上，郁林星不可能爆发地球上的香蕉传染病。退一步讲，就算真的有病原体存在于郁林星的自然环境中，正常情况下，病原体应当首先感染特定的数株香蕉，然后通过地下根系蔓延到整片林地，再逐渐向外传播，根据不同区域的病程差异，很容易推断出传播路径。这次，黄叶病却一口气在大片区域内同时爆发……虽然可以说是‘巧合’，但概率过低的‘巧合’，在统计学上是可以视作不存在的。”

“我明白了，”碧菘点了点头，“如果这东西是朱刃家族的人扔下来的，那它上面肯定会带有他们的味儿……”

“还有他们的飚艇的味儿。那帮人有个毛病，就是对香料有种病态的痴迷。无论是人、房子还是飚艇，一天不拿熏香熏一熏，就浑身不舒服。”

“没错，确实很病态。”碧菘嘀咕道。即便是现在，只要回忆起塔楼内弥漫着的那股几乎让她的嗅觉神经崩溃的香味，她都还会感到一阵后怕。对她而言，那根本就是一场用香料实施的酷刑，“所以说，结果是……”

“在我趁看门的家伙不注意，把斑斑放出来之后，它第一个去的地方就是院落里的飚艇仓库，而且绕着那儿转了好几圈，”尤莉瞥了一眼那只布洒器，“虽然这种证据还不够拿到法庭上去打官司，但基本已经足以让我们确定这东西曾经经过谁的手了。”

“那我们要把这件事报告给盟会吗？”青葵问道。

“暂时还不行。朱刃家族里隐藏的‘破戒者’不可能没有最起码的防范——那位差点撞上你们的大小姐极有可能根本不知道这是什么。她大概率只是在照着其他人的指示，把这些罐子在指定坐标丢下去罢了，而直接下指示的人说不定也被欺骗了，就算能顺藤摸瓜把那人找出来，也无法获得确切信息。”姬稷皱起了眉头，“在这种情况下，如果拿不出进一步的证据，我们很难说服其他人相信，一个显赫家族里会潜藏着这种最危险的背叛者。”

“也对……”青葵有些泄气地垂下了视线，“光靠斑斑的嗅觉作为证据，说不定会被盟会的人当成是在开玩笑……那我们要到哪儿去找你所谓的‘进一步’证据呢？”

“这我目前不知道，不过既然已经确认了朱刃一族确实有问题，后面的调查就可以……等等！”姬稷正要继续解释他的下一步计划，但随着他的眼神一变，一股类似金属铁锈和干血的肃杀味突然在他身边扩散开来。与此同时，一把有着镀银握柄的长匕首就像变戏法般出现在了他身边的尤莉手中。

“怎么了？”青葵紧张地问道。

“我们被跟踪了。”回答她的是小晴。她的那对源自地球上兔形目动物的长耳朵现在就像天线般支棱着，以便最大限度地利用硕大的耳郭搜集声波，“从刚才我就听到有个脚步声在跟着我们，而现在，我可以确定那家伙是故意在跟踪。”

“跟踪？难道是朱刃家族的……”还没等青葵说完自己的推理，尤莉已经头也不回地一摆手腕，将那把匕首朝斜后方掷了出去。这件武器划过湿热的晚风，坠入了十几米外一丛羽叶飘摇的蕨类植物中，却只发出了与地面撞击的“嗵”的一声。

“没击中……”小晴抖了抖耳朵。

“真是没用，这种距离居然也落空了。”青葵一边抽出护身短刀，一边还没忘奚落尤莉两句。尤莉却伸手拦住了试图冲过去的她：“等等，是我弄错了。”

“什么？”小晴愣了一下，“可我刚才明明听到……”

“风声太大，我们听错了。”尤莉故意用相当响亮的声音说道，同时走向了那丛街边的蕨类植物，取回了自己的匕首。几秒钟后，她伸手握住了姬稷的一只手掌，后者随即会意地将某样东西传递给了“绯红誓约”的三人。

那是一张经常被本地人用来记录信息的、用莎草纤维编成的“纸条”，长度刚好适合卷在匕首的握柄上。几行用墨鱼的墨汁——这是狐港居民最常用的“墨水”——写下的蝇头小字歪歪扭扭地挤满了莎草纸上不算太多的空间，在莎草纸的边缘，写下这些字的人还用红线将一小块外形独特的玉石系在了上面。

在读过其中的内容后，三人全都露出了困惑的表情。

“我们能相信这上面说的吗？”青葵问道。

“也许能，也许不能，但照着做也没什么关系，”姬稷说道，“而且，我恰好也对那地方有点兴趣，这次既然有这么个名正言顺的理由，怎么能不去瞧一眼呢？”

四分之一个本地日后，南方海岸。

就像许多海滨港口一样，最初建立狐港的人们将这座城市的地址选在了一处背山临水的地点。一座弧形的滨海山脉就像是一把巨大的扶手椅一样，环绕着小而平静的海湾，为它抵挡着不断从行星炙热的永昼地带袭来的强劲风暴，让狐港可以“安坐”其中，平稳地发展壮大。在这把“扶手椅”的外侧，在炽热海洋上生成的风暴几乎在每个标准日的昼间都会袭来，强烈的风暴潮将背朝大海一侧的山体打磨得非常“干净”。除了在水下飘曳的巨型褐藻，在这一带，几乎看不到任何大型植物，只有一些竹林凭着自己极其强韧的地下根茎系统在部分坑洼地带站住了脚跟，顽强地抵御着一次次狂风暴雨的进犯。

“这附近真的有朱刃家族的墓地吗？”当“小玉”号从其中一大片竹林上空掠过时，小晴俯瞰着那些矛尖般细长的竹子，在通信频道中向姬稷抛出了这个问题。

“是的，不过你在地面上是看不到那些坟墓的。因为他们利用了一些非常特殊的地形构造，”姬稷饶有兴趣地说道，“待会儿我会解释，现在先把飚艇降落下去吧。”

“收到。”驾驶座上的青葵点了点头，操纵着“小玉”号停在了竹林的边缘。接着，姬稷的“沧溟”号也降了下来。“行了，飚艇就停放在这儿，”在跳出驾驶舱之后，姬稷说道，“这一带没有通往外界的道路，除非乘坐飚艇或者船只，否则没人会来这儿。我们不用担心有对游侠不满的人破坏飚艇。”

“在水苍大陆那边，无论你把飚艇放在什么地方，都不需要担心它被人破坏，”碧菘嘀咕道，“对游侠的尊重可是一般社会常识。”

“没错，但那是因为‘神农氏’没有为你们带去农业技术。在水苍大陆，绝大多数地方的人应该很不重视农业，对吧？”姬稷问道，“毕竟，由于传统和禁忌，你们既没有经过改良的农作物品种，也没有相应的技术，只能用刀耕火种的方式种植那些未经选育的原始物种，这意味着在生产蛋白质和碳水化合物方面，种植与养殖的效率还不如普通的狩猎采集。”

“没错，”青葵点了点头，“事实上，在我的老家，大家会认真去种的，几乎只有绿叶蔬菜和草药。我和碧菘的名字就来自最常见的两种蔬菜。”

“葵菜只需要稍微煮一煮，加上发酵的鱼酱或者肉酱就会很好吃，而菘菜更适合拿来炖汤。”姬稷评论道，“唔……扯远了。总之，因为粮食供应存在着上限，在一直坚守传统与禁忌的水苍大陆，还有山玄大陆最西侧的丰宁国，人口密度并不大——这在某种程度上倒也是好事。毕竟，较为稀少的人口往往也意味着贫富分化程度更低，对资源的争夺也更少，不会有那么多尔虞我诈、相互掠夺的现象发生。这样的社会，生活在其中其实是件更加轻松的事情。在山玄大陆的东方，游侠之所以越来越多地卷入各国的冲突，为掌权者服务，甚至像朱刃家族那样自己变成掌权者，乃至于成为被一部分人憎恶的对象，归根结底，也与‘神农氏的赠礼’不无关系。”在说完这句话后，他轻轻叹了口气。

“那你觉得，如果‘神农氏’从未出现在这片大陆上的话，或许一切反而会更好一些？”碧菘问道。

“我不认为自己能够回答这个问题。据说，一些游侠之所以加入‘破戒者’，正是因为他们认定，‘神农氏’带来的一切都是诅咒。不过，我对此不敢苟同，”姬稷身边散发出了一阵淡淡的、令人联想起发霉的老旧木材的酸味，“有所得，必然有所失，一切进步注定是有代价的。

虽然我有些时候也曾羡慕过更加简单的生活，但现在，一切都已经不可能回到过去了。”在说话的同时，他与尤莉一同从飚艇中取出了专门为这次行动准备的装备，“我们休息一小时，吃完早餐后徒步出发。白昼的风暴用不了多久就会袭来，到那时，沿海的路就不太好走了。”

“风暴不会损坏我们的飚艇吧？”小晴有点担心地问道。

“不至于，这里可是竹林——竹子这东西算是山玄大陆的特产，也是这个世界上最有用的植物之一，所以到处都有人引种……当然，海边的这些竹林，应该是由风吹来的种子所萌生出的野生种群。”姬稷动作麻利地架起了带来的折叠锅，尤莉则迅速搜集了竹林地面上掉落的大量干枯竹叶和笋壳作为燃料，很快，小小的火焰就在锅底跳动了起来，“在某种程度上，竹子其实和香蕉很类似。它们都是草本植物，而且主要依靠地下茎，而不是种子繁衍。”

“这我知道，”在一边帮着尤莉捡落叶的碧菘说道，“我读过的图鉴上提到过，竹子很少开花，一旦开花，整片竹林都会枯死。”

“没错。一整片竹林在本质上其实是同一株竹子，它们的茎非常强韧，无论地上地下都是如此。所以说，就算是从永昼之地来的风暴，作为一个整体的竹林也能够抵挡得住，这也是把飚艇藏在这里的目的之一。”在从不远处的山泉汲来淡水后，姬稷满意地看着火苗越烧越旺，“当然，我来这儿还有一个顺带的目的。”

“呃？是什么？”青葵问道。

“当然是让你们尝尝这个，”姬稷抽出一把弧形的短刀，切断了一株只有不到 30 厘米长的竹笋，并动手剥开了外面的笋皮，“这儿平时没有挖笋人会光顾，竹笋的质量都是最上等的。”

在姬稷的指点下，从没有采集过竹笋的青葵等人很快就掌握了其中的诀窍。当锅里的水快要沸腾时，几根被剥净、切碎的竹笋已经被投了进去，与事先放下去的鱼干、干蘑菇和干贝一同炖煮。在快要煮熟时，姬稷又放进了一把从市场上买来的香草，以及大量刚从海边采来的裙带菜，让浓烈的鲜香味充满了整片竹林。

“嗯……这……这已经不是单单用‘好吃’这个词可以形容的了！”第一个就着带来的饭团品尝汤汁的小晴，在尝第一口时就兴奋地竖起了那对兔耳，“不只是味道……这种口感……唔……这种独特的、清脆的口感，我以前从来没有这么奇妙的体验……”

“确实，公子殿下无论在哪方面都非常优秀呢。”青葵红着脸连连点头，“唔，要是以后能把竹子这种植物也引种到水苍大陆就好了，这样我们就算回去，也能有新鲜竹笋……”

“这确实是个好点子，”姬稷微笑道，“竹子的用途非常多。它的纤维经过简单加工之后，几乎可以用于制作一切用品：绳索、餐具、武器、斗笠、容器……在东方的紫宸国，人们的日用品有一大半都和竹子有关。据说‘神农氏’赠予当地人的‘礼物’之一，就是更适合加工的新品种竹子，以及预防竹子病害的方法。考虑到水苍大陆东南部的气候与这一带其实颇为相似，如果……”

“行了，殿下。关于这项造福水苍大陆民众的伟大工程，可以等我们搞定这里的事情之后再讨论——当然，如果您愿意恢复东怀公子的身份，甚至成为大公的话，这事推进起来应该会简单得多。”早早吃完自己那份早餐的尤莉插话道，“当然，决定权在您。”

“我的答案不变：游侠才是我的职责，而东怀的大公，大可以由那些更合适的人去担任。”姬稷耸了耸肩，“我们走吧。”

收拾餐具、掩埋灰烬又花了一行人十来分钟时间。虽然这一带几乎不会有人造访，但出于安全起见，他们还是用收集来的竹子枝叶将两艘飚艇仔细地掩盖了起来，然后才离开竹林，徒步向目的地进发。

由于持续数十万年的风暴的侵蚀，这一带的海岸线几乎全都是陡峭的海蚀陡崖。在刀劈斧削般的垂直悬崖之下，是一片由大量碎石堆积而成的、崎岖难行的狭窄海滩，每当风暴潮到来时就会被淹没。许多高耸的海蚀岩柱则散落在离岸不远的海中，看上去就像是一群涉水而行的巨人。

由于没有四季，郁林星的气候事实上是以相较于地球标准日而言非常漫长的本地日——或者更准确地说，行星年——为单位变化的。在相当于古地球极昼的白昼到来之后，强烈的风暴通常会在一个作息循环之内抵达大陆的南部沿海，并在黄昏降临前开始消退。由于目前还是凌晨，因此，海岸上暂时还算风平浪静。但巨大的积雨云已经开始在南方的水天线上缓慢聚集，而周围的海风也正变得越来越强，这都是风暴将要到来的前兆。

“好了，就是这里。”在来到一座倒塌的海蚀岩柱残骸附近后，姬稷停下了脚步，将视线转向了数百步之外的那座陡崖。这处悬崖的岩石色调比附近的石头稍浅一些，而且略有些突兀地朝南伸出，形成了一座小半岛，“这里是朱刃家族祖先的墓地。在‘神农氏’尚未降临，狐港还是个几千人口的渔业小镇时，他们就在这里安葬逝者了。”

“你的意思是，他们把去世的人埋在这里面吗？”青葵好奇地问道，“在这一整块大石头里？”

“是的。虽然不太容易发现，但这一带的滨海悬崖内存在着许多洞穴，都是海浪长期侵蚀的结果。墓地的主入口位于上方，那儿有围墙，也有朱刃家族的守墓人看管，我们这些外人没法进去，而位于悬崖之下的几处海蚀洞内部也都已经被封死了。但如果那位帮助我们的‘热心人’提供的信息足够可靠，在这一带，似乎还有一条海蚀裂隙可以通往墓地之内。”

“前提是那位传信给我们的‘热心人’确实值得信任。”碧菘垂着毛茸茸的尾巴，有些不安地皱起了眉毛：他们之所以会大费周章地特地跑到这片怪石嶙峋的海岸地带，完全是由于在造访朱刃家族的当晚，那名身份不明的跟踪者所留下的那封信。在信中，那名落款“热心人”的告密者声称，他知道如何获得朱刃家族与“破戒者”勾结、密谋用黄叶病破坏狐港的香蕉种植业的证据——而只要沿着他所指出的通道进入朱刃家族的墓地，就有可能发现这些证据。

“没关系，既然公子殿下相信那个人，那他就肯定可以信任。”青葵信心满满地说道，“殿下决定去做的事，必然是经过深思熟虑的。”

“我可不这么认为，”小晴嘀咕道，“以前地球上有句话，‘无事献殷勤，非奸即盗’。无论怎么看，这位‘热心人’的帮助来的时机都实在是太巧了点儿……巧到根本就是明摆着在设下陷阱了。”

“那可未必，”姬稷摇了摇头，“况且，就算这真是陷阱，对我们而言也是一个机会。”

“哦？”

“毕竟，一切阴谋诡计，其设计者都不可能做到完全不留任何痕迹。在制作陷阱的工具上，必然会留下使用者的指纹。”姬稷一边在遍布乱石的悬崖仔细地搜索着，一边解释道，“经常在海上钓鱼的渔民都知道，咬钩的鱼只要足够强壮有力，照样可以把钓鱼的人拖进水里，明白吗？”

“不愧是公子殿下！我们一定会——欸？”青葵兴奋地喊道，同时下意识地踢飞了脚边的一块砾石，这块石头飞出了一小段距离，最终在抛物线的末端落入了一丛紧贴着崖壁生长的灌木之中，发出了重物落入空穴所特有的“嗵嗵”声。

“不愧是青葵小姐。”在拨开那丛灌木、朝里面瞥了一眼之后，尤莉罕见地对青葵露出了一次好脸色，“别的不说，在碰运气这方面，姑且还是有点儿能耐的。”

“喂喂，什么叫‘姑且有点儿能耐’？！我难道不靠碰运气就没能耐了吗？！”瞬间炸毛的青葵龇出犬牙，怒气冲冲地想要和尤莉理论一通，好在立即被姬稷拉开了。

或许是由于离海面稍微有些距离、受到的侵蚀并不频繁的关系，那座藏在灌木丛内的海蚀岩洞入口并不太大，内部不但相当黑暗，还颇为狭窄，有时甚至只能让人弯腰侧身通过。好在，这支队伍中并没有幽闭恐惧症患者，而且洞穴中一直流动着微风，足以让姬稷和青葵手中握着的松明缓缓燃烧，因此，虽然所有人都保持着最高等级的戒备，但没人感到太过担心——只要空气还在流动着，就意味着前方不可能是条死路，他们至少不会有窒息的风险。

“我们快到了。”在第三次小心翼翼地挤过一处狭窄的裂隙后，碧菘小声说道，“就在前面。”

“你怎么知道？”姬稷问道。

“因为我闻到那种味道了……是熏香……”碧菘眯上眼睛，轻轻抽动着鼻翼，充分运用着自己从祖先接受的基因改造中所继承的优势，“之前在朱刃家族的宅邸里闻到过的那种难闻得要死的熏香……虽然非常淡。还有些别的味道……这是……泡碱，还有乳香和岩盐的混合制剂？真是奇怪……”

“提高警惕，我们马上就要到了。”姬稷没等她说完，就立即下达了指令，“泡碱、乳香和岩盐是朱刃家族常用的防腐剂的一部分，只有在家族墓地深处，才会充斥着它们的味道。”

“防腐剂？”小晴有些困惑地嘟囔了一句，就在下一秒钟，走出这条狭窄岩洞的她立即近距离对上了一张诡异的脸，险些被吓得背过气去——这是一张干燥、皱缩的褐色面孔，几乎已经完全失去水分的皮肤紧紧地贴在颅骨表面，表情倒是还算祥和。从他身上华丽的衣物来看，他生前大概是一名颇有地位的人，但现在，财富、荣誉和别的一切身外之物都与他毫无关系了。这个男人就这样盘腿坐在壁龛内，陷入了永无止境的长眠。

“你们没见过木乃伊吗？哦，水苍大陆没有那种丧葬传统。我记得，你们那边都是直接把过世的人送到荒野上，让野兽将他们吃掉，或者是挖坑掩埋。”尤莉用不以为然的语气挖苦道。

“天葬是大陆深处高原地带的游牧民族的风俗。我们的土葬仪式之所以一切从简，也是为了避免浪费。所谓‘古之葬者，厚衣之以薪，葬之中野，不封不树，丧期无数’，就是这个道理。我们不过是谨遵古礼罢了。”惊魂甫定的小晴立即反驳道，“况且，虽然我们不会修建华丽的坟墓，但像我家族中那些优秀的奉祀官们，会在每年的节日中对他们进行隆重的纪念与祭祀活动。我们的这种做法，也不比你们差。”

“行啦，不同的风俗都是为了告慰死者罢了，没有高下之分。”姬稷轻轻拍了拍小晴的肩膀，又小心翼翼地摸了摸她的长耳朵，“无论如何，死者为大，对死者表示必要的敬意是应该的。”

尤莉不失时机地插话道：“你们听说过‘木乃伊的诅咒’吗？据说，木乃伊会重新站起来，惩罚那些冒犯了他们的家伙。”

“那种诅咒都是吓唬人的！”虽然被吓得打了个哆嗦，但小晴还是立即反驳道，“我我我……我可是光荣的东皇太一奉祀官的继承人，怎么可能害怕？！噫呀呀呀呀呀呀！”

“怎么了？”青葵连忙问道。

“我我我……我听到了脚步声！”小晴的脸色一下子变得惨白，“有人正在……正在朝这里跑过来！”

# 第九章　大小姐与密室

将那支燃烧着的松明轻轻抛到不远处后，姬稷用手势示意其他人迅速后退，同时做好了战斗准备——虽然在没有其他照明手段的地下洞窟内，像这样丢掉仅有的光源似乎很不明智，但在退后几步之后，众人立即意识到了他这么做的用意：当周遭处于一片黑暗的状态时，离唯一的光源太近，反而可能降低对附近的观察能力。而现在，位于洞穴中央的松明会在第一时间照亮贸然接近他们的人，并短暂地影响对方的视力，让姬稷这一方可以从容地判定对方的身份和来意，进而占据先机。

只不过，从远处的黑暗中急匆匆地跑来的那人的身份，显然有些超出了他们的预料。

当然，来者并不是恐怖故事中那些被怨恨驱使着行动、皮包骨头的木乃伊，而是个普普通通的大活人。这人穿着一件游侠的短衫和轻型护甲，还额外披着一件做工精致的银红两色绒布披肩，并在脑袋上系着一只花哨的金红色蝴蝶结。一把剑鞘上满是珍珠和错银装饰的长剑悬挂在腰间，看上去装饰性要远远超过实战价值。

更重要的是，无论是姬稷、尤莉还是“绯红誓约”的三人，全都在第一时间认出了这个在墓道中狂奔的家伙……虽然只有数面之缘，但因为之前的那场“意外”，这名少女已经在他们心中留下了非常深刻的印象。

“为什么是这家伙？她在这种时候跑到墓地里干什么？”尤莉小声嘀咕道，“我还以为她是最不可能出现在这种地方的人呢。”

“比起这个，我还有一个更重要的问题想要弄明白。”姬稷将随身携带的小型手弩的弩机扳到了待发位置，让一根只比手掌略长一点的弩矢进入了箭槽。这件长度30厘米左右、构造精巧的武器是他不久之前从狐港的市场上购置的，其设计可以追溯到古地球时代的东亚。只需要摇动一个手柄，它就能自动完成上弦，并通过重力将矢匣里的备用弩矢填入箭槽。当然，由于动能非常低下，这件武器的杀伤力甚至不如使用黑火药的滑膛枪的零头，不但有效射程只有十几步，而且几乎无法造成致命伤，但这一点也让它很适合被派上某些特殊用场：当需要活捉而非杀死目标时，针状箭头上涂着速效麻药的弩矢相当合适，可以在尽量不造成严重伤害的情况下放倒对手。

在大致瞄准目标轮廓之后，姬稷朝着被松明照亮的人影摇动了手弩的手柄。

在发现一枚尾部装有羽片的弩矢飞向自己的方向时，不知所措的少女发出了惊恐的哀鸣——不过，她旋即注意到，这支弩矢并不是冲着自己来的。在擦着她的肩头飞过之后，它又飞出了一小段距离，最终落向了正在追踪她的三名蒙面人之一的面门。不过，与猝不及防的少女不同，即便遭到突袭，蒙面人还是及时做出了反应，在千钧一发之际用手中的弯刀格开了淬毒的弩矢。

“这就是我现在最想要弄明白的。”姬稷继续以平稳的动作摇动着手柄，让一发发弩矢在清脆的弓弦声中逐一飞向那些蒙面人。虽然小型手弩的稳定性和精度都非常差劲，弩矢的速度也不快，他的射击却又准又稳，三个蒙面人纵然身手敏捷，一边抵挡一边闪避，但在矢匣内预先装填的二十发弩矢全部耗尽之前，还是有两枚击中了其中一人的身体。在药物作用下，那人的脚步立即开始变得虚浮不稳，多亏了同伴的搀扶才没倒下。

“可恶，这些家伙居然来得这么快！”其中一个似乎是头领的人嘟哝道，“算了，已经够了，撤退！”

“别想跑！”青葵低吼一声，像一只狩猎中的猫科动物一样蹿向了对方。对有着掠食者般的敏捷身手的她而言，就算以一敌三，通常也不会处于下风。更何况，对方三人中还有一名已经中毒、行将昏迷的成员。但是，就在她快速地盘算应当首先击倒哪个对手时，其中一个蒙面人已经眼疾手快地丢出了好几个东西：这些玩意儿的尺寸只比拳头稍大，有着疙疙瘩瘩的粗糙铸铁外壳，还插着一根缓缓燃烧的导火索。

“手榴弹！是手榴弹！”之前那个奔逃的少女第一个尖叫了起来，包括青葵在内的所有在场者顿时被吓得脸色苍白：尽管水苍大陆上很少有人用火药武器进行战争，但“绯红誓约”的三人也曾听闻过这种在玄关海峡以东被发明出的兵器：由于铸铁弹壳本身颇为沉重、投掷不远，其中能够装填的黑火药威力也比较有限，这种武器在开阔地上并不算特别可怕。但是，在密闭空间内，它们的威力却非常惊人。

“找掩护！快！”趁着导火索还没燃尽，反应最快的青葵已经接二连三地飞起数脚，用类似于过去地球上的足球运动员射门的动作，将这些硬邦邦的铁疙瘩统统踢向了那群蒙面人的方向。其中一枚甚至打在了那个丢出手榴弹的缺德家伙胸口，让他一下子翻起了白眼，险些就这么昏倒在地。接着，顾不得从脚趾上传来的钻心疼痛感，她像抓起一袋行李一样抓起了那名被吓得花容失色的少女，拽着她冲入了一个放有木乃伊的壁龛之中，按照在游侠训练课程中学到的方法捂住耳朵、蜷起身子、张开嘴巴，准备迎接爆炸的冲击……

但她预期之中的爆炸却迟迟没有发生。取而代之的是大团大团在空气中迅速扩散、气味刺鼻的暗褐色烟雾。

“这些家伙……该死的……我们被耍了！”在稍稍嗅了嗅空气后，鼻子最灵的碧菘立即判断出了这究竟是什么：在已经沦为传说的地球时代，古代东亚人在配制出第一批比例合适、勉强可以爆炸的黑火药炸弹之前，曾经长期因为无法掌握正确的木炭、硫黄与硝石比例，而只能制造作为助燃剂使用的劣质火药。在那时，为了充分利用这些劣质品，人们曾经将火药与硫黄、磷等物质混合，制成燃烧剂和发烟剂。虽然来到郁林星的难民们打从一开始就知道黑火药的最佳配置方式，但他们也没忘记地球时代生产原始烟幕弹的往事。在相对和平的水苍大陆，人们通常用这种有毒的烟幕弹驱赶在屋檐下筑巢的马蜂，或者熏杀搞破坏的白蚁群，但青葵一行人还是第一次见到有人对其他人使用这种武器。

虽然与人类曾经制造过的真正的化学武器相比，这些小玩意儿并不算特别危险或者致命。但随着刺激性极强的有毒烟雾迅速塞满一大段墓道，姬稷等人还是被迫后撤、以免窒息——无疑，这正是那几个蒙面混蛋的目的。“看来我们是追不上那些家伙了。”姬稷一边点燃一支备用松明，一边摇了摇头，“真可惜，刚才是个相当不错的机会。”

“你说什么机会？你们究竟是什么人？为什么……欸？”被青葵救下来的少女晕头转向地爬了起来，并在姬稷点燃松明的瞬间看到了他的脸，“我好像认识你来着。你是那天到我家来的……”

“幸会，在下姬稷，隶属于南终盟会的资深游侠……当然，称呼‘公子殿下’什么的就不必了。我在法理上，已经与东怀公国的大公家族不再有联系，也已经失去了大公之位的继承权。”在后退一段距离之后，姬稷说道。由于烟雾的密度比空气更大，再加上这座由自然海蚀洞穴改造而来的家族墓地的墓道本身也有着一定的倾斜度。因此，只要朝着高处走出一小段距离，就能轻易避开这些危险的烟雾，“我们这应该是第二，不，第三次见面了。对吧？朱刃红小姐？”

“嗯，”或许是因为之前受惊过度的缘故，朱刃家族最年轻的游侠之一挠着自己的头发，在原地发了一会儿呆，然后才想起来该说些什么，“我想起来了！这几个女人也是之前和你一起拜访我们家族宅邸的游侠。”她看了看“绯红誓约”的三名成员，又把视线转向了尤莉，“我记得，当时还有一头野猪闯进了我们的宅邸……”

“没错。顺带一提，斑斑现在可受大伙儿欢迎了。”姬稷点了点头。在那次圆满完成任务之后，斑斑意外地因为“幸运地闯进朱刃家族戒备森严的宅邸”而在盟会里出了名，并在之后稀里糊涂地变成了本地游侠们的吉祥物。于是，没空照顾斑斑的他们索性将它寄养在了狐港的盟会总部里，让它堂而皇之地接受那群希望能从它那儿获得一些“幸运”的游侠们的供养——就像历史上的一切高危行当一样，游侠群体中也非常容易滋生奇奇怪怪的与“幸运”相关的迷信思维。

“但你们怎么会在这里？这可是我们家族的墓地啊！”朱刃红又花了几秒钟时间揪着自己卷曲的头发、试图理清思路，“难不成是来盗……盗……盗墓的？！”

“这种墓哪里有值得去盗的价值？你觉得我们要来偷什么？放了几十上百年的尸体吗？！”小晴立即反驳道。

“这……呃……好像确实是这样……”朱刃红一下子有些说不出话来——毕竟，从技术上讲，朱刃家族的墓地还真没什么值得盗的。虽然这里的规模颇为宏大，但除了用大量海盐和防腐香料保存的木乃伊，并没有多少值钱的东西：朱刃家族并没有将大量陪葬品带入地下的习惯，在壁龛里安息的死者们唯一的随身物品，只有身上的那件裹尸布而已，“那你们是来……啊，我知道了！你们的目的是破坏我们家族的墓地，想用这种方法来侮辱我们！”

“怎么可能？！我们和你家无冤无仇，为什么要干这种毫无意义的事！”由于填塞在墓道内的烟雾迟迟不散，姬稷等人也无法继续前进，只能暂时停留在地势稍高的墓道之中。“费这么大劲来破坏这几具尸体，我们是脑袋有毛病吗？”小晴喊道。

“这个……呃……从理论上讲也不是不可能。”

“你说什么？！”

“行了，两位，”姬稷走到了眼看就要扭打在一起的两人之间，温和地摆了摆手，“朱刃小姐，我虽然不再有继承权，但仍然可以以东怀大公和紫宸国王室后裔的血脉起誓，我们对朱刃家族毫无恶意，也绝不打算在这里进行盗窃与破坏。我们来到这里的目的，是找出潜藏在狐港的‘破戒者’。”

“我……我绝对不是什么‘破戒者’哦！”朱刃红有些慌张地说道，“那天我真的不是在故意袭击你们！我……”

“请放心，我们也不认为你当时是有意而为之。”姬稷耸了耸肩，“毕竟，如果是蓄意袭击的话，你那时的操作水准也太拙劣了点儿。”

“拙劣？！你说我的操作拙劣？！我……我……呃……”朱刃家族的这位大小姐过去显然从未遇到过这种麻烦的问题，一时间甚至不知是应当反驳还是承认，精致的脸颊涨得通红。好在，姬稷也没太在意她的回应。“总之，为了消解误会，我还是先解释一下我们为什么会出现在这里吧。”他轻轻拍了拍朱刃红的肩膀，开始以最为简略的方式解释起了在城外爆发的黄叶病，被发现的病原体布洒器，以及自称“热心人”的可疑告密者的事。当然，他并没有提及对于朱刃家族的怀疑，以及斑斑那天完成的“任务”，只是相对轻描淡写地将对朱刃家族的造访描述成了一次普通的“信息搜集”工作。

“所以说……你们就因为那个告密者的一张纸条跑到了这里？”在听完姬稷的解释后，朱刃红半是惊讶、半是恼火地问道。

“我当然知道，那个藏藏掖掖、不肯露面的家伙未必值得信任。但就算这是个陷阱，我也有把握反过来揪出设下陷阱的家伙的狐狸尾巴……不如说，这才是我的主要目的。”姬稷用自信满满的语气答道，一股淡淡的、令人安心的莲花香味随即在他身边逸散开来，“总之，朱刃小姐，既然你已经知道了我们来这儿的原因，那现在也该说说你的情况了：就算你是朱刃家族地位最高的嫡系成员之一，但平时应该也不能随便跑进家族墓地的墓道里面玩儿吧？为什么会在这里被人追杀啊？”

“我也不想到这种阴森恐怖的地方来啊！”朱刃红抱怨道，“还不都是那个老混蛋的要求！他非要说什么我因为过失给家族丢了脸，所以必须在今年的祭祀开始之前，负责清扫地下享殿的工作……”

“享殿？那是什么？”青葵问道。

“是一种大型陵墓的附属建筑。在山玄大陆东方，许多像朱刃家族这样的世家大族，比如紫宸的王族，会建立巨大的家族陵墓群。而平时进行祭拜的地点就在享殿里。”回答这个问题的是对祭祀和宗教仪式都了若指掌的小晴，“顺带一提，在我们的老家，对去世者的集体祭拜也是在这种地方，由专业的奉祀官和神官进行。如果不是因为心系广大人民群众的安全而成为游侠，美丽善良、心地纯洁的我现在多半也正在用虔诚的祷词和曼妙的舞姿告慰我们天上的先人们……”

“不过，地下享殿应该位于这上面很远的地方吧？”姬稷没有理睬小晴的自吹自擂，而是继续问道，“你怎么会出现在这么下面的地方？”

“呃……那当然是因为……我迷路了！”在强迫自己说完这句话后，

朱刃红已经不敢注视其他人的目光了，“我当时正在打扫位于享殿末端的祭器库，结果不小心弄翻了一只用来上供的香炉。不巧的是，那只香炉在翻倒之后，一路滚到了下面的墓道里，我也就只好追到下面来……结果却忘了该走哪条路回去。接着，就在四处找路的时候，我不小心遇到了那几个蒙面的家伙，并且听到了他们正在密谋。之后，我就被他们发现了，然后被一路追到了这里……”

“有意思。”虽然朱刃红在自家墓地里迷路的事迹实在有些让人大跌眼镜，但当她提到了“密谋”这个词后，姬稷还是抬起了一侧的眉毛，露出了饶有兴趣的表情，“请问你能告诉我，他们在密谋些什么吗？”

“我……我没太听清楚，”朱刃家族的大小姐有些尴尬地回答道，“嗯……但是他们提到，在狐港的‘实验’已经结束了，有个叫‘菌株’的东西被证明可以使用；而且，在槐江国和紫宸国的边境，对水稻和小米进行的‘实验’也很快就会结束，下面需要做的，就是把合适的‘菌株’带回去，然后尽快进行大规模培养。”为了能把那些自己并不太懂的名词准确地重复出来，朱刃红一直皱着眉头，竭力回忆着，“他们还说，现在的时间已经不多了，因为某场灾难即将袭来。原有的办法已经来不及阻止灾难，所以必须采用‘非常手段’……我听到的大概就是这些。”

“可以了，小姐。就凭你提供的这些信息，我们也没白来这儿一趟。”姬稷微笑着说道，“事实上，这些信息对我而言，完全可以说是意外之喜。”

“既然需要的信息已经到手了，那我们现在就离开这个地方吧，”尤莉说道，“越快越好。”

“为什么要离开？”青葵问道。

“你傻啊，还能是为什么？！”尤莉瞥了她一眼，“你没听到这位大小姐刚才说的话吗？”

“哈？”青葵还是没弄明白。

“所以说啊，像你们这种脑袋里塞满了肌肉的家伙，待在殿下身边，就只能成为累赘而已。”尤莉露出了鄙夷的表情，“现在朱刃家族的一大群人就在外面，正在准备进行祭祖活动。虽然除了安葬新的死者，几乎不会有人深入这些墓道，但他们肯定会注意到自家的大小姐不见了！这样的话，他们下来搜索就只是时间问题。”

“然后呢？”

“然后？你猜猜看，那些家伙突然发现一帮外人出现在自家祖坟深处，还把这里搞得乌烟瘴气，他们会怎么想？我们山玄大陆的人可不像你们这些海峡西边的家伙那样，不重视祖先的坟墓。在很多情况下，擅闯和破坏祖坟等于宣战。”

“但也许朱刃小姐可以证明我们的清白。”青葵指了指朱刃红，“毕竟，刚才是我们救了她……”

“天真！万一这家伙也和那些‘破戒者’串通好了呢？如果她也是那些家伙中的一员呢？”尤莉连珠炮式地问道，“说不定这家伙刚才只是在演戏，又或者她其实是和自己的同伙发生了冲突，然后装出这副迷糊样子来欺骗我们！假如在面对外面的那些人时，这家伙一口咬定，我们就是冲着砸掉朱刃家族的祖坟来的，你们认为她的那帮亲戚会相信谁？！恕我直言，我们现在最好的选择，就是趁没人知道时把这家伙干掉，然后赶紧离开——”

“没那个必要。首先，无论发生什么事，我都会继续恪守曾经发下的誓言，绝不主动危害游侠同伴们，”姬稷摆了摆手，制止了尤莉继续发言，“况且，目前的这点麻烦并不难解决：我们只需要继续前进，抓住那些可疑分子就是了。”

“可是殿下，这下面到处都是四通八达的通道，万一他们偷偷溜走了……”

“放心好了，这种可能性很低。”姬稷突然从衣兜里取出了一只小型仪器，瞥了一眼它的小型屏幕上面的信息。虽然不知道这东西究竟是干什么用的，但在第一眼看到它时，青葵等人就意识到，这件手掌大小的物体显然与她们平日里驾驭的飚艇一样，都是旧文明纪元遗留下来的技术产品，但它究竟有什么用途，她们就不知道了，“唔……如我所料，这些人跑不了。”

“不愧是公子殿下！”青葵用力地点着头，“不过……那个……您是怎么知道的呢？”

“简单，依靠震动。”姬稷又看了一眼那件小型仪器的屏幕。

“震动？”

“是的。你应该听说过，在勘测地下是否有空洞或者地道时，可以通过敲击地面然后听声音的方式，因为大面积空腔的存在会让声音听起来有些异样。”姬稷解释道，“在东方诸国，由于战争频繁，城墙工事不断改进，挖掘地道的作战方法目前已经变得颇为普遍。而在防御战中，很多国家也会专门招募听力敏锐的人，对敌方挖掘地道的行动进行预警。”

“原来如此，不愧是公子殿下！所以……呃，我还是搞不懂。”

“因为某些偶然的缘故，我在一处旧文明纪元遗址里捡到了这套设备，”姬稷晃了晃那件小型仪器，“它由一台分析显示器和一组小型传感器组成，被用来通过监测震动寻找岩石或者其他刚性结构内的气泡与裂隙。在进来之前，我就已经把传感器贴在了这处墓穴的不同位置，至于震动……不断拍击陡崖的海浪提供的震动勉强足够了。当然，以过去的技术水平，这个小玩意儿顶多只能做个简易测量，精度勉强可以达到厘米级。”

“厘米级？！”

“是的。从传回数据上看，这处被朱刃家族用作集体坟墓的海蚀洞穴系统确实有大量裂隙与出口——前者无法让人通行，不过倒是可以在海风的压力下确保内部通风顺畅，后者则大多已经被封死了，尤其是通向大海一侧的洞口。我们进入这里的那条通道，事实上最接近一处墓道底部的、可以供人通行的洞穴，在比这里更往下的位置，并没有任何出口存在。换句话说，那几个家伙已经没处跑了。”

“所以，只要把他们抓住，我们也就可以向朱刃家族的人解释了对吧？”小晴问道。

“对，前提是朱刃家族的主要成员真的对这下面的事情毫不知情，”姬稷的回答让其他人感到了一丝不安，“不过，这种可能性很高：如果朱刃家族的首领真的打算搞点什么见不得人的事，他们更有理由选择在自己戒备森严的宅邸里偷偷进行，而不是占用祖先神圣的墓地。更大的可能是，朱刃家族内部的某个人勾结了‘破戒者’，让他们可以潜入墓地深处，利用这里作为临时据点——至于潜入的具体方法，大概就是重新凿开我们之前进来的那条通道。毕竟，这儿的主要入口平时有人看守，而且朱刃家族十分尊重去世的祖辈，若非举行葬礼或者情况紧急，轻易不会进入墓道，所以几乎不可能有人进来打扰他们……呃，当然，也不是没有例外。”他瞥了朱刃红一眼，后者顿时红着脸缩成了一团，看上去仿佛恨不得找条地缝钻进去。

“既然这样，事情就简单了！”由于墓道内的缝隙带来的空气流动，在等待了一阵之后，那几枚烟幕弹释放出的有毒雾气逐渐变得稀薄。早已按捺不住的青葵随即一马当先冲向了墓道的深处，其他人也连忙跟了上去。

虽然这里原本是一座天然海蚀洞穴，不过，在过去的上百年中，朱刃家族也对这里进行了一些必要的改造：他们用石砖封堵了几乎所有能够进入墓道的大型天然洞穴，在光滑的玄武岩地面上凿出了方便步行的梯级，稍微扩大了一些通往斜上方的空隙，使得阳光可以透入墓道内部。除此之外，在墓道的两侧，他们还开凿出了数量众多的耳室，在每个耳室内都有好些壁龛，家族的逝者们就被安放在里面。

“喂，这里有些壁龛是空的欸。”为了避免那几个蒙面人藏在里面，每遇到位于墓道两侧的耳室，一行人就会进去小心翼翼地搜索一遍。虽然大多数壁龛里都放有散发出浓烈的盐碱和防腐药剂气味的木乃伊，但也有一部分壁龛空无一物，这引起了青葵的好奇：“这是怎么搞的？有人把尸体偷走了？”

“我可不觉得有人会喜欢偷那些尸体，光是看一眼都让人觉得毛骨悚然。”小晴摇了摇头。

“这些空的壁龛，其实是为还活着的家族成员预留出来的，”朱刃家族的大小姐略微低沉地说道，“我们家族里的每一个人，在 5 岁生日之后，都会得到一份特别的赠礼——在家族墓地中为他或者她准备的壁龛。换句话说，其实在这些空壁龛里，也有一个是属于我的。”

“是……这样啊……”小晴舔了舔嘴唇，突然感到了些许歉意。青葵好奇地打量着那些已经放进了木乃伊的壁龛：在这些逝者之中，曾经拥有游侠身份的那些人最容易辨认，因为他们全都穿着由游侠盟会总部的自动加工车间生产、极具辨识度的轻型护甲和战斗服，另一些人则穿着属于那个年代的体面服饰。还有一些木乃伊被如同蚊帐般的深色纱布笼罩着，无法看清面容。

“以前，山玄大陆的一些大家族是不允许女性抛头露面的，”朱刃红解释道，“即使在女性去世之后，也会用纱布覆盖全身，才能‘踏上旅途’……当然，那都是很久以前的事儿了。”

“好吧，不过这些纱布的质量还真不错。”小晴下意识地用指尖拈起了其中某具木乃伊纱布的一角。虽然许多死者身上的衣物已经随着时间的推移变得污黄而破败，但不知为何，这些纱布看起来还很新。不过，她并没有多想这个问题，就跟着其他人继续走向了墓道的更深处。

由于在墓道两侧的各个耳室内都没发现那些蒙面人的踪影，在进入位于墓道最底层、被一扇古老的木门封住的区域之前，所有人都做好了战斗准备：喜欢徒手格斗的青葵调整好了呼吸，并摆出了随时准备应对袭击的架势，其他人则准备好了从簧轮手枪到刀剑在内的各种武器，随时准备与突然冒出来的敌人展开搏杀。但是，当青葵一脚将那扇木门踢开时，并没有人朝外面开枪或者投掷炸弹，也没有人尖叫着冲出来。在一行人小心翼翼地走进这间密室后，他们只看到了一个人。

那是一个已经死去的男人。他的身上并没有明显的外伤，皮肤已经变成了青黑色，似乎是死于急性中毒，而身上穿着的深色紧身服饰则表明，这人显然是之前那群追杀朱刃红的蒙面人中的一员……但他现在已经没有蒙面的必要了。

因为他的脸已经被强酸腐蚀成了无法辨认的一片焦黑。

“啊？这是怎么回事？难道这里有人袭击了……”骤然遇到意外状况的青葵紧张地四下张望，三角形的猫耳朵来回摆动，搜索着周遭空气中的每一点声音，却没有看到除这名死者外的任何陌生人。

“大概不是袭击，”姬稷卷起了死者的袖子，露出了两处不算太大的创口——这是之前被他的手弩发射的弩矢刺中留下的，“这人恐怕是死于同伴之手。”

“是……是这样吗？”青葵惊讶地问道。

“因为他之前被我射中了，在迷药的作用下无法行动，变成了累赘……当然，偶尔也会有人对迷药过敏，死于心力衰竭，所以说不定其实是我杀了他。”姬稷有些落寞地叹了口气，“他的同伴用强酸烧掉了他的脸，还有这里，”他举起了死者的一只手，和那张无法辨识的脸一样，他的双手指尖也都已经变成了黑色，显然同样被浇过了强酸，“这应该是为了防止我们认出他的身份。”

“还真是一帮冷酷无情的家伙，”尤莉嘀咕道，“既然他们还有闲情逸致干这种事，恐怕是已经找到什么法子，从这儿逃出去了。”

“很有可能。但至少，这里应该还留下了一些可供调查的线索。”姬稷从死者身边站了起来，观察着这间位于墓道末端的密室内的情况。在许多年前，这里原本是海蚀洞的终点，每当风暴潮袭来之时都会没入汹涌温暖的海水之中。但是，在整个海蚀洞系统被朱刃家族选作墓地后，原本的海蚀洞口也被层层叠叠的玄武岩封死，数以百计的半人高小型石碑被密密麻麻地摆放在这座密室之内，每一座石碑上面都用小篆——这个世界最常见的仪式用文字——铭刻着一个名字，以及一些别的信息。

“这里摆放的是我们家族的牌位。游侠的一生都是充满风险的，许多人会客死异乡，遗体也无法被带回，”朱刃红有些出神地看着那些小型石碑上的名字，“所以，他们只能以这样的形式被安葬在墓地里。当然，在这些年，朱刃家族的游侠不再离开雨安国，甚至只在狐港的辖区内活动，因此几乎没有新的牌位被供奉进来了。”

“但我想，你们的祖先大概不会喜欢有人像这样利用供奉他们的场所。”姬稷指了指摆放在牌位之前的另外一些东西——那是几座用空板条箱和木桶搭起来的临时实验台，上面摆放着一些构造复杂、显然来自旧文明纪元的仪器，以及不少造型古怪的瓶瓶罐罐。从几乎没有落下任何灰尘的状况判断，这里显然直到最近都还有人使用。

“这些是什么东西？”朱刃红一脸困惑地看着这堆突兀地出现在她祖先牌位之间的玩意。

“如果我没弄错的话，这些东西应该都是生物学相关的实验设备。当然，不是什么高档货，也就是旧文明纪元学校里教学用具的水准，”在一行人中见识水平仅次于姬稷的碧菘走到实验台前，半是好奇、半是谨慎地伸手触摸那些设备，“这些透明的器皿是培养皿，这些东西是移液枪和试管。这……应该是光学显微镜吧？我在书上看到过。”

“对，看来你对这方面的知识了解得还不错。”姬稷露出了赞许的神色，同时小心地拿起了几支试管和玻璃罐，举到了眼前。尤莉连忙取出一支比成人手指稍长的圆筒状物，用圆筒一端射出的光束照亮了贴在这些容器上的标签，好让姬稷能够看清写在那上面的蝇头小字。

“那上面写了什么？”碧菘问道。

“尖孢镰刀菌，菌种 A-1 型，B 型……木薯花叶病毒毒株 A，C，D 型，镰刀菌大豆专化型，寄生性头孢藻……这是啥？稻瘟病原菌变种？有意思……”姬稷逐一念出了那些容器标签上的文字。

“呃……听上去好像很不妙……”虽然完全没有相关知识，但青葵还是本能地感到了不安，“这些难道是……”

“都是能够感染各种作物的病原体。”姬稷说道，“放在这下面的容器，大概曾经被用来装过这些病原体吧。”

“曾经？”

“从一切迹象来看，这里现在什么都没了，有人在不久之前带走了真正重要的东西。我们已经来迟了……”在说出这句话后，姬稷的身边突然散发出了一股轻微的酸醋味道，似乎正在为什么感到不快。

“不会吧，”小晴摇着头，“明明这些仪器都还……”

“这些东西本身没什么价值。留在这里的顶多只有一点植物样本和没用完的试剂而已，无论是毒株还是菌种，应该都已经被仔细地清理过了，这些容器里面恐怕比我们平时用的餐具还要干净，”姬稷朝着小晴耸了耸肩，“至少应该比你负责洗的那些要干净。”

“我已经认真地洗啦！”小晴气鼓鼓地说道——在一行人露宿野外时，他们原本是轮流负责清洗餐具的。可惜的是，由于每次轮到小晴时，锅碗里总会“意外”地留下各种各样的污渍，甚至是食物残渣，因此，她的那份工作很快就被姬稷接手了。“不过话说回来，既然那些人已经提前处理掉了所有有价值的东西，为什么不索性把剩下的这些设备也都拿走呢？就算不是特别重要，但旧文明纪元所留下的东西全都是非常宝贵的，没有随便丢弃的道理啊。”

“对哦。”听她这么一说，在场的其他人也纷纷意识到了不对劲的地方：在并不存在工业体系的郁林星，除了游侠盟会总部附属的自动化工厂能够生产和修复的少量设备——比如说飚艇的零部件，以及万用智能免疫注射剂这种在这个时代只能以“魔法”来形容的神奇造物，任何工业品都只能依靠代代相传，或者从为数不多的遗迹中发掘，哪怕是烧瓶、试管这种简单的工业制品，也几乎处于有价无市的状态。至于摆放在这里的那台显微镜，作为精密仪器更是相当珍贵，按理说根本不该被这么随意丢弃。

“这……恐怕不难理解。”姬稷身边的淡淡酸醋味突然消失了，一丝略带嘲讽意味的微笑出现在了他的嘴角，“毕竟，让我们在计划中的时刻找到这里，应该也在那些家伙的计划之中。如果我没猜错的话，这个计划的下半部分应该是‘让某些人及时地发现我们’。”

“放下武器！”就在姬稷说完这句话后仅仅几秒，这座供奉牌位的密室的木门又一次被踢开了。伴着一阵急促的脚步声，一大群全副武装的人冲进了这处原本常年无人踏足的密室。

“各位，请听我解释！姬稷先生他们……呃……”朱刃红连忙冲到了这群人面前，试图在族人面前为姬稷等人辩护。不过，她旋即意识到，情况显然没有她预料的那么简单：冲进这里的人群中不只有朱刃家族的成员，还有一些她不那么熟悉的人。

狐港各个主要游侠家族的成员全都来到了这里。

# 第十章　实验与阴谋

在郁林星上，“监狱”其实是最近才出现的概念。在过去的数百年中，由于在农业发展方向严守禁忌，导致食物产量迟迟无法提升，行星上的人口寥寥无几，而稀疏的人口也让复杂的司法系统变得可有可无：零星的纠纷和冲突要么诉诸以东皇太一之名进行的仪式性战斗，要么由那些被称为族长或者长老的德高望重者召集会议，进行仲裁，判决结果通常以道歉、赔偿等方式为主，在极少的情况下是驱逐和肉刑。“监禁”则是几乎毫无必要的。

当然，就像过去的许多约定俗成的规矩一样，随着“神农氏”们带来的“赠礼”，这一切也都发生了彻底的变化。

“所谓的‘地牢’，原来就是这副模样吗？”在绕着这间铺着青石地砖的地下室走了第一百圈后，青葵又一次坐到了那张构造简单的木板床上，朝前探出双臂，用所有百无聊赖的猫咪都喜欢的姿态伸了个懒腰，“我以前只在碧菘的那些故事书上看到过。”

“起码这里的环境还不算坏，”正在一旁安静地看书的碧菘说道，“我听说，在古地球的蛮荒时代，大多数监禁设施都比这里要糟糕得多。无论如何，这地方至少挺干净，我们一日三餐都有保障，也没人来拷问我们。”

“毕竟我们现在的身份在理论上是‘配合调查’的游侠，而不是

‘犯人’嘛。”正对着一堆摆在脚边的护身符念念有词的小晴低声说道。在过去的大半个本地日的时间中，她一有空就按照东皇太一奉祀官的标准方式，对这些护身符念诵着祈求幸运的祷文——虽然对于真正的奉祀官们而言，这种事应该是每日的例行工作。但就连青葵和碧菘也还是头一次看到他们的这位总是以“奉祀官继承人”自居的同伴如此认真地进行祈祷，“我之前已经听看守说过了，要是被视为真正的犯罪者，我们就会被分开投入比这里更小、更肮脏的真正的牢房里去分别接受审问。”

“而且，如果被定罪的话，我们说不定得永远待在那里。”跪在小晴身边、模仿着她的方式一同祷告的朱刃红补充了一句，“虽然狐港是没有死刑的，但要是被认定为‘破戒者’，搞不好真的要被像这样关上一辈子……”

“不会吧？”青葵有些恼火地说道，“这是什么野蛮的做法啊？”

“那倒未必，”坐在一旁的尤莉冷笑了一声，“至少，殿下作为东怀公国第四公子的身份还是被承认的。看在大公家的面子上，就算被那帮有眼无珠的蠢蛋定下冤罪，殿下和我也肯定会被引渡回东怀公国。而这位朱刃家族的大小姐大概也会被从轻处理，最后倒霉的是你们几个……不，严格来说，应该是担任队长职务、要负主要责任的青葵小姐你哦。换句话说，在场的所有人里，其实只有你一个人有可能会落得在这种不见天日的鬼地方烂掉的下场，对于脑袋不灵光、只知道凭着一身蛮力乱闯乱撞的蠢猫而言，这还真是相当不错的下场呢！”

“请不要擅自散布这些有损团队信任的言论，”在用指节敲了一下尤莉的后脑勺后，姬稷说道，从语气判断，他这次似乎罕见地有点生气了，“在目前的情况下，我们必须保持团结和相互信任，这是为了我们的事业着想，明白吗？”

“谨……谨遵殿下教诲。”被字面意义上敲打了一下的尤莉顿时没了之前幸灾乐祸的气焰，像一只害怕被主人抛弃的小动物一样，露出了可怜兮兮、乞求原谅的表情。

“但是，话说回来，之前那到底是怎么回事啊？”在念完了小晴教给她的祈祷文的最后一段后，朱刃红终于忍不住问道，“既然说是让我们配合调查，为什么到现在都还没有人进来问我们？也没有正式审判？那几个出现在我家墓地里的奇怪家伙到底是干什么的？为什么连我也会被认为有嫌疑啊？”

“因为我们的所有行动，都在向我们‘好心’透露消息的那家伙的计划之中。”在耐心听完对方连珠炮般的发问之后，姬稷心平气和地回答道。在一个本地日之前，全副武装出现在墓道最深处的除了朱刃红的亲戚们，还有狐港的另外两大主要游侠家族——芥家族与玄家族——的人，以及一批不属于任何大家族、只听命于游侠盟会的普通游侠和城镇卫兵们。在宣布了对姬稷等人的临时羁押决定之后，作为游侠盟会代表的里奇先生告诉他们，这么一大群人之所以会一同赶到这里，是因为不久之前有人在游侠盟会的大门外公开张贴了一封匿名举报信，宣称朱刃家族与“绯红誓约”小队的外来者都和“破戒者”有所勾结，并一直在朱刃家族的墓地深处秘密研制可以破坏狐港农作物的危险病原体。举报信里还说，之前的香蕉种植园大面积枯萎事件，很可能也与这一阴谋有关。“对策划者而言，栽赃我们不过是顺带而为，诱发狐港由来已久的复杂政治矛盾，恐怕才是整个计划的最后一步。”

“也就是说，公子殿下您已经掌握‘破戒者’们的整个计划了吗？”青葵问道，“不愧是公子殿下！无论敌人再怎么狡猾，在您的伟大智慧之前也无从遁形。”

“事实上，我也只是因为幸运地比你们掌握了更多的信息，所以才能判断出对方的计划——信息差与智慧并不存在必然关系。”姬稷摆了摆手，“东怀公国的大公家族收藏着许多特殊的图书和记录，其中也包括了不少旧文明纪元的知识。若非之前阅读过这些书籍，我恐怕也猜不透那些家伙的行为逻辑。”

“哦？”青葵好奇地竖起了耳朵。

“首先，我可以确定，在朱刃家族中，确实存在着勾结‘破戒者’的人。我们在墓道最深处发现的那处简易实验室，也确实曾经被使用过一段时间——在整个狐港，没什么地方比那里更适合摆上一大堆坛坛罐罐偷偷进行实验，却又不会引起游侠盟会与各大家族注意了。”姬稷用细长光洁的手指轻敲着自己的下巴，不慌不忙地分析道，“但是，那封匿名举报信里所谓的‘研发危险病原体’，倒也谈不上。”

“但我们在那里发现的……”

“朱刃小姐当时不也意外听到了那些神秘人物的对话吗？他们在这里做的事情，只是‘实验’而已。我想，实验室的运营者的主要工作，应该是从狐港周围的农业区域采集各种作物的样本，在实验室内进行初步的感染尝试，并在确定可能有效的菌株和毒株之后，再到农业区中进行较大规模的第二阶段实验……而摧毁了上千亩香蕉林的那场黄叶病，大概就是第二阶段实验中比较成功的一场。”

“但他们为什么要这么麻烦呢？”碧菘问道。

“因为只有这样做过实验之后，他们才能挑选出真正合适的病原体，”姬稷冷笑了一声，“这涉及两个生物学问题，也就是‘免疫’和‘变异’。”

“我听说过这两个概念……”碧菘耷拉着耳朵，小幅度地摇晃起了尾巴——这是她开始认真思索的标志，“‘免疫’，指的是可以不患上某种疾病，或者在患病之后症状轻微的能力吧？比如像我们这种有动物特征的卫兰人，就比大多数普通人的免疫力更强。至于‘变异’……呃……我们身上的这些特征算是变异吗？”她摸了摸自己尖尖的狗耳朵。

“抱歉，不算，”姬稷立即答道，“因为你们，当然，还有包括我在内的许多‘亚人种’居民的遗传特性，都是有目的地进行基因改造的结果：据说，卫兰人的先祖因为痴迷于基因改造而经常受到指责，于是他们蓄意通过基因手段为自己赋予了显著的动物特征，以此向其他人强调他们的立场……当然，过去人类的审美倾向，据说也对此有所影响。变异则是自然发生、无方向的。这就像你闭着眼睛在书上圈出一批单词，它们会组成什么句子，事前是没人知晓的。而自然环境会负责进行挑选，只留下那些读得通顺的句子——至于语义不通的，则是我们所谓的‘畸形’。”

“原来如此吗？”小晴突然插话道，“那我不喜欢吃肉难道也是……”

“那是你自己挑食的问题！就算是真正的兔子，只要有机会也是可以吃动物蛋白的。更别说，你只不过比普通人多出了一对兔子耳朵而已。”碧菘说道。

“我还有尾巴咧。”小晴拍了拍她的屁股……当然，只要她穿着日常着装，那只绒毛球般的短尾巴就没法像青葵和碧菘的尾巴一样露出来，因此通常都会被人忽略。

“总之，只要弄明白这两个概念，那些家伙的行为也就不难理解了，”姬稷缓缓地点了点头，完全没有在意两人的争吵，“要知道，就算是同一种病原体，其实也会因为基因变异，以及环境选择的因素，而产生不同的亚种，农作物也一样。不同种类的农作物对不同亚种的病原体，免疫能力很可能天差地别。”

“噢噢噢，我懂了！原来是这样！”青葵用力点了点头，但她看上去并不像是弄懂了姬稷的话，“那个……所以呢？”

“所以，对于试图利用古老的病原体搞破坏的人而言，实验是必不可少的，”姬稷耸了耸肩，“事实上，这些病原体根本就不该出现在郁林星上。所以，在初次发现由它们造成的感染时，我立即就意识到，这只可能是人为的。”

“不该出现？为什么？”

“这要从郁林星最初被开发的目的开始说起了……”姬稷花了几秒钟时间组织语言，然后才缓缓开口说道，“在旧文明纪元，人类曾经登陆、开拓过数以千计的行星和卫星，还有相当一部分人索性终生生活在飞船与太空站里。但无论从什么角度来看，郁林星都不是个很有价值的世界：虽然质量与表面积和地球极为近似，但它围绕红矮星旋转，潮汐锁定导致可供居住的地带狭窄，而且位于人类所探测到的银河系边缘，离一切文明世界都相当遥远。你们知道，最初为什么会有人看上这个世界吗？”

“因为这里很漂亮？”青葵瞎猜道。

“嗯，我承认，郁林星确实是一个相当美丽的地方，”姬稷点了点头，不知为何，他身边突然出现了些许哀婉的、如同葬礼上使用的焚香般的气味，“比起绝大多数宜居世界，这里都更像是……曾经的地球。这在一定程度上也影响了人们的选择。毕竟，对郁林星开发的最初目的，正是对地球动植物的‘迁地保护’。而这里的定位，事实上是一座位于银河系边缘的超级遗传资源库。”

“‘迁地保护’？唔……我以前好像听说过这个说法，”碧菘挠了挠脑门，“这应该指的是把原本生活在某个地方的动植物带到其他地方保护起来吧？”

“大体上没错。不过，郁林星‘迁地保护’的对象，主要是地球上的各种被人类驯化的物种中未经任何选育与改造的野生品系。毕竟，虽然这颗行星超过 72% 的表面区域不是极端炎热、风暴肆虐，就是过度寒冷、冰天雪地，但剩下的那 28% 的区域环境却与地球的温带和亚热带极度类似，而且行星的两块主要大陆——山玄与水苍——恰好位于这一有昼夜交替的环形地带上。更重要的是，在人类抵达之前，郁林星已经在海洋中演化出了大量类似于蓝藻和早期绿藻、可以进行光合作用的生命形态，让行星拥有了与地球高度接近的富氧大气层。曾经频繁的火山活动，以及大量海洋微生物死亡后沉积的有机质，也让地表植被生长所需的肥沃土壤相当容易获取。虽然四处乱滚、制造破坏的年兽对这一计划而言是个麻烦，不过对当时的人来说，这不算什么大问题。”

“唔……是这样啊……”在首次得知这个世界的上古历史后，“绯红誓约”的三人一同点头。不过，在三人中，只有碧菘勉强可以理解姬稷所说的这一切，小晴露出一脸半懂不懂的困惑表情，而青葵显然处于七窍通了六窍的状态。事实上，对她而言，姬稷本人显然要比他正在说的话要有意思得多。

“总之，在旧文明纪元的强大技术加持之下，郁林星的改造在 10 个标准年内就完成了。大量动植物随即被引进此处，其中包括数千种地球上的农作物和家禽、家畜的野生种类，以及它们的近万种近亲物种和形成食物链必要的其他动植物。值得一提的是，这些物种中的很大一部分，在原产地早已处于野外灭绝状态，而且由于环境的变化，就地重建种群几乎毫无可能。”姬稷接着说道，“最神奇的是，连一些已经灭绝的物种，比如作为家养牛祖先之一的原牛，也通过基因技术‘复活’并被送到此处。在最初的规划中，郁林星被视为一座巨大的农牧业遗传资源库，那些因为人类的驯化与选育而脱离了自然环境的物种，将在这里再一次获得在野生环境中自由发展与演化的机会。这既是为了未来的不时之需而留下的遗传资源储备，也算是人类对于这些因为文明发展的需要、丧失了自然演化可能性的物种的一点补偿。当然，为了确保计划的安全性，各种可能严重危害到这些动植物的病原体，都被严格地从它们的种群中清除掉了。所有在计划实施过程中来到这个世界的航天器和人员物资，也都经过了极为彻底的消毒，以确保没有一个孢子、一段病毒 DNA 或者 RNA 能够进入此处。”

“那么，那些‘破戒者’散布的病原体究竟是……”

“它们恐怕来自过去遗留的实验设施。”姬稷说道，“作为郁林星计划的一个附带部分，行星的同步卫星轨道上设置了数座科研空间站，用于利用行星上的动植物样本进行小规模的实验。这些科研空间站内，当然也存放有病原体样本，甚至是培养设备。在旧文明纪元末期的大动乱中，这些空间站因为缺乏维护而坠毁，但由于部分舱段安装有应急迫降设施，其中的物资和设备也许并未全部在大气层中被焚毁，‘破戒者’们多半正是找到了这样的舱段形成的遗迹，从中获得了保存的病原体和相关技术资料。”

“这下可就不妙了，”碧菘说道，“在那些家伙看来，这些病原体可是消灭这个世界上触犯‘禁忌’的农业的利器。”

“是的。但他们要使用这件利器，其实还需要耗费一段时间：在不同地区，他们必须逐一使用病原体的各个变种，在不同种类的作物上进行测试，以此挑选出最‘合适’的病原体类型。事实上，在狐港一带，除了之前的大规模香蕉黄叶病，更早的时候还有几次木薯和水稻病害报告，只不过这些病害的规模都非常小，这说明，用于这几场测试的病原体是不成功的。”姬稷就着牢房墙上的灰尘画出了狐港和整个雨安国的地形轮廓图，又在上面接连画了几个圈，“不过，在黄叶病事件后，他们的实验应该已经结束了。因为在那之后，再也没有农作物的病害报告出现。”

“那他们的下一步计划是什么？”

“毋庸置疑，小规模的病害用途不大——这个世界的交通效率非常低，因此，在少数地区散发的植物传染病很难快速扩散，而且很快就会被发现，并被游侠们通过焚毁受感染农田的方式清除。这也意味着，如果‘破戒者’们打算用病原体一举破坏郁林星上‘触犯禁忌’的农业体系，他们就必须对表现优秀的病原体进行大量培植，然后利用自己的飚艇，或者其他旧文明纪元留下的技术设备大规模进行布撒。”

“布撒？在我们发现的那座实验室里吗？”朱刃红问道。

“那地方其实压根就不重要——否则那些家伙怎么会故意诱导我们找到那儿？”姬稷冷笑了一声，“那座‘实验室’只是个用来临时存储带来的少量病原体，并且观察、分析被感染的农作物组织的地方，除此之外大概就没什么功能了。要大规模培育用来破坏农业生产的病原体，他们肯定得返回自己的老巢才行。而这，正是我故意踏进陷阱的真正目的。”

“呃，你一开始确实说过，之所以会照那个‘热心人’说的去做，是想要通过这种方式发现幕后主谋留下的蛛丝马迹，进而逮住他们，”小晴点头道，“但我们当时并没有逮住那几个家伙，反而被他们给……”

“本来我们也没打算在坟墓里逮到他们……因为那位‘热心人’的真实身份，我们老早就已经知道了。”回答她的人是一脸洋洋得意的尤莉，“就在他自以为是地跟踪我们，并且给我们留下那封信的那天。”

“哈？”

“在旧文明纪元留下的遗物里，有一种染色剂。它无法在可见光波段下被发现，在紫外线波段下却十分显眼，因此被用于追踪和标识某些特定目标。”尤莉继续说道，“我家殿下恰好在一次探险中找到了一点儿这种染色剂，而我的祖先进行过遗传变异，让我恰好拥有看到一部分紫外光的能力。”

“然后……你在当时把染色剂涂在了那把刀上……”

“对，在发现那家伙跟踪后，我就猜出了他的用意，并且做好了准备。在把那封信绑上刀子时，他的手自然也沾上了染色剂——而那种染色剂并不容易被洗掉。第二天，我果然在游侠盟会里找到了这家伙……或者说，疑似是他的人。”

“疑似？”

“因为人数不止一个——有六七个人的手上和身上都有微量的染色剂痕迹，很可能是与那家伙有密切接触的人。这些人中，三个人来自朱刃家族，另外两个家族也有。而最有可能跟踪我们的两人，一个来自朱刃家族，一个来自芥家族，都是有一定资历的游侠。”

“那你们为什么不采取行动？”朱刃红问道，“就算没有揭发他们的证据，但私下里动手的话……”

“……那样毫无意义。你觉得我和公子殿下像‘绯红誓约’的某个满脑子只有食欲和暴力、根本不知道‘计划’为何物的蠢蛋队长一样傻吗？”尤莉用看傻瓜一样的目光瞪了她一眼，“在狐港活动的这几个家伙只是小鱼小虾，如果不能顺藤摸瓜，找到病原体的最初源头，一切就没有意义。”

“顺带一提，那天在墓道中的几个蒙面人，就在这帮家伙之中，”姬稷微笑着说道，“他们身上也有染色剂的残余……除了那个由于无法行动而被同伙杀害的人，另外两人当时藏在了木乃伊的壁龛里，利用纱布盖住身体逃过了我们的搜索。”

“怪不得盖着那几具‘木乃伊’的纱布看上去那么新！”小晴露出了恍然大悟的神色，“但你那时候……对了，这也是故意的吧？”

“没错。虽然朱刃红小姐进入墓道、听到这帮人的密谈纯属意外，但当天发生的其他事都在他们的计划之中：随着狐港地区的实验结束，那座临时实验室也失去了价值。但是，因为之前在鸭川村的行动被我们撞破，狐港的游侠盟会已经知道了‘破戒者’的存在，并且开始严格限制游侠离开城镇，这也意味着，他们虽然得到了实验结果，但却暂时不能将这些结果安全地送出狐港：飚艇的无线通信系统没有加密能力，很容易被其他飚艇，或者盟会总部的通信系统截获，驾驶飚艇强闯出去同样不行，因为盟会总部可以定位行动中的飚艇并阻止拦截。就算是放弃飚艇，徒步或者乘船离开，也有被哨卡发现的风险。”

“欸……还真是这样。”小晴抖了抖耳朵，“那他们要怎么逃出去呢？”

“简单，只要能让狐港陷入混乱，这些防范措施自然就无效了，这也是他们为什么故意留下那些实验设备栽赃我们的缘故。”姬稷用纤细的指节轻敲着墙壁，“当然，我本人曾经是东怀的公子，各位也都是没有任何前科的外来者，这种栽赃本身难以奏效——但他们大概也不在乎最终能否栽赃成功。因为这么做的主要目的，是引发狐港各大游侠家族的冲突。将临时实验室设在朱刃家族的墓地内，目的之一恐怕正在于此。除此之外，蓄意诱导我们怀疑朱刃红也是如此……根据我的调查，她当时根本不是迷航，而是被蓄意伪造的假导航信号误导了。而那些装有真菌的布撒器也不是从飚艇上投下的，更可能是被人在事后扔进香蕉种植园的假证据。”

“家族之间的……冲突？”对狐港的情况不甚了解的“绯红契约”小队成员们变得更加困惑了。

“具体而言，包括朱刃家族在内，狐港总共有三个大型游侠家族和多个较小的家族，分别代表着不同地区出身的游侠团体。经过多年的发展经营，这些家族已经演化成了盘根错节的本土政治势力，在最近这些年里，大多数狐港市政官都来自这些家族，”尤莉替姬稷解释道，“由于出身地区不同，这些家族从一开始就相互看不顺眼，而狐港内部的政治斗争更是让他们结下了重重矛盾……”

“说实话，无论是介入当地政治，还是明争暗斗，其实都已经严重地背离了游侠之道……但目前我们只能接受现实。”姬稷长长地呼出了一口气，“虽然我不认为芥家族、玄家族和别的小家族会真的相信我们是‘破戒者’，但他们绝对不可能经受住利用这事作为借口、攻击朱刃家族的诱惑，就像鲨鱼无法忍受血腥味的诱惑一样。而这正是整件事的策划者们期望出现的情况。”

“所以说，那几个家族一个个都糟透了！”朱刃红发出了生气的呼哧声，“按照他们的一贯做派，肯定会不顾大局、想方设法把城里的局面搅乱。只有我们家族才是真心想要……”

“同意，但这目前并不重要。真正重要的是，混乱应该已经开始了，而且必定会愈演愈烈。”姬稷说道，“那些策划了这些事的家伙大概很快就会采取行动，从狐港逃回他们的老巢去，而这也会是我们顺藤摸瓜、揪出他们的狐狸尾巴的绝佳机会。”

“但在你顺藤摸瓜之前，总得先想办法从这里出去吧？”小晴说道，“被关在这种地牢里，我们根本就什么都做不了……”

“喂喂，小晴！你怎么能质疑公子殿下的英明？！”青葵不快地反驳道，“既然殿下从一开始就已经制定好了计划，那从这里逃出去肯定也是计划的一环！只要他有这个打算，我们肯定能轻而易举地从这破牢房里离开的！”

“我其实还没无所不能到那个程度啦，”姬稷露出了有些羞赧的笑容，“但我承认，我确实有一个可靠的计划，但还需要等待一段时间，然后才能……”

“吃饭啦！”没等姬稷把话说完，牢房外就传来了一个充满了不耐烦的低沉声音：负责为他们送来食物的那个看守在时隔10个小时之后，又一次带着饭菜来到了这里。这是个丝毫看不出特点的、又瘦又矮的男人，过大的号衣勉强挂在他瘦小的身体上。这人虽然一直都负责为他们送饭，但从未试着与他们进行交流，永远都只会对他们说这一句话，就像是旧文明纪元那种被称为“机器人”的存在一样。

“又是这些玩意儿吗？”坐在离门最近的地方的小晴拿过了装食物的木桶。虽然这儿有姬稷这个身为东怀大公家族嫡系成员的贵客，外加朱刃红这个贵族小姐，但狐港的游侠盟会倒是秉公办事，只将他们当作普通游侠，因此，他们的伙食与牢里的其他“住户”并无差异：几条粗大的、没有加调料的蒸香蕉充作主食，搭配上一些充作动物蛋白来源外加盐分来源的咸鱼干，再加上一小桶用碎米粒和蔬菜叶片混合煮成、介于稀粥和菜汤之间的玩意儿。作为游侠，“绯红誓约”小队的成员们虽然在走南闯北的过程中也吃过不少稀奇古怪的东西，其中不乏比这更糟糕的食物，但连着十几顿都只吃这种东西，还是让她们感到很是乏味。

“我要抗议！”小晴嘀咕道，“这些家伙就不能换点新鲜菜色吗？永远都是这种清汤寡水的玩意儿。”

“这次好像有点不同呢。”碧菘摇了摇头。

“欸？不同？！”小晴舔着嘴唇，思忖了好一会儿，并没看出什么“不同”来。不过，青葵倒是比她更早注意到了差异所在：“今天的食物里似乎加入了香料呢。”

“确实。”姬稷闻了闻木桶里的饭菜，点了点头，“似乎这次的汤里加了许多牛至叶片碎末和八角茴香。虽然适当加入香料是很不错的，但一次性加得太多的话，就会让人感到反胃了。”

“唔，也是……这样就只有香料的味道了。”青葵恼火地朝门外的那个男人喊道。不知为何，这人居然没有像之前送饭时那样，在丢下木桶之后就立即离开，而是留在原地探头探脑。“喂，那个谁，给厨师带个口信，下次他要再敢弄出这种味道古怪的汤来，当心我……”

“不对，这里面还有别的味道，”嗅觉最为灵敏的碧菘将鼻尖贴到了热汤的上方，仔细地嗅了嗅，“唔……恐怕香料只是用来掩盖这种味道的手段而已。这恐怕是……毒药。”

“就是说嘛，这种味道根本就和毒药没差别了！”青葵用力地点着头，“这些混蛋……”

“不，”碧菘说道，“我的意思是，里面真的有毒药。”

“唔？欸？！”青葵的双眼因为惊讶而瞪大了——当然，露出这种反应的人可不止有她。那个送饭的看守也一样露出了惊讶而恐惧的表情。在短暂的不知所措之后，他将一根芦柴棒般的瘦胳膊伸进了宽大的号衣下，掏出了一把双管燧发枪。

“哦，果然。看来您是必须在这里完成任务，是吧？”姬稷冷笑道，“指使你的人就这么急吗？如果我们没有‘意外食物中毒’，就要用这种方式把我们给解决掉？”

“朱……朱刃家族对于他们的罪行可能暴露感到恐惧，所以委托本……本人来杀死你们灭……灭口……”那看守用颤抖的语气说道。

“这就是你在干掉我们之后，要公开宣布的‘原委’吗？委托你这么做的人许诺给你什么好处？或者说，你有什么重要的把柄落在他们手里了？还是有家人成了人质？”姬稷不慌不忙地问道，“虽然没什么根据，但我想，最后一种的可能性应该是最大的吧？”

看守没有说话，但他不住颤抖的双手表明，姬稷刚才的话大概率是事实。但是，即便很不情愿，这人还是将手指慢慢搭在了那支枪的扳机上。

但他并没能扣动扳机。

阻止了他的行动的，是之前他亲手送进来的那只盛饭的木桶。虽然这东西的外形和结构都很不适合作为投掷武器，但青葵还是准确地用它命中了看守的面门。在鼻梁被狠狠击中之后，这个瘦弱的男人就像断了线的木偶一样摔倒在了地板上，那支做工精致的双管燧发枪弹跳了两下，落到了姬稷触手可及的地方。

“呵，居然还是簧轮枪机的？派这家伙动手的那些人还真下了点儿本钱。”姬稷一枪打坏了门锁，随即快步走出了牢房。而他只朝外走出了几步，另外两名看守已经迎面出现在了地牢的走廊中。

“幸会。”姬稷朝那两人摆了摆手，露出了一个甜美可爱的笑容。接着，还没等这两人反应过来，他已经冷静地用燧发枪另一根枪管里的子弹打碎了其中一人的膝盖，然后将空枪砸向了另一名看守的脸。

“你——”这两名看守手中握着的是被称为钺戟的长杆武器，它有着壮观的枪头和刃部，很适合让门卫拿在手中，用来震慑潜在的闯入者，作为仪仗队的武器也是极其合适的。不过，在相对狭窄的地下走廊中，这些东西可就有些施展不开了：在被那支空枪砸在脸上之后，没有中弹的那名看守在慌张之下倒退了两步，竟然被自己的戟杆给绊倒了。随着后脑勺狠狠磕在石板地面上发出的“哐当”声，这人立即翻起白眼，失去了知觉。

“那个……这……这样做不太好吧？”在一行人中，青葵因为有架可打而露出了兴奋的表情，碧菘、小晴和尤莉脸上的神色则更多是紧张与严肃，唯有朱刃红一脸不知所措。作为几乎没离开过这座繁华的港口城市、也从没遇到大风大浪的大家闺秀，她虽然也与其他人一样接受过游侠训练，甚至有过与年兽战斗的经验，但在遇上像这样的“超乎常规”的状况时，还是陷入了混乱之中。“也……也许想谋害我们的就只有之前那个人呢？随便攻击其他人是不是不太好……”

“呼……你真的这么想吗？”姬稷一边将看守的武器交给其他人，一边叹了口气，“你真以为，只有那一个人对我们有恶意？”

“这个……”朱刃红盯着自己的脚尖，一下子不知该说什么才好。

“他们在那儿！可恶，居然逃出来了！”随着一阵叫嚷从走廊远处传来，又有几个人影开始朝众人接近，“没必要抓回去，全部干掉！无论如何也不能让他们逃走！”

“来得好！”对这些人而言相当不幸的是，他们的第一个对手正是兴奋得竖直了尾巴的青葵——在仅仅持续了十几秒钟、更接近于单方面“施暴”的战斗结束后，这帮看守已经像是被坏脾气小孩折腾过的布偶一样，歪七扭八地倒了一地。

“全部解决了，公子殿下！”在一脚把最后一个倒霉家伙踢到角落里后，青葵像一只邀功的小狗一样晃着尾巴，对姬稷露出了讨好的笑容，“请问现在该怎么办？要从这里出去吗？”

“用不着，”回答她的并不是姬稷，而是另一个有些熟悉的声音，“……唔，看来我来得有些迟了，幸好你们都没事。”在看到被青葵打倒的那几人之后，来人语带歉意地说道。

“里奇先生？”青葵立即认出了对方——这个胖胖的男人是他们在抵达狐港时遇到的第一名本地游侠，在姬稷和尤莉意外分开时，他曾经作为尤莉的搭档行动了一段时间。除此之外，他也是狐港盟会里颇有地位的人物之一，在许多时候甚至担任盟会的代表……比如在朱刃家族墓地中的那次，“你怎么在这儿？”

“因为姬稷先生在事前就已经拜托过我了，”里奇说道，“现在离开盟会并不安全，不过，我也已经按照姬稷先生的要求做好了安排。如果没什么问题的话，就请跟我来吧。”

# 第十一章　逃离狐港

“里奇先生，外面的情况如何了？”在与自己这位心宽体胖的朋友碰面之后，姬稷问出第一个问题，“情况与我的预期相比，应该没有太大出入吧？”

“是的，除了一点小小的意外，您的预测和这两天的状况几乎没什么两样。虽然我实在是不知道该说这是幸运还是不幸……”里奇领着姬稷一行人迅速穿过了地牢中复杂阴暗的岔道，在一路上没有遇到任何看守。很显然，这些人多半已经被他用某种方法支开了，“在各位被‘请’到这儿‘协助调查’之后不久，狐港的市政厅和游侠盟会就几乎瘫痪了：朱刃家族的对手公开发难，指责他们有庇护‘破戒者’的嫌疑，而他们的盟友当然也进行了反击。更重要的是，那些狐港土生土长的游侠家族也插了进来，开始宣扬这些外来家族全都不可信……总之，到处都乱成了一团，所有人都希望利用这个机会让自己以前看不惯的人吃点苦头。”

“而真正的‘破戒者’们很乐意看到这种状况，”小晴嘀咕道，“这就是古人常说的‘鹬蚌相争，渔翁得利’吧。”

“准确地说，当游侠盟会深度介入政治之后，隐患就已经被埋下了，”姬稷一边快步前进，一边冷笑了一声，“即便有着不能用旧文明纪元的技术装备危害人类的禁制，游侠们也仍然掌握着相对于这个时代而言过于强大的力量，而这种力量让他们变得极度自负。更糟糕的是，游侠之间在一般民众面前必须维持和平与合作，哪怕知道‘破戒者’的存在，也不会公之于众，因此无法通过动员民众来相互斗争；而技术层面上的禁制，又限制了游侠之间的直接冲突。”

“等等，这难道不应该是好事吗？”碧菘问道。

“在短期内确实如此，但长远而言却相当糟糕：在某种意义上，持续的、相对低烈度的斗争并不是坏事，反而可以解决，或者刺激人们想办法去解决既有的问题。在游侠盟会不介入政治的时代，他们之间的矛盾还不是什么要紧的事情。但随着盟会的各大家族与城市的管理日益绑定，游侠之间的矛盾缺乏解决渠道，事实上导致了大量城市事务中存在的问题也变得难以被触动：商业税收、贸易许可、土地分配、街道管理、司法判决……在城市光鲜亮丽的表面之下，这些问题早就已经堆积如山，就像是一个病了好几十年的便秘患者的肠胃一样。”姬稷用半是讥讽、半是惋惜的语气解释道，“当然，游侠们之所以会以家族为单位参与政治，归根结底还是因为像狐港这样的富庶城邦随着农业产能激增而持续发展，并吸引大量外地游侠在本地长期驻守。在某种程度上，这也可以被视为‘神农氏’赠给我们的一件不那么美妙的‘赠礼’……”

“这可不妙，”碧菘摇了摇头，“城里的矛盾积累了几十年，原本还可以在和平团结的假象之下敷衍度日，但现在，‘破戒者’直接对城市的粮食供应造成了威胁，大家再也不能熟视无睹，而互相敌对的家族因此有了大义名分，得到了煽动民众对付政治对手的绝佳机会……唔……”

“总之，在几十个小时之前，街上就已经开始乱成一团了。城里有至少一半的人相信，‘绯红誓约’小队的三位就是潜入雨安国、打算危害人们口粮供应的‘破戒者’，剩下的一半人中，又有大概三分之一认为，姬稷殿下或者朱刃小姐才是幕后主谋，”在前方领路的里奇面带愁容地说道，“剩下的人大多是朱刃家族的支持者，认为前两类人全都是自己的敌人，这些人又起码分成一打小派别，正在大街上混战。”

“伤亡严重吗？”姬稷问道。

“受伤的人很多，不过没几个人丧命。毕竟，比起切实地杀掉对手，大多数在街上的家伙都更倾向于趁机从商店里整点东西，或者到酒馆搞几瓶不要钱的酒喝。”里奇摇晃了一下满是赘肉的肥硕脖子，让其他人有些意外的是，虽然他的体重差不多相当于“绯红誓约”三人的总和，但这家伙奔跑时的动作却还算灵敏，“到上个作息周期为止，城市警备队还能维持在城门和城外的巡逻警戒工作，游侠盟会的巡逻队也还在行动。但在今天日出时，朱刃家族的家督在广场上发表了一篇振奋人心的演讲，痛斥了玄家族和芥家族不顾大局、危及城市安全的愚行，导致上千名双方支持者在盟会外发生冲突。为了恢复秩序，剩下的警备队都被调进了城，导致城门无人看守……”

“也就是说，希望我们送命的那几位朋友渴望的机会马上就要到了。”姬稷点了点头。

“哈？你怎么知道是谁指使那些看守谋害我们？”小晴问道。

“没人‘指使’他们——因为根本犯不着这么做，”姬稷的一只手中变戏法般地出现了一支细长的人造物品，它的造型看上去有点像是紫宸国人用来固定头发的簪子，但要纤细得多，“毕竟，有旧文明纪元的遗物的话，很多事情都是相当方便的。”

“这是什么？”

“三言两语很难解释清楚。你们只需要知道，这是一种神经植入物。在植入成功后，它可以影响拥有复杂神经系统的脊椎动物的行为模式——当然，这最早是用在非人类动物身上的，如果在过去，将它们用于操控人类，会被视为反人类罪……只不过，现在已经没有司法机构能审理这类案子了。”

“唔，还有这么一招吗？”碧菘伸手想要拿过那东西，但姬稷将它收了起来，“那帮家伙到底和我们有什么仇什么恨？非要做到这一步？”

“可能的原因有两个：第一，虽然是那些‘破戒者’蓄意把我们引到墓地里的实验室中的，但从实际状况来看，他们在实验室的最后清理工作中出现了延误——这导致他们没有及时撤离，不但差点有人被我们捕获，而且还被意外闯入的朱刃小姐听到了他们在撤离之前的交谈。很显然，他们无法确定我们究竟知道多少‘破戒者’的秘密，出于稳妥的考量，将我们彻底灭口显然是相对最优的选择；”姬稷解释道，“第二，如果我们在羁押状态下死亡，目前正在发生冲突的各方都会更加激烈地指责对方因为做贼心虚而将我们灭口，无疑，这对‘破戒者’非常有利。”

“不过，他们的这点小小伎俩，又怎能危害得到殿下呢？”尤莉自豪地补充道，“很快，这些龌龊的家伙就会发现，他们的一切所作所为，不过是在自掘坟墓罢了。”

在弯弯曲曲的地下通道中前进了几分钟后，一行人终于看到了久违的阳光——这里并不是监狱区被严密把守的正门，而是位于监狱最深处，被用来放置杂物，并且让那些不太重要、无须严密看管的普通囚犯在白昼放风的小广场。在双眼适应了外面的阳光之后，青葵注意到，在广场的角落里，摆放着三件大型物体。由于覆盖着灰褐色的伪装布，并被故意藏在一堆坛坛罐罐之间，这些物件并不显眼，里奇的两名部下拿着滑膛枪和短剑，神色紧张地在这些东西旁警戒着，直到看到里奇出现，他们才松了口气。

“有劳各位了。”姬稷温和地微笑着，与那两人先后握了握手，然后将视线转向了里奇。

“照您的吩咐，殿下，东西都弄进来了，并且完成了整备工作。恕我直言，把这些玩意儿搞到监狱区里来可实在是件相当麻烦的事情，我不得不欠下了好些人情，还破费了不少钱财，”里奇说道，“虽然协助您的事业是理所当然的，但我还是希望您能……”

“请放心。虽然如今的我在法理上已经不是东怀公国的继承人，但还是能以‘大公家的亲戚’的身份，向他们提出一些建议的。”姬稷身边散发出了类似于百合花般的柔和香味，“里奇先生，我很清楚，您的商行过去有着无可争议的优秀信誉记录，之前在风暴中损失船只、导致资金链紧缺也是纯粹的不可抗力。在解决完这次事件后，我会建议公国的财政官暂时免除您的商行的进口税，并为您提供适当的无息贷款。”

“感谢之至，仁慈的殿下。”大胖子游侠脸上笑开了花。

“这点力所能及的帮助不算什么，”姬稷摇了摇头，“我一直坚信，人类无论在哪个时代，都有追求发展与幸福的权利。总有一天，郁林星上的人们会离开这个偏僻的世界，重新寻回我们失去的文明……无论代价是什么。”在说出最后一句话时，他罕见地咬紧了嘴唇，并短暂地露出了凌厉的目光。

“总之，请各位动作快点。外面的骚乱正在向这一带蔓延。警备队虽然在城市中心集合了一些人手，但很难说能维持多久的秩序。”在快步走向那些被伪装布盖着的大物件的同时，里奇有些不安地朝着阳光射来的方向瞥了一眼：虽然有围墙阻拦视线，但几道腾起的棕黑色烟柱表明，城内不同派别之间的冲突烈度显然不低。愤怒的吼叫和喧哗每一分钟都在朝监狱方向逼近，其中还混杂着物体被砸碎的声响，甚至是零星的火枪射击声和爆炸声。在竖起长长的耳朵、倾听片刻之后，小晴凭着祖传的敏锐听觉辨识出了好几十种不同的口号，其中既有要求立即处死他们的，也有坚称他们无罪的。只不过，当这些声音混在一起时，它们就只是一种可以被统称为“麻烦”的存在罢了。

“请放心，我们有把握安全离开。”在里奇的两位部下协助下，姬稷扯下了其中一件物体上盖着的伪装布。那是一艘飐艇，或者更准确地说，一艘有着狭长艇身的“鸢”式飐艇，“朱刃小姐，您先请。”

“啥？我？！”之前一直不明就里地跟着其他人四处跑来跑去的朱刃红问道。

“对。虽然我不太愿意让不相干的人士卷入麻烦之中，但在目前的情况下，您显然不是可以置身事外的立场，所以最好尽快离开此处。”

“离开？但是……我该去哪儿呢？”

“在目前的情况下，无论您留在这里，还是返回朱刃家族，恐怕都不能保证安全。不过，有这艘里奇先生提供的‘鸢’式飐艇，要前往东方的紫宸国应该不是问题，”姬稷说道，“您可以在紫宸的首都瑶京城暂避一段时间……当然，我也想拜托您顺带帮点儿忙。”

“唔，让我‘顺带帮忙’其实才是你的主要目的吧？”朱刃家族的大小姐有些不快地嘟起了嘴，但最后，她还是点了点头，接受了事实，“不过，我毕竟也不是忘恩负义的玄家族和芥家族的混蛋，说吧，你要我帮忙干什么？”

“替我送一封信，”姬稷耸了耸肩，同时朝里奇的部下之一做了个手势，后者随即将一支用蜡封住的竹筒递给了他，又从一堆坛坛罐罐后面牵出了一头小动物——那是之前一直被游侠们当成吉祥物的斑斑，“还有，顺便带着这个孩子离开。要是它被闯进盟会的市民擅自做成烤肉的话，我的朋友们都会伤心的。”

“呃……这倒是不难啦。但收信人是……”

“把这封信交给你遇到的任何一个紫宸国官员，他自然知道该给谁。”姬稷指了指竹筒蜡封上的图案，“另外，只要看到了完整的蜡封图案，他们自然会为你安排食宿和庇护事宜，其余的事你都不必过多操心。”

对姬稷言下之意心知肚明的朱刃红点了点头，没再多说什么。在将斑斑塞进“鸢”式飚艇的后部座舱后，这艘原本属于里奇的飚艇迅速上升到了十几米的空中，并朝着东方飞去。与此同时，里奇的部下又揭下了另外两件物品上盖着的伪装布。不出所料，它们正是之前被留在海边竹林深处的“小玉”号和“沧溟”号。

“你们的这两台宝贝的电力都已经充满了，为了以防万一，武器系统也是完全可用的……不过它们还是无法用于主动攻击人类。”在五人重新坐回熟悉的位置、开始调试设备时，里奇说道，“另外，利用盟会里的技术设备，我对驾驶舱的定位系统也进行了一点小改装，姬稷先生会告诉你们该怎么利用……呃，看来我该走了，祝你们旅途顺利！”随着监狱区的正门方向传来一声沉闷的爆炸声，里奇打了个哆嗦，随即和他的两名部下一道，像看到苍鹰身影的土拨鼠一样蹿进了广场周围的一处小门之中。

在滚滚烟尘之中，两艘飚艇随即离开了地面。

“有趣，这就是我们要追踪的目标的位置吗？”在开启定位系统后，青葵注意到，这件设备的显示屏上多出了几个颇为显眼的指向箭头，而在箭头后还有跳动着的数字，似乎代表着目标与“小玉”号之间的距离。

“是的，还记得我之前告诉过你们，我早已掌握了那几个‘破戒者’嫌疑人身份的事吗？”姬稷得意地在刚刚开启的通信频道中说道，“在去朱刃家族的目的达成之前，尤莉小姐就已经把追踪器秘密安置在了这些家伙的飚艇上。这样一来，一旦他们成功让狐港陷入混乱，然后按计划趁乱逃跑，我们就能一路追踪到那些家伙的老巢去了。”

“然后我要给他们一点儿颜色看看——他们所有人。”青葵摩拳擦掌地嘀咕道。

“我很赞同你那么做，不过目前，我们的首要任务是逃出城市，”姬稷说道，“瞧，我们已经被发现了。”

“哈？”

当两艘飚艇结伴飞过监狱区的围墙之后不久，几道花花绿绿的火光摇摇晃晃地跃上空中，并在“滋滋”的燃烧声中消耗殆尽。“好漂亮，这是什么？”青葵问道。

“是焰火，一种利用焰色反应制作的娱乐用火药制品，”碧菘说道，“我以前听说，在山玄大陆，人们会在节日里发射这些东西。”

“但今天不是什么节日啊……虽然城里确实比过节还要热闹……”小晴望着街道上混乱的人群，以及街边房屋中跃动的火光，小声嘀咕道。

“很简单，因为焰火也可以用来发送信号，你们这些没见识的傻瓜，”负责驾驶“沧溟”号的尤莉不耐烦地说道，“那几个大家族的人肯定都认识‘沧溟’号和‘小玉’号的模样。对他们而言，这两艘‘不该出现’的飚艇居然在城里飞行，可是相当值得关注的大事。”

“换句话说，和那帮可以趁乱溜走的‘破戒者’，还有朱刃小姐不同，我们的这两艘飚艇目前是重点‘照顾’对象，”姬稷语气平静地说道，“要不了多久，应该就会有人来‘欢迎’我们了。”

在他们进行对话的同时，城市的不同区域又腾起了四五处焰火，每一处的颜色组成都略有差异——比起没有任何保密措施、随时可以被其他飚艇监听的无线通信，由焰火构成的暗号有着更好的保密性，可以避免被外人读出其中的具体内容，但它们的大致意思全都大差不差：重要目标已经被发现，是开始围猎的时候了。

“唔噢噢噢噢噢！我好久没这么激动了！”

随着几个影子开始出现在狐港被建筑物侵蚀得参差不齐的天际线上，青葵的双手开始微微颤抖起来——当然，这并不是因为恐惧，而是纯粹的兴奋的体现。见此情形，侦查席上的小晴不由自主地咽下了一口唾沫：青葵的兴奋固然是件好事，但如果她在飚艇上进入这种状态，大概率意味着接下来会……相当辛苦。

“‘沧溟’号和‘小玉’号上的游侠，请将飚艇停放在最近的开阔地，关闭动力，并表明你们的身份。”随着通信中传出一个盛气凌人的女性声音，小晴知道，这次离城之旅是注定不会平稳轻松了——在狐港的大家族中，只有芥家族的现任家主芥魅影是女性，而根据她所打听到的关于此人的情况，目前多半是她本人在对他们喊话，“有报告说，不久之前监狱区发生了骚动，我怀疑各位可能是有勾结‘破戒者’嫌疑、正在等待接受调查的人员，所以……”

“怎么办？”小晴将这个麻烦的问题抛给了青葵，“要不我说点儿啥，暂时迷惑他们一下，拖延点儿时间之类的？或者……”

“不需要。”青葵说完这句话，就接入了通信频道，“喂喂，对面的那个谁？听得到吗？没错，本人就是青葵，你们所谓的‘有嫌疑’的人中的一员！当然，我可以向你们保证，我们和那些混账‘破戒者’没有一丁点儿的关系！也不会浪费时间接受你们这帮小肚鸡肠、鼠目寸光的蠢货的所谓‘调查’，因为我们有重要的事情要做，我们现在就会离开狐港！”

“诶诶？等、等等……根据决议，你们暂时还不能……”或许是青葵毫不遮掩的回答方式远超预料，对他们喊话的那个女人的语气反而变得畏缩了起来。

“我们怎么不能离开？！从现在起，本人欢迎任何胆敢前来挡路的家伙与我们堂堂正正地较量。你要阻止我们，就得拿出真本事来！要是没这胆子和能耐，那你就趁早滚到一边去，省得碍眼！通信完毕。”在关闭通信之后，青葵满意地长长呼出了一口气，“唔……这下总算痛快了。”

“那个……虽然我知道肯定要和他们起冲突……但像这样刺激他们是不是有些不好啊？”小晴略有点傻眼地问道。

“没什么不好的，事实上，这可是公子殿下刚才赋予我们的光荣任务哦！”青葵一脸喜悦地说道。而小晴这才想起来，在登上飚艇出发之前，姬稷似乎确实对青葵说了两句悄悄话，“放心，你只要安心坐着，等着看好戏就是了。”

“但……但愿吧……”虽然心中后悔不迭，但小晴只能默默地向平时总是被她忘在脑后的东皇太一祈祷，希望这位郁林星居民的守护神能够赐予他们好运——但她同样清楚，一旦青葵开始尽情发挥，就连“运气”有时也会变得毫无意义。

因为“绯红誓约”的这位队长，是个货真价实的、敢于睥睨命运的家伙。

“大人，嫌疑人刚才已经表明了身份，进入监狱区的我方眼线也报告说，被羁押的那几人确实已经离开了地牢，我们认为，这是诱饵的可能性不高。”

“收到，第二、第四、第五分队，准备开始捕获作战，”在他的飚艇“锤矛”号上，芥家族中资历排名第三的上级游侠、这次仓促组织起来的拦截行动的临时指挥官芥唯真对他的部下发出了指令，“注意配合，当心遭到对方飚艇的武器攻击——这些人极有可能是‘破戒者’，游侠的武器禁制对他们而言是无效的。”

“明白。”他的部下答道，“队形已经展开，开始行动。”

“另外，切记，除非万不得已，否则要尽量争取活捉目标，他们掌握的情报也许还很有价值。”在说出“活着”这个词时，芥唯真不得不攥紧了双手的手指，以此强忍下胸臆之间翻涌着的愤怒与不甘——如果不是家督的命令，他非常乐意立即把那些可憎的“破戒者”全体大卸八块，再剁成碎末扔进南方的风暴之海中喂鱼。只有这样的下场，才是那些可耻之徒应得的。

虽然大多数有资格得知“破戒者”存在的游侠，都对这些家伙憎恶之至，不过，很少有人能在对他们的憎恨上超过芥唯真——他对“破戒者”的恨意的直接来源，是自己父母的死亡。在18年前，他的父母共同驾驶的“隼”式飚艇在一次例行的年兽搜索行动中坠毁，两人当场遇难。而之后对现场的调查表明，造成坠毁的直接原因，是大功率能量武器的直接射击。

他们死在了其他游侠的手中。

芥唯真并非不能接受死亡。在数个世纪中，郁林星的游侠们演化出了一种类似于古地球上武士阶级的特殊价值观和生死观。他们很乐意接受充满荣誉的死亡，并将之视为人生的完美终幕——比如在与强大的年兽战斗中丧生，或者为了救助战友与平民付出生命。但是，死在“破戒者”手中却是另一回事。在芥唯真看来，“破戒者”们是一群毫无价值的疯子，他们将那些古老而失去意义的禁忌看得高于一切，疯狂地反对“神农氏”带来的新事物。无论是破坏种植新式作物的农田、摧毁动物养殖设施，还是谋害对抗年兽、保护农业生产的游侠们，他们的行为都毫无意义，注定只是徒劳之举：在过去的数十年中，“神农氏的赠礼”从最初的几个村镇迅速蔓延到了半个大陆，并且仍在继续扩散着；虽然“破戒者”谋害了成百上千人，但粮食生产的迅猛增长却让整个世界的人口增加了数百万之多。他们的行为就像是试图用细碎的石子挡住滔滔洪流，不但可笑至极，而且毫无意义。

但这也意味着，被他们杀害，是一种毫无价值的死亡方式。

芥唯真所憎恨的，是那些“破戒者”剥夺了他父母本该光荣而充满荣耀的死亡机会。

当然，无论再怎么憎恶，家督的命令都要被执行。他必须尽一切努力生擒这些试图逃跑的家伙……但这并不容易。据他所知，在目标中有一支名为“绯红誓约”、自称来自玄关海峡以西的队伍，这支队伍的队长兼驾驶员有着相当高超的技术，而另一艘飚艇上很可能载着神秘的东怀公国的四公子。据说，东怀公国的大公家族曾经耗费数代人的时间、在世界各地搜罗了数量巨大的古代知识与技术，在迫不得已时，他们往往可以拿出其他人无法想象的“惊喜”，在眨眼之间扭转局势。

而应对这些家伙的唯一方法，就只有速战速决，尽一切努力减少可能的变数。

为了确保这一点，芥唯真没有留下任何预备力量。家族中归他指挥的 3 个分队，共有 6 艘飚艇，都在第一时间投入了堵截作战：两个分队由两翼分别接近，在与对方保持平行的状态下逐渐缩短间隔，这种阵型在上古时代的战车作战中被称为“角”或者“角逐”。他亲自率领的第三分队则进行极限加速，设法绕到目标的正前方，如果顺利的话，这应该足以将目标截停下来。

但对方并没有选择坐以待毙。

在意识到自己即将落入包围中之后，两艘试图逃跑的飚艇立即降低飞行高度，像在捕鱼的水鸟扎入水面一样，“扎进”了狐港那密如蛛网的弯曲街道——在平时，为了安全起见，游侠们的飚艇在经过城市上空时，其高度和速度是受到严格限制的：只有在时速低于 20 千米的慢速巡航状态下，飚艇才被允许在 10 米以下的区域贴地前进。而现在，“小玉”和“沧溟”号的速度足足是这一规定的6倍，高度却不到3米！在这种速度下，狐港城内曲折狭窄的街道事实上已经与死亡竞技场无异，在这个没有城市建筑规划、没有道路标志，更没有交通法的时代，凌乱无比的街道上到处都布满了“惊喜”。驾驶者甚至不可能完全依靠思考来规划自己的驾驶动作，而只能依托千锤百炼的肌肉反应与直觉进行应对。即便是从 13 岁就开始操纵飚艇、迄今为止已经有了近 30 年经验的芥唯真，也完全没有信心能够面对这样的挑战。

但是，作为追捕对象的两艘飚艇却成功了！它们就像在乱石滩的激流中游动的鱼一样，毫不费力地避开了一切危险：无论是横跨街道上方的廊桥、被胡乱堆在路边的硕大木桶和货箱、载着像小山一样高高堆起的物资的货车，全都被它们以咫尺之差躲了过去，没有造成丝毫损伤。街道上混战成一团的市民们则被从头顶高速掠过的飚艇吓得不清，在尖叫中四散逃去，让这些街区获得了短暂的安宁。

“可恶！”芥唯真攥紧了拳头，指甲深深地陷入手心之中。虽然在街道上高速行驶极度危险，但对于敢于且有能力这么做的人而言，狐港杂乱无章的建筑群就变成了绝佳的掩护：追击者无法在狭窄的街上继续采取两侧包抄的战术，失去了策应，在正前方进行拦截也变得毫无意义，因为对方随时可以进入为数众多的岔道逃脱。有那么一瞬间，芥唯真几乎产生了朝下方的街道发射一枚等离子弹的念头……但这也只是想想而已。在目前的距离上，飚艇的火控系统足以判断出街上有大量人类存在，并阻止任何武器的射击。

但是，不受火控系统影响的那些武器还是可以使用的。

“执行第一号预备计划！”在做了个深呼吸之后，芥唯真下达了命令。之前负责从两侧逼近目标的两支分队随即散开，开始向街道上投掷点燃了导火索的榴弹——当然，它们的铸铁弹壳里装着的并不是黑火药，而是发烟剂，之前的那群蒙面人在朱刃家族墓地中就曾经使用过这种东西。随着烟幕迅速扩散，整条街巷的能见度开始迅速下降，而即便对最为天赋异禀的驾驶员而言，在几乎无法视物的环境下进行驾驶也是不可能完成的任务。

如他所料，两艘被追击的飚艇避开了被烟幕笼罩的街道。

“就是这样，继续阻断剩下的道路。”随着芥家族其他的分队也陆续赶来，被烟幕阻断的街道开始变得越来越多。当然，这一作战计划最初的应对目标其实并非逃跑的飚艇——无论是芥唯真还是家族里的其他人，都无法想象有人敢在街道上以这样的高速行驶。芥家族之所以会准备大量烟幕弹，原本是为了在狐港内部骚乱一触即发的情况下用它们阻断街道、驱逐任何可能闯入家族地盘的骚乱者，以免受他们保护的城区遭受破坏。但出乎所有人预料的是，他们的准备现在却以这样的方式派上了用场。

在短短几分钟内，芥家族投下的烟幕弹就逐渐切断了逃亡者的大部分去路，一道包围圈正在缓缓成型。作为作战指挥的芥唯真松了一口气：虽然他的对手有着超乎想象的高超技术，但命运并未站在他们一边。用不了多久，随着包围圈成型，这些逃亡者就会成为瓮中之鳖。然后他们要么束手就擒，要么被迫提升高度、放弃建筑物所提供的保护，并在空中被包围堵截。

但是，他的轻松情绪只持续了极为短暂的几秒钟。

“大人，逃犯刚刚穿过了鱼市场北侧的街道，我们的封锁未能成功，”当第四分队的队长慌张的声音出现在通信频道中时，芥唯真刚刚舒缓下来的脸色又凝固了，“重复，封锁未能成功。”

“怎么可能？！这条路不是由第六分队……”

“他们被玄家族的‘白翼’分队给阻拦了，”第四分队长恼火地说道，“对方禁止他们投弹，说那里是玄家族的势力范围。”

“混账。”芥唯真嘀咕了一句。不过他能做的事也仅此而已了。与芥家族一样，在经过数十年的发展后，玄家族已经变成了在狐港商业方面举足轻重的势力，两个家族分别为城内的一部分市场和商业街提供保护、维持市场秩序，但双方也在不经意间积累了诸多矛盾。虽然在最近的事件中，他们选择了相互联合，共同向有着庇护“破戒者”、危害城市嫌疑的朱刃家族施压，但双方的基层成员仍旧冲突不断，经常在鸡毛蒜皮的小事上互不相让。

“是计划好的吗？怪不得……”芥唯真动作麻利地展开了一幅手绘的城区势力范围示意图——不出所料，在芥家族开始用烟幕弹封锁街道后，“小玉”号和“沧溟”号就一直在朝着玄家族的势力范围靠近。无疑，这么做的目的正是利用家族之间的矛盾争取腾挪闪躲的空间。“等等，为什么他们能接近鱼市场北侧？按理说，在接近那里之前，他们必须通过水井巷，我们在那里也安排了拦阻行动……”

“是的，大人，但第二分队报告说，应该在那里投放烟幕弹的‘利斧’号没有抵达。”

“联络不上？从什么时候开始的？”

“两个小时之前。当时‘利斧’号报告说，通信系统出现了轻微故障，需要暂时关闭一小段时间进行维护，但之后就没了音讯。由于城里情况混乱，当时没有任何人注意到这件事。之后有人目击到一艘‘隼’式飚艇正在向城外行驶，可能就是‘利斧’号，但同样因为混乱的局势，我们到刚才才得知这一消息。”

“唔……城外的巡逻队没有拦住这艘飚艇吗？”

“在城内的骚乱失控之后，为了安全起见，各个家族都把自己的飚艇召回城里了，目前城外事实上没有巡逻队，就连城门口的警备队也都不在岗位上。”

“这……”芥唯真突然有了一种相当不妙的感觉。不过，他很快就把这艘己方飚艇的失踪列为次要事项，将注意力重新集中到了对首要目标的追捕上：虽然没能在芥家族控制的街区阻挡住这些逃亡者，不过，这并不意味着他们没有机会——那两艘飚艇并没有选择从狐港的陆地一侧逃离，而是不断接近海港方向，显然是打算利用目前覆盖着海面的浓雾掩护溜走。但是，这么做也意味着，他们在抵达海面上方之前，必须先穿过狐港的鱼市场区域。虽然名为“市场”，但事实上，这是一处由石质防波堤包围的，包括了港口、渔船修理所、用于卸载和处理渔获的码头与市场在内，宽度超过 1 千米的开阔区域。与曲折迂回、建筑繁多的市区不同，在这里，除了少数晾晒中的渔网和船帆，几乎不存在任何掩蔽物。

这也意味着，拥有鱼市场控制权的玄家族将有很高的概率俘获这些逃亡者……而这几乎必然会成为他们在日后狐港的政治斗争中的重要砝码。

“真是不甘心……到手的好机会居然要拱手送人……”当看到足足十艘玄家族的飚艇从鱼市场区域的各处出现，冲向那两艘逃亡的飚艇时，芥唯真懊恼地自言自语道。不过，他的懊恼也没能持续太久——当两艘前方张挂着巨大渔网的飚艇接近逃亡者，试图用这种简单粗暴的方式困住目标时，那艘名叫“小玉”号的“鹭”式飚艇突然减缓了速度，看上去似乎打算投降。但紧接着，它的驾驶员突然从驾驶舱里爬了出来，并且……跳到了那张大网上！

“哈啊？！”芥唯真先是用力揉了两次眼睛，然后又狠狠地分别扯了自己左侧和右侧脸颊各一下。火辣辣的痛觉告诉他，眼前的景象并不是错觉或者梦境，而是现实：虽然失去了驾驶员，但不知为何，那艘飚艇居然没有失控，而是继续正常行驶着。它的驾驶员则像是一只攀上树木的掠食动物一样，抓着原本用来捕捉她的座驾的渔网攀上了玄家族的飚艇！

无论是芥唯真，还是其他目睹了这一幕的追击者，全都在这一瞬间惊讶得说不出话来，而最惊讶的，自然是那艘遭到意外攻击的飚艇的驾驶员本人。由于眼前的一幕过于超乎常识，这人甚至忘记了使用随身携带的自卫武器，就这么目瞪口呆地看着那名有着猫的身体特征的少女伸手抓住自己的脑袋，狠狠地撞在了前方的风挡上。随着驾驶员瘫软的身体朝一旁倒下，那名少女伸手在他的驾驶舱面板上按下了什么，然后直接跃向了另一艘飚艇，如法炮制地击晕了手足无措的驾驶员，然后拽着悬挂在飚艇短翼下的网索，准确地滑回了自己飚艇的驾驶座上。整个过程只花了十几秒时间，全程精准流畅得就像一场精心排演的杂技。

不过，真正的“好戏”还在这后面。

在两艘玄家族飚艇的驾驶员被击晕之后，芥唯真原本以为，它们会立即因为无人驾驶而失控坠毁。但是，令人意外的事又一次发生了：失去驾驶者的两艘飚艇突然调转方向，以同归于尽之势朝其他前去围追堵截的飚艇冲了过去！这一变故让玄家族全体陷入了慌乱之中：尽管这两艘飚艇并没有动用艇载武器，冲撞动作也非常僵硬，可以轻而易举地躲开。但为了躲避它们，剩下的飚艇不得不放弃了对逃亡者的追击。而当两艘“无人驾驶”的飚艇终于在鱼市场堆满渔网与成桶腌鱼的地面上缓缓停稳后，“小玉”号与“沧溟”号已经加速冲过了这段易受拦截的开阔地带，像跳入水中的鱼一样冲进了海面上浓厚的雾气之中，就这么没了踪影。

“组织拉网式搜索！无论如何也要把那些家伙找出来！”虽然玄家族以这种方式当场吃瘪，让他的心情变得舒畅了不少，但芥唯真还是立即对部下发出了指令。不过，直到海雾在当天黄昏时分散去之后，他们也没能找到逃亡者的下落。唯一差可告慰的是，在这次追捕行动之中，虽然出现了数名伤者，但没有任何人因此而死亡。

# 第十二章　水渠里的鱼

“嘿！大家快来看！我又发现了非常有趣的东西欸！”

当姬稷和尤莉拿出船上的炭炉，准备加热下一顿饭时，从船舷边缘传来的小晴的喊声暂时吸引了他们的注意力——自从这艘无名的平底小船离开风浪不断的沿海，进入纵贯山玄大陆东部的明水江之后，这名“绯红誓约”小队的成员就一直表现得相当活跃，经常因为发现自己过去没见过的东西而激动地大呼小叫。

“唔——怎么了？”听到小晴的声音后，原本蹲坐在船尾附近打着瞌睡的青葵睁开了眼睛，一边打着呵欠一边问道。与小晴不同，可能是由于之前在海上那段令人不适的航行，青葵在最近这段时间里总是像一只真正的猫一样，将大多数时间都花在了打盹上，甚至连船上的日常勤务都几乎没有参与。

当然，没有任何人因此而责怪她——毕竟，如果不是青葵先前的活跃行动，他们绝不可能如此轻易地就从大批当地游侠的围追堵截下成功逃脱，她不但成功地操作着“小玉”号，在极度混乱的环境中安然穿过了狐港乱七八糟、遍布障碍的街道，顺带成功破解了芥家族临时采取的烟幕弹堵截战术，而且还完成了很可能是游侠历史上绝无仅有的壮举：在高速行驶状态下，对其他游侠的飚艇展开“跳帮”行动。通过那次奇袭，她成功地击晕了毫无防备的对手，并且按照姬稷的要求，分别开启了两艘飚艇控制面板上的一处开关。

在一切复杂设备上，总是会有几个开关按键几乎从来不会被人触碰，而这处被称为“应急远程控制”的开关正是如此：它唯一的用途，是让被登记为“己方”且位于数千米之内的其他飚艇取代飚艇驾驶员，对飚艇实施远程控制。由于这一远程控制的权限低于驾驶员直接下达的指令，而且开关本身也可以被关掉，因此，只有在极少数发生意外的场合，它才会派上用场。而大多数飚艇驾驶员在受训时会被直接告知，这个位于角落里的开关没有任何用处，他们不需要记住它是干什么的，只要没事别乱碰它就行了。

但这一次，正是凭着这一甚至不为大多数游侠所知的功能，以及青葵神乎其技的表现，姬稷一行人成功地逃离了追捕：驾驶员陷入昏迷，因而无法摆脱远程操纵支配的两艘飚艇成功地拖住了其他追击者，为他们争取了至关重要的几分钟时间。接着，利用争取来的这段时间，他们成功地进入了海雾弥漫的区域，并在里奇早些时候安置在那里的无线电信标的信号指引下，找到了一座无人注意的小型海蚀洞，躲了进去。

在那之后的一段时间里，整个狐港简直就像炸了锅的蚂蚁窝，三大执政家族将几乎所有还能行动的飚艇都派到了沿海区域，展开了持续不断的搜索——他们当然什么都没能发现。在那座海蚀洞内，藏着一艘小型平底货船。几名被里奇重金雇来的船员迅速将两艘飚艇藏进了货船的船舱，大摇大摆地驾船离开了狐港的势力范围。由于飚艇作为交通工具的巨大便利性，在可以搭乘飚艇的情况下，游侠们绝对不会想到使用其他缓慢、粗陋的交通手段。而在这一思维盲区的“掩护”下，这艘小船得以在没有受到任何检查的情况下，混在众多沿海渔船之中安然逃脱。

当然，没有遭到拦截检查，并不意味着一路上就顺风顺水：作为一艘吃水很浅的平底货船，这艘无名小船其实并不适合航海。即便船员们刻意选择了在风暴较为少见的夜间航行，船上的乘客们还是被颠得七荤八素、晕头转向。而之前表现神勇的青葵更是和大海八字不合，几乎每过半小时就得狠狠地呕吐一次，直到进入较为平稳的内河之后，才总算得到了喘息之机。

“在今天凌晨，我们已经离开了雨安国，”在青葵走向船舷的同时，碧菘正在翻阅着被她珍藏的绘本之一，用炭笔在其中一本书的地图上做着记号，“只要继续沿着明水江上行，我们就会穿过紫宸国西部边陲的部分地带。不过，目前所收到的追踪信号表明，目标应该在更北方的槐江国境内。而槐江国的特产据说是……唔……”

“来，尝尝这个！”

还没等碧菘合上手中的书页，一只热腾腾的、同时泛着酸味和咸味的球状物就被塞进了她的嘴里。这既不是用小麦粉烤成的面食，也不是木薯淀粉揉成的软球，或者他们在狐港吃过的炸香蕉，而是用蒸熟的柔软白米捏成的团子，里面还放着某种酸溜溜的红色干制水果。从果肉中渗出的汁液带来的酸味渗入了大米之中，让整个团子尝起来别有风味。

“槐江国的特产是优质的大米，以及梅子。”姬稷替嘴被塞满的碧菘说完了后半句话，同时从小晴手中接过了另一只加入了盐腌梅干的饭团子，“这是从哪儿弄来的？”

“刚刚买来的，这一带有人向过路的客船专门兜售热食，倒还挺方便的。”青葵指了指一艘正在远去的小艇。这艘小艇的船尾插着一面显眼的黑色旗帜，中央用白色丝线绣着一个“饭”字。看来，这就是之前小晴所谓的“非常有趣的东西”了。

“你有钱吗？”

“这倒是不用担心，在拿回飚艇的时候，我在驾驶舱里发现了这个，”青葵拿出一只布袋，从里面抓出了一把中央有方形穿孔的铜币——与贵金属储量众多的水苍大陆不同，山玄大陆的金银相对有限，几乎没有什么地方会铸造金银币，几乎所有交易都是以铜钱、纺织物和粮食完成的，“里面还有里奇先生留下的字条，说这是送给我们的路费。”

“那家伙可真是个不错的人啊……”姬稷一边嚼着饭团，一边点了点头。不少零碎的米粒随着他的动作纷纷从嘴边掉下，让他显得有点狼狈，身边也散发出了一股淡淡的、尴尬的酸醋味儿，“唔……味道还行，不过黏性还是差了点儿。这种大米其实并不适合做成饭团。这一带的位置还比较接近雨安国，种植的水稻品种也和那边的相似，等到了槐江国，各位就能吃到更好的大米了。”

“唔……大米也分种类的吗？”青葵好奇地问道。在没有从“神农氏”手中获得“赠礼”，农业很不发达的玄关海峡以西，水稻虽然也在接近行星向阳面的湿地中大量生长，但很少有人会想到要食用它们，因此，“绯红誓约”的三人在渡过玄关海峡之前，完全没有食用大米的经验。而在狐港所处的雨安国，虽然也有少量水稻种植，但数量完全比不上香蕉和木薯。为数不多的大米通常只是被作为配料，与各种海产和野菜一起煲汤，或者被碾碎后制成米粉食用，而不是当作主食。

“对，在狐港一带，人们种植的是被称为籼稻的品种，相对于其他品系，这些水稻更接近于这种植物的野生状态。”姬稷解释道，“它们的米粒比较长，植株也相对比较高，但是煮出来之后的黏性不行，喏，就像这样。”他有点尴尬地瞥了一眼撒落在货船甲板上的大量饭粒，“而在北边，人们大量种植的粳稻就不同了。它们植株更矮，米粒相对比较短，但黏性十足，口感也更好。我曾经吃过的最好的饭团，都是槐江国生产的。无论是淋上盐水的还是加入了盐腌梅子的，都非常不错。当然，把这些饭团涂上豆酱，再稍微烤一下的话，就是绝对的美味了。”

“豆酱……是什么？”青葵问道。在她的故乡，也有用来调味的“酱”。只不过，那些“酱”大多是用猎到的动物肉类或者鱼的内脏切碎之后，放在罐子里加入粗盐腌制而成的，至于用豆子做的酱，她从未尝试过。

“那是最近几年紫宸国的发明。在大豆开始成功推广后，人们自然而然地发现了应该如何制作豆酱，”姬稷说道，“唔……有可能的话，以后应该把酱油和纳豆也重新制作出来，但这颗行星上似乎没有合适的菌种。要是‘破戒者’手里有的话，也许……”

“唔……欸……”除了闷声不响地开始打扫甲板的尤莉，在场的其他人全都陷入了如听天书般的迷惘状态，见此情形，姬稷只好温和地笑了笑，“算了，这些事情以后再和你们解释也不迟。总之，目前还有一件更重要的事：我希望你们能稍微进行一些准备，以免在接下来遭到不测。”

碧菘打了个激灵：“不测？难道紫宸国和槐江国也会协助狐港搜捕……”

“不，狐港的大家族可命令不了他们。更何况，他们现在应该根本不知道我们的下落才对。”姬稷露出了有些哭笑不得的表情，“况且，槐江国是东怀公国的友邦，而东怀大公一族，本就出自紫宸国的王室，如果只是被这两国官方通缉的话，我倒是有把握利用自己的身份保证各位的平安。”

“那你究竟在担心谁给我们造成‘不测’呢？”

“我们要去的地方的……当地民众。”姬稷耸了耸肩，“他们对游侠的态度……不是很好，只要是游侠，都很可能引发当地人的敌意。”

“哈？！”“绯红誓约”的三人不约而同地露出了不可置信的神情。

当然，姬稷很清楚，她们会有这种表现其实并不奇怪——在整个郁林星上，某些游侠可能会在特定的地方因为个人恩怨等原因而不受欢迎，但几乎不可能有什么地方完全不欢迎任何游侠：毕竟，只要是人类可以生存的地方，就有可能遭到年兽的侵袭。而只有游侠，才能阻止这些会碾碎途经之路上的一切物体的怪物，保障人类的生存。

“我可没开玩笑，”在咽下最后一口饭团之后，姬稷说道，“当然，这和你们无关，本地人之所以对游侠的敌意如此之大，归根结底……都是这里的游侠们的恶行的结果。所有在山玄大陆上活跃的游侠，都要对这种状况负一定责任。”

“殿下您无须自责。”尤莉连忙说道，“任何还有良心的人都知道，在大陆上的一切国度之中，东怀公国一直是最坚守正义的那个。我们从未做过任何不义之事，并且一直在竭尽所能地帮助所有需要救助的人们！即便在至圣至明的东皇太一面前，我们也能骄傲地宣称自己无罪！”

“或许吧，但现在，在大陆的东方，就连东皇太一这个古老的偶像，现在也快被遗忘了。”姬稷叹了口气。

“可是，你们刚才说的‘游侠的恶行’究竟是什么呢？”小晴问道，“除非进行自卫，否则游侠是无法用自己的武器攻击其他人的。难道是‘破戒者’？”

“并不是。”姬稷摇了摇头。

“那……”

“要知道，当你要伤害一个人时，并不一定需要亲自拿起武器来对付他们——越是位高权重的人，就越没有这种需要。”姬稷的语气变得越来越沉重了，有那么一瞬间，青葵等人甚至觉得，他似乎正在为某些事感到自责，“正如你们之前在雨安国的狐港所看到的那样，在过去数十年中，‘神农氏的赠礼’固然极大地改善了这片土地上的居民们的生活，但在人口繁衍、社会发展的同时，也造成了两个相当不祥的发展趋势：首先，农业进步对土地和水的需求，让不同势力和族群之间的冲突变得越来越激烈；第二，大片的农田引来了越来越多的年兽，而和‘神农氏’出现之前不同，经过反复改进的农耕技术意味着大规模建设附属水利设施、花费大量的时间改造土壤，田地无法再像粗放的刀耕火种时代那样被轻易抛弃、任由年兽破坏蹂躏。因此，人们不得不日益依赖游侠们的保护。最终，就像狐港那样，游侠们成为许多国家和城邦的实际掌权者，并驱使着人们互相战斗，为自己所属的家族与政治派系争权夺利。”

“这实在是太……”“绯红誓约”的三人同时咬紧了嘴唇——尽管在来到山玄大陆之后，她们已经在一路上见识到了许许多多类似的事情，也隐约意识到了这些事实，但是，对于秉持着游侠特有的骄傲的三人而言，当着她们的面将这样的事实说出来，实在是与直接叱骂她们无异。

“没错，这种状况实在是太可耻了。正因如此，在东怀公国，任何贵族如果被选中成为游侠，就必须永远放弃家族的继承权与其他权力。”尤莉说道，“所以，你们知道公子殿下为了成为游侠、守护人民，付出了何等的代价吗？！相比之下，大陆上那些整天只想着攫取一己私利的游侠家族真是可耻至极！根本及不上我们东怀公国分毫，更没有资格染指我们高贵的血脉……唔……”在姬稷朝她使了个眼色之后，尤莉连忙将后半句话咽回了肚子里。

“总之，根据目前逃走的‘破戒者’的位置信号来看，我们接下来很可能会接近，甚至是穿过名为‘降星之里’的地区：这片土地位于大陆的深处，遍布高山，土壤过于贫瘠，即便在‘神农氏’降世之后，山民们也过着和之前别无二致的生活，主要依靠渔猎樵采的方式自给自足地度日，极少与外部世界发生接触，生活几乎没有什么改变。但不幸的是，外面的世界却一直在急剧变化着，而这种变化最终也影响到了降星之里。”姬稷长长地叹了口气，“在各国人丁稀少的时代，降星之里几乎不会与其他地方接触。但是，随着人口的增加，商贸开始发展，由于这片土地是多条河流的交汇处，因而变成了大陆深处的商业要道。但不幸的是，这里恰恰也是大陆东方的几个主要强国——槐江国、紫宸国，以及北方的霜阳国之间的交界处。而且由于这儿过去是外人不会涉足的荒山野岭，因此边境线的划分相当模糊。”

“所以……”“绯红誓约”一行人同时点了点头——在来到山玄大陆这么久之后，她们已经对这片土地上的政治生态有了一定的了解。在她们的故乡，所谓的“国境”基本上只是个地理概念，模糊一点也无足轻重。可是，在这片接受了“赠礼”的土地上，却真的会有人因为这些人为画出的细线而流血。

“是的，随着不同国家都声称自己有权控制降星之里，连绵的战乱自然在所难免。而受到伤害最大的，正是降星之里的居民。这些人本就对其他国家缺乏认同，因此会一视同仁地与进入这里的各国势力交战，结果，不同国家之间对降星之里的争夺战，逐渐演变成了各国对这片土地的共同攻击。”姬稷若有所思地看着船舱之外，“当然，降星之里的人们并没有屈服：他们利用山高林密、道路曲折的优势，不断流动作战，让各国都无力征服这片土地。为了找出藏在山林之中的抵抗者，那些掌权的游侠家族不但指挥麾下的军队进攻，甚至会亲自上阵——就算无法使用飚艇的武器进行攻击，他们也可以从上空进行侦察，或者以飚艇作为联络工具协调军队行动。于是，在降星之里的居民眼中，飚艇的出现，往往就意味着讨伐军的到来。”

“但他们一直没被征服，相反，倒是周边国家逐渐无法维持讨伐降星之里的战争开支，最终逐渐放弃了这一目的，”尤莉补充道，“毕竟，真正的商业要道其实是穿过降星之里周围的河流，而不是那片崇山峻岭。各国之所以要争夺它，也只是担心别国在控制那儿之后得到地利，从而具备超过自己的控制商道的能力。但是，既然没有任何一国能做到这一点，那么，主动去进攻降星之里，就显得毫无必要了。”

“但降星之里对于游侠的憎恶却延续了下来，而且变得越来越狂热。任何看上去像是游侠的人，都有可能被当地人不分青红皂白地攻击。所以，如果那几个‘破戒者’冒险逃进这里，我们在追击他们时，就必须同时提防与本地居民的冲突：我们不能驾驶飚艇进入降星之里，不能穿游侠的服装，不能携带任何可能让人认出我们身份的东西，甚至最好不要在交谈中提及‘游侠’这个词，否则就随时有可能面临从树林里射出的冷箭，或者在休息时落入陷阱。”姬稷用罕见的严肃语气说道。与此同时，一股淡淡的硫黄味在他的身边逸散开来——这是他对某件事感到极度关切，甚至是焦急时的特征，“换句话说，这也意味着，如果要避免与当地人发生冲突，我们就得放弃游侠的绝大多数优势，让自己处于前所未有的危险之中，你们……愿意这么做吗？”

“没问题！”青葵第一个举起了手，“就算不用任何武器，我也能让所有胆敢与公子殿下作对的家伙好看！谁敢动公子殿下一根毫毛，我就会把他们揍到四脚朝天、哭哭啼啼、破破烂烂！”

“我……也没问题。”碧菘思考了一会儿，然后说道，“如果那些‘破戒者’胆敢进入降星之里，那么，他们至少也会面对与我们相同的不利条件……欸，小晴，你在干什么？”

“我刚才重新去确认了一下追踪器，并且发现了一个小小的问题，”

从藏有飏艇的船底舱中钻出来的小晴说道，“大概从 1 个小时之前，那些逃亡中的‘破戒者’的前进路线就变得非常……古怪，看起来似乎是出了什么事。”

8 个小时后，明水江上游 50 千米处。

“已经确认，信号就是从这下面发出来的。”在最后调试了一次手中的那台追踪器后，尤莉用有些厌恶的眼神望向了前方那条笔直的水域——虽然水源来自以水质清澈著称的明水江，但由于水流缓慢的关系，它的水面上长着一层茂密、黏稠的藻类，看上去就像是覆盖着一片绿色的浮油，“我想，这意味着两种可能。但无论哪一种，都不是我们想要的。”

“好奇怪的河啊，”青葵望着水面，小声嘀咕道，“我还从没见过有哪条河长得这么直的。”

“所以说，你们这些海峡西边来的乡巴佬就是没见识嘛。这是水渠！不是什么河！”尤莉用带着鄙夷的语调说道。

“欸？水渠？！可是我们在狐港看到的和这根本不像啊？”小晴困惑地问道。虽然同是兴建了大量水利设施的农业区，但狐港的水渠顶多也只有半人深，宽度不会超过两人手臂伸开的距离。这条沟渠却比许多小河还要宽阔，甚至可以容下他们搭乘的那艘平底船在其中航行，即使说是一条运河也不为过。

“那是当然的。”姬稷用从船夫手中借来了一条竹制撑篙缓缓戳进了水渠浑浊的水面。当他拔出那条长度相当于三个成年人身高的长篙时，这根竹子底部约五分之一的长度都沾上了污泥，而在那之上，黏糊糊、湿答答的绿色藻类又包裹住了近三分之二的竹竿表面，“毕竟，这里和狐港不同。在南方的雨安国，因为来自海上的暴风雨一直能带来过度充沛的降水，因此，灌溉这事儿基本不需要人来操心——你们在种植园，尤其是那些香蕉和木薯种植园附近看到的水渠，更主要的用途其实是在暴雨之后从种植园内排水，以免长期内涝造成减产。但这里就不同了：虽然谈不上干旱，但深处大陆内部的这儿可不像南方沿海那样雨水充沛，而水稻的种植偏偏需要大量的水。在水田里，只有足够深的水，才能保证淹没大多数稻田杂草，从而抑制它们的生长，而水稻的生长和灌浆更是耗水量巨大，即便在经过‘神农氏’协助下改进了技术、采用了耗水量相对较少的水稻品种之后，要在稻田里生产 500 克水稻干物质，平均也需要消费起码 500 ~ 600 升水。因此，本地人不得不大费周章地建立规模庞大的灌溉系统，以确保稻田能维持正常生产。”

“唔，我对他们的稻田每年要用多少水可没兴趣，”青葵有些不耐烦地摇晃着尾巴，“我想知道的是，为什么追踪器的信号会跑到这种地方来？”

“正如尤莉小姐刚才说的，有两种造成目前这种状况的可能，”姬稷伸出了两根手指，“第一，那帮人在逃亡过程中因为意外而掉进了水里，就这么丢掉了性命；第二，他们终于发现了我们的追踪器，并且把它丢在了这里——但无论是哪一种可能，对我们都不是好事。”

“那我比较希望是第一种。”小晴攥着平时从不离手的那串护身符，小声说道。从 8 个多小时之前开始，从姬稷和尤莉暗中安装在逃亡的“破戒者”们飚艇上的追踪器传来的信号就变得非常古怪。在这之前，这些追踪信号源一直以 25 千米每小时的速度——这是大多数不执行任务的飚艇的经济巡航速度——朝着西北方向移动，但在抵达这处位于降星之里地区边缘的稻田地带后，它的移动速度却突然降低到了不足 1 千米每小时，而且移动方向也非常怪异，忽左忽右，忽东忽西，活像是一只被人扯掉了脑袋的大头苍蝇。“那些混蛋在狐港制造了那么多麻烦，也该为此付出一点儿代价了。”

“但如果是第二种，那就意味着，我们的追踪计划遇到麻烦了，”碧菘俯下身去，习惯性地嗅闻着沟渠的水面，但她只闻到了一股死去的藻类植物在被细菌降解后散发出的臭味，“他们肯定会想尽办法消除自己留下的痕迹……不过，在目前的情况下，我们没法确定究竟是哪一种。”

“除非能把追踪器捞上来。”尤莉说道，“如果有什么人愿意借给我们渔网的话……”

“只有笨蛋和旱鸭子才需要渔网。”听到尤莉这话之后，青葵立即露出了得意的笑容，同时三下五除二脱下了身上的衣服——为了避免在进入降星之里之后惹来麻烦，她和自己的队友们一样，都换掉了游侠的战斗服，穿上了山玄大陆东部常见的一种以厚实的粗麻布缝成的简单宽领衬衣，里面则是用比较柔软细密的棉布制成的裹胸和缠腰布。这些衣服虽然不如以古老的技术制成的战斗服那么舒适贴身，但在穿脱时却十分方便。仅仅几秒钟的工夫，她身上已经只剩下了一条缠腰布，“看我的。”

“喂！等等，别——”在青葵蹲下双腿、深吸一口气的同时，尤莉突然像是想起来什么似的，惊慌地朝青葵挥起了手，但已经迟了：随着青葵一头跳进漂满绿色藻类的浊水之中，一大团水花溅在了站在船甲板上的众人身上，臭烘烘的浊水把每一个人都浇了个透湿，“哇啊啊啊啊啊！笨蛋！臭猫！没教养的野蛮人！以后我一定要让你好看！”

“唔，青葵小姐居然也会游泳吗？”比起怒不可遏的尤莉，姬稷反而向碧菘和小晴问了这么个问题，“我还以为她会像真正的猫咪一样怕水呢。”

“怎么可能？”碧菘一边用抹布擦着身上粘上的绿色浊水，一边摇了摇头，“我们卫兰人只是因为祖先进行的基因改造而‘带有某些动物的特征’，但不意味着就和这些动物完全一样。再说，就算是真正的猫咪，也有不怕水的种类。我记得书上说过，在古老的地球上，就有一种渔猫，很擅长在水里捕鱼。”

在众人基本上擦掉身上沾满藻类的脏水之后（当然，那股味道一时半会儿可没法消除），青葵已经重新浮出了水面，一只有着硕大脑袋的鳙鱼正在她的怀中奋力挣扎着。虽然这条鱼挣扎的力气相当大，却无论如何也无法摆脱青葵那双胳膊铁钳般的钳制。

“唔，这条鱼很不错，”姬稷评论道，“不过，你怎么知道……”

“凭直觉。”青葵用力将大鱼抛上了船甲板，然后狠狠地给了它的脑袋一下，结束了它的挣扎。接着，她用一把短刀切开了鱼的肚子，从这条可怜的动物的肠胃中掏出了两枚成人大拇指大小的半球状物体，“果然，是第二种状况。”

“不要担心，就算这样，我们也不是没有办法。”姬稷拍了拍青葵的肩膀，用毛巾替她擦掉了粘在脸上的墨绿色污渍。虽然他的语气与表情都显得相当温和而从容，但是，从他身边散发出一股混合着胡椒与硫黄味的糟糕气息，出卖了他现在的真实情绪，“以追踪器信号开始变得不正常的地点作为搜索起点，通过询问周围居民之类的办法搜集信息，同时寻找那些家伙活动的迹象，我们总能够……唔，糟了。”在注意到一艘独木小舟缓缓朝他们的平底船接近时，姬稷突然停下了话头。

“怎么了？”青葵不解地抖着耳朵。

“我差点忘了，在这一带，稻田附近灌溉水渠里的鱼类，也是属于本地地主的财产,”姬稷小声说道,“如果他们看到我们随便捕鱼的话,搞不好会有麻烦。”

“有人敢找公子殿下的麻烦?那我直接把那家伙收拾掉就是了!”青葵立即说道，同时将双手的指关节拧出了“咔嗒咔嗒”的响声。

“不行,”姬稷说道,“这件事是我们理亏。如果他们要求赔偿，那赔给他们就是了。贸然发生冲突既不符合道义，也没有任何好处。”

“唔……不愧是仁慈的公子殿下……”青葵连忙改了口，并且摇晃着尾巴，换上了一幅人畜无害的表情。这个过程只经过了不到一秒钟。

“各位!请问你们来此意欲何为?”在两艘船接近之后，一个戴着竹编斗笠、留着花白胡茬的初老男人站上了小舟的前端，朝着平底船上的人挥起了手,“之前在这一带没见过你们。”

“我们是来自西方的游——唔——”青葵刚想说话，就被身后的碧菘捂住了嘴——虽然这一带离仇视游侠的降星之里尚有一段距离，但就这么暴露游侠身份，也不是什么明智之举。

“在下只是一名东怀公国的普通行商，从雨安国来到这里。至于这几位，是我的同伴和女眷。”姬稷清了清嗓子，同时从腰间取出了一枚装饰有璎珞与流苏、镌刻着代表商人的篆字的青铜牌。在他说出“女眷”这个词时，青葵的脸一下子红了起来，并且下意识地朝着姬稷凑近了几步，守在一旁的尤莉则立即伸出一只手，狠狠地揪了一把她的尾巴——当然，青葵立即用踩脚尖的方法对她实施了报复。两人就这么在姬稷身后你一拳我一脚地展开了一番“暗战”，直到姬稷先后朝她们各自使了一个眼色，才让她们消停了下来,“我们之所以闯入阁下的土地，也只是因为需要……呃……寻找某些特殊物品。如有冒犯，我们愿意道歉并提供适当的补偿。”

“补偿?关于什么的补偿?”

“我的一位同伴，在刚才意外地捕捉并杀死了这条水渠里的一条鱼。”姬稷提起了那条被青葵以残忍的手段开膛破肚的可怜鳙鱼，然后朝初老男子微微躬身、以示歉意，“我想，这应该也是属于您名下的财产的一部分。”

“哦，就这吗？那无所谓。”让姬稷感到有些意外的是，船上的那名初老男人似乎并不生气，反而只是笑了笑，“不过是一条鱼而已嘛。鱼这种东西，整天都在水里游来游去，还不是谁逮到了就算谁的？”

“您的宽宏大量令在下感激不尽。”姬稷微笑着点了点头，“请问您见过几个游侠吗？他们是……我认识的人。如果我没猜错的话，在前一阵子，他们也许驾驶飚艇穿过了这一带，而且他们的飚艇上，很可能带有雨安国的狐港盟会的标记。”

“呃……游侠？”初老男人突然右手攥拳，砸了一下左手手掌，“哎呀呀！原来你们是他们的熟人吗？”

“怎么？难道你们见过这些人？”

“何止是见过！”男人说道，“在早些时候，有两个开着飚艇的游侠来到了我们庄子上，他们说有急事必须进降星之里一趟——当然，你们应该也知道，住在那片冷得要死的大山里的人的脾气都……有点儿古怪。他们不怎么欢迎外人，特别是游侠。”

“然后呢？”尤莉问道。

“然后？我们自然是向这两位尊贵的先生提出了一点儿忠告。不过，他们还是坚持说，自己必须进入降星之里。当然，为了避免自己背上突然冒出几根箭杆来，这两位把飚艇和大多数随身物品都寄存在了我们的庄子里，用狐港的铜币买了一些干粮和衣服，然后就急急忙忙上路了。如果各位急着要找他们的话……”

“不，我们倒是不那么急。”在与“绯红誓约”一行人交换了几个心领神会的眼神之后，姬稷说道。毕竟，如果他们追踪的目标真的选择了徒步在山区前进，那么，他们的行动速度必然会变得相当有限。这也意味着，他们有远比预料中更加充足的时间去追击对手。

“既然如此，那么，各位不如到我们的庄上暂时歇息如何？”那名初老男人说道，“毕竟，诸位从雨安国远道而来，现在想必已经相当劳累了。若不介意的话，我们可以提供一两天的食宿，并为各位筹备进入降星之里所必需的补给品。”

“这……”对方出人意料的好意，反而让姬稷一行人陷入了不知所措的状态：虽然对于游侠们而言，来自他人的尊重、善意，甚至是奉若神明式的崇拜，都并不新鲜。但此时此刻，为了避免在接近降星之里时遭遇危险，他们早已去除了身上一切与游侠直接有关的痕迹，并将飚艇小心翼翼地藏在了位于平底船舱底的大量装满杂物的麻袋之下。换言之，对方对于他们的真实身份和目的，应当一无所知才对。“那个……在下有一个问题，还请阁下不吝赐教。”在费力地咽下一口唾沫之后，总算组织好语言的姬稷说道。

“请讲。”

“虽然在下早已听闻，槐江国的父老乡亲们素有好客的美名。但是，在下一行人初来乍到，并无尺寸之功惠及诸位；而且也没有遭遇任何艰险困苦，不至于需要各位伸出援手。”姬稷舔着嘴唇，字斟句酌地说道。还好，此时恰好从初老男人小船的方向吹来了一阵微风，让他和他船上的人无法嗅到姬稷身上散发出的、代表着尴尬情绪的淡淡酸醋味，“因此，诸位表现得如此热情，实在让在下感到有些受之有愧。不知可否能将其中缘由向在下说明一二？”

“当然。事实上，我们想要欢迎的，是这位尊贵者，”初老男子用自然而然的语气说道，同时伸手指向了青葵……身后的小晴，“如果不能抓住这个机会，为这位尊贵者提供力所能及的帮助，我们恐怕会为此而抱憾终身的。”

“等……等等……开玩笑的吧……”在花了几秒钟意识到对方指的是自己之后，小晴一下子愣住了——虽然她一直相当渴望受到别人的欢迎，但当真的有人主动表示欢迎时，她还是难免感到受宠若惊，“我……是尊贵者？”

“正是，”初老男子屈下一侧膝盖，对小晴行了一个在山玄大陆东部相当标准的俯首礼，他的目光则落在了她耳朵上悬挂着的那些护身符上，“如果我没看错的话，拥有这些护身符的您应该是东皇太一的奉祀官，或者是奉祀官的继承人，对我们而言，您自然是一位尊贵者。”

# 第十三章　虔诚者

按照那名初老男子的自我介绍，他的名字叫魏金，是生活在这片土地上的魏氏家族的族长，全族总共有超过一百口人，拥有一座相当巨大的庄园，以及周围超过四千亩的田野、水塘与林地。而数十座像这样的家族庄园，以及一些较小的集落与村庄，共同组成了槐江国西北方的更戍郡。

“更戍郡？这个名字听上去很奇怪啊。”在听完魏金的介绍之后，小晴有些困惑地挠了挠那对长长的兔子耳朵。

“不，这个名字的含义其实很简单，”坐在平底船的甲板边缘、不断在手中的书卷上用炭笔记录着什么的碧菘说道，“我之前在书上读到过，在过去与降星之里进行战争时，虽然大多数时候，降星之里的山民们都处于被动防守的状态，不得不一次次躲进山林，以游击战的方式牵制入侵的各国军队。但有些时候，他们也会主动出击，到山外面劫掠村庄、牵制对方的攻势。所以，槐江国在接近降星之里的地带部署了许多哨所和关卡，这也成了更戍郡名字的由来。”

“但这样岂不是会危害到无辜的村民们吗？”青葵一脸惊讶地问道。在水苍大陆的仪式性战斗中，冲突的参与者只限于少量披挂妥当的双方武士，危及平民的事情几乎从不会发生。而在来到海峡东边之后，她虽然见识了“破戒者”用飚艇的武器残忍地袭击平民的可怕景象，但普通人攻击其他的无辜者，对她而言还是相当难以想象的。

“对，当然会有无辜的村民因此受害。但这又如何呢？对于降星之里的山民而言，山下那些种植水稻的人都是敌人。毕竟，进入山中试图征服他们的家伙也全都来自那些种植水稻的人，他们又该如何分辨，庄园和村落里的那些人究竟是敌人还是自己人呢？”姬稷轻轻地叹了口气，“绝大多数人，无论是生活在文明昌盛的古地球，还是出生于这个时代的郁林星，都不具备足够复杂的思维能力。他们会下意识地将世界分为非黑即白的‘我们’与‘他们’，并基于自己所处的位置对其进行调整。但是，除了自己认识的人，很少有人能将‘他们’这个群体中的个体识别开来，并作为单独的‘人’加以对待。换言之，在冲入村落纵火抢劫的山民们的认知中，他们只是在打击敌人，仅此而已。”

“唔……”青葵攥紧了双手。

“不过，最近这些年，这样的事情已经少多了，”在听到平底船上众人的交谈之后，在前方的小船上引路的魏金插话道，“山下人这几年不再继续向山里发动攻势，所以降星之里的居民也就不需要对外展开袭击了。归根结底，山上的人想要的也只是过好自己的日子而已，没有谁天生就喜欢烧杀掳掠。”

“在下必须承认，您在这个问题上看得相当透彻，”姬稷说道，“纵观我们的历史，大多数遭遇了这种冲突的人，都只会盲目地憎恶自己眼中的敌人，并且祈祷着复仇而已……”

“呵，其实就算在过去的战争时代，我们庄也没遭受过太严重的损害，”魏金笑了笑，“当然，这多半是因为我们的防御设施相当坚固的缘故吧。”

“哦，这倒确实。”随着两艘船沿着宽阔的输水渠驶过一片葱郁的竹林，一座与其说是民宅，倒不如说更像是小型城堡的建筑出现在了前方。与狐港中朱刃家族的那座小型堡垒相比，这座庄园看上去并不那么壮观：它的外墙只有一人高的墙基是由石块垒成的，上方则是较为脆弱的木制墙体，并在外侧涂抹了一层干泥，似乎是为了防火。几座由竹木材料建成的塔楼矗立在墙体后方，既可以用来瞭望，也能用远程武器对外进行射击，而在围墙之外，也设有一条宽阔的环状壕沟，从灌溉渠里引来的水将壕沟淹没了一半，从水面隐约露出的尖锐竹枪则表明，这些绿油油的水并不是唯一的防御手段。

最引人注目的是，这座庄园并不是简单地建在输水渠旁边的。相反，宽阔的输水渠直接穿过了整座庄园，许多庄园建筑则像桥梁一样，直接横跨输水渠上方。两道由沉重的木制格栅制成的硕大闸门封锁了穿过庄园的输水渠两端，并被铁链牢固地固定着，以防有人沿着水路潜入。在发现有船只接近之后，几个人影跑进了位于闸门两侧的石制房屋中，奋力推动了里面的绞盘，让闸门缓缓朝两侧开启。

“这种设计非常不错。虽然外墙并不特别坚固，但配合壕沟与陷阱，应该足以抵御缺乏攻城武器的劫掠者了。而且，有穿过庄园的输水渠，就意味着不需要担心在遭到围攻时缺乏饮用或者用于灭火的水。”姬稷评论道。

“嗯，不过……这是什么味道啊？好臭！”在平底船驶入庄园内部时，正在四下张望的碧菘突然发出了凄惨的喊声——随着一股略有些温热的风从前方吹来，其中混杂着的气味狠狠地冲击了她那远超常人的灵敏嗅觉，让她仿佛当头挨了一记重槌，险些就翻起了白眼。

“唔……那个……我也闻到了……”同样身为五感敏锐的卫兰人，小晴和青葵虽然反应不如碧菘那么激烈，但也很快感受到了风中那味道的可怕冲击力。

“这应该是院子里的粪坑的味儿。”姬稷皱着眉头说道，“没事儿，等风向变了就好了。”

“粪……粪坑？！”“绯红誓约”的三人同时露出了不可思议的表情，“他们居然把这么脏的东西放在庄园里面吗？”

“是啊，否则被人偷走了可就不好了哦。”姬稷与一名船员一道，将一根缆绳扔向了等在庄园内小码头上的工人，后者动作麻利地将它系在了码头末端的一根柱子上，“最近这些年，在大陆东部的各国乡村，粪坑被人盗窃的事情越来越常见了。”

“哈啊啊啊啊啊？！”这下子，除了青葵和小晴，就连见识稍微多一些的碧菘也露出了可以称之为哭笑不得的表情。

“呃，你们没听说过堆肥吗？狐港其实也有类似的东西哦。”姬稷解释道，“只不过，因为接近大海，狐港的堆肥主要是用变质的死鱼、市场上剩下的海鱼内脏之类的海产品下脚料生产的，但具体的生产方式却没什么变化，都是让有机质在无氧条件下发酵，利用自然滋生的细菌、真菌和其他微生物，让固体废料中的可降解有机物在细菌作用下形成富含肥力的腐殖质，从而提高土壤的肥力。”

“呃……”不出姬稷所料，对于农业缺乏概念的三人在听完这番话后，又露出了一副“有听没有懂”的表情。于是，他只能摇了摇头，换上了另一套更加简单直白的说辞。“大致而言，就像人类和其他动物一样，植物作为一类生物，也是需要‘吃饭’的。虽然叶绿体的光合作用可以解决很大一部分问题，但诸如氮、磷、钾、钙之类的元素，却必须依靠根系从土壤中‘进食’……至少大多数情况下是这样，”他一边与尤莉一起，动作麻利地帮着船员们将亟须缝补的船帆和其他杂物搬上小码头，一边说道，“这些物质在各种自然有机物——无论是鱼肚还是粪便，或者是腐烂的果实与枯枝败叶——里都很多，但是，田地里的植物是很难直接‘吃’它们的，所以必须让它们先发酵一阵子，由一些我们的肉眼看不到的微小生物替植物完成被称为‘降解’的准备工作，然后再把生产出的堆肥播撒进田里，才能最有效率地让植物吸收。在内陆地区，由于无法像沿海地区那样从海里得到足够多的鱼类下脚料，所以粪便就变成了至关重要的堆肥来源。因为事关收成，会被人盗窃也就不足为奇了。”

“原来如此……”青葵一行人半懂不懂地点了点头，“不过还是很臭啊。”

“这是我的疏忽。”魏金见状连忙说道，“我忘记了各位是嗅觉比一般人更灵敏的卫兰人了！还请恕罪！还请恕罪！”他的最后两句话是对着小晴诚惶诚恐地喊出来的。

“恕罪？这说法也太夸张了吧？”小晴摇了摇头，“这点小疏忽怎么能称为罪呢？”

“不，让东皇太一的奉祀官正统传人被污秽所冲犯，就等同于冲犯了东皇太一，这当然是一种罪！”魏金用不容妥协的语气说道，“请您速速随我们进入内室，那里特别打扫过，而且准备了焚香，应当会比外面好得多。”

“呃……焚香吗？”小晴的长耳朵一下子竖了起来。在水苍大陆，香料是一种非常难得的东西，由于数量稀少，甚至很少在市场上出售，要获得只能依靠自己去动手采集。但是，在这里却并非如此：刚一踏入庄园主屋的大门，一股香气就完全压过了之前飘荡在空气中的恶臭，由于这香气实在是过度浓郁、刺激性太强，青葵、碧菘和小晴甚至连着打了好几个喷嚏，连眼泪都流了出来——不消说，这又引起了魏金的一阵慌乱，让他不由得连连道歉。

在适应了主屋内的味道之后，一行人在一名年轻人的引导之下，在位于屋子中央的火坑旁的蒲团上分别坐了下来，接着，另一名少女为他们端来了散发着清香味的微苦热饮。在水苍大陆，这种被称为“茶”的提神饮料最近几年也随着海峡两端的交流变得密切而日益常见，只不过，由于缺乏本土种植，它的普及程度还远远无法达到山玄大陆东部这种将其作为日常饮品的水准。

在小口啜饮着杯中热茗的同时，众人也好奇地打量起了这座屋内的陈设：除了位于屋子中央、堆满了经年的柴灰的火坑，以及悬挂在上面的一只大壶，屋里的全部陈设只有一条长桌、数十个蒲团和一只边缘包着铜皮的大箱子，在大屋的角落里，摆放着两件盖有粗麻布的庞大物体。在掀开那层粗布后，姬稷不出意外地发现，那是两艘飚艇，一艘“鸢”式飚艇，一艘“隼”式飚艇，全都带有狐港盟会的标记。

“果然，那些家伙……呃，游侠先生确实来过这里。”他点了点头，又将粗布盖了回去，“这样一来，情况就明朗多了。”

虽然那两艘飚艇吸引了姬稷大多数同伴的注意力。但是，有一个人例外：此时此刻，小晴的视线正停留在一座放在屋子正北方——这是本地人眼中最为尊贵的方向——的东皇太一神像。这座神像由一整段紫檀木原木雕成，制作它的匠人相当细心地让这块优质木料呈现出了这位郁林星的保护神最经典的形象：披着粗布斗篷、面貌被一丛花草遮住的中年男性，倚靠一株巨树站立，身后则是巨大的金色日轮。在火坑中跃动火光的照耀下，用于制成日轮的金箔闪烁着令人动容的耀眼光泽，甚至比郁林星的那颗昏暗的朱红色“太阳”还要耀眼。

“唯……唯愿吾主垂加护，山川河泊佑苍生……”在见到这座制作精美的神像后，小晴立即条件反射般地躬身下拜，然后从长耳朵上摘下了一串缀有护身符的玛瑙念珠，用虔诚的语气小声念诵起了从小学习的祝文。而以魏金为首，主屋内的其他人也纷纷在她的身后小心翼翼地叩拜，甚至连平日里对于信仰并不上心的青葵，也受到了屋内气氛的影响，跟随着其他人拜了下去。

在青葵的印象中，自从渡过玄关海峡之后，自己已经很久没有见到像这样的景象了：作为郁林星居民们崇拜的最主要的神祇，东皇太一在神话中所代表的概念是“自然”。他是山河湖海、苍天大地、鸟兽虫鱼的代表，也是自然规律的象征和无数禁忌的源头。人们在崇拜他的同时也惧怕他，因为根据传说，任何擅自改变自然的行为，都可能招致他的惩罚。

在现在的水苍大陆上，东皇太一的崇拜仍旧长盛不息，但在玄关海峡以东，事情却并非如此：诚然，在名义上，东皇太一仍然是受到所有人敬仰的神灵，人们以他的名义宣誓，在契约书里用他的尊号作为花押，但也就仅此而已了。在大陆西部地区，比如丰宁国的一些坚守传统、谨遵禁忌的村子里，倒是仍然存在着少量对东皇太一的祭祀活动，但越是往东，人们对这尊神灵的崇拜就越停留在口头上，就连小晴四处兜售护身符的尝试，在大多数情况下都以碰一鼻子灰收场，更别说像这样毕恭毕敬地进行祭拜仪式了。

虽然小晴在被选中成为游侠时，并没有完成作为奉祀官的全部教育，但对她而言，这些最起码的仪轨早已烂熟于胸，哪怕闭着眼睛也能一板一眼地全部做出来。在足足半个小时的祭拜仪式中，她的一举一动没有出现半点差池，虽然祝词的内容有一大半都是青葵听不懂的，但奇怪的是，在小晴那肃穆而空灵的诵读声中，她居然没有产生一丝一毫倦怠的感觉。

“我……我就知道这位大人是真正的奉祀官继承人，”在仪式结束后，魏金用略微颤抖的语气对姬稷说道，“她……她究竟是从哪里来的？为什么会与你们在一起？”

“呃，小晴小姐来自西方的水苍大陆，她之所以和在下一起行商，是因为……呃……对了，是因为她担任奉祀官的家父希望她能出门在外历练历练，所以将她拜托给了在下。”

“是这样吗？……我还以为你们之间有婚约什么的呢，”一名魏金的男性族人说道，“毕竟，奉祀官的继承人通常不会离开自己的前辈值守的神祠，以前几乎没听说过有人还会出来历练的。”

“啊……是啊……”小晴挠着脑袋，嘿嘿笑着应和道。

“但这样也好，”魏金说道，“据我所知，在水苍大陆上，人们古老的信仰还没有动摇，更没有像这片土地一样，将东皇太一完全遗忘。能够来到这片土地，见识人们遗忘信仰之后的丑恶姿态，想必会对您有所助益，对吧？”

“啊……呃……确实！”如果在平时，小晴多半已经开始趁机吹嘘自己显赫的家世，并开始试着把护身符卖给在场的人们了。但这次，她却感到了一阵莫名的不安，到了嘴边的话也都被下意识地咽了回去。“行了，既然祷告已经送达神灵，我们也该拿出酒和食物，招待贵客了！”魏金拍了拍手，对族人们下达了指令。

几分钟后，一排排食案被搬进了屋内，上面摆满了丰盛的餐点，以及大量的米饭。一路劳顿的姬稷一行人连忙狼吞虎咽地吃了起来。“唔，好吃！”第一个吃完一大碗饭的青葵说道，“烤鱼烤得很好，肉类也都调理得不错，就是蔬菜少了点儿……还有，米饭好像有一点儿硬。”

“嗯，确实，”姬稷挑起了一侧的眉毛，“这是用瓦甑蒸熟的饭吧？如果直接用水煮，会好一些。”

“但那样太费水了，不是吗？”魏金问道。

“确实。但这些大米可真不错，”姬稷说道，“想来，你们为了种出优质的大米，应该一直在很小心地驱逐危害田地的动物吧……比如说会咬断水稻根的麦穗鱼，还有蝼蛄。”

“啊啊，是的。”魏金点了点头。

“另外，这些炖豆子也很棒，”姬稷拿起一支木勺，舀了一勺肉汁焗豆，被反复炖煮过的羊油与岩盐混合在一起，鲜美的味道完全渗入了豆粒之中，“不过很可惜，大豆这东西不太适合与其他植物混种，要是种得多了，土地的肥力就会降低。”

“这我们知道。”

“而且，这里似乎没有足够的根茎作物，也是件让人遗憾的事情，”在听了姬稷的几句话后，坐在一旁的尤莉突然在一瞬间露出了恍然大悟的表情，“如果你们不嫌弃的话，殿……啊不对，阁下在下次跑这条商路时，可以给你们带一批质量最好的红薯和土豆种子来。这些种子在东怀公国和紫宸国可是大受欢迎的抢手良种，我们可以半价卖给各位，如何？除此之外，如果能在这种地方种上花生的话也很不错，我们可以替诸位打听附近有没有比较好的品种。”

“那太好了。”魏金愣了一下，然后立即露出了热忱的笑容，“能意外地见到一位尊贵者，已经是东皇太一赐予的莫大福分，而各位愿意为我们提供如此慷慨的帮助，更是令人感激不尽。如果不嫌弃的话，请各位在这里至少住上一夜，我们一定尽全力招待各位，聊表心意……”

“多谢，不过我们还在赶时间，”姬稷朝着窗外看了一眼。在南方的地平线上方不远处，郁林星所绕转的那颗红矮星刚刚有气无力地爬过它穿越天穹的移动轨道中点——以此处的纬度计算，接下来的白天还有至少六十个小时，不算特别长，但也绝对不短了，“十二个小时之后，我们就会出发。”

“十……十二个……行吧。”虽然魏金还想要说点什么，但或许是因为姬稷话语中那股不容争辩的语气的缘故，在转了转眼珠之后，他还是选择了点头同意，“那么，请各位安心回房休息，我会让庄上的人们为各位准备好物资。愿至公至明的东皇太一眷顾诸位接下来的旅途。”

“稳住！像这样稳住就好！”

当远方那个巨大的影子几乎占据了视野的一半时，青葵反复低声说道。当然，这话主要是说给她自己听的——毕竟，控制这艘飚艇行驶方向的操纵杆就握在她的手里。而与她相比，负责控制主武器的碧菘在“沉得住气”这点上要更加优秀。至于坐在侦查席上的小晴，虽然时不时会陷入慌乱，不进行瞄准就盲目地扣动扳机，不过，在目前的状况下，这倒也不是什么太大的问题。

毕竟，从后方追来的太岁数量早已经达到了字面意义上“铺天盖地”的程度，就算闭着眼睛开火，那挺自卫爆能枪发射的等离子束也能够击中目标。在一次次太岁因为等离子束高热而爆发出的燃烧火光中，一个又一个带翼的身影从空中落下，那些紧追而来的小怪物的数量却仿佛分毫没有减少。

“这……就是‘岁星’的威力吗？”在朝着风挡顶部的后视镜瞥了一眼之后，青葵喃喃自语了一句。众所周知，太岁在本质上是一种与年兽共生的小怪物。只有在年兽捕食或者抵御攻击时，这些外形类似于凝胶、可以转化为各种形态的小生物才会从这些超巨型怪物的球状甲壳中钻出，蜂拥冲向目标，而在除此之外的任何场合，都从没有人见过它们。一头年兽的体积越大，球状甲壳内能够容纳的小怪物数量就越多，通常而言，“辰星”或者“荧惑”这个等级的年兽能够携带的太岁大约有数百只，到了“太白”级别以上，这个数量则可能接近四位数。而在所有年兽之中，最为庞大的“岁星”自然也是太岁携带数目最多的，但即便明知此事，在亲眼见到这一幕时，青葵仍然感到了强大到令人窒息的压迫感，以及随之而来的兴奋与喜悦。

人类在面临巨大的威胁时会感到极度的紧张，这是他们在数亿年生物进化中所获得的至关重要的本能，即使像青葵这样继承了祖先所进行的大量基因改造成果的卫兰人，或者生活在郁林星上的其他变种人与基因改造者，也都绝无例外。但是，在极度紧张状态之下，不同的人的反应却完全不一样：有些人会浑身僵直，动弹不得，这并非胆怯，而是一种刻在基因深处的、经过了反复考验的求生策略——通过静止不动来躲避敌害的注意力。另一些人则倾向于尝试第二种策略，即立即转身逃跑。除此之外，还有一部分人的基因天生倾向于选择第三种策略：主动迎战，直接解决危险。

青葵正是这种策略的偏好者之一。

随着眼前那个直径接近300米的巨大球体几乎占据整个视野，青葵不但没有丝毫慌张，反而进入了一种释然的状态。在这个瞬间，周遭发生的一切似乎都已经与她毫无关系，她就像是一名指点江山的纯粹旁观者一样，从一旁安静地观望，并以最为冷静的方式进行着分析与思考。当一团又一团带有腐蚀性的炽热水柱从年兽甲壳上的小洞中喷出时，她只是安静地等到水柱接近的瞬间，才以最小幅度的动作展开机动，在即将被命中的一瞬间避开这些足以将人融化成肉渣的可怕攻击。而在一群群高度特化的太岁依靠着体内喷射出的高压气体嘶鸣着飞向飚艇时，青葵甚至没有看它们一眼：根据她的计算，如果一切顺利，在这些小怪物击中飚艇之前，她们就会命中目标。

“进入投弹程序，倒数三、二、一……”

在那枚如同微型太阳般的大型等离子弹从飚艇下方脱离的同时，青葵稳稳当当地驾驶着飚艇进行了一连串高强度机动，那些依靠喷射推进、气动外形实在乏善可陈的锥形太岁完全无法跟上如此程度的机动，结果接连扑空，在耗尽体内存储的高压气体后接连坠向地面。而当飚艇闪过最后一批由年兽壳内飞出的太岁袭击时，一道白光撕裂了那头庞然大物投下的巨大阴影：那枚硕大的等离子弹准确地砸进了年兽甲壳上的孔洞之一，并恰到好处地将数百升储存在其中、作为自卫“弹药”使用的腐蚀性沸水全部汽化，气体膨胀产生的动能和等离子弹本身的巨大热能在转瞬之间粉碎了年兽的大部分内部软组织，将它切切实实地推向了有去无回的死亡深渊。

“成功了！”

“命中目标。”

“结……结束了吗？”

随着周围的景象如同被风吹开的云雾般散去，庞大的年兽、漫天的太岁，以及爆炸产生的云烟都消失了。三人身边的世界变成了一片逼仄的白色，像极了昆虫茧壳的内部景象。而她们乘坐的飚艇，也变回了真正的模样：一艘只有驾驶舱部位的模拟器。

在游侠盟会所拥有的诸多在这个时代只能被以“奇迹”或者“神迹”称呼的装备中，这些模拟器是知名度最低的装备之一。毕竟，除了处于训练阶段的游侠，极少有人接触这些装备，连知道它存在的人都寥寥无几。但是，对于有权获得自己飚艇的新进游侠而言，这件设备却是他们最为熟悉的：毕竟，只有在由它所模拟出的战斗中取得足够的胜利，他们的身份才会得到正式承认，才能真正地参与到对抗年兽的事业之中。

“模拟结束，恭喜你们。”随着一处圆形舱口在白色的“茧壳”上打开，一个完全听不出恭喜意味的声音说道——在盟会的教官之中，绰号“冰血”的御风是青葵在所属的小组中最不喜欢的那个人。许多人都认为，这家伙在出娘胎时，很可能就不小心把自己的情感忘在了那里，而且之后也一直没想起来要回去取，“分数结算完毕：满分 100 分，实际得分 91.2 分。”

“太棒了！”小晴第一个跳了起来——虽然在之前的测试中出力不多，但这并不妨碍她积极地庆祝这次成功，“我们现在可以得到飚艇和属于我们的队伍名字了吧？”

“作为测试的第一名，你们被认定有权获得飚艇的使用权，”御风的声音听上去干巴巴的，活像是在报告一份年底账目表，“本盟会注册的飚艇 1-201 号正好可以供各位使用，其原名是‘小玉’号，需要更改吗？”

“不用了。”青葵摇了摇头。继承前人留下的飚艇名字，是大多数游侠盟会的惯例。不过，她现在更希望继承的，其实是另一件东西，“那么……我们的队伍名字呢？”

“我在一天前已经收到你们的正式申请：你们希望继承已经被使用过 6 次的‘绯红誓约’这一队伍名。过去，使用这一名字的队伍曾经创下了本盟会中累计第二名的战果，包括共计 110 头‘辰星’，93 头‘荧惑’……”御风缓慢、一板一眼地念诵着曾经的那几支“绯红誓约”所留下的战绩，“经过讨论，我们认为，你们在训练阶段的表现令人欣慰，所有测试的级别都是‘优秀’，而最终测验也已经以最高难度成功通过……所以，我们暂时不会允许你们使用这一名称。”

“欸？什么？”青葵惊讶地问道。

“因为你们选择了最高难度：对抗一头‘岁星’，”御风冷静地回答道，“在最终分数评估中，这一选择会极大地增加你们的得分。”

“但这有什么不行呢？”青葵问道，“得分越高，意味着难度也越高。要是没记错的话，我们应该是过去 25 年中第一批通过这个级别测试的游侠吧？”

“对。但模拟测试无法模拟一种东西：那就是最为决绝的决心。”御风打了个响指，原本已经成为纯白色的“茧壳”内部又一次呈现出了测试结束前一瞬间的景象：数以千计的飞行太岁如同一场有生命的风暴般，从后方包围了青葵等人的飚艇。虽然作为它们栖息场所的年兽已经粉身碎骨，但这些生物却仍然足以将飚艇彻底摧毁。

如果是在现实中的话……

“你们选择的战术，不能称之为错误。因为这确实是最为有效的，”御风说道，“这一战术在模拟中可以让你们最有效地取得胜利，但是，在实战中，却意味着你们注定不会有机会享受自己所取得的胜利——那么问题来了，在真正面对这样的局面时，你们还能做出这样的抉择吗？如果做出了这样的抉择，你们又能否毫无包袱地像刚才那样完成它？”

“我——”青葵正想说“我当然愿意”，御风却突然朝她伸出了双手。更吓人的是，他的双手就像海蜇的触腕一样伸得越来越长，最终抓住了她的脸颊，捂住了她的嘴，让她只能发出一阵苦闷的“呜呜”声……

“嘘——嘘——”随着梦境迅速消散，青葵听到了姬稷刻意压低的声音从耳边传来。接着，她又嗅到了一丝若有若无的、类似于酸苹果的味道——在这段时间的共处之后，她知道，这意味着姬稷目前处于略有些紧张的状态，“别出声，你醒了吗？”

“呜呜呜嗯。”

“看来是醒了。”姬稷松开了捂住青葵嘴巴的手，“好了，跟我走。”

“呃……要出发了吗？”还没睡醒的青葵挠了挠脑袋，却发现自己硬邦邦的头盖骨下面的状况似乎有点儿不太对劲。

“不是。现在离预计出发的时间——至少是我告诉庄上的人的时间——还有 10 个小时，”姬稷说道，“不过，我不觉得这家‘主人’打算让我们按时出发。”

“不打算让我们按时出发？这是什么意思？为什么我的头……这么痛？”在从床上坐起来后，青葵在第一时间捂住了自己的脑门。不知为何，她觉得仿佛有什么东西想要从里面钻出来似的，搅得她的脑子一阵阵剧痛。

“别担心，这应该只是我放在你的饮水里的药物所造成的正常副作用。”一脸警惕地站在姬稷身后的尤莉低声说道，“随着身体代谢过程的进行，很快就会过去的。”

“什……什么？！你居然下药谋害我！”

“什么叫‘下药谋害你’？！要收拾区区一个青葵，我还需要下药吗？！”尤莉顿时气不打一处来，“我只需要一只手就能把你揍翻在地上，让你舔着我的鞋底求饶！”

“呵，一只手？！”青葵浑身的毛都炸了起来，“我一根手指就能把你给放倒了！不信的话——”

“够了，你们两个！”姬稷迅速介入了两人之间，同时又一次做出了噤声的手势，“现在不是你们耍宝的时候！都安静点听我说！”

“唔……”

“呃……”

虽然仍然隔着姬稷相互投去刀刃般的目光，但青葵和尤莉还是迅速平静了下来。“抱歉，青葵小姐，”在花了两秒钟组织语言之后，姬稷说道，“其实，之前尤莉给你下药的事，是我的指令……”

“原……原来是这样！公子殿下为了我居然如此操心！真是太让我感动了！我……我……欸，等等，这药是用来干什么的？”

“预防。准确地说，用于预防几种本地常见的毒剂和安眠药剂。如果你醒过来之后神清气爽，就说明没什么问题，头疼则说明你已经中招了——但就算这样，也比直接睡上几十个钟头或者干脆一睡不醒要好。”

“哈？”

“你那硬邦邦的脑袋里是不是只装了肌肉啊？！”尤莉问道，“这座庄子里的那帮人对我们下药了！明白吗？！他们想要用这种方式控制住我们！”

“庄子里的人？你指的是魏金他们吗？！”

“很不幸，正是。幸好，在他们来得及这么做之前，我已经意识到了情况不太对，并及时地采取了应对措施。”姬稷说道。

“但他们为什么要这么做？还有，殿下，你是怎么发现他们有异动的？”

“我从一开始就已经意识到有地方不对了，”姬稷说道，“在我们受到欢迎的时候，你还记得他们当时说了什么吗？”

“呃……难道……”

“这些人管小晴叫‘尊贵者’，而且都是东皇太一的虔诚信徒，这在大陆东方非常罕见：毕竟，东皇太一的教义，与过去被打破的诸多禁忌是密切相关的。只要仔细思考，就不难意识到，我们现在的生活，早已与这些禁忌普遍相抵触了。”姬稷解释道，“自从最初的‘神农氏’出现，并将‘赠礼’带给这个世界后，我们所拥有的一切就已经远远超出了禁忌所允许的范围：无论是大规模改造荒野山川，种植经过改良的作物，还是养殖那些驯化过的动物，都是过去的禁忌所不容的。所以，山玄大陆的人们继续崇拜东皇太一，只是纯粹出于习惯而已。而这些人的虔诚信仰却不像是装出来的……”

“但你也不能就凭这一点判定他们是坏人啊。”青葵摇头道。

“没错。所以我又问了他们一些问题，”姬稷说道，“你还记得吗？”

“呃……”

“首先，当我提到稻田里的蝼蛄时，他们并没有表现出任何异常——但事实上，在田里还有水时，稻田下几乎不可能有蝼蛄这种动物打洞。就算没有水，因为水稻土的黏性太大，这些家伙也不太喜欢来。而麦穗鱼只是一种稻田里的小鱼，其实根本没有能力把水稻给咬断。”姬稷伸出了一根手指，然后又伸出了第二根，“当然，大豆也不会让土壤贫瘠，不如说恰恰相反：由于根系部位可以和固氮菌共生，将空气中的氮固定到土壤中，大量的豆科植物，比如大豆或者苜蓿，都是改良土壤的重要作物。早在几十年前，这就已经是大陆东部的常识了。”

“呃呃，那个……什么是固氮菌？什么又是氮？”青葵问道。

“这个……算了，现在我们没空解释，总之你只要知道这个结论就行了。”姬稷说道，“最后，那些人似乎不知道，红薯和土豆这类根茎类作物通常是不需要种子繁殖的——除非需要专门进行育种改良。一般而言，只需要直接将块茎或者块根埋到土里，再浇水并施加肥料就好，根本不需要特别购买红薯或者土豆的种子，就像狐港的居民也不会用种子繁殖香蕉一样。”

“哦……是这样啊，我明白了。”虽然嘴上说着“明白”，但事实上，青葵的脑袋已经变成了一团乱。虽然先前药物造成的头疼已经逐渐退去，但这一大堆囫囵吞下的信息却给她那实在不太灵光的脑子造成了更加可怕的重负，“所以这究竟是怎么回事？”

“我也不是完全确定，但很显然，住在这里的人们绝不是长期习惯于农耕生活的人，否则不至于对这些基础知识都缺乏了解。而考虑到他们对东皇太一的虔诚信仰，目前唯一合理的推测是，他们很可能是来自降星之里的人。”

“降星之里？！从那地方来的人应该与我们无冤无仇才对！呃，不对……我是说，就算他们非常讨厌游侠，但也不可能知道我们的身份啊！”青葵说道，“他们为什么会出现在这种地方？原本住在庄里的人都去哪儿了？”

“关于这些问题的答案，我也不太清楚，”姬稷诚实地答道，“但那肯定不会是什么好事——所以我才特意让所有人服下了预防用的药物，而且也确实起了作用。”

“那庄园里的人为什么还没对我们采取行动？”

“从对我们使用了安眠药这点来看，他们大概在等待着我们因为药效发作而完全睡着，然后在尽可能不伤害我们的前提下，将我们俘虏吧？毕竟，和旧文明纪元生产的高效麻醉剂不同，这个时代的天然麻药起效很慢，那些人如果为了稳妥的话，可能还需要一个小时才会进来。”姬稷说道，“按照他们的计划，至少要等到那时候，我们才会被麻醉到无论怎么摆弄都不会有反应的地步。”

“可恶，既然这样，我们……”青葵下意识地攥紧了拳头，但姬稷却伸出一根食指，朝她轻轻晃了晃。

“不必冲动，青葵小姐。我之所以现在叫醒你，就是为了做好必要的准备的。”姬稷一边说着，一边露出了一抹冷笑，“既然那些伙计们如此费时费力地为我们准备了这么一场盛大的招待，要是让他们的努力就这么浪费掉的话，可就太不礼貌了。”

# 第十四章　陨落之星

在进入客人们留宿的房间之前，魏金觉得自己的心脏仿佛随时都有可能从喉咙里蹦出来——当然，感到紧张的并不只有他一个人。虽然目前的天气并不炎热，但在他身后的六名行动队员却无不大汗淋漓、呼吸急促。

毕竟，在过去的这段时间里，他们已经做了太多、太多可怕的事情。哪怕这么做是恩主们的指示，但包括魏金在内的许多人仍然能够感觉到自己的良心在哭泣、在诅咒。自从离开降星之里，他曾经一次又一次地默默祈祷东皇太一能够宽恕自己的罪行，但现在，他很清楚，就连这也已经变得不可能了。

因为他们即将背叛对一名奉祀官的正统继承人，一位尊贵者的承诺。

“这样做……真的行吗？”在靠近客房的房门时，魏金的同伴之一问道。这个身高接近两米、肌肉虬结的男人是他们之中最强壮、最勇猛的人。在一天之前，当他们袭击这座位于更戍郡边缘的庄园时，他曾一马当先地撞开了被对方加固的大门，并当场用战斧杀死了三个企图封住庄门的对手。但此时此刻，这名壮汉却脸色潮红、双手发颤，活像是一个刚刚做了错事、即将受罚的无助孩童，“那……那些人里有一名尊贵者啊……我不知道……我不知道有这种事……否则绝对不会来这地方……”

“现在说这个也没用了，屈河先生。”负责指挥这次行动的男人说道。这个精干的年轻男子是一名来自狐港的游侠。虽然在降星之里的传统中，游侠是一群可憎、虚伪的家伙，但他却是被外人称为“破戒者”的特殊群体中的一员——虽然在大陆上的大多数地区，“破戒者”都被视为最邪恶、危险、疯狂的敌人，可是，在山民们的口中，这种人则被称为“恩主”，“我非常敬重你们的信仰。但是，这位尊贵者也是你们所厌恶的游侠之一，还是企图危及我们的伟大愿景的人。我们如果不对她和她的同伴采取行动的话，之前多年的努力都会付诸东流，整个行星上的人们都会面临巨大的危险。因此，我们目前的一切所为都是不得已的，明白吗？”

就像其他同伴一样，屈河与魏金都点了点头：事实上，目前的状况已经是负责指挥行动的几位恩主按照他们的恳求做出让步的结果了。在最初的计划中，早已在此设伏的他们会直接为对方奉上加入了致死性剧毒的食物，然后再动手杀死可能存在的漏网之鱼，只留下其中为首的那个男人——恩主们要求将他活着带回他们的居所。但是，在发现对方的队伍中有一位尊贵者之后，魏金与他的同伴立即提议改变计划，将毒药换成了安眠药剂，并将只俘虏一人改成了俘虏所有人……但即便如此，魏金仍然感到了极度的不安。

“别担心，我们会说话算话。只要不遭到抵抗，就不会伤害任何人——当然，如果一切顺利的话，我们应该也不会遇到什么抵抗，”另一位恩主低声说道，“毕竟，现在这时候，他们应该已经完全动弹不得了。”

“就算还有人能动，我们这边也有三十个人，要压制住他们绰绰有余，”之前说话的那位恩主点了点头，“那个男人必须活下来。剩下的人，包括那位尊贵者，他们是死是活对我们而言并不重要，只要别让任何人从这里溜走就行。至于载他们来这儿的那艘船……要是我没猜错，这些人的飚艇肯定就藏在那艘船里。”

“请放心。”魏金答道，“我刚才已经派了十个最精干的部下去夺取那艘船，要控制住区区几名船员，应该不是什么难事。”

“希望如此。”恩主用怀疑的目光看着魏金和他的部下——由于之前坚持要求改变计划，他已经开始对他们产生了些许不信任的情绪，“准备……”

由于担心恩主对自己的表现感到不满，甚至在对方说出“动手”之前，屈河就抢先一脚踢开了房门。没有人发出惊慌失措的尖叫与呼喊，也没有人仓促地从床上坐起。所有的“客人”都躺在床上，盖着被子酣睡着，一个都没少。

“没有问题，一切和计划中的分毫不差。”在确认没有任何意外发生后，屈河长长地松了一口气：当然，他并不是害怕客人们的抵抗对他们造成威胁，而是担心一旦发生冲突，那位尊贵者也可能被卷入其中，甚至有可能受到伤害。不过，照目前的情况来看，他的担心似乎是多余的，“我们现在就……欸？”

当屈河朝着其中一名“客人”伸出手去时，指尖上传来的触感让他顿感不妙：这些被子所盖着的，只是几团被匆匆固定成人形的衣物和干稻草而已。

“他们跑了！”恩主之一低声说道，同时用半是恼怒、半是质疑的目光扫向了身边的每一个人。即便他什么都不说，但在场的其他人还是从这目光之中读出了他的想法：很显然，他怀疑有人故意向“客人”们走漏了消息。

“恩主息怒！”魏金连忙解释道，“我……呃……我保证，我们的‘客人’是不可能逃走的。毕竟，庄园的所有出口都有人把守。他们肯定还躲在庄园里面，只要仔细搜索的话，应该不难找到……”

“是吗？！”那名恩主恼怒地说道，显然不太信任魏金，“你之前也对我保证过，那些人绝对没法离开这个房间，而且已经失去了行动能力！现在呢？！”

“那……那只是意外而已！”面对这一质问，魏金一时间完全不知该如何作答。毕竟，他自己也不清楚，情况究竟是怎么演变成眼下这番模样的：就算作为保险的迷药没有生效，但这处没有窗户、只有一扇门的房间也不是那么容易逃离的。为什么他布置在门口和屋外放哨的人都没发现任何异样？难道，对方使用了什么旧文明纪元的技术……

“我已经受够意外了！目前我们的整个计划正在关键阶段，无法容忍任何意外！尤其是——呀啊啊啊啊！”那位恩主的话只说到了一半，就变成了惊恐的尖叫。

一块木质地板突然从他的脚下消失了。

“这是……”在目睹恩主掉下去的同时，魏金闻到了一股陈腐而刺鼻的恶臭气息。接着，还没等他搞明白这是怎么一回事，位于他脚下的那一块木地板也突然被人抽走了。在骤然袭来的失重感冲击下，魏金手舞足蹈地朝下掉落，一头摔落在了一堆臭气扑鼻的松软泥污之中。

“抱歉了，老兄，”就在魏金摇摇晃晃地试图站起来时，一个声音说道，“既然你并不打算伤害我们，那我也就不下重手了。请睡一会儿吧。”

“什么——”

在脑后突然挨了一记重击之后，魏金只觉得眼前一黑，随即一头栽倒在了地面上。在失去意识之前，他又听到了几次木板被抽走的声音，以及人体摔落在泥地中的闷响。但是，他不但没有丝毫恐惧，反而产生了一种奇怪的安心感……

毕竟，刚才他所听到的，正是那位尊贵者的声音。

“呼……总算都搞定了。”

在最后一个从房间中落下的人也被一记精准凌厉的手刀夺去意识之后，青葵长长地呼出一口气，从被抽掉的地板处纵身跃出了这座恶臭不堪的大坑。接着，用双手捂着口鼻部位、脸色发青的碧菘也爬了上来，接着上来的则是神色复杂的姬稷和小晴。

“下……下次我宁愿赤手空拳地去揍一头年兽，也绝……绝对不会再干这种事了！”在从坑里爬出来后，碧菘用力地大口大口吞咽着空气，花了好些工夫才没让自己把不久之前吃下的饭全吐出来，“为什么不早点告诉我，你所谓的‘妙计’，居……居然是在粪坑里埋伏？！”

“严格来说，我们刚才藏身的地方并不是你所谓的‘粪坑’。”虽然嗅觉远远不如碧菘敏锐，也因此没有受太多罪，但在扭头望向那个臭气熏天的大坑时，姬稷还是露出了心有余悸的表情：这个巨大的土坑与上面的房间只隔着两层用榫卯结构固定的木板，面积大约相当于他们住宿的房间的三分之二，深度则超过了三米。即便在塞下六个被击晕、绑住的人之后，还留有不少空间，“这其实也是‘神农氏’所带来的技术之一，而且用途不仅仅局限于农业。”

“哦？”

“这是一座堆肥发酵坑，还记得我之前说过的吗？在这种大规模经营种植业的庄园里，堆肥是非常宝贵的资源。”姬稷说道，“不过，除了用来改良土壤、补充肥力，堆肥还有另一个作用：在发酵的过程中，其中的有机物会不断在微生物作用下产生热量。在长夜里，大量堆肥在发酵过程中所产生的热量可以为房屋保温，所以居住在接近夜半球区域的人们，经常把堆肥发酵坑修在卧室下面。”

“呃……在这么一堆臭烘烘的东西上面睡觉，想想就超级恶心。”碧菘抱怨道。

“好啦好啦，只要当它不存在，不就没事了？”小晴说道，“古人有言，‘迷故三界成，悟故十方空。’”

“更何况，与堆肥做邻居，总比在寒冷的半夜挨冻好吧？而且这些地板设计得很巧妙，堆肥坑的顶端和地板之间也有通风间隙，一般不至于让臭味传到上面来，”姬稷耸了耸肩，“还好现在坑里基本没有堆肥，否则的话……”

“不……不要说了，光是听着就让人想吐！”碧菘连忙把头摇得活像是拨浪鼓。

“那么，我们接下来要怎么做？”小晴问道，“虽然是迫不得已，但要对这些虔诚的信徒下手，可实在是让我有些于心不忍呢。”

“放心，我也不太想再和他们起冲突——考虑到我们这一边在人数上的劣势，正面交锋可不是什么好选择。”姬稷从斗篷内侧的兜里取出了一台小小的遥控装置，迅速按下了几个按钮，“各位，请卧倒。”

“欸？哦哦！”青葵等人先是愣了一下，然后立即明白了姬稷想要做些什么：在接下来的几秒钟里，一阵阵惊呼和尖叫从横穿庄园中央的灌溉渠的方向传来，一同传出的还有木制结构的建筑物被撞倒、坍塌的声音。紧接着，“小玉”号和“沧溟”号双双撞开了卧室的墙壁，在一片飞扬的尘土与木屑之中停在了众人身边。

“嗯，不错，看来我使用应急远程控制功能操纵飚艇的技术又提升了。”在与尤莉一同跳上自己的座驾之后，姬稷满意地点了点头，“你们三个，跟我来。”

“明白。”在听到一连串混乱的脚步声从四面八方朝这儿接近之后，青葵一行人立即跳上了“小玉”号，并以最快的速度完成了启动准备。

虽然发生了一连串让人眼花缭乱的变故，但在重新进入飚艇座舱的瞬间，一股踏实而安心的感觉就涌上了三人心头：对于游侠而言，这些由旧文明纪元的精密技术制造出的载具，并不仅仅是交通工具或者对抗年兽的武器，更是自己身体的一部分。无论面临着怎样的情况，只要还能驾驭自己的飚艇，她们就不会感到恐惧与绝望。

不过，在此时此刻，有些人的感受与她们恰好截然相反。

“是飚艇！那不是恩主的飚艇！”当青葵驾轻就熟地操控着自己的座驾升到空中时，地面上目睹这一幕的人们纷纷爆发出了无比惊恐的呼喊声：虽然在近年来，由于游侠们开始深度介入各国的政治，许多山玄大陆的居民已经逐渐失去了对这个职业的尊重和崇敬；但在降星之里，人们对游侠的情感则是极度的憎恨与恐惧——毕竟，在周边各国争夺那片土地的岁月中，游侠的飚艇对于山民们而言，就是最为恐怖的梦魇。尽管因为受到规则约束而无法主动攻击，但所有人都知道，飚艇上乘坐着的人正是那些烧杀抢掠的外乡军队的首领与指挥者，而一旦隐蔽的聚落和避难所被飚艇发现，就难免遭受劫掠与焚烧。数代人的经验与记忆在时间中沉淀，又被鲜血和灰烬黏合、凝固，最终变成了一种扎根于当地文化最深处的本能反应。

就像人类面对一切惧怕且憎恨的东西时一样，在看到两艘飚艇时，伪装成庄园居民的降星之里山民们的反应也大致可以分成两类：一小部分人用山里的方言大声咒骂着，并使用从滑膛枪、弓箭到投石索在内的各种武器朝着飚艇射击，大多数人则在巨大的恐惧之中哭泣着四散奔逃，或者干脆趴伏在地，像面对掠食者的小动物一样一动不动。

“机体中弹，敌对行为已经确认，”随着几枚滑膛枪的铅弹乒乒乓乓地打在飚艇的强化碳纤维外壳上，然后无力地弹开，青葵面前的控制面板上亮起了一个红色的感叹号图标——这是飚艇的武器限制已经解除的标志，“要还击吗？”

“对这些人？我想还是算了，用常规手段对付他们就好。”姬稷在通信频道中说道，“虽然如果我没猜错的话，他们在占领这座庄园、为我们设下陷阱的过程中，手上肯定沾了不少血，但在这一带，仇杀和冲突原本就是日常生活的一部分。而且我们也不是法官，没有资格审判或者惩罚任何人。”

“同意。”在说出这个词的同时，一支射得相当准确的箭矢直冲青葵的面门飞了过来，但她只是不慌不忙地抬起左臂，轻而易举地将箭杆当空抓住，然后随手丢了下去，“碧菘，小晴，把那些东西拿出来。”

“好嘞！”坐在她身后的两人立即从飚艇座舱内的行李架中取出了两只麻布背包，从里面掏出了一枚又一枚纸壳圆球，在点燃引信之后丢了下去。这些小玩意儿是之前那些“破戒者”们在朱刃家族墓地里对他们使用的发烟弹的改进版本，只不过，其中的黑火药配比被大幅度降低，而增加了更多的树脂和硫黄碎末。在圆球落地之后，翻滚蔓延的刺鼻浓烟很快便迫使尚未放弃战斗的人加入了四散逃跑者的行列，即使还有几个人试图抵抗，也因为烟幕的干扰而无法开火。

“看来，我们的船已经安全了。”在绕着庄园盘旋一圈之后，姬稷看到了不远处河面上亮起的一道灯光信号——三盏灯同时亮起，意味着那艘一路溯流而上、将他们送到这里来的船只不但成功逃出了庄园，而且没有受到任何损伤，船上的人员也都安然无恙，“我提前让船员们做好逃脱准备的做法是对的。”

“呃……大家都没事儿确实很好，但我们是不是还有什么事要做？”青葵问道，“比如说，继续追查那帮‘破戒者’的老巢？”

“这个嘛，你们只管放心就好了。如果我的推断没错……七点钟方向，当心！”

“来得好！”

基于无数次在生死一线间锻炼出的直觉，青葵甚至在听到姬稷的示警之前，就已经操控着飚艇采取了规避行动，与一束从斜后方射来的高能激光束擦肩而过——要是她的动作再晚上那么一秒钟，这道光束会对“小玉”号造成相当严重的损伤。接着，另一艘“鹫”式飚艇也从斜后方突然俯冲了下来，位于艇身前方的两门重型爆能枪射出了一串串高能等离子束，在夜色中看上去像极了华丽的礼花……只不过，这东西要比一般的礼花致命得多。

而“小玉”号随即被笼罩在了这片炽热的弹雨之中。

“唔，打起来了。”

在不远处的河面上，卡磊特拄着拐杖，站在他的平底船的前甲板上，眺望着空中正在进行的那场“烟火秀”——在60年的人生中，他曾经见识过许许多多类似的“烟火”，而其中的一次改变了他的人生。

作为一名狐港市民，卡磊特的前半生顺利得有些过分：只是个普通渔民的次子的他，在一次例行测试中被游侠盟会认定具备资质，并成功地通过训练与测试，成为正式游侠。在游侠盟会事实上掌握了大部分权力的狐港，这对于平民的孩子而言，通常意味着跻身于上流社会的绝佳机会……但他的机会却在39岁那年破灭了。

在一次围猎一头“荧惑”级别年兽的行动中，一艘由“破戒者”驾驶的飚艇突然出现，毫无征兆地向卡磊特的游侠小队发动了攻击。那次袭击杀死了与卡磊特同乘一艘飚艇的同伴，摧毁了他的飚艇，并且让他的右腿严重负伤，不得不提前退役。在那之后，卡磊特不得不重新捡起了年轻时学会的驾船技术，靠着在沿海地带驾驶平底船运货为生。如果里奇没有在几十天前秘密找上他的话，或许他永远也不会再和游侠扯上关系。

事实上，在刚刚得知里奇的提议时，卡磊特原本并不打算接受——在狐港，参加与游侠相关的密谋，往往意味着有很大概率卷入混乱不堪、如同急流下的漩涡般莫测的政治斗争之中。只不过，里奇最终还是开出了他无法拒绝的条件：这位来自玄关海峡以西、素来以优良信誉著称的资深游侠向卡磊特保证，只要能完成这次的任务，他就能让那些可憎的“破戒者”付出代价——远远超过一条腿的代价。

“这……攻击姬稷先生他们的飚艇，就是‘破戒者’驾驶的吗？”一名年轻的船员战战兢兢地问道，在说出“破戒者”这个词时，他还用一只手掌覆在胸口，做了个驱邪的手势。与卡磊特不同，这艘船上的其他人并没有身为游侠的经验，在他们看来，这些驾驭着古老的科技造物、能够战胜巨大的年兽的神奇人物都是半神半人的英雄，而“破戒者”则是传说中的恶魔。光是目睹这场交战，对他们而言，就已经是足以铭记一生的大事了。

“对，不过你们犯不着担心这种事，”卡磊特说道，“好好撑船，注意警戒，那些家伙说不定还会来打我们的主意。”

“呃，是……是的。”年轻的船员点了点头。在刚刚进入那座庄园时，姬稷就特地提醒了他们，要随时注意可能的陷阱，并做好自卫与逃跑的准备。而事实证明，他的提醒确实没错：当一群拿着武器的家伙试图夺取平底船时，早已做好准备的船员们埋伏在船舱之内，用火枪和弓弩朝他们开火，成功击退了这次袭击。接着，在对方反应过来之前，卡磊特指挥船员们夺下了庄园的水道闸门，成功地逃出虎口。就在这时，一直藏在舱底的两艘飚艇突然自行启动，冲向了庄园内部。

之后发生的，就是这场夜空之下的战斗了。

“那个……姬稷阁下他们不会……失手吧？”另一名年轻船员忧心

忡忡地问道,“那些‘破戒者’看上去很厉害的样子……”

“厉害?去去去,你小子懂什么?!”卡磊特不耐烦地摆了摆手,“是你当过游侠还是我当过游侠?我们的这几位游侠大人可是相当厉害的,那几个‘破戒者’和他们比起来,根本什么都算不上。”

“是吗?可是……那艘被击中的飚艇……似乎是游侠大人的……”另一个眼尖的船员说道。

“什么?”卡磊特打了个哆嗦。有那么一瞬间,可怕的往事又一次浮上了他的心头:毕竟,亲身经历早就告诉过他,游侠并不是不可战胜的,尤其是在面对同样驾驭着飚艇的“破戒者”时。

正如那名船员所说,在一次交火之后,一艘艇身细长的“鹭”式飚艇后部冒出了浓烟,飞行速度也显著地变慢了——作为最重型的飚艇,“鹭”式的主武器在对付年兽时往往可以打出决定性的一击,但沉重的武器系统,以及分量更重的储能系统,也让这种飚艇的机动能力变得差强人意。在面对年兽时,这一问题或许还不算特别严重,但如果与其他飚艇发生交战,“鹭”式飚艇的弱点就会显露无遗。

而那些专门以其他游侠为攻击目标的“破戒者”当然不会放过这种弱点。

“可恶……没办法了吗?”卡磊特枯槁的双手紧紧地握着手杖,同时竭尽全力强行维持镇定的假象,以免船员们陷入恐慌:在空中与姬稷等人交战的“破戒者”飚艇也有两艘。其中与姬稷缠斗的那一艘已经遭到了致命打击,正拖着一股明亮的火焰“尾巴”、打着转儿坠向河边的芦苇丛,可另一艘却眼看就要扳平比分:在紧贴着河面完成一次最小半径转弯之后,那艘轻盈的“鸷”式飚艇迅速爬升、追向了青葵一行人那艘正在冒烟的飚艇。和笨重的“鹭”式飚艇不同,“鸷”式飚艇的主要战斗任务是扫荡那些体形较小、四处乱飞的太岁,机动性能超出了前者一整个档次。即便在没有受损的情况下，一艘“鹭”式飚艇也很难和一艘“鹫”式飚艇比拼机动能力。

或许是对于自己的胜利十拿九稳，驾驶“鹫”式飚艇的“破戒者”并没有急于开火，而是心平气和地不断拉近两艘飚艇之间的距离，打算在足够近的位置上打出致命一击。冒着浓烟的“鹭”式飚艇则不断降低高度，看起来似乎已经接受了失败的命运，正在努力试图在被击中之前迫降在松软的河滩上……但不幸的是，它甚至连这样的机会也没有。在离河滩还有一段距离时，“鹭”式飚艇尾部冒出的烟雾突然变得更加浓密，它的飞行速度也开始显著下降，似乎是引擎已经遭受了严重破坏，离坠毁只剩一步之遥了。

不过，骤然变浓的烟幕也带来了一点意想不到的影响：追赶着它的那艘“鹫”式飚艇因为靠得过近，一时间被烟幕完全包裹，丢失了目标。虽然那名“破戒者”立即操控座驾摆脱了这团烟幕，但他旋即发现，就在这短短几秒钟的工夫里，那艘“鹭”式飚艇已经从自己的正前方来到了正下方，而且双方的高度差只有不到两米！

“是这样啊……那不是被命中，而是故意用烟幕弹制造出来的烟雾吗？”卡磊特点了点头，先前的不安完全消失了，“伙计们，把船撑到前面去。”

“为什么？”之前的那名眼尖的船员问道，“那边可是还在交战……”

“战斗马上就要结束了，”卡磊特解释道，“我们得准备去捞人。”

“你好，先生。”在发现青葵像一只真正的猫科掠食者一样“噌”地从自己的飚艇驾驶席上跃出、并轻易地跳到他背后时，那名“破戒者”的心顿时凉了半截。他下意识地试图拔出腰间的自卫短剑，但在下一个瞬间，青葵已经牢牢地抓住了“破戒者”拔剑的胳膊，并轻而易举地让他的腕关节脱了臼。

“我绝对不会……和你们……合作的，你们这些蠢货。”“破戒者”强忍着疼痛，朝着青葵啐了一口。

“哦，其实我也没打算要你合作。”青葵像猫抓老鼠一样轻而易举地将对方揪出了座舱，然后丢入了下方的河水中。在入水的瞬间，安装在“破戒者”防护服内衬里的气囊被化学反应产生的大量惰性气体迅速填充，让他像一只受惊的河鲀一样漂在了水面上。与此同时，青葵也重新跳回了“小玉”号的驾驶舱，整个过程流畅得足够让20世纪初地球上的那些空中杂技演员自叹弗如。

“搞定了？”在青葵落下来的同时，碧菘瞥了一眼朝着落水的“破戒者”驶去的平底船，又抬头看了看头顶上的那艘飚艇。在失去驾驶员之后不久，这艘飚艇立即转了一个弯，开始朝西北方向飞去。

“搞定了。”

“唔，就像上次在狐港那样，你打开了那艘飚艇的远程控制系统，对吧？”小晴问道，“这样我们就有三艘……”

“当然不对！”碧菘伸手敲了敲她的脑门，“我们现在额外要一艘飚艇有什么用？！找到那帮‘破戒者’的老巢才是当务之急啦！”

“对哦。”小晴点了点头，随即明白了青葵的计划——由于非常珍贵，在失去驾驶员或者遭受严重损伤的状况下，所有飚艇都会在一段时间内转入自动驾驶系统，前往距离最近的集结点。对游侠而言，这种集结点通常是附近的游侠盟会，之前姬稷的“沧溟”号的情况就是如此。但对于沦为盟会追缉对象的“破戒者”们而言，一切可就另当别论了，“你确定这样能行吗？”

“说实话，不清楚。”青葵摇了摇头，“从理论上讲，这艘飚艇的自动驾驶系统可能会让它返回‘破戒者’的巢穴，但我们也无法排除那些‘破戒者’预先采取了应对措施，将自动驾驶系统的惯性导航参数设置成其他地点的可能性。但现在，要找到目的地，我们也只能这么赌一把了。”

“话说，青葵你最近的说话和思维方式，似乎都有些……不一样了，”碧菘突然插了一句话，“我总觉得你似乎变得有点像……姬稷先生？”

“是……是吗？那……那一定是公子殿下的睿智对我产生了积极影响的缘故！”听到这话后，青葵的脸颊和额头顿时变得滚烫起来。

“没错，因为这个计划本来就是殿下制定的。”尤莉那有些不耐烦的声音从通信频道中传了出来，“只不过，这个四肢发达的家伙在执行这项计划时，确实还有点儿用处。我就姑且表扬她这么一次吧。”

“喂喂什么叫‘姑且表扬这么一次’？！我平时的努力难道就不值得表扬吗？！”刚才还红着脸的青葵一下子来了火气，开始和尤莉展开了日常争吵。而无论是“小玉”号上的另外两人，还是“沧溟”号上的姬稷，都没有制止她们的打算——毕竟，在斗嘴的同时，两人仍然稳妥地操控着飚艇，尾随着那艘已经失去了驾驶者的“鹫”式飚艇继续前进。

在之后的几个小时中，随着夜色越来越深，周围的群山也逐渐变得越发高耸，在如同剃刀锋刃般的一道道陡峭山脊之间，布满了仿佛刀劈斧削般的深谷，以及千奇百怪的巨大石块。在郁林星的上一次冰川期中，来自行星永恒的夜半球的冰川曾经多次覆盖过这处山脉，并留下了它造访的痕迹。而当气候再次变暖、寒冰逐渐退去后，这些谷地与山峰则成了当地山民们躲避外人入侵与劫掠的绝佳屏障。

“怪不得降星之里一直没有被外人征服过。”在跟随着“破戒者”的飚艇绕过好几座极为险要的山脊、从一条条隐匿在巉岩之间的蜿蜒小道上方飞跃之后，小晴不由得感慨道，“古代人所谓的‘难于上青天’，用来描述这里的地势倒是一点儿都不夸张。”

“所以那些‘破戒者’才会选择藏在这里躲避外人的耳目。”碧菘点了点头。

“事情没那么简单，”姬稷插话道，在青葵和尤莉吵累了之后，他总算拿回了通信系统的使用权，“如果只是荒山野岭的话，这颗行星上其实到处都有。但问题是，对‘破戒者’而言，他们的飚艇维护是个很大的问题：那些隐藏在游侠盟会里的人固然可以利用盟会的设备，但其他人没有这种便利条件。而飚艇是非常复杂的旧文明纪元科技产物，如果没有必要的设备，现在的人能做的顶多是替它擦擦灰。因此，这地方肯定还有别的什么，如果我没猜测的话……”

“殿下，我想您确实没猜错，”尤莉突然插话道，“请看那边。”

在越过最后一道、也是最高最陡的一道山脊之后，一处树木葱茏的山间盆地出现在了众人的视野之中。在盆地的边缘，几座山民的聚落构成了一个稀疏的环形，在这处环形中央，则是一座外形古怪的“山丘”。

“那是……”

“如我所料。”姬稷说道，“知道‘降星之里’这个地名的由来吗？大约250年前，也就是当年逃亡到郁林星的难民后裔建立起的第一个文明遭到年兽毁灭性重创之后不久，有记载表明，曾有一枚巨大的‘星辰’在极为耀眼的火光之中，坠落到了这处群山的最深处。虽然这些历史记录早已被绝大多数人遗忘，少数偶然看到的人，也只认为那是一颗寻常的陨石，但事实并非这么简单。”

“呃……确实。”碧菘打量着那座“山丘”，下意识地咽了一口唾沫：撇开过于规则、几乎不可能纯粹在自然状态下形成的圆柱状轮廓不谈，光是这东西在飚艇的火控系统中显示出的、接近500米的长度，就足以让人出上一身冷汗了：根据她在书上看到的古代知识，如果是寻常的陨石，哪怕落地时的直径只有几十米，也足以重创一个城镇。而这种级别的陨石要是“正常”坠落，必然会对周围几十平方千米的土地造成难以磨灭的巨大创伤，“这莫非是……过去的空间站吗？”

“你说对了，碧菘小姐，”随着三艘飚艇逐渐接近那座“小山”，姬稷说道，“别忘了，过去的郁林星被归类为一颗‘科研星球’，行星地表的开发建设被严格限制，因此，在行星周边轨道上，自然存在着为科研单位提供相应的支援保障的空间站。在旧文明纪元终结、失去补给与维护之后，这些近地轨道上的空间站逐渐无法维持其轨道高度，最终必然会落向地面……但是，早在建造之初，设计者就对这种可能性进行了考虑。因此，坠入大气层的空间站在减速装置的保护下，基本上维持了完整，也没有对地表造成重创——当时的人们所观测到的‘耀眼的火光’，事实上并不是由空间站与大气层摩擦产生的，而是在可控坠落的最后阶段，由空间站的减速喷口造成的。”

“原来如此。”碧菘说道，“这是为了防止伤害到地面上的人？”

“不，其实是为了防止伤害行星表面的动植物。”姬稷答道。

在绕着古老的“星辰”残迹转了半圈之后，那艘无人驾驶的飚艇摇摇晃晃地飞进了位于空间站圆柱状结构一端的一处入口。趁着闸门尚未关闭，“小玉”号和“沧溟”号也加速冲了进去。

“啊……停下来了。”在进入闸门之后不久，青葵注意到，飚艇的动力系统自动关闭了。接着，在地板上的人工磁场作用下，“小玉”号和“沧溟”号缓慢地移动到了两处停靠点，并被一系列机械臂固定了起来——在游侠盟会的地下，她曾经见识过许多次类似的维护设施。只不过，在目前这种身处敌境的状况下，无法使用飚艇还是让她感到了一阵不安。

“没关系，就先把飚艇寄存在这儿吧。”姬稷不慌不忙地跳出了“沧溟”号，快步走到了一台嵌入墙壁的终端设备旁，然后朝着尤莉做了个手势。后者立即拿出一块细长的条状物，尝试着将它插进位于终端一侧的一处接口。在失败之后，又在第二处接口上试了试，最后将它成功地插进了第三个接口中。

“你们这是在干什么？”小心翼翼地跳出“小玉”号的青葵问道。

“进行一些必要的……准备工作。”姬稷看着终端屏幕上闪烁的字符，时不时地通过一旁的机械式键盘输入几条指令。在他的指尖敲击下，古老的按键不断发出“咔嗒咔嗒”的响声——虽然在旧文明纪元，比这方便的输入方式有很多种，但出于可靠性的考量，大多数留存到现代的复杂设备都采用了这种相对“原始”的键盘形式，“嗯，我们的运气不算坏，这儿的人似乎没有考虑过遭到入侵的可能性。这样就……成了。”

随着姬稷最后一次敲击按键，不远处的一扇普普通通的小门传来了电子锁解锁的清脆声音。在这扇小门之后，是一条狭长的走廊，两侧排列着十多扇一模一样的小门，每扇门上都有由拉丁字母与数字构成的编码，以及“非工作人员不得入内”的字样。

“这里面都是什么东西啊？”碧菘好奇地推了推其中一扇门，却意外地发现它压根没有上锁。位于这扇门后的，是一处摆满了巨大的货柜的库房。与门外相比，这座库房内的温度非常低，阴沉、干燥，充斥着仿佛能穿透人骨髓的寒意的空气，让她回忆起了多年前曾经踏足过的极北冰原。货柜上摆满了密封的圆筒状透明容器。而装在这些容器内的东西，看上去似乎是……

“这是个粮仓吗？”青葵拿起其中一只容器，打量着存放在里面的东西：虽然认不出具体品种，但她很清楚，这只容器盛着的，无疑是某种谷物的种子。另一些容器中放着的则是其他谷物，以及许多种颜色和形状都各不相同的豆子。

“如果非要这么说的话，也不是不行——毕竟，这些都是粮食作物的种子，理论上全都是可以食用的。只不过，我可不能保证它们的口感。毕竟，这些植物都是未经驯化和选育的。”

“哦？我一直以为，空间站里藏着的东西都是各种各样的珍宝呢，”青葵晃了晃耳朵，“毕竟，传说故事里都是这么讲的。没想到这里存放的居然只是些种子而已。”

“这倒未必。除了植物的种子，在其他库房里应该还储藏着别的东西，比如说植物的根、茎、叶组织样本，动物的生殖细胞和胚胎，真菌的孢子，甚至是各种各样能够感染动植物的细菌、病毒和其他微生物。”姬稷耸了耸肩，“当然，在某种意义上，它们确实是珍宝，甚至可以被视为无价之宝。”

“无价之宝？就这些玩意儿？”

“那是当然的。”一个有些嘶哑、低沉的声音突然从库房角落中传了出来——当然，那里并没有人，发出声音的是一台通信器，“毕竟，这曾经是郁林星殖民地存在的意义。”

# 第十五章　历史与底牌

“你是……”在听到那个声音时，青葵原本下意识地想问“你是谁”。但是，当话说出口时，她却问出了另一个问题：“你就是那些‘破戒者’的头目吧？”

“‘破戒者’……说实话，我其实不太喜欢这个含有贬义的称呼。不过我也不太喜欢本地居民管我们叫‘恩主’。”那声音答道。与此同时，原本敞开的库房大门突然自动关闭，接着，它的电子锁发出了低沉的嗡鸣——这是代表锁定的提示音。“我们……其实只是一些普通人，一些为了保护这个世界的居民们的安全而行动的普通人，仅此而已。当然，如果各位要称呼我的话，可以管我叫‘云中君’——这是我刚刚来到降星之里时，本地人为我取的外号。”

“保护安全？恕我直言，你们平时是不是都把‘谋杀’这个词读作‘保护’？”小晴一边质问，一边快步走到库房大门旁，试图将它拉开。但是，无论她采取什么措施，这扇门都没有再从门框上移动一丝一毫——很显然，他们之所以能够如此轻易地深入这里，靠的并不完全是自己的能力或者运气。躲藏在这座古老的科研空间站残骸里的那些人早已发现了他们的行动，并且将计就计地利用了他们的侥幸心理，设下了这个简单却有效的诱捕陷阱。

“为了更多人的安全，某些牺牲本来就是难免的。况且，我们只是设法摆脱了使用飚艇的武器装备时的限制，这并不意味着我们就喜欢滥杀无辜，”云中君答道，“如果你们愿意解除武装并投降，我们也可以保证你们的安全。”

“如果我们说不呢？”姬稷问道。

“那我们只能耐心地等待你们同意了。”对方的语气非常平淡，活像是个正在和素不相识的顾客对话的小办事员。

“好极了。”尤莉在仓库中的货柜之间转了一圈，最后找到了一处藏在墙壁里的操作面板。在上面显示出的“室温”一栏中，“-15℃”这个数字闪烁着令人不安的冰蓝色光芒。她试着按下了几个图标，试图上调温度，然后轻轻摇了摇头——和预料中的一样，在仓库门被锁定的同时，这处操作面板的控制权限也同时被锁死了。“这里的温度是 -15℃，恕我直言，虽然不至于很快冻死人，但留给我们的时间恐怕也不多了。另外，通风系统已经停止运作，就算我们有办法保暖，也会在 6 个小时内窒息。”

“所以你打算就这么夹着尾巴投降是吧？我就知道，像你这种意志不坚定的家伙，在关键时刻是最靠不住的。”青葵不失时机地挖苦了一句。

“靠不住？！只要殿下愿意，我就算上刀山下火海都甘之如饴！唯一的问题是，目前殿下也在这里，我必须优先考虑他的安全。”

“是吗？！我看你多半只是拿这个当借口，真正盘算着的其实是保住自己的小命吧！公子殿下绝对不会同意向那些家伙投降的！”

“但你打算怎么从这里出去？如果继续拖延时间的话，最不利的是我们这一……”

“不必担心，我知道该怎么办，”姬稷用一贯温和的语气说道，并且同时拍了拍眼看就要进入剑拔弩张状态的两人的肩膀，“在做出决定之前，我认为有必要再和这些人谈谈。”

“好吧。”尤莉和青葵同时说道，顺带恶狠狠地互相瞪了一眼。

“我必须重申一遍，姬稷先生。虽然你们之前一直采取行动针对我们，但我们仍然无意伤害各位。考虑到您可能掌握的知识与信息，您完全可以成为我们的重要合作伙伴。”将他们困在库房内的云中君非常“礼貌”地等到尤莉和青葵结束了争吵，才继续开口说道。

“公……公子殿下这样坦坦荡荡的正人君子，才不会同意和你们这些草菅人命的家伙合作呢！”没等对方把话说完，青葵立即愤怒地喊道，“还什么‘不喜欢滥杀无辜’，白痴才相信你们呢！之前在鸭川村，我可是目睹了你们这帮人干的好事！”

“那个位于丰宁国一带的村子？抱歉，那时我们的人在试图消灭一个躲进了流寇队伍的叛逃者。此人对我们的事业丧失了信心，企图逃跑。而很不幸，那人了解了太多与我们相关的重要信息，”云中君答道，“由于鸭川村的混乱状态，对此人的追击最后造成了非常……严重的附带损伤，对此我们相当抱歉。”

“谁要听你的抱歉啦？！”

“而且，你们的那位‘公子殿下’，其实也并不是你所谓的‘坦坦荡荡的正人君子’的角色，他恐怕一直都在对你们隐瞒某些非常重要的事情。你要听一听他的过去吗？比如说，他的家族，其实代代都是被称为‘神农氏’的神秘组织的骨干成员这件事？”

“呃？”青葵突然不知该如何回答才好。虽然周围的空气冰冷彻骨，但她的额头上仍然落下了一颗又一颗硕大的汗珠。包括她在内，“绯红誓约”的三人都将目光投向了姬稷，但是，后者却没有任何否认甚至辩驳的意思。

“长官，请三思。”就在寒冷的种子库中的众人陷入尴尬的沉默的同时，在这座原名为郁林 3-500 号的空间站的中央控制室中，云中君的一名部下对他说道，“您确定有必要再和他们浪费口舌吗？这些家伙之前杀害了我们第六行动小队的三个人！他们根本不能被信任，我们应该让他们直接被冻死在仓库里，而不是指望与他们合作，更没有必要说这些毫无意义的废话。”

“这些人之前只是在战斗中自卫，康塔夫先生——他们和我们不同，无法主动用飚艇上的武器装备攻击人类。是第六行动小队的人过于急躁，在陷阱被识破后违反我的指示，主动朝他们先开了火。”自称为云中君的男人微笑着说道，“另外，自从庄园里的战斗之后，我就一直在设法监听他们的通话。而我可以保证，与姬稷先生共同行动的‘绯红誓约’小队，对于他的真实身份一点儿也不了解，因此，告诉她们一些事实，并不是你所谓的‘废话’。除此之外，虽然不了解他的身份，但很显然，姬稷先生与这支小队的关系并不是临时雇佣或者纯粹的利用那么简单，她们三人的决定很可能会对姬稷先生造成某些……影响。而你应该也知道，作为‘神农氏’这一代的首领，姬稷先生掌握着多少至关重要的信息吧？哪怕只有极为渺茫的机会，我们也没有理由不去尝试。你难道不这么觉得吗？”

“这……确实如此，阁下。”虽然仍有些疑虑，但名叫康塔夫的部下还是点了点头，退到了一旁。云中君等待了一小会儿，才重新开启了通信器——考虑到这是半个世纪以来，被称为“破戒者”的他们首次有机会与“神农氏”的首领对话，谨慎地考虑措辞是很有必要的。

“喂，云中君先生？”在通信器重新开启后，首先传来的是青葵的声音。或许是因为之前姬稷的沉默让她感到了不安的缘故，此时此刻，这名猫耳少女语气中的怒气已经没有先前那么明显了：“你刚才说……姬稷先生和‘神农氏’有关系，还导致了许多人的……呃……意外死亡。你能解释一下这究竟是怎么回事吗？”

“当然能。但这说来话长，而且还牵扯到我们‘破戒者’的起源。”云中君清了清嗓子，从一旁的控制台上拿起杯子，喝下了一口混合着清甜与苦涩味道的温热茶水——与那些需要经历反复驯化才能具备足够适口性的作物不同，茶这种植物，即便是纯粹的、没有经过任何杂交或者选育、基因完全未受污染的野生品种，也自有其独特的滋味，所以他非常喜欢这东西，“如果我没弄错的话，你们‘绯红誓约’小队是不久之前才从玄关海峡以西赶来支援这边的吧？对于活跃在这块大陆上的‘神农氏’，你们了解多少？”

“不太多。”这一次，回答问题的是碧菘，“我们只知道，这应该是一个组织，从几十年前开始，他们就一直在向山玄大陆上的人们传授更高效的农牧业生产方式，以及更优质的农作物和禽畜品种，让这片大陆，特别是大陆东部的人口迅速增长，并带来了非常深刻而彻底的社会变化……”

“这个说法部分而言是正确的——但并不完全。”云中君放下了手中的茶杯，“一切都开始于70年前：在那时，一头四处游荡的小型年兽意外地闯入了降星之里。而附近槐江国的游侠盟会随即按照标准章程做出反应，派出了两支小队前去铲除这个麻烦。

“在这两支小队中，一支小队的队长默默无闻，只是个被盟会收养后培育成游侠的普通孤儿；另一支的队长，则是第七代东怀大公的幼弟，姬秋——东怀公国素来有让大公家没有继承权的成员成为游侠的传统，而这些人也一直都尽着游侠的本分，为守卫这个世界的居民安全做出了很大的努力，对这一点我们并不否认。

“在那一天，这两支小队执行的似乎只是一次稀松平常的任务。在当时的人们看来，所谓的降星之里不过是一处居住着少数狩猎部落的荒山野岭，并没有任何值得一提之处。虽然也有‘陨星’的传说在附近一带流传，但那件事已经过去了差不多两个世纪，几乎早就被人遗忘了。两支小队很快便找到了那只年兽，并迅速消灭了它。但是，在交战中，负责作为领队执行侦察与导航任务的姬秋所驾驶的‘鸢’式飚艇被意外击伤，导航系统受损后出现了故障，而当他发现这一故障时，小队已经沿着错误的方向深入了山区内部，并意外地发现了当年的‘陨星’的真面目。”

“也就是这座空间站？”碧菘说道。

“是的。”云中君轻敲着黑陶制成的山民茶杯，虽然降星之里的居民常常被外人视为一群茹毛饮血的野人，但事实上，除了不愿意从事农业，他们在手工业和艺术方面有着颇为独特的造诣，“当时，因为距离过远，就连姬秋的那艘‘鸢’式飚艇的通信系统，也无法有效联络盟会总部，因此，盟会对这里的存在并不知晓。这些游侠决定，在返回之前，先进入这座迫降的空间站内一探究竟。”

“在进来之后，他们意外地发现，空间站的主反应堆还在以最低限度输出能量，空间站内部一半以上的系统也都还能运作。”或许是不愿意只让云中君一人讲述这段历史，先前一直保持着沉默的姬稷也开口了，“这座空间站原本是郁林星科研体系的一部分，负责监视和采集行星上的生物样本，尤其是植物的种子和动物的生殖细胞；它也可以进行一定规模的实验：包括病害感染实验、植株栽培实验和动物培育实验。为了进行实验，这里还存储有数千种动植物病原体的样本。当然，最重要的是，在空间站的计算机系统中，甚至完整地储存有关于这个世界的完整历史记录……在那命运的一天之前，这些上古历史早已经被我们的祖先遗忘了很久很久。”

“上古……你指的是旧文明纪元的历史吗？”碧菘问道。

“是的。你应该也听说过，在进入太空时代之后，人类花了许多个世纪四处扩张，他们先是通过亚光速冷冻飞船，然后利用超光速移民船和‘蒲公英’式世代舰队，登陆并改造了数以千计的类地行星或者卫星，还有数千亿人在各种太空巨型构造物——比如空间站、轨道平台和世代飞船——内部的模拟环境中生活。而在这一过程中，大量原产于地球的动植物也被带离了太阳系，并在银河系的各个角落与人类一同扩散开来。但是，由于不同世界的环境差异诱发的基因突变，以及人类有意或者无意的改造，这些物种大多变得面目全非，出现了数以万计的变种和亚种，相较之下，它们的原始种群反而寥寥无几，在持续的杂交和衰退中面临灭亡。”

“为什么会这样？”

“这种事在地球时代就发生过不少，”姬稷解释道，“要知道，那些经过人类驯化、改良的物种往往过于成功，很容易让它们在自然界中的祖先走向穷途末路——在太空时代刚刚到来时，地球上的家鸡数量数以百亿计，但它们在自然界中的祖先类群红原鸡，却沦为了濒危动物；牛的养殖规模同样巨大，但它们的祖先原牛，在17世纪就已经灭亡。马的情况也好不到哪去。原始的小麦、水稻、土豆和各种野菜，都在人类栽培品种的冲击下沦为了濒危物种，当全世界都在吃苹果和香蕉时，野生苹果与小果蕉只有在被砍伐殆尽、沦为孤岛的小片林地，以及少数育种研究机构里才能看到。而到了太空时代，情况变得更加恶劣，为了避免这些原生物种的宝贵遗传资源彻底灭失，也为了保存对人类诞生之地的记忆，当时的人们决定，寻找一颗价值不高、但自然环境近似于地球的行星，将其改造成保护区，用于保存来自地球的原始物种。

“然后，位于银河系边缘的郁林星就被选中了：这颗行星在当时的标准下，被归类为‘黎明世界’——它存在本土生命形式，海洋中的大量可以进行光合作用的单细胞生物群落，让行星的大气层内有着充足的氧气。虽然围绕一颗不稳定的红矮星旋转，但它的地磁场足够强，足以在一定程度上抵御红矮星耀斑和磁暴的影响。更重要的是，因为进化历程中的一系列机缘巧合，本土生命形式大多存在于海洋内，陆地上则近乎一片空白，地表和大气圈内基本不存在麻烦而危险的本土微生物，除了宜居带仅限于环形的小块地区，面积相对有限，这里完全是建立保护区的理想环境——通过大量捕捞海洋中的单细胞生物群、挖掘浅海海底的有机质沉积物，行星改造工程队很快就获得了足以覆盖宜居带内约500万平方千米陆地的有机质，行星大气稍加改造，便与地球的大气相去无几，而依照与永昼和永夜区域之间的距离，行星宜居带上的气候差异分明，正好可以模拟地球上不同的气候带。最重要的是，这颗行星本身位置偏僻、缺乏开发价值。因此，将这里设为保护区也不会造成太多麻烦的法律与经济利益纠葛。

“当然，开拓过程并非一帆风顺。最初的地球化改造活动很快便引来了来自昼半球和夜半球的海洋中的巨型球状生物——也就是我们所谓的年兽——的袭扰。而不幸的是，由于一系列协议和法条的限制，负责郁林星改造的工程队无权配备专门的军事武器。为了防御这些生物的骚扰，人们对当时常见的、用于野外勘探的反重力浮空艇的设计蓝图进行了修改，产生了最初的飚艇。而负责驾驶飚艇、驱逐那些捣乱的生物的人，则被称为巡林官。”

“巡林官？”碧菘突然想起了什么，“等等……我记得，在旧文明纪元的通用语言中，‘巡林官’和‘游侠’，似乎是同一个词来着……”

“说得没错。”“破戒者”的领袖重新接过了话茬，“当然，当初的那些巡林官们，和现在的游侠几乎没有关系。他们只是一些临时兼职的科研人员，而且，随着年兽的活动逐渐受到抑制，这一组织也很快被解散，他们的装备和设施则被封存。在建设完成之后，上万种曾经被人类驯化、选育和改造的地球生物——包括动物、植物和真菌——被陆续投放到这颗行星上，在尽可能近似于它们原初生态的环境下繁衍生息。其中一些是最后的野生品种孑遗，另一些则是通过遗传学手段重新选育出的、在基因上最接近于原有野生品系的种类。就这样，郁林星成为人类历史上最大规模的物种保护区和遗传资源库……但风平浪静的日子没有持续太久。

“根据这座空间站内的记录，在建设完毕仅仅十余年后，郁林星就遭到了一些极端分子的袭扰——在旧文明纪元后期，人类社会中出现了将某些科技，尤其是基因技术作为宗教崇拜的特殊意识形态。这些人认为，耗费大量财富建立和维持郁林星这样的保护区，是一种愚昧而故步自封的行为。因此，他们策划了数次破坏行动，利用无人飞船将特别培育的作物种子投送到这颗星球。这些种子全都是特殊的基因改良品种，而且还能与未经基因改造的品系杂交，从而污染后者的基因池。在发现这些破坏行为后，保护区官方也采取了两种应对手段：其一，是在行星的高轨道上部署天基拦截武器，阻止可疑的无人宇航器继续进入；其二，则是对行星上残存的少量年兽进行改造，让它们成为生物‘清道夫’：一旦有基因污染在行星表面扩散，年兽们就会像血管里的白细胞一样被吸引到那里，将不纯洁的遗传物质吃光抹净。

“事实证明，这些手段是有效的。之后，保护区度过了超过半个世纪的平稳日子，直到旧邦联在圣体兄弟会发动的内战中崩溃，大量来自不同世界的难民涌入郁林星。这些难民们在逃到郁林星时，也带来了经过基因改造的农作物，而这自然而然地引来了作为‘清道夫’的年兽。为了与之抗衡，过去的巡林官们遗留的装备被重新启封，而使用这些装备抵御年兽的人，就成了现代游侠们的先祖……”

“这……原来我们游侠是这么来的啊……”虽然随着时间推移，青葵等人的皮肤和衣物上已经挂上了一层由她们呼出的水汽形成的冰霜，但刚刚听到这段古老历史的三人却对此浑然不觉，“那‘破戒者’和‘神农氏’难道是……”

“没错，他们都来源于当初的那次意外：在通过空间站内的记录了解了这段历史之后，当时的两位游侠小队长之一、来自东怀公国的姬秋提出了一个疯狂的计划，另一位小队长则坚决反对。双方因此发生了流血冲突，姬秋和他的队员们都因此丧生，”云中君轻轻地叹了口气，“但意外的是，他的飚艇却通过自动驾驶系统返回了东怀公国，而飚艇的记录设备则意外地录下了姬秋的一部分话语。根据我们的猜测，在这艘飚艇被东怀公国回收之后，它的新主人意外听到了这些话，并决定把那个疯狂计划继续实施下去……”

“疯狂？抱歉，我可不觉得那有什么疯狂的。”姬稷冷哼了一声，“我们不过是让饥寒交迫的人们能以有效的手段获得粮食与衣物，让那些可怜的民众不至于因为缺乏食物而抛弃老人和孩子。当然，人口的增长确实造成了一些麻烦，但这点代价……”

“如果历代‘神农氏’只是为人们提供粮食，那我们自然不会干涉。但问题是，你们实际做的，和你们告诉人们的根本是两回事吧？在过去的 50 年里，郁林星年兽的活跃程度增加了 10 倍不止，尤其是在山玄大陆的东方。这难道还不能说明问题？”云中君说道，“为了防止有人还记得过去的历史，你们故意声称，自己仅仅是重新发现了古地球上的农耕技术，并且利用古代人类曾经使用过的选育手段挑选合适的作物。但是，在没有机械设备、化肥和农药的情况下，单纯改进农耕技术的增产效果是非常有限的，而区区半个世纪的时间，最多只能实现初步的选育，根本来不及让野生动植物变成目前遍布大陆农耕区的良种。”

“唔……”

“唯一合理的解释是，那些‘神农氏’们直接将旧文明纪元留下的良种交给了各地的民众，从而实现了奇迹般的增产……年兽活动的非正常激增也证明了这点：毕竟，过去的保护区官方对年兽的改造，仅限于让它们‘消灭郁林星生物圈内的基因污染’。而选育这种行为，本质上不过是在已有的遗传性状中进行挑选，至少在认为保留突变还没有大量积累时，是不会被视为‘基因污染’的。”

“这又如何呢？”姬稷反问道，“我们一直都在有效地抵御年兽，不是吗？要是你们‘破戒者’不四处捣乱的话，我们还能做得更好。”

“但你们又能抵御到何时呢？”云中君摇了摇头，“或者说，姬秋当年留下的录音之中，并没有包括郁林星第一轮文明的历史？”

“第一轮文明？那是什么？”青葵一边快速抖动着耳朵和尾巴取暖，一边问道。在她身边，小晴和碧菘早已紧紧地抱在了一起，相互依靠对方的体温来减缓热量的流失。“难道是……”

“在抵达郁林星之后，来自不同世界、不同种族的难民们很快就重建了文明。虽然郁林星的自然环境，尤其是匮乏的矿物储量不适合工业发展，而失去星际航行和星系间通信能力也不可避免地导致了技术的退化，但至少，他们的生存仍然不成问题。”云中君答道，“但是，正是因为大量种植由难民船带来的基因改造作物，这些新建立的国度引来了越来越多的年兽，尽管利用过去巡林官装备组建起来的游侠在一开始可以抵抗年兽的攻势，但这毕竟不是长久之计。最后，当农业，或者说‘基因污染’规模发展得足够巨大时，几乎整颗行星的年兽都投入了攻击之中。它们一举碾碎了一切抵抗，几乎摧毁了各国，只有位置偏僻、孤悬于大陆之外岛屿上的东怀公国损失较为轻微，这场浩劫在后来的传说与记载中被称为‘凶年’。而经过这场劫难，损失了大多数人口的各国都放弃了成规模的农业……不过，我一直怀疑，东怀公国也许并没有这么做，否则你们根本不可能拿出能用的良种和农业技术来。”

“你猜对了，”见对方已经把话挑明，姬稷也不再遮掩，“因为环境恶劣，哪怕在大劫难之后，东怀人也没法单靠渔猎采集和纯粹的原始农业生存，所以我们确实保留着古代作物种植……当然，这种规模一直被谨慎地控制着，以免吸引过多的年兽。在70年前，当姬秋大人的飚艇返回盟会后，我的曾祖父姬穰意识到，他的打算是正确的——年兽并非不可战胜，只要我们有办法重启全部古老的遗产。”

“重启全部古老的遗产？但光靠飚艇是不能……等等，你指的是天基武器系统吗？”云中君问道，“但那东西就算还能运转，我们也拿不到它的完整控制权。”

“谁告诉你，战胜年兽就必须依靠专门设计的武器了？”姬稷问道，“对于一个决心足够坚定的人而言，任何东西都能成为武器。我记得，姬秋大人当年总共提出了两个方案，轨道上的天基武器系统只是其一。难道你们‘破戒者’把他的另一个备选方案给忘记了？”

“我们确实没忘，但第二个方案同样存在严重的不确定性。说到底，我们的先祖之所以拒绝姬秋的打算，也正是不确定性太大的缘故。”云中君长叹了一声，“他打算通过重新大规模推广种植那些由基因工程培植的古代作物，再一次诱发年兽狂潮，然后用所谓的秘密武器一口气根除年兽，为郁林星人类社会的发展扫除最大的障碍——但是，一旦计划出现纰漏，就意味着数以百万计的无辜者的死亡。这种风险实在是太大……”

“但人类历史上，哪一次至关重要的进步，是没有冒丝毫风险的？！”姬稷反问道，“知道我们为什么以‘神农氏’作为在行动中的化名吗？”

“唔，我想起来了……神农‘尝百草之滋味，水泉之甘苦，令民知所辟就。’”抖得越来越厉害的小晴低声说道，“‘当此之时，一日而遇七十毒。’”

“没错，就是这样。”姬稷微笑道，不知为何，种子库里的低温对他似乎没有任何影响，“我们采用这个名字，正是为了让自己时刻记住一点：对于人类而言，任何发展总是要有风险与代价的。如果放任自己屈从于对不确定性的恐惧，那么，我们就永远只能像藏在腐土败叶之下的小虫一样，在无尽的黑暗之中无知地苟延残喘……”

“但面对风险的前提，是风险没有达到不可控的地步。”云中君皱起了眉头，“你以为我们没有利用这座空间站内尚能运作的计算机推测过那个计划的成功可能性？即使基于最乐观的参数计算，我们需要付出的代价也太高了……”

“是吗？那么一直以来，你们‘破戒者’为了抑制农业在郁林星上的发展，付出的代价难道就少了吗？”姬稷没等对方说完，便打断了云中君的发言，“一开始，你们选择刺杀传播农业技术的人员、用物理手段破坏农作物的方式，在这一过程中焚毁了众多村落，杀死了数以千计的无辜者，还顺带谋害了至少上百名可能对你们造成阻碍的游侠，但最终，农业的扩张速度还是超过了你们可以控制的水准。于是，你们又转而计划用储存在空间站里的植物病原体大规模摧毁作物——而一旦你们挑选出合适的病原体，并且大规模散播出去，整颗行星上至少会有数以万计的人会死于饥荒。”

“对！我们不否认，在目前情况下，要防止上一轮文明被摧毁的灾难重演，饥荒已经不可避免。但姬秋……如果你们‘神农氏’一直奉行的计划一旦失败，我们需要计算的就不是‘会死多少人’，而是‘有多少人还能活下来’了！因为那意味着的可是‘凶年’！”云中君答道，“算了，无论你是否同意，现在你们都只有两个选择：要么与我们合作，要么继续留在那里面。我会耐心地等待你们的答复。”

姬稷没有回答，而是将视线转向了身边的同伴们。

“你……你休想威胁我们！”青葵说道，“虽……虽然我还是不太明白这些‘计划’到底是怎么回事，但我相信，像公子殿下这样的好人，肯定会做出对这个世界的人们最有利的决定。”

“我不否认他和之前的‘神农氏’——也就是他的祖辈们一样，都是道德意义上的好人。但是，他们只是在做出‘自认为对人们最有利’的决定，人类的主观意愿从来和客观现实是两码事。”

“或许吧。但恕……恕我直言，虽然目前我无……无从知晓你们的计……计划的细节数据，也不……不能判断究竟哪个计划更加安全或者人……人道。但我相对更……更不喜欢你们的计划。毕竟，迄今为止，‘破戒者’确实已经杀害了许多人，‘神农氏’们却只是为人们提供了食物……”虽然冻得牙齿不断打战，但碧菘还是把这番话说了出来，“就……就凭这点，我们也很难相信你们。”

“恕我直言，当一枚炮弹落到某个人的头上时，发射手与装填手的责任区别其实并没有那么大，”“破戒者”的首领又一次端起了黑陶茶杯，却发现里面已经空了，“‘神农氏’的做法只不过是在间接杀人——难道各位在来到山玄大陆之后，没有目睹过沿途的战乱？没有看到游侠们因为年兽威胁增长而获得过去无从想象的权力，并操控着诸国相互争斗？降星之里的人们之所以愿意与我们合作，甚至称呼我们为‘恩主’，归根结底又是为何？而一旦他们的计划失败，与接踵而至的灾难相比，已经发生的这一切根本不算什么。总之，我不会改变主意。”

“那我们也不会，”在寒冷的种子库里，姬稷冷笑道，“哦，没错，你或许以为，我们会因为担心被冻死或者死于窒息而选择妥协，是吗？”

“我并不希望这种事发生……”

“我不认为这种事会发生。”姬稷掏出一只游侠常用的机械式计时器，朝着表盘上看了一眼，“好了，时候到了。”

“什么？”云中君先是不解地问了一句，紧接着，他突然意识到了什么，并将视线转向了一名部下，“启动并查看预警系统，快！”

“有大量运动物体信号接近！是飚艇！而且不是我们的！”在半分钟后，那人报告道，“距离我们不到 1 千米！数量……有 35……35……不，至少 40 艘！”

“这么多……这是在搞什么？”云中君困惑地自言自语道。这群飚艇能悄然接近，倒是并不出乎他的预料——虽然在迫降于群山中之后，这座空间站的传感器系统，尤其是至关重要的高精度探测雷达仍然可以运作，但是，它的用途已经变得非常有限：在空旷的太空中，这套系统可以轻易探测到轨道上数千千米外的障碍物，并保证空间站及时变轨规避，可是，在这里，周围的群山极大地削弱了它的探测能力，使得这套系统的用途只剩下了在夜间为返回的己方飚艇导航。相较之下，真正让他感到不解的，其实是对方的用意：据他所知，除了“破戒者”组织中的少数核心技术人员，这个世界上没有任何人懂得如何破解飚艇武器系统的限制程序。换言之，虽然这次出现在降星之里的飚艇数量已经和许多小型游侠盟会拥有的飚艇总数相去无几，但只要他们这边不率先开火，对方应该很难有所作为。

不过，他的这种困惑只持续了很短的一段时间：当几艘打头阵的飚艇在空间站那遍布烧蚀痕迹的外壳表面停下时，一台装在附近的监控摄像机拍下了这些载具的模样：它们修长的梭状艇身两侧分别加装了一处用金属板铆接而成的简陋挎斗，挎斗中各载有一个人。这些人全都穿着包裹全身的厚重装甲，看上去有些像是20世纪中叶儿童动画里的机器人，但动作并不迟钝缓慢。飚艇刚一停稳，他们就纷纷从挎斗中跃出，像攻击敌对蚁穴的蚂蚁群一样冲入了古老的空间站内。

“你……你算计我？！”云中君在通信频道中朝姬稷喊道。

“啊，彼此彼此，”姬稷冷笑道，“毕竟你们不也刚做了类似的事情吗？”

“可恶！你刚才难道只是在拖延时间吗？！”云中君说道，但他很清楚，自己眼下已经来不及做什么了：虽然“破戒者”的总人数并不少，但他们的大多数成员都在大陆各处执行任务，留守在此处的人员相当有限。更糟糕的是，这座古老的空间站虽然是“破戒者”最重要的仓储与研究中心，却并没有准备太多防御手段——当年姬秋的飚艇保留的录音中并未提及此处的具体位置，降星之里深处的重峦叠嶂，以及将他们视为伟大的“恩主”、坚决对一切秘密守口如瓶的本地居民们，就是它最好的防御措施。事实上，如果不是他希望借机俘获姬稷一行人而允许那艘受损的飚艇正常返航，姬稷几乎不可能凭自己找到这里。

正因如此，当突袭到来时，“破戒者”们可用的应对手段并不太多。

当然，“缺乏应对手段”并不意味着“坐以待毙”：纵然准备不足，但这座空间站本身仍然具有一定的防御能力：厚重的气密门在接到控制室的指令后被接连关闭，古老的自动防御枪塔从地板和天花板里钻出，将暴雨般的碳化硅弹头射向入侵者，少数留守人员也拿起武器，投入了防御作战——这些武器并非郁林星上流行的刀矛剑戟，而是旧文明纪元留下的各类枪械。在过去的数十年中，“破戒者”们在行星各处的遗迹里搜集到了这些古老的武器，而现在，它们终于派上了用场。

但这一切都远远不够。

虽然有少数几个入侵者被防御火力击倒，但进攻方的损失整体而言并不太大——他们身穿的护甲不但赋予了他们可靠的防御能力，也让他们拥有了远超常人的力量和速度。虽然这些人中的大多数都没有装备专门的武器，但这并不妨碍他们用机械臂砸碎枪塔、用装在胳膊上的高温切割炬切开气密门，或者直接从防卫者的手中夺走枪械。

“这……这不可能……”云中君无力地坐在了椅子上，“这颗星球在过去被归类为非军事化的科研世界！除了飚艇，行星上应该不可能存在任何旧文明纪元的重型武器才对……”

“但这也不是武器啊——我的这些紫宸国朋友们所使用的，是我的叔父姬秣偶然在某处古代遗迹里找到的一堆重型太空动力工程服。它们可是彻头彻尾的民用产品哦，”姬稷说道，“啊对了，这些动力工程服原本的用途，就是维修或者拆解轨道上的各种人造装置……比如说这座空间站。”

“唔……”云中君终于说不出话来了。

在重型动力工程服的加持之下，空间站内的抵抗很快便结束了。最终，一小队入侵者势不可挡地攻入了位于空间站最深处的实验区，并将自制的爆炸物投向了那些已有数百年历史的精密设备——它们的唯一用途，正是大规模培育各种以植物为宿主的病原体。

一切都在爆炸声中结束了。

“好了，现在我们可以开始谈判了。”片刻之后，一个声音接入了通信频道之中。这是一个轻快的、带着专属于年轻女性的活力的声音，“如果姬稷殿下之前所言属实，你已经失去了最后一张底牌，是吧，‘破戒者’先生？”

“对。”云中君说道。此时此刻，否认毫无意义。在方才的爆炸结束后，他的整个计划随之破灭。即便能消灭这些入侵者，“破戒者”一方也绝无可能在年兽的狂潮开始横扫整个大陆之前，制造出足以破坏足够多农作物的病原体了，“你是谁？你的条件是什么？”

“我是紫宸国大君的侄孙女，紫旗卫指挥官、侍从将军叶欢喜，也是东怀公国公子殿下法理上的未婚妻和代理人，”轻快的声音说道，“我的条件只有一个：你们与我联手，一起拯救郁林星上所有人类的未来。”

# 第十六章　风暴之前

当“小玉”号开始接近那一队涂着紫宸国淡紫色识别标志的飚艇，准备开始编队行驶时，青葵有些不快地叹了口气，让自己珍爱的座驾降低了飞行速度——由于全都装上了那对粗糙丑陋、土里土气的载人用挎斗，这些紫宸国的飚艇全都显得既笨拙又滑稽，让她想起了碧菘的图鉴里提到的一种名为“水泡眼金鱼”的古代宠物。每次与它们进行编队训练，她都会感到一种微妙的不自在，就像是身上沾了什么弄不掉的脏东西似的。

但即便如此，她和“绯红誓约”的同伴们仍然必须认真对待这些训练。毕竟，在过去的 5 个本地日——相当于古地球的约 3 个月——时间中，就算是最迟钝的人也能感觉到，有某些令人不安的改变正在悄然发生。而根据姬稷的说法，一旦“那个时刻”到来，他们的战斗表现将会决定成千上万人的生死。

老实说，青葵并不喜欢这样：虽然她并不惧怕面对危险和挑战，但却不太喜欢背负责任，尤其是如此沉重的责任的感觉。对她而言，成为游侠的意义和最大好处，就在于无穷无尽的刺激与冒险，外加在冒险之余稍微享受行侠仗义所带来的满足感。但是，当赌桌上的筹码从她的那支三人小队，变成郁林星上的所有人之后，她却隐约感到了不安。

“喂喂，青葵，你怎么了？”随着飚艇编队转入贴地飞行、开始迅速接近被用于模拟巨型年兽的人工山丘，青葵握着操纵杆的手开始抖动了起来。虽然幅度相当轻微，但与她一样有着丰富战斗经验的碧菘和小晴还是立即察觉到了“小玉”号在机动中出现的些微异样。

“我猜她肯定是肚子不舒服，”小晴一边调试着自卫用爆能枪，一边嘀咕道，“谁叫她昨晚和我抢菜吃的？现在知道河蚌不能吃太多了吧？”

“这和河蚌没关系啦！”青葵说道，“我……我没问题，只是有点累了。”

“是吗？那你最近可得好好休息。等到最后一战开始时，我们所有人都必须处于最佳状态才行。”碧菘说道。

“我知道啦。”青葵做了个深呼吸，按照习惯的方式试图让自己的情绪稳定下来——但无论怎么努力，她都无法祛除那种萦绕在心头的紧张感。这并不是往常大战将至时那种混合着欣喜与期冀的兴奋，而是一种难以用语言准确形容的不安与迷惘。在透过驾驶舱风挡望向假山时，她总会下意识地怀疑，自己是否真的能够胜任目前的位置……

作为大陆上最强大的国家——紫宸国的王室所引以为豪的宝物，这座被称为“琼岳”的人工山坐落于王都瑶京城外的王室园囿中央，高度足有100多米。自从“神农氏”现世之后，大陆上的农业发展造成了快速的财富积累，也让紫宸国的统治者们有了建造这种巨大的人造物来炫耀财富的能力和动力。在往日，它的山体上遍布着造价不菲的雕栏画栋，四处皆是从大陆各处搜罗而来的奇石异草。但现在，这一切都已经不复存在，取而代之的是大大小小的洞穴、无数弹坑和烧灼的痕迹，以及用干稻草和充气的动物皮革制成的靶子。

“护卫分队，掩护预案二，开始压制作战。”在人工山的轮廓占据了风挡面积一半以上后，青葵深吸了一口气，向跟随着自己的几艘飚艇下达了指令。这些型号不同的飚艇随即分成了两支小队，用轻型武器朝着琼岳上的稻草和皮囊靶子猛烈开火，模拟在逼近年兽时与寄生在那些巨兽体内的太岁交战的状况。

如果是在平时，游侠们通常不会用这种方式进行训练：作为过去的巡林官留下的设备的一部分，在大多数游侠盟会的总部，都保留有旧文明纪元建造的模拟设备，可以用来模仿驱逐年兽的战斗。不幸的是，那些模拟设备在目前派不上用场：毕竟，旧文明纪元的那帮科学家们就算挠破脑袋也想不到，未来的郁林星不但会成为百万难民后裔的家园，人们还会将他们用来维护太空设备的工程服改造成武器装备使用。因此，模拟器的软件中自然也没有任何相应的程序。

“真是可惜。如果我们的模拟器允许自主编程就好了。”在身后的小晴用力扣着爆能枪的扳机、将暴雨般的等离子弹泼洒向假山上的靶子的同时，暂时无事可干的碧菘小声嘀咕道，“这样的话，既可以节约不少靶子的经费，也能减少训练中的风险……”

“没关系，我看小晴一直在很努力地为我们节省靶子。”在朝身后瞥了一眼之后，青葵有些哭笑不得地摇了摇头：小晴的射击准头还是像往常一样飘忽不定。虽然她已经故意将时速降到了不足 50 千米每小时，而且与目标之间的距离也非常近，但这位东皇太一奉祀官的继承人还是把至少九成的射击都打空了。

幸好，周围并没有人注意到小晴的糟糕表现：绝大多数人的注意力都集中在了突击分队——也就是那些来自紫宸国游侠盟会、接受了改装的飚艇上。在这些飚艇的挎斗之中，穿着古老的工程用动力服的突击队员们在离山头还有数百米时，就纷纷一跃而下，启动了背部的高压喷气背包。虽然其中的压缩空气只能维持一小段时间的喷射，但已经足以让他们在短时间内降落在山体表面。在着陆之后，突击队员们立即分成小组，钻入了遍布山体表面的洞口之中。

“唔，你觉得这种模拟能管用吗？”碧菘小声嘀咕道，“我觉得不太行欸。”

“我也有这种感觉。但问题是，现在也只有这种办法了。”青葵叹了口气：在这段时间里，他们反复操演的，是针对被称为“镇星”和“岁星”的超巨型年兽的特攻战术。虽然经常出现在大陆各处的“辰星”和“荧惑”已经算得上是庞然大物，可以轻而易举地压倒大树、破坏房屋，但与这些可怕的存在相比，它们根本就算不上什么——在数个世纪前，当古人用太阳系行星的别名为这些年兽分别取名时，就已经特意强调了这种差异性：据说，最巨大的“岁星”个体直径接近200米，在快速滚动前进时，甚至足以在周围造成持续不断的小型地震。即便是“鹭”式飚艇的重型等离子武器，或者“隼”式飚艇的强力激光炮，打在它高度矿化的球状外壳上也只是不疼不痒。“镇星”虽然略小一些，但动辄上百米的直径仍然极为可怖。幸运的是，与活跃的小型同类不同，在通常情况下，这些怪物都会老老实实地待在行星向阳或者背阴面的大洋底部，躲藏在永恒的炽热风暴和坚厚的冰盖之下，往往数十年才会流传出一两起目击记录，因此，许多游侠盟会甚至从来没有机会与它们交手……

……除了两个多世纪前那场让郁林星的人类文明彻底洗牌的大灾难。

由于几乎没人真的与超巨型年兽、特别是极少出现的大个体“岁星”交战过，因此，也没人知道行之有效的对抗手段究竟是什么。唯一可以肯定的只有一点，那就是单凭飚艇的武器没法解决它们。而紫旗卫——紫宸国花费多年时间秘密训练起来的精英突击队——针对这一点所设计的作战方案，是直接让身穿从遗迹中发掘并修复的太空动力工程服的突击队携带爆破器材，从年兽的球状壳体上的孔洞强行冲入其中、并由脆弱的内部进行爆破。虽然在训练中，这一方案被证明“理论上可行”，但任何智商比零稍高一点的人都能看出来，这种“理论上可行”很难说明什么。

“训练结束。各位干得非常出色，请继续保持努力！现在返航。”当那些身穿太空工程服、看上去像极了一群蹩脚的机器人的突击队员们纷纷从山上的坑洞中钻出后，通信频道里传来了担任训练指挥的姬稷的声音。如果在别的时候，光是听到姬稷的声音，就足以让青葵感到喜悦与安宁。但现在，那种一直困扰着她的、隐约的不安感却变得更加强烈了。“‘绯红誓约’小队？能收到我的通信信号吗？现在可以返航了。两小时后，我们要在无忧宫召开特别作战会议。”

“呃？欸欸，好的！”在不知不觉中进入了出神状态的青葵如梦初醒地点了点头，随即连忙拉动操纵杆，让“小玉”号返回了正在进行返航前重组的飚艇队列之中，掉头驶向了不远处的瑶京城。瑶京是整个山玄大陆，不，应该说是整颗郁林星上最巨大而宏伟的城市，没有之一：这座紫宸国的瑰宝坐落于山玄大陆东南方的一片面积广袤的冲积平原上，周围是水源丰沛的富庶农业区。因为纬度更接近于昼半球一侧的缘故，这里一日中的白昼阶段虽然不如位于南方海岸的狐港那么漫长，但也长达300个小时以上，充足的光照和积温，以及密布的河网带来的取之不竭的淡水供应，让各种喜水喜热的禾本科作物可以尽情地展开光合作用，恣意地生长。更重要的是，由于离大海有一段距离，这一带不需要像狐港那样担心风暴潮对作物的影响，当这一切有利因素叠加在一起之后，最终所产生的，就是一片几乎连绵数百千米的巨型农田区域。

在越过玄关海峡之后的旅行之中，“绯红誓约”小队的三人已经见识过了各种各样的农田。在仍然保留着传统的禁忌和对东皇太一的崇拜的大陆西侧，农田的模样和她们的故乡水苍大陆相去无几。轮廓粗糙的小片土地上胡乱种植着一些未经选育的野菜，或者非常原始、与山羊草和狗尾草看上去差不多的单粒小麦和低矮的粟米，为数不多的产出仅仅作为日常饮食的调剂。在继续向东进发的过程中，农田变得越来越成熟。规整的、有着系统性的灌溉和排水设施的田地与种植园取代了杂草丛般的小块田地，杂乱的野菜变成了琳琅满目的各类蔬果。而在这里，紫宸国的心脏地区，她们真正见识到了人类是如何以自己的力量改造自然的：在目之所及的范围内，水稻细长叶片的青绿色几乎是唯一能够看到的颜色。本该遍布于这种冲积平原上的沼泽、芦苇丛和牛轭湖早已在许多年之前，就被奋力开垦的农民们填平、扫清，本来弯弯曲曲的河流经过修整，在两侧岸边“长出”了无数横平竖直的人工灌溉渠，就像肌肉组织中的毛细血管一样深入田野。曾经起伏的丘陵被逐一铲平，散布平原上的森林也早已消失，只剩下了栽种在田野边缘的小片桑树和果木。除了水稻，唯一还能大规模存在的植被只剩下了一种，那就是同样属于禾本科的竹子——在大大小小的村落附近，大多刻意保留有一片竹林，这种坚韧而高大的植物可以为本地人提供制作数百种日用品和常见工具所必需的材料，是所有人生活中不可或缺的存在。

由于这一带的大多数水稻都是 4 个本地日——大约相当于古地球上的 80 天——之前种下去的，现在，许多稻田已经陆续进入了花期。当结束演习的飚艇群从田野上方掠过时，浓郁的花香就像扑面而来的海浪一样涌入了座舱，包裹住了坐在里面的每一个人。对于初次见识水稻花期的青葵一行人而言，这是一种相当奇特的体会：无处不在的稻花香气几乎扫荡了她们心中郁积的一切不安、愤懑、疲惫、迷惘和无名的怒火，像是一只温柔的手一样抚慰着心灵——由于祖辈曾经在数十个世纪中与水稻这种作物共生，对于这种气味的本能反应，在一定程度上已经刻入了她们的基因，即便是太空时代中的无数次变异和人为的基因改造，也无法将这些印记抹去。

可惜的是，这种感觉未能持续太长的时间——很快，名为“理性”的冰冷声音就将三人蛮横地拽回了现实：浓郁的稻花香味确实意味着丰饶、富足和安宁，但在这个世界，它同样也意味着危险的、与整个世界的开发目的背道而驰的基因污染，以及足以吸引年兽的巨量生物质。换句话说，这气味也意味着随时可能到来的灾难……在过去，这种事被认为称为“凶年”。

而这一次“凶年”的规模，将会是过去曾经发生过的“凶年”难以比拟的。

在穿过飘满稻花香气的田野区域后，返航的飚艇队伍最后在瑶京城高达百米的城墙外侧解散，开始分头返回各分队的驻扎地。作为紫宸国的都城，瑶京城的历史相当悠久，最初建立于旧文明纪元终结、难民们涌入郁林星的那个世纪。据说，在这座城市中的部分建筑甚至修建于那之前，并在建造过程中使用了旧文明纪元那如同神话和魔法般的技术。这些建筑中，除了瑶京城外那高大巍峨、号称无法攻破的巨大城墙，还有迷宫般的地下水宫，以及矗立在城市最中央的巨大宫殿——紫宸王室居住的无忧宫。

由于分配到的起降平台位于无忧宫的另一侧，在降落之前，青葵不得不驾驶着“小玉”号绕着宫殿建筑飞了大半圈——这花费了她不少时间。与其他国家和城邦的宫殿不同，始建于 500 年前的无忧宫是一处彻头彻尾的奇观。这是一座直插云端、顶部距离地面的高度超过了 300 多米的巨型圆柱状塔楼，白色的墙体表面覆盖着仿佛珍珠般光滑、但却像黄玉一样坚韧的物质，虽然历经数个世纪的风吹雨打，却没有丝毫破损颓败的痕迹，甚至连灰尘也无法在上面长时间停留。供小型飞行器起降的平台像长在巨树树干上的菌类一样，附着在这光滑的墙壁边缘。而在无忧宫的最顶层，墙壁与天花板更是完全由透明材质构成，历代紫宸国的君主都将王座设在这太虚之厅的中央，以便俯瞰他们的全部国土。

没有人知道，旧文明纪元的人们为什么要建造这样的建筑物，又究竟打算用它做什么。毕竟，在那个拥有神一般技术的时代，建造一座像这样的高塔，对当时的人而言并不比在沙滩上堆起一座沙堡更加困难。而且，当最初逃往郁林星的难民们聚集在瑶京城的城墙之内、在无忧宫的阴影之下建立起紫宸国时，进入这座建筑的人发现，它似乎尚未完工：虽然能源系统和大多数主要设施已经可以运转，但某些区域显然还没有修筑完毕。不过，由于无法确认建筑物的本来用途，最终，紫宸国的君主将那些区域封闭了起来，并将这里变成了自己的宫殿兼城堡。

在停好飚艇之后，青葵一行人跟随着姬稷进入了位于无忧宫中央区域的电梯——这很可能也是整个郁林星上唯一一座还能正常运行的电梯——抵达了太虚之厅。此时此刻，大厅上方的天空一片晴朗，郁林星所绕转的那颗红矮星正悬在接近天顶的位置，将它深橘红色的光芒洒向这片土地。如果是在外面，这时的阳光多少会让人感到有些不适，不过，太虚之厅的透明天花板却微妙地吸收了阳光中的热度，让大厅内的人们的体感温度处于最为舒适的状态。

从理论上讲，作为紫宸国国君的王座所在地，太虚之厅通常不会允许外人随意进入。不过，现任的国君由于过于老迈，在多年前就已经卧病在床、无法视事，因此，摆在大厅中央的那张紫檀木王座也早已空了许久。王座之下，是一张由整块黑曜石雕刻而成的墨黑色长桌，其材质来自大陆南方列岛的火山地带。目前执掌国家的重臣议会成员们占据了长桌边的一半座位，另一半座位则留给了即将参与接下来战斗行动的各路指挥官、游侠盟会的资深游侠，以及其他有发言权的专家和顾问们。

其中，青葵等人的座位位于长桌的最末端，姬稷则被安排坐在了长桌的最前端，与他名义上的婚约者、同时也是紫宸国最重要的军事指挥官之一叶欢喜坐在一起。

“唔，你们几个总算来了。”在青葵落座时，有人从身后悄悄扯了扯她的尾巴，“怎么，每天都要专门跑那么远去训练吗？”

“不然呢？虽然公子殿下说的灾难还没到来，但谁知道那些年兽什么时候就会从大海里爬出来，对大陆展开最后的扫荡？”青葵瞥了一眼朱刃红，反问道。就像她们一样，这位大小姐虽然是狐港大家族的成员，原本也没有资格出现在这里。只不过，因为一系列阴差阳错的巧合，她被卷入了“破戒者”们在狐港策划的阴谋活动之中，并在众人逃离那座城市时，按照姬稷的指令，带着斑斑前往紫宸国送信。在收到姬稷的信之后，叶欢喜立即带领她麾下的紫旗卫展开行动，追踪着姬稷留下的标记抵达了降星之里，并成功摧毁了那座古老空间站深处的病原体生产扩培设施，彻底终结了“破戒者”的计划。

由于了解了太多内幕，在降星之里的行动结束之后，紫宸国的重臣议会索性把朱刃红任命为狐港在紫宸国的代表，专门负责双方接下来的联络工作。至于“绯红誓约”的三人，则是以姬稷的“侍从”身份来到这里的。

“其实，我还是觉得我们没必要这么急。”朱刃红挠了挠脑袋，又随手摸出一个饭团，塞给了正在她脚边晃来晃去的斑斑。在这段时间里，它已经从一只小不点儿变成了一头半人高的、威风凛凛的大猪，只不过性格还是和以前一样怯懦而黏人，因此，无忧宫的守卫们也允许朱刃红将它带在身边。“那个……我也已经了解过关于‘神农氏’的所作所为，这颗行星当年的真正用途，还有基因污染的事儿了。但话说回来，我们种植高产作物的时间也已经有好几代人了。虽然那些‘破戒者’说，灾难会在所谓的‘基因污染’规模达到一定阈值之后发生，但他们自己也不知道这个阈值是什么。搞不好我们还有好几年，甚至是更长的时间。”

“我看你只是纯粹不想参加训练吧？”小晴吐槽道。

“喂喂！谁不想训练啦？！我只是提出了一个理性的推测——”

“但任何推测都需要基于客观条件的变化不断进行修正，不是吗？”坐在姬稷身边的叶欢喜突然打断了朱刃红的话。如果不是身上穿着的那件带有夸张的镀银肩甲和胸甲部件、镶着繁复的金丝花边的制服，恐怕很难有人能把这个瘦瘦小小、皮肤苍白、有着一双仿佛凝固鲜血般的瞳孔的女孩和“将军”这个词联系起来。虽然青葵之前曾经听碧菘说过，在山玄大陆的东方，一些古老国家会将“将军”作为象征性的头衔封赠给王室和贵族成员，而叶欢喜的家族也确实拥有一部分王族血统，但是，她能待在这里却另有原因：在12岁时，这个苍白的女孩就已经完成了作为一名游侠的全部测试，并在14岁时独自击杀了第一头年兽。但仅仅两年之后，她就以“个人原因”退出了游侠盟会——至少在表面上是这样——并转而参加了一场对外高度保密的考古挖掘行动。3年后，作为那次行动的主要成果，总数400人的紫旗卫在叶欢喜的一手操办下完成了组建，并成功获得了紫宸国游侠盟会的“自愿”协助。除此之外，按照姬稷的说法，叶欢喜还在某些特殊任务中立下过众多功绩，但相关信息即便是他也无权完全了解。

“好啦，各位，我们今天之所以要召开会议，主要原因正是紫旗卫的侦察队在最近获得的一些重要信息。”姬稷接着说道，同时打开了一只匣子，从里面取出了一只小小的球状物——在旧文明纪元，这种全息球只是一种廉价的娱乐用品，用来进行录影与投影，其质量远不如更加专业的设备。但是，由于廉价导致的产量巨大，以及相对简单的构造更适合长期保存，在漫长的岁月之后，有相当数量的全息球留存了下来，并在这个时代被人们重新发掘利用。“简而言之，我们之前预测的‘凶年’开始的时刻，已经到来了。”

“是吗？”在长桌的另一端，曾经的“破戒者”首领、被称为“云中君”的男人问道。在那一天，当紫旗卫炸毁了病原体扩培设备之后，他和他的部下立即选择了投入姬稷这一方。按照他的说法，这与个人好恶无关，纯粹只是出于理性而做出的选择。“你们究竟拍到了什么？”

“这个。”姬稷按下了全息球的开关，后者立即浮到了空中。转瞬之后，太虚之厅突然从众人身边“消失”了，取而代之的是一片由光影构筑而成的白色天地：这是一片极度荒凉的土地，昏暗的红矮星低垂在大地的边缘，被冰雪覆盖的荒山之间，零零星星地散落着一些因为光照稀缺而瘦弱枯萎的针叶树。一座小小的村落就这么坐落在无尽的冰霜之中，从半地穴式房屋的数量和规模来看，这里曾经居住着数以百计的居民。

“这应该是大陆的最北边，北莱国的沿海区域。”碧菘在青葵和小晴耳边轻声嘀咕道，“我以前听说过那地方的情况：由于特别接近夜半球的永冻之洋，那地方的白昼非常短暂，无论什么东西都种不了，只有极少数人在当地依靠渔猎过活。”

“你说对了，”虽然碧菘将声音压得很低，但姬稷还是听到了，“至少，在我们‘神农氏’将‘赠礼’带去之前，确实是这样。”

“唔，你们带去了什么？要是我没弄错的话，那地方完全没有条件开展农耕……”

“是的，所以我教会了他们通过发酵方法处理各种有机物——从来自永冻之洋的海产下脚料到森林里的枯枝败叶——并以此为基础开展包括家猪、家鸡和鱼类在内的室内养殖业，以及真菌培植业，在过去几年里，上述做法的效果相当显著。”

“确实。”碧菘有节奏地晃着尾巴——这是她开始深入思考时的习惯动作，“但这些努力现在已经全都付诸东流了。”

“错，这些努力恰恰达到了目的。”姬稷看着那些曾经是养殖设施和民居的建筑物，半是满意、半是哀伤地轻叹了一声：在这段影像被摄制下来时，曾经繁荣的村子里已经没有任何一座房屋还是完好的了。用粗大圆木制成的倾斜屋顶被粗暴地压垮、碾碎，变成了填埋在地穴中的建筑垃圾，曾经是养殖场、蘑菇种植场和鱼池的地方，已经只剩下了一堆色调怪异的黏稠液体——所有与年兽长期打交道的人都能一眼认出，这正是那些庞然大物对可食用有机物进行体外消化所留下的痕迹。虽然没有标准意义上的“嘴”或者“口器”结构，但年兽在吃东西时几乎完全不会浪费：在一座被毁的半地下式养猪场中，数百头关在圈里的大肥猪只剩下了一些与残留消化液一起被冻结的、早已被碾碎的骨头渣，其他动物的下场也没好到哪里去。唯一令人感到差可告慰的是，至少在废墟里并没有出现大量人类的骸骨残片。更重要的是，覆盖这座小村庄的年兽碾轧痕迹有粗有细，对应的年兽直径从数米到六七十米不等，而众所周知，在绝大多数情况下，这些庞然大物都是单独行动的。

“在一个本地日之前，至少50头年兽从永冻之洋中出现，袭击了这座村庄。当地居民在年兽出现后立即选择了逃离，除了一名行动不便的老人失踪，其他人都安全离开了村子。早已部署在附近的紫旗卫小队随后接应他们前往了南方的城镇，”叶欢喜补充道，“这段影像就是紫旗卫留下的全息球所拍摄的。”

“早已部署在附近……你们一开始就知道村子会被年兽袭击吗？”碧菘问道。

“不如说，这就是目的，”姬稷打了个响指，让冰天雪地和村庄废墟的影像一同从众人身边消失了，“而现在，目的达成了。”

“‘神农氏’之所以将各种经过基因改良、会在这颗行星上被视为‘基因污染’的动植物良种分发给民众，并教给人们相应的生产技术，可不仅仅是出于好心。”一旁的云中君说道，“他们的另一个目的，正是主动诱使那些接受过我们的先祖改造、会针对‘污染源’发起攻击的年兽倾巢出动，并计划一次性消灭它们——就像一切巨型生物一样，大型年兽的生长需要漫长的时间，如果能在战斗中一口气把它们完全摧毁，在之后数百年的时间中，郁林星都会变得相当安全……足以让我们趁着这段时间继续发展进步，重拾过去失落的科技与文明。”他摇了摇头，咳嗽了几声，“至少，从理论上讲是这样。只不过，其中的不确定因素实在是太多，而且就算是能够获胜，恐怕也难免遭受惨重伤亡……”

“伤亡？呵，难道你们的计划不会造成伤亡？在整颗行星散布病原体消灭那些属于‘基因污染源’的高产作物，确实可以避免从深海之中涌出的年兽狂潮的入侵——但因此造成的饥荒会让多少人死于非命呢？比起饿死，在战斗中被杀死反而不那么痛苦。”叶欢喜冷笑道。

“也许吧，但如果你们的计划失败呢？要不是因为目前除了协助你们将这一计划推行下去，我们没有更好的手段可以保护郁林星的人类，我绝不会与你们一同冒险！”

“但你们现在没有别的选择，不是吗？”叶欢喜的笑容变得越发开心了，“况且，比起天天朝着东皇太一顶礼膜拜，在各种各样的‘禁忌’束缚下过着原始、单调而贫乏的生活，我们还不如为了美好的未来放手一搏。”

在叶欢喜说出这话的同时，并未参与对话的青葵突然感到心头一寒——不知为何，刚才这位侍从将军似乎瞪了她一眼，并朝她投来了一个极为冰冷、充满了憎恶与不信任的眼神。

“总之，就纯粹的功利主义角度而言，这座村庄及另外几座接受了‘赠礼’而发展起来的沿海村镇，其存在价值都只有一个，那就是确保年兽们在登上舞台时，严格按照我们的剧本行事。”随着姬稷重新接过话茬，他的背后也凭空出现了一幅郁林星的地图：在这颗类地行星不算特别宽阔的宜居带上，山玄大陆和水苍大陆就像是植物幼苗的两片子叶，隔着玄关海峡遥遥对望，密密麻麻、带着年份记录的红点散落其上，每一个都代表着一次年兽的袭击记录。其中，在普遍遵守着古老的禁忌的水苍大陆，红点寥寥无几，而越是往东，红点的数量就越多。其中，一些正在闪烁的大红点落在了大陆的沿海地带，一旁标识的日期表明，它们都是在最近一个本地日的时间内出现的，“在整个作战计划中，为了能以‘最终手段’彻底歼灭年兽，将它们诱到特定地带集中起来是至关重要的。”

“多亏了历代‘神农氏’在紫宸国和东怀公国两国的秘密支持下，持续数十年的辛苦经营，我们总算有机会实现这一目标了。”站在一旁的尤莉拍了拍手，地图上的红点随即消失了，取而代之的是大量的绿色、棕色与浅黄色斑块——作为常年追随姬稷的重要助手和副官，尤莉原本也有资格获得一个座位，但她拒绝了。按照她自己的说法，站在主人身后、时刻准备为对方服务，才是仆从的本分。“正如各位所见，这是山玄大陆的主要农业区分布，浅绿色是水稻，深绿色是小麦和大麦，浅棕色则是高粱，淡黄色是玉米，我想各位应该已经注意到什么了吧？”

“呃……”碧菘用一只手挠着自己的下巴，尾巴来回摇晃得更快了，“是什么？”

“这些农作物的分布……并不完全符合自然或者经济规律。”在花了点时间观察地图上的色块之后，云中君说道，“虽然大多数农业区确实都处于水热条件比较合适、土壤肥沃的地带，但有一部分似乎……有些奇怪。比如丰宁国东北部边缘和槐江国北部新出现的这些小麦种植区，如果是我的话，肯定不会选择在这种地方种麦子。毕竟，这一带的年降水量只有不到300毫米，要维持小麦生长，必须费时费力地建立数百千米长的灌溉渠，从附近获得雪山融水。而且，当地贫瘠的酸性土壤也无法让小麦长得很好。还有这里，槐江国东北地带的谷物农业区太往北了。我没记错的话，当地一日的白昼只占全天五分之二，积温和日照时间都无法确保丰收……”

“哈，您对农业懂得不少嘛。”叶欢喜眨着鲜红色的眼睛，饶有兴趣地看着对方。

“这很正常。相关知识在我们的空间站里全都有备份，”“破戒者”的首领说道，“从古地球时代的农业史和植物学史，到上万种植物的详细介绍。虽然在好些年前，我们就已经发现，一些农耕区出现在了并不适合农耕的地方，但因为我们缺乏对全大陆的农业活动进行全面调查的能力，因此，这些发现最终只是被归为当地农民因为缺乏经验而做出的错误决定……不过，照这样看，难道……”

“难道什么？”青葵问道。

“有意思，整个大陆的农耕区分布，根本就是蓄意设下的陷阱系统！这样一来，那些在贫瘠、干旱或者地形破碎区域出现的农牧业区的存在就说得通了！”云中君说道，“就像北方沿海的那些养殖业村落一样，这些农耕区存在的目的，其实是把登陆后的年兽群吸引到特定的方向上去……”他用苍白的手指在虚拟的地图上比画着，“对……就像这样……所有前进路线的终点，就在瑶京城。”

“基本正确。”姬稷微笑着点了点头，“但有一点必须予以更正：这些路线的终点并不在瑶京城，而在瑶京城之外——在那些水网密布、泥土黏稠湿润的稻田中。即便是体形最大的年兽，在这些地方的行动速度也会被严重拖慢。而瑶京城的城墙是旧文明纪元的产物，从理论上讲，足以抵御哪怕是‘岁星’和‘镇星’级年兽的直接攻击。”

“而且，在有长满粮食的农田可以糟蹋时，年兽通常对攻击人类不感兴趣。”一直插不上话的朱刃红说道，“那些稻田会为我们争取更多的时间。”

“希望这理论是正确的，”云中君白了他一眼，“否则的话，我们会‘有幸’目睹这颗行星历史上最大规模的人道主义灾难。”

“放心，我对自己的理论很有信心。”姬稷耸了耸肩，“除此之外，为了保险起见，游侠盟会、紫旗卫和在瑶京城集结的各国军队都会按计划出击，消灭零星游荡的年兽，并通过持续不断的突袭进一步诱导对方的主力，最终让它们全部聚集在城墙之下，到时候，你们就可以动用‘那个’东西了……我希望它能够及时修复完毕。”

“就目前来看，我们应该有充裕的时间修复地面通信与控制终端……当然，更准确的说法应该是‘完成建造工作’，”云中君思考了片刻，然后给出了肯定的回答，“缺乏的零部件和材料，可以通过从空间站里拆解部分无用系统的方式完成——旧文明纪元的大多数设备的模块化程度都非常高，即便是高度复杂的系统，仍然可以做到绝大部分元件相互通用。”

“那就好。将军阁下，你判断我们还剩下多少时间？”姬稷将视线转向了叶欢喜。虽然对方是他名义上的婚约者，但在望向她时，姬稷的双眼中几乎没有丝毫情感。而在两人的视线相对时，叶欢喜的眼中流露出了一丝落寞。

敏锐的青葵并没有忽略这细微的情绪变化。

“我已经在所有侦察到年兽出现的区域派遣了追踪与观测分队，我亲爱的殿下。他们都来自各盟会里最优秀的成员，无论是技术还是判断力，统统无可挑剔。”在对姬稷说话时，叶欢喜语气中那种时刻存在的讥讽语气完全消失了，“按照他们所传回的信息，我基本可以估算出年兽群的集结和行进速度——动作最快的那部分年兽会在两个半本地日后进入紫宸国，3 个本地日后进入瑶京城附近的农田区域。之后，它们的大部队会在 5 个本地日内全面抵达……正好是水稻灌浆期的末尾。”

“嗯，时间稍微有点儿紧，但也还来得及，”姬稷评论道，“所有战斗人员的战斗训练频率增加三分之一，强化武器装备的定期检查工作。另外，让农村里的农民们照常工作、继续照顾庄稼——登陆的年兽规模越大，我们就需要越多的诱饵。不过，城外人员的撤离预案也要加紧制定，我不希望看到非战斗人员届时被落在城墙之外。”

“遵命！”

“明白！”

“这就去办。”

姬稷提到的具体事务的负责人纷纷领命而去，而理论上最为位高权重的在场者——紫宸国的重臣们，除了叶欢喜全都一言不发。对于他们而言，依赖姬稷的判断早已经成了一种习惯。“那就这样，散会。”

“呼……结果还是要提高训练强度啊。”朱刃红小声地嘀咕着，头一个走出了太虚之厅，接着，其他不那么重要的人物也纷纷退场，沿着大厅外的环形回廊走向自己位于无忧宫内的临时居所。不过，在走出大厅的出口后，青葵突然停下了脚步——她的直觉告诉她，有人正朝她散发出某种恶意。

“你就是那位来自海峡西边的游侠小队队长吗？请问，有没有空和我谈一谈呢？”

# 第十七章　不应存在的异物

“哦，是侍从将军叶欢喜阁下吗？请问，你想谈些什么？”

在回头之前，青葵就已经通过声音辨认出，从身后对她说话的不是别人，正是之前会议上坐在姬稷身边的叶欢喜。而糟糕的是，她在片刻之前所察觉到的强烈敌意，也是从这位紫宸国的侍从将军身上散发出的。虽然这辈子没少面对过各种各样的敌意，但这一次，叶欢喜的敌意还是让她感到相当莫名其妙：毕竟，她目前虽然在名义上与叶欢喜是战友，并且共同接受姬稷的指挥，但却很少有什么接触，更不记得自己曾经做过什么让这位紫旗卫指挥官不高兴的事。

“没什么，我只是对你们这几位来自水苍大陆的贵客的经历有些好奇而已。”那对血红色的瞳孔直勾勾地盯着青葵的双眼，仿佛一座诡异的无底深渊。在与这对瞳孔对视时，青葵突然想起，在早些时候的一次闲谈中，碧菘曾经提到过，紫宸王室中的某些人有着伯希亚人的血统——这是一种与她们这样的卫兰人有些类似的基因改造人类，特征是对毒素和恶劣环境的强大抗性，以及拥有热成像能力的血红色眼睛。除此之外，在旧文明纪元，伯希亚人就一直以敏感而激烈的情绪而闻名……在这方面，他们无论是正面和负面的名声，都相当响亮。

“要知道我们的经历的话，你大可以去问问公子殿下——如果他有时间回答你的话。”虽然之前与叶欢喜没什么接触，但在嗅到对方语气中的敌意之后，青葵的好斗情绪立即被激发了起来，“我们今天训练得太累了，如果没别的事的话，请不要阻碍我正常休息。”

“我当然还有别的事，”叶欢喜并没有丝毫退让的表示，眼神反倒变得更加咄咄逼人了，“我的部下为我调查过你们与姬稷殿下之间的事：他在一次与年兽的战斗中意外受伤，与自己的飚艇和助手失散，然后遇到了你们——三个来自水苍大陆的游侠，其中之一还是东皇太一的奉祀官继承人。之后，你们遭遇并调查了‘破戒者’的秘密行动，反过来成功地找到了他们的老巢，让我们紫旗卫有机会赢得那次至关重要的胜利……从客观的角度上讲，我应该对你们表示感激才对。”

“好像是这样没错，”青葵有些困惑地晃了晃耳朵，不明白对方为什么要说这些，“那……我现在是不是该说一句‘不用谢’？”

“别自作多情，”叶欢喜轻轻地冷笑了一声，“虽然我并不怀疑你们的事迹的真实性——毕竟，姬稷殿下本人已经为此作证了。但是，促成这一切发生的巧合实在是太多了：你们‘碰巧’在这个微妙的时刻来到了山玄大陆，‘碰巧’在幅员辽阔的丰宁国遇到了姬稷殿下，然后又‘碰巧’撞破了‘破戒者’的密谋，并且……”

“对，谁叫我们就是这么受命运的眷顾呢？”一旁的小晴忍不住插话道，“或者说，你怀疑我们是故意导演了这一切？就算我们真的有这个本事，请问我们这么做的目的又是什么？就是为了让对姬稷先生一直一厢情愿单相思的你感到不爽？”

愠怒的神情短暂地出现在了这位紫宸国侍从将军的脸上，但在下一个瞬间，叶欢喜就控制住了自己的面部表情：“抱歉，但各位似乎有一点儿小小的误会，我对于姬稷殿下确实抱有某些感情——但这并不是被称为‘爱情’的、专属于愚蠢年轻人的可笑冲动……”

“你自己不也是年轻人吗？”小晴嘀咕道。

“……毕竟，对我们这种人而言，婚姻从来就不需要和爱情绑定，”叶欢喜假装没听到小晴的吐槽，继续自顾自地说道，“我对他持有的情感，是基于了解而产生的崇敬与信赖：姬稷殿下是我认识的所有人中，最理性、也最具有智慧的一个。他从不会允许自己屈服于一时的情绪冲动，一切的行为举止都基于逻辑判断，以及所有人的最高福祉。”

“这你不说我们也知道。所以呢？”青葵问道。

“所以，如果你们真的只是一群平平无奇的普通游侠，因为纯粹的偶然和巧合而与姬稷殿下建立了暂时性的合作关系，那么，他应该只会把你们视为普通的、值得利用的对象而已。一旦合作结束，他就会在付清承诺给你们的报酬之后，把毫无长处的你们送回由普通游侠组成的战斗队伍里……因为这才是最为合理的做法。”叶欢喜用混合着鄙夷和不信任的目光依次打量着“绯红誓约”的三人，“但很不幸，事实并非如此：殿下不但力排众议，让你们得到了参加高层次会议、接触关键信息的权限，还不断地告诉我，你们是多么勇敢，多么优秀，多么值得信任，并且有权得到奖励与表彰——尤其是你，青葵女士！而在过去，姬稷殿下从未对那些平平无奇、毫无亮点的平庸之辈表现出这样的偏袒。”

“公……公子殿下真的这么说我吗？”青葵的脸颊顿时覆上了一层红霞，“我完全不知道……”

“但我不认为你会对此一无所知。”那双血红色的眸子凑近了青葵，接着，青葵的手腕也被抓住了。叶欢喜的动作相当粗暴，尖锐的指甲甚至刺入了青葵的腕部皮肤，让她感到了一阵轻微而异样的疼痛，一股古怪的、火辣辣的感觉随之沿着她皮肤下的血管扩散开来。“你肯定知道，殿下为何会如此反常。”

“我……我真的不知道！我也是刚才听你说了这事，才知道公子殿下他……”

“真的不知道？！”叶欢喜凑得更近了，她呼出的温热鼻息吹在青葵身上，让她感到了一阵麻痒，“那么，你知道，郁林星上存在着‘不应存在的异物’吗？”

“异……异物？什么叫异物？！”“绯红誓约”的三人变得更加糊涂了。

“你们对于‘必须将不应存在于这个世界上的异物清除出去’这一点，又有什么看法？”叶欢喜继续问道，同时用力抽动鼻翼，嗅闻着青葵身边的气味——这种行为，青葵过去只在像碧菘这样的、有着特别敏锐的嗅觉的卫兰人身上看到过。

“那个啥……你倒是先解释解释，‘异物’究竟是什么，不该存在的理由又是什么？”青葵反问道，“突然问这些没头没脑的，让我怎么回答？”

“唔，我不信……欸？为什么是这样……难道是我弄错了，还是……”叶欢喜继续嗅闻着青葵，表情也从之前的一脸笃定变成了迟疑，然后又转为困惑，“不会……怎么是这种味道？这……”

“究竟怎么了啊？！”被弄得快要不耐烦的青葵攥紧拳头，随时都可能失控暴起，叶欢喜却突然放开了她，退到了一旁。“虽然没有确实的证据，但我会继续保持警惕的，”她既像是抱怨、又像是警告般地嘀咕了一句，然后就匆匆离开了，“我随时都会盯着你们。”

在之后的一段时间里，凭着卫兰人那来自基因改造的敏锐感官，青葵一行人注意到，只要她们待在无忧宫里，身边就总是有人鬼鬼祟祟地晃来晃去、偷偷窥探——有时是叶欢喜本人，更多的时候则是普通的卫兵或者仆役。而在城外训练时，也总是会有几位紫宸国的游侠

“无意间”紧跟着她们，似乎不放心让她们单独行动似的。

“我敢以东皇太一的名义发誓，这些家伙肯定是叶欢喜那死丫头派来的，”在又一次在训练结束后发现被别的飚艇莫名其妙地“意外”尾随后，小晴嘟哝道，“她这么提防我们，究竟是图什么啊？”

“鬼知道。我看就是她嫉妒我们和公子殿下走得太近呗。”青葵哼了一声，“这种贵族大小姐都是这副德行，看上什么东西就认定是自己一个人的，比饿了三天的流浪猫还要护食。”

“那个啥……把姬稷殿下称为‘东西’似乎有点不太好吧？”小晴嘀咕道。

“而且我觉得，叶欢喜恐怕并不是普通的贵族大小姐，”碧菘用严肃的语气说道，“她的个人能力和功绩都是毋庸置疑的。至少在我看来，她那天并不像是在吃醋。”

“那你的意思是……”

“幸好‘破戒者’在计划失败后已经加入了我们这一边，所以我最近去询问了几位‘破戒者’的干部。他们说了些很有意思的事情，”碧菘说道，“首先，按照他们的说法，作为和我们卫兰人类似的基因改造人种，古代的伯希亚人具备一种来源不明的特殊功能：通过嗅闻信息素判断对方的情绪和思维。”

“这个……碧菘你平时不也喜欢闻来闻去吗？”青葵问道。

“那不完全一样啦。根据古书上的说法，在长期进化中，由于有更有效的方式传递信息，人类的信息素分泌能力其实已经显著降低了，这也导致了用来接收信息素的人类犁鼻器逐渐变成了痕迹器官。另外，在古地球时代，东亚人群曾经发生过一次基因突变，导致汗腺发育出现问题、信息素分泌更少……而这种突变是少数一直流传到现代的东亚人种的特殊基因之一。”碧菘说道，“总之，虽然卫兰人里，有很多人都像我这样拥有敏锐的嗅觉，但也顶多只能靠嗅觉判断出他人的某些特殊情绪，比如高度紧张、兴奋或者羞涩之类的，无法做到准确判读。伯希亚人却不一样：他们的某些个体拥有将分泌物注入他人体内的能力，这会在短时间内强化对方的信息素分泌能力，让他们可以闻出更多的东西。”

“比如说……我当时是不是在说谎？”青葵突然明白了。

“正是。叶欢喜当时并不是无缘无故胡搅蛮缠，而是真的打算问明白这些事。但是，你似乎确实对她的提问一无所知，所以她在闻到味道，确认了这一点之后，反而陷入了困惑之中。”碧菘点了点头，“至于她所问的‘不应存在的异物’，我从‘破戒者’的干部那儿得知，大约在 15 年前，一小群人从原本的‘破戒者’组织中分裂了出去，他们被其他‘破戒者’称为‘极端派’。”

“连别的‘破戒者’都觉得他们极端吗？那还真……有点吓人呢。”小晴说道。

“这群人的主旨，似乎是‘不惜一切代价实现先祖的意愿’，”碧菘继续说道，“他们从空间站的古代记录中得知了郁林星被开发的最初目的，并且得出了一个结论：我们这些人是干扰了郁林星作为保护区存在功能的‘异物’，有必要被清除。”

“哈？！可是这意味着要清除全部人类吧？”

“也不是全部。在旧文明纪元终结之前，邦联的控制区几乎横跨了半个银河系，光是相互之间可以维持常态化联络的殖民世界和世界级人工构造体的数量，就有近万个之多，事实上有人居住的世界只会更多，”碧菘摇了摇头，“就算大战和大崩溃对许多殖民世界造成了重创，但银河系中很可能仍然留存着许多人类世界——这也意味着，逃亡到郁林星这个极度偏远的保护区行星上的难民，不过是人类的极小一部分。而那帮极端派认定，我们这点儿人的价值，远不如在这里接受保护的动植物品种作为遗传资源的价值更高。”

“这是什么混蛋想法啊？！”青葵尾巴上的毛全都竖了起来，“难道那个叶欢喜觉得我们会是这样的人？”

“至少她对此有所怀疑……考虑到我们这一路上遇到的巧合着实不少，我不能说这种怀疑是毫无道理的。”碧菘耸了耸肩，“不过，‘破戒者’的干部们都说，这些人自从分裂出去之后就完全没了音讯，所以无法确认他们在哪儿。但我们确实不能排除他们趁着这个机会出来捣乱的可能性。如果可能的话，我会试图向叶欢喜说明，我们并不是……”

“那只会让她更怀疑我们啦。”小晴说道。

“我倒是懒得对那家伙说明什么。”青葵嘀咕道，“她爱怎么想就怎么想，反正没有证据，她也做不了什么，不是吗？我们的当务之急，还是准备打好接下来的这场硬仗。”

“你觉得我们能成功吗？”碧菘小声说道，“我之前看过那些侦察队传回的图像，这次的情况真的不比以往。至少，光靠游侠或者军队，是绝对无法抵御那些家伙的。而我实在是不敢肯定，他们正在倒腾的那东西靠谱……”

“没关系的，我完全相信公子殿下。”青葵摇了摇头，“殿下从来都只会做最有把握的事情。如果他相信这么做是正确的，那么，我相信这么做就是正确的。”

“但愿吧。”小晴刚说完这句话，目光就被远处地平线上的一轮圆形发光物吸引了过去：虽然此时已经接近黄昏，郁林星所围绕着旋转的那颗红矮星早已落到了地平线的边缘，但那个发光物的色调要更加明亮，更接近于白金色而不是黯淡的橙红色。在盯着它看了足足几秒钟之后，小晴才通过自己的经验、外加侦查席上的测距设备做出了判断：这是一头体形庞大的年兽，一头有着珍珠色球状外壳的“赤年”。在过去，她在实战任务中面对过不下十几头像这种来自被风暴永恒笼罩的风暴之海的怪物，但没有哪头怪物有如此巨大的体积。

“目击报告，瑶京城东南偏南，距离 80 ~ 82 千米，发现一头年兽，”在做了个深呼吸之后，小晴启动了“鹭”式飚艇的远程通信系统，开始履行自己的职责，“体形：直径 90 ~ 120 米，在‘太白’级之上，初步判断为‘镇星’级，目前慢速向北移动中。”

在此时此刻，小晴并不知道，作为瑶京城防卫者的第一次年兽目击报告，这段话后来会被许多文献与著作记录下来，并且不断转述、再转述。她的名字也会因此意外地保留在史册之中，在许多个世纪之后，也仍然因为这句话而被人们一次次提起。

在小晴的第一次目击报告之后，位于瑶京城周围的数十个观察哨和侦查小队很快也观察到了相同的景观——“神农氏”，或者说，东怀公国大公家族持续数十年的苦心经营，在这几个本地日之中迎来了预料之中的成果：超过 3000 头年兽从极寒的永冻之洋和炽热的风暴之海涌出，像跟着面包屑前进的小鸟一样，沿着由刻意布置的农耕区形成的“走廊”，侵入了山玄大陆的中央，并最终在瑶京城周围的水稻种植区会合。根据姬稷与紫宸国重臣议会的指令，生活在这些土地上的农民们只收割了少数最早成熟的作物，随即便撤入了瑶京城的城墙之内，将大量即将结束灌浆期的稻谷丢给了怪物们。

“终于要开始了。”当最后一批来自城外的避难者如同搬家的蚂蚁般退入城内之后，在城墙上方率领第四巡逻小队进行例行巡逻的朱刃红看着城门逐一关闭，低声说出了这句话。虽然围绕着瑶京城、建造于旧文明纪元的城墙高达百米，并且有着近30米的厚度，看上去活像是一座人造环形山，但这道奇迹之墙上的城门并不比其他城市的大门宽广多少，高度只是勉强超过了城墙高度的二十分之一，看上去活像是老鼠在墙角打出来的小洞。不过，虽然看上去颇有几分“小家子气”，但这些城门不但不是防卫弱点，反而是整个城墙上最坚固的区域：它们并不像一般城门一样由铰链固定，或者依靠滑轮吊起与放下，而是被安装在特定的滑槽之中，由旧文明纪元设计的动力装置推动。每一扇门板的厚度都超过一米，由复合式装甲板叠加而成，而每一处城门都由足足5扇像这样的门板封锁。在这个时代的郁林星上，没有任何东西可以通过蛮力破坏它们。

“原来城外的农村里住着这么多人吗？”担任朱刃红的“鸢”式飚艇侦查员的米米问道。这个瘦瘦小小的女性游侠是紫宸国本地人，在上次水稻刚开始插秧时，才被临时任命为朱刃红的队友——由于从狐港逃离、前往紫宸国送信时过于匆忙，朱刃红当时只带着斑斑。虽然后者在同类之中绝对算得上聪明伶俐，但指望它来当飚艇成员实在是不太现实。

“不，这些人大多数是从更远的地方逃难来的。”在朱刃红座驾后方，小队里的二号飚艇驾驶员通过小队内部通信频道说道，“很多人是槐江国，甚至是丰宁国的居民。姬稷殿下特别下令，派人引导他们前往瑶京城避难——这里从10年前开始，就一直在为应对这种状况而储备粮食。躲进城里要比在乡间四处逃窜有保障得多。”

“而且这也是我们应该做的。从一开始，‘神农氏’传授给他们作物良种和新的耕作技术，就是为了这一刻。既然如此，那他们当然也有权获得庇护。”朱刃红点了点头。在最近这段时间内，为了接纳骤然涌入城内的人群，瑶京城内几乎所有开阔地，无论是广场、练兵场、王室的花园，抑或是稍微宽敞一些的道路，都已经变成了帐篷城。数以千计乱七八糟的窝棚就像是连绵阴雨之后从朽木中冒出的蘑菇一样，遮盖了每一寸空地，而由无法及时处理的生活垃圾所散发出的恶臭，更是远在空中就能清楚地嗅到。在最近一次会议上，瑶京城防御部队的指挥官们报告说，进入城内的人口已经超过了40万，甚至比这座都城在平时的总人口还要多。“希望城里不会有事……要是年兽闯进来的话，那可就是彻头彻尾的灾难了。”

“放心吧，”米米用骄傲的语气说道，“除了无忧宫，瑶京城的城墙就是这个世界上最坚固的东西。只要守卫把城门关好，无论来多少年兽，都休想跨过城墙一步。”

“但愿吧。”在朝着城墙外的方向瞥了一眼后，朱刃红有些紧张地舔了舔嘴唇——此时此刻，瑶京城外曾经一望无际的稻田已经变成了一片沼泽，被翻出的腐殖质的臭味和年兽分泌的消化液的酸味混杂在一起，让任何嗅到这种味道的人的呼吸道都会酸痒难当。数十万亩已经长出饱满谷穗的水稻被上千头年兽碾入泥泞，与泥土中的有机质，以及鱼虾、昆虫、螺贝，以及其他一切来不及逃出稻田区域的小生物一道充分搅拌混合，最后被加入消化液，变成一锅等待吸收的营养汤。在看到这一幕时，朱刃红突然有些好奇：无论是哪一种类型、级别的年兽，平时都是生活在汪洋深处的，而在海底，它们显然不可能像这样进食，那么，这些怪物平时又是怎么吃东西的？

当然，朱刃红很清楚，恐怕没人能回答她的这个问题——就算在旧文明纪元，人们对年兽的研究热情也不高，顶多将它们视为郁林星改造计划的绊脚石，而且，它们生活的区域的恶劣环境，也极大限制了专家展开调查。而根据“破戒者”们在空间站内查到的记录，当初对年兽的基因中植入‘消灭行星上出现的基因污染’的指令，也是通过特制的逆转录病毒感染登陆的年兽完成的。对于这些怪物的详细生态和生活史，人们的了解几乎是零。

但是，就像所有游侠一样，朱刃红相当了解这些生物的威胁性。

由于城外的那锅由好几十万吨稻谷、水和其他有机物混合而成的营养汤实在是过于美味，到目前为止，聚集在瑶京城外的年兽大多仍然忙着在泥泞之中来回翻滚，尽情吸收营养，同时遵循着旧文明纪元科学家植入的基因指令摧毁更多的基因改造作物。但是，随着抵达的年兽越来越多，一部分年兽开始逐渐接近瑶京城的城墙，不可避免地与城墙上的守军发生了冲突。

对于年兽这种生物而言，在陆地上的行动是一件非常简单的事：它们巨大的体积和重量足以轻而易举地撞倒、碾碎绝大多数障碍物，因此，它只需要探明食物的位置，然后遵循着欧几里得几何中的最基本公理，沿着直线朝目的地无脑冲撞过去就行了。而第一批撞上瑶京城城墙的年兽正是这么做的：它们的气味分子感受器捕获了从瑶京城内吹出的空气，进而让它们得到了“前面存在大量可以进食的有机物”这一信息，并本能地朝着气味飘来的方向翻滚而去。与平日里在陆地上零散游荡的年兽不同，这次出现在瑶京城外的年兽群全都是大家伙，哪怕是其中体形最小的，也有着超过 20 米的外壳直径，堪堪位于第二档“荧惑”与第三档“太白”的等级之间，而直径四五十米的大型“太白”级，甚至是近百米的“镇星”级也屡见不鲜——第一头撞上城墙表面的年兽正是这个档次的超级巨怪。

在这一瞬间，朱刃红终于意识到，为什么她的祖辈们会对传说中的“凶年”如此恐惧了：这与盟会平时消灭或者驱逐的小股游荡的年兽完全不同。如果没有充分的事前准备，没有瑶京城那堪称奇迹的城墙，光凭游侠和飚艇，是绝对不足以对付这种毁灭狂潮的。

当年兽的岩石质外壳与瑶京城的城墙碰撞时，一场烈度不低于里氏四级的小范围地震短暂地袭击了周边区域，震垮了难民们刚刚在不远处的街道上搭起的几座简陋窝棚。如果构筑瑶京城城墙的是这个时代常见的普通石材与黏合剂，那么，刚才的这一击肯定足以打开一个缺口，让那些较小的年兽可以趁机蜂拥而入。但是，作为旧文明纪元的造物，构筑瑶京城城墙的材料无论在韧性还是硬度上，都已经远远超过了郁林星上可以找到的一切天然材料，就算正面经受了直径与城墙高度相近的年兽的一击，它洁白的表面也连一丁点儿裂纹都没有出现。

大块头年兽攻击的失败，并没有让其他的年兽气馁——当然，这些生物很可能压根就不存在能让它们感到“气馁”这种情绪的高级思维活动能力。更多的年兽接二连三地冲向了城墙，然后毫无悬念地被弹开，另外一些较小的年兽则选择了别的手段：它们先是攀上城外的山丘、土坡等高处，然后在一段“助跑”后从上面冲下，试图利用重力为自己加速——不少小型年兽都会本能地用这一招翻过无法直接攀越的障碍，朱刃红甚至曾经在游侠盟会的记录中读到过有年兽靠这种办法飞跃了数百米宽的深谷的记录。不过，这一次，就连这招也失灵了。松软而富有黏性的水稻土极大地减缓了年兽们的行动速度，让它们无法积累足以“攀上”城墙的动能。

在这一过程中，城市的守卫者自然也没闲着：趁着年兽们被困在城下，一支紫旗卫的机动部队立即投入了进攻。这些身着重型太空工程服的精锐战士接连从城墙顶部跃下，像无数次演练过的那样落在了最大型年兽的球状外壳表面，然后迅速冲向这些巨怪外壳上的孔洞，准备安装炸弹。不过，与训练中不会动弹的假山不同，在发觉身上有异物落下之后，年兽们立即开始来回滚动，试图将这些烦人的“虫子”从身上甩下去，并且取得了一些成效。一部分紫旗卫士兵在被甩出去之后，立即启动了工程服的喷射背包，重新在年兽体表找到了立足之地，但也有些人没那么幸运——在离朱刃红的小队不太远的地方，就有一名紫旗卫被一头“镇星”级的年兽从外壳上甩出。还没等他调整姿势、启动喷气背包，两头较小的年兽已经相互撞在了一起，将这个不幸的人连同他身上的工程服一同轧成了碎屑。

虽然眼前的景象让朱刃红感到一阵心头发寒，但她并没有时间为死者哀悼：在受到攻击之后，所有聚集在城墙下方的年兽都使出了它们最常使用的一招，将栖息在体内的太岁释放了出来。这种与年兽共生、可以转变为不同外形的类软体动物单个战斗力相当低下，但一旦集结成群，就会变得相当难以对付。在年兽的外壳上，紫旗卫的突击队员们不得不一边保持平衡、一边与长有章鱼般触手的太岁展开厮杀，在空中负责支援的飚艇则需要面对成百上千长有翅膀，或者有着迷你火箭一样的外形、依靠喷射高压气体快速飞行的太岁的围追堵截，还有一部分太岁落到了城墙顶端，甚至是城墙之后的街道中，与部署在那里的紫宸国士兵们展开了厮杀。

“东皇太一啊！”尽管并不是头一次对付这些黏糊糊的小生物，但这一回，上百头年兽同时释放太岁的阵势，还是让朱刃红感到了前所未有的震撼：在她的视野之中，这些黑色的小怪物就像是一片有生命的巨大旋风，无论上方下方、前后左右，每个方向都能见到它们的身影。在她的小队中，每一艘飚艇的自卫武器都火力全开，而几乎所有射出的能量束、高温等离子体和实体弹药都命中了目标——但这并不是因为射手的射击技术有多么神乎其神，而仅仅是因为目标的密度实在太高，即便闭着眼睛开火，也可以轻而易举地命中……但与整片气势汹汹的“旋风”相比，中弹坠落的太岁数量实在是相当有限，看上去活像是用匕首从一棵千年老树的树干表面刮下些许树皮碎屑。

“太少了。”让朱刃红颇感惊讶的是，有人居然在通信频道中冷冰冰地说出这么一句话。

“少？这算少？！”朱刃红操纵着飚艇左突右冲、竭力规避着太岁的攻击——当然，在目前的情况下，这种做法顶多只能起到心理安慰作用而已。在周围的空中，举目所及全都是太岁，以及它们吐出的酸液、毒素团和针刺，每一秒钟，她都能听到仿佛雨点落在窗户上一样的滴答声从身边传来：那是飚艇外壳被命中所发出的声响。

“与年兽的数量相比，这确实太少了。”那个男人的沙哑声音继续说道。朱刃红花了点儿工夫才想起来，说话的这人是云中君手下的一名“破戒者”干部，曾经与她在作战会议上有过数面之缘。“从目前的密度推测，这里有 3000……最多 4000 只太岁，不会更多了。但光是出现在城墙外的这群年兽，就至少应该有 6000 ~ 7000 只太岁与它们共生。”

“拜托……4000 只就已经这么要命了，7000 只我们可真的对付不了啊！”朱刃红嘟哝道，“早知道到瑶京城来会这么危险，我当初就乖乖留在狐港的地牢里了！哪怕陪着斑斑也比在这儿玩儿命强啊！”

“呵，这就害怕了？”前“破戒者”干部不屑地哼了一声，“以最快速度朝东北偏北方向机动，高度降到 20 米以下，准备迎接冲击！”

“哈啊？！”虽然不清楚对方为什么会冷不丁抛出这么一句话来，但不知所措的朱刃红还是下意识照着通信器中传来的指示迅速开始行动。而就在完成这一连串操作后的刹那，一道从侧后方亮起的强光让她裸露的皮肤感到了阵阵灼痛：在太岁最为密集的地方，有一枚威力强大的等离子团刚刚发生了爆炸。数以百计的软体小怪物甚至来不及察觉到异常，就在不到一微秒的时间内灰飞烟灭。它们更多的同类虽然没有被立即摧毁，却在随后遭遇了由迅速膨胀的高温气体形成的强劲冲击波，像撞上了苍蝇拍的小虫一样被接二连三地打得稀烂，又在死亡后的坠落过程中被空气中残留的热能在半空中烤熟。当等离子团爆炸的强光黯淡下来时，有机物碳化产生的灰黑色烟幕在空中形成了一个巨大的中空球体，活像是某种诡异的墓碑。

“啊！这是……”虽然依照对方的指示及时逃离了爆炸的核心区域，但朱刃红的飚艇仍然在冲击波形成的惊涛骇浪中挣扎了好一阵子，才勉强恢复了平衡——刚才那一发等离子团的威力极为强大，与古地球时代的小型战术核武器不分伯仲。但据她所知，这一发攻击只可能来自一艘“鹭”式飚艇的主武器。不过，在全世界所有游侠盟会的战术操典之中，“鹭”式飚艇都被定位为用于对年兽进行致命一击的“攻城锤”，它的主武器发射的等离子团相当特殊，除非直接命中像年兽外壳这样的坚固目标，否则就绝不会起爆。

“嘿嘿，怎么样？这可是我们‘破戒者’研究出的特殊战术。”当另一枚高温等离子团在稍高一些的区域炸开，将残余的太岁又干掉起码三分之二后，通信频道里传出了那个男人洋洋自得的笑声，“在试图破解飚艇武器系统的限制程序时，我们意外发现，‘鹭’式飚艇的主武器系统中的磁场发生器参数可以进行调整。只要适当弱化在等离子弹药外部形成的箍缩磁场，我们就能让它们在没有击中任何‘硬’目标的情况下提前炸开，而不是在缓慢的降温过程中无害地消散——当然，要用好这一招，算准起爆时间和提前量是至关重要的。而我恰恰很擅长做这种事。”

“唔……请原谅我多嘴。但你们当时特地开发出这种战术，到底是为了什么？”

“你猜呢？”当一个由两艘涂着鲨鱼嘴标志的“鹭”式飚艇组成的编队从朱刃红的小队前方飞过时，坐在带头的那艘飚艇座舱里的男人朝她露出了一抹意味深长的微笑——当然，就算不去猜，朱刃红也能推测出“破戒者”开发这一战术的原始目的：打从能记事时开始，她几乎每隔两三年就会听说，有某个著名游侠因为古怪的“等离子武器故障”事故而“意外”丧生。而在很早以前，她就怀疑，这些“意外”恐怕并不是真正的意外。

“算了。”朱刃红摇了摇头，不再去思考这些麻烦的事情。无论“破戒者”在过去数十年的秘密战争中究竟干了些什么，当姬稷找到他们在降星之里的基地，随之赶到的紫旗卫将其中的病原体实验室和扩培设施全部摧毁之后，一切就都已经不重要了。现在，无论情愿与否，“破戒者”们只能选择与他们合作。

而他们干得相当不错。

在骤然遭受了两次重击之后，空中铺天盖地的太岁群瞬间变得稀疏了不少，与它们交战的人类则斗志大振：在得到更多从城内赶来的增援之后，游侠们的飚艇小队就像围捕沙丁鱼群的须鲸一样，迅速分割了残存的那些太岁，并用轻型自卫武器将它们逐一歼灭。而城墙上和城内的紫宸国士兵们也很快站稳了阵脚，将少量降落在地面上的太岁包围歼灭。与此同时，那些对年兽展开突击的紫旗卫也总算取得了战果：虽然损失比预期中要大，但最终，城墙下最大的几头年兽还是逐一从内部炸开了。它们坚固的外壳虽然在爆炸中仍旧大体保持了完好，内部脆弱的软组织却被烧得灰飞烟灭，浓稠的烟雾从球状外壳上的孔洞中不断涌出，像极了在山玄大陆东部流行的陶瓷香炉。一些较小的年兽则被游侠们以更加传统的方式集火消灭，焦臭的残骸纷纷扬扬地撒落在了周遭方圆数百米的土地上。

在超过 6 个小时的激烈拉锯战之后，剩余的年兽终于暂时放弃了闯入城内、品尝躲在城墙后的有机物的打算，转而退回了已经变成一锅酸性营养汤的稻田之中，继续吸食残渣剩饭。至少 50 头年兽被消灭在瑶京城坚固的高墙之下，其中三分之二是被冒死作战的紫旗卫歼灭的。在过去的两个世纪里，这还是头一次有如此之多的年兽在一次战斗中被歼灭，但没有任何人为此感到喜悦——毕竟，与正在向瑶京城周边集结的年兽群相比，50 头年兽不过是它们中的极小一部分，守卫者们的损失却相当可观。16 艘飚艇被完全摧毁，32 名游侠、近百名紫旗卫突击队员，外加数百名城墙上的守军士兵在战斗中丧生。只要稍稍计算，任何人都能意识到，这样的战损比对于防御者而言是极其不利的。

“再这么下去，丢掉瑶京城是迟早的事，”朱刃红瞥了一眼城墙之内新冒出来的难民“帐篷城”，同时咽了一口唾沫，强行压下了想要立即撇下队伍、逃往城外的冲动，“就算城墙再怎么可靠，没有足够的守备力量，被突破也只是时间问题。到时候，城里的人可就……”

“放心，我们的任务只是尽量争取时间，并让那些年兽尽可能多地在城市周围集结，仅此而已，”那名“破戒者”的干部通过没有关闭的小队通信频道听到了朱刃红的自言自语，“现在，在这场‘凶年’里登陆的年兽，绝大多数都已经来到了瑶京城附近。只要无忧宫里的‘那东西’如期开始运作，我们就能一劳永逸地把它们统统收拾掉。”

“‘那东西’是什么？”后座上的米米好奇地问道。作为一名普通的初级游侠，她当然没有资格参加高级作战会议，也并不了解整个作战计划的全貌。

“我也只是听说，旧文明纪元的人当年修建无忧宫，主要是为了作为一处地面控制站点，”朱刃红想了想，开始复述起自己在作战会议上听到过的那些内容，“在无忧宫深处有一些设备，可以用来向位于郁林星周围轨道上的某种古代装置发送指令。只要能把这些设备修复，并让它们运转起来，就能一下子把外面那些年兽从行星表面扫荡掉了。

在那之后，郁林星的人们就可以安全地发展，再也不必因为惧怕‘凶年’而战战兢兢地遵守禁忌了。”

“真的？”

“理论上是这样。”“破戒者”的干部说道，“我们组织内一直保存着与这些设备修理维护相关的知识，以及至关重要的指令代码，都是从那座空间站的信息库中获取的。不过，因为这么做的不确定性太高，所以如果不是别无选择，我们也不会参与协助这项行动。”

“不确定性？”朱刃红打了个哆嗦。

“没错，任何事情都存在不确定性，而这项计划尤其如此：由于记录残缺不全，我们并不是很清楚那座旧文明纪元末期的装置究竟是否还保存完好，又能否发挥出理论上的威力。而就算答案都是肯定的，这样的一件超级武器也是一柄诱惑巨大的双刃剑——想想看，仅仅是因为可以帮人们对抗年兽，并为军事行动提供一定程度的助力，游侠盟会就有筹码在过去几十年中深度干涉山玄大陆上许多城邦与国家的政治。那么，拥有了这种武器的人又会做些什么呢？当然，在目前的情况下，我们没有别的选择，只能寄希望于……欸？”

“快看！无忧宫那边好像有什么不对！”随着一团橘色的火光突然从瑶京城中央那座直插云霄的高塔底部爆出，米米大声喊道。

爆炸的火光只持续了一刹那，然后便消失在烟雾之中。爆炸声则过了一阵才传入城墙一带的众人耳中。与此同时传来的，还有一个来自公共通信频道的声音：“第一到第六战斗小队，以及紫旗卫各翼队注意，我是侍从将军、瑶京城防卫作战副指挥官叶欢喜。刚才无忧宫遭到了袭击，总指挥官姬稷阁下和多名重臣议会成员疑似遭遇不测，收到此命令的部队立即以最快速度返回增援！”

# 第十八章　礼物

当青葵捂着隐隐作痛的脑门，像一只刚刚出生的小猫一样手足并用、吃力地从无忧宫地下室的冰冷地板上爬起来时，她唯一的感觉就是眩晕与疼痛，以及在口腔中洇散开来的血腥味——对一般人而言，在不到20米的距离上被卷入那种程度的爆炸，只受这么一点伤已经可以算是个小小的奇迹了。万幸的是，拜祖上接受的一系列基因改造所赐，青葵的骨骼强度和肌肉密度都要比常人更高，而且神经反应速度也更接近于野生猫科动物。因此，在爆炸的瞬间，她条件反射地卧倒在地，将自己的身体蜷成球状，从而最大限度地降低了伤害。

当然，这么做的不只是她，在青葵身边，碧菘和小晴也做出了与她一模一样的反应，但由于离起爆点更近一些，她们的情况要糟糕不少：碧菘的额头上出现了一大块越来越明显的青紫色瘀伤，左腿膝盖不断流着血，小晴那对引以为傲的兔子耳朵则被爆炸破片撕开了好几个口子，挂在上面的那一堆护身符也全都不知去向。

除了她们，这间地下室里只剩下了烟雾、灰烬与尸体。

“这到底是……怎么了？”或许是由于爆炸的冲击波对脑袋造成了影响，青葵的脑子里乱作一团。

“我们这是……遭到袭击了吗？还是纯粹的事故？”

“恐怕是袭击。”碧菘抽出随身携带的绷带，简单地为自己包扎了一下，“对了，姬稷阁下给你的那东西还在吗？”

“唔……还好，还在那儿。”青葵摸了摸自己脖子下方，当碰到硬物的手感从指尖传来后，她才总算放下了心。与此同时，她混乱的记忆也随着这种安心感逐渐沉淀了下来，开始重新变得清晰。

当小晴第一个目击到逼近瑶京城的巨型年兽，并发回报告之后，城内所有战斗人员，无论是游侠、紫旗卫还是紫宸国的普通军队，都立即进入了备战状态。按照之前的作战会议制定的预案，“绯红誓约”小队在这时应该加入由来自水苍大陆的游侠们组成的机动预备队中，负责增援遭到攻击、战况困难的防御单位。但是，就在三人在城墙内侧的临时集结点中忙着进行飚艇的整备与检查工作时，姬稷却突然出现在了她们的面前。

“嗨，我的朋友们。”虽然紧张气氛已经充斥在城内的每一个角落，姬稷却表现得冷静如常，语气中甚至还透着一股轻松愉快，“你们好啊。”

“呃，公子殿下？有什么事吗？”青葵问道，“如您所见，我们现在正在进行战斗准备，年兽群正在接近城墙……”

“这我知道。不过我有个好消息要告诉你们：今天的作战行动，你们不需要参加了。”

“啊……”虽然姬稷声称这是个“好消息”，但在听到这个消息后，青葵却只感到了失落和不解——对于渴望战斗、渴望挑战的她而言，今天本该是个相当重要的日子。她从很久以前就一直渴望着，能够与只出现在传说和泛黄的古老书册中的“镇星”甚至“岁星”级的巨型年兽来一场酣畅淋漓的较量。“为什么？那些年兽难道撤退了……”

“当然没有。但我们目前有充足的人力可以抵御它们，因此我认为，像你们这样优秀的游侠小队，应该去执行更加重要的任务才对。”

“嘿嘿……”在听到姬稷的夸奖之后，青葵立即红着脸露出了傻笑，直到碧菘轻轻拍了一下她的肩膀，才让她回过神来，“那个……呃，请问是什么任务？”

“护送任务。”姬稷说道。

“护送任务？”青葵挠了挠耳朵，有点困惑地重复了一遍这个词——虽然她的脑子不算灵光，但也能感觉到这个词和目前的状况显然有点不搭。毕竟，随着年兽群将瑶京城团团围住，并开始在人类蓄意留给它们的稻田中展开饕餮盛宴，从瑶京城前往外界的一切交通活动都已经停止了；而在城内，退守到首都的紫宸国军队为了维持秩序、避免恐慌演化成动乱，目前正在街头巷尾四处站岗巡逻，城内的安全相当有保障。因此，她想象不出现在还有什么东西居然会需要护送。

“这事相当重要，所以你们不需要知道太多，”姬稷竖起一根食指，搭在了自己的嘴唇上，“跟着我来就行……哦对了，还有一件事。”

“诶？”青葵正想问“什么事”，但还没等她开口，姬稷已经冷不丁地伸出手来，将某样东西挂在了她的脖子上——这是一个带有金丝的青色锦囊，大小与成年人的拳头相仿，被悬挂在一根银制链条的底部。锦囊本身的分量不轻，而且硬邦邦的，还散发着一股有点冲鼻的浓烈香味。这香味既不像是任何青葵曾经闻过的花香，也不像是香料或者油脂的香气。通常而言，香味应该可以让人感到舒适与放松，但不知为何，在嗅到锦囊内散发出的气味之后，青葵却感到了一阵轻微的紧张，但又说不出究竟是为什么。

“这是我给你的礼物。”姬稷温和地对青葵笑道，“算是……我们认识这么久之后的一点小小心意吧。”

“礼物？不过里面到底装着什么啊？”碧菘用手指好奇地捅着锦囊。由于嗅觉甚至比青葵和小晴还要敏锐，她现在已经因为锦囊中散发出的味道而隐约有些兴奋了起来，毛茸茸的狗尾巴在身后不由自主地甩个不停。

“这个嘛……就暂时作为一个小秘密好啦。”姬稷答道，“如果你们不介意的话，可以等到这次作战结束之后再把它打开。顺便一提，里面的东西可是拥有能够带来奇迹的魔法哦。”

“啊啊，带来奇迹的魔法吗？那可真的太好啦！”由于过于开心，青葵的双眼简直差点就要冒出星星来了。呼吸急促的她朝着姬稷凑了上去，想要亲吻对方的脸颊，却被姬稷巧妙地躲开了。

“好了，现在我们先做正事吧。跟我来。”在说完这句话后，姬稷爬上了他的座驾“沧溟”号，“对了，关掉飚艇的通信器和定位器，这件事知道的人越少越好。”

“明白。”在启动飚艇的同时，青葵点了点头。

在离开机动预备队的临时集结点后，两艘飚艇一前一后地穿过了瑶京城的大街。随着大量难民蜂拥而入，曾经被称为“花之都”的瑶京城内部早已混乱不堪。早些时候，紫宸国的重臣议会曾经提议，要求限制进入城市的避难者数量以节省粮食、维持治安，但在姬稷的反对之下最终放弃了这种做法——在唇枪舌剑的会议上，姬稷用不容置辩的语气告诉所有紫宸国的重臣和他们的顾问，那些失去家园、逃入瑶京城的人们，都已经为郁林星上全体人类的未来做出了重大的牺牲。从道义层面而言，他们有义务接收每一个前来寻求庇护的人。

“这个……来了这么多的避难者，城里的食物还够吃吧？”在飚艇缓慢驶过一处大排长龙的施粥站时，碧菘有点担心地问道。

“请不要怀疑殿下所进行的准备工作，”驾驶着“沧溟”号的尤莉用带着些许鄙视的目光朝后瞥了一眼，在她看来，光是提出这个问题，就已经构成了对姬稷的某种侮辱，“虽然‘神农氏’的真实目的在过去一直是个秘密，但殿下早已利用东怀公国的财力开设了数个粮食商号，从 10 年前就开始在瑶京城囤积粮食。另外，紫宸国的一部分了解我们计划的高层人士，比如说那位和殿下有婚约的侍从将军阁下，也在推进增加食物储备——考虑到瑶京城外就是整片大陆最高产的稻作农业区，这么做并不困难。得益于这些准备，目前城内的食物储量足以支撑 60 万人一年生活所需。”

“这么多吗？那倒是暂时不用担心了。”碧菘又看了一眼排队等着领取食物的人群，与青葵和小晴一起点了点头。虽然那些从四面八方涌来、将瑶京城重重围住的巨型年兽确实非常可怕，但它们不可能长时间围困这座城市：就算守卫者无法战胜它们，当城外的有机物被吃光抹净之后，这些完全依靠本能驱动的怪物也自然会退去。

“放心，这次我们必须，而且肯定会一劳永逸地解决掉那些怪物，不会再让郁林星的人类继续生活在它们的阴影之下。”姬稷显然猜出了“绯红誓约”众人的想法，“事实上，我们这次要护送的东西，就是终结这次‘凶年’的关键……啊，我们快到了。”

随着两艘飚艇穿过一处被卫兵把守着的大门，周遭的景物也从搭满窝棚、遍布难民的大街，变成了一片郁郁葱葱的果树林。在低垂的枝头上，挂满了各种各样的水果，其中最多的是散发着浓郁香味的、硕大的黄色苹果——这种未经食用化选育的苹果也被称为“柰”，它们的肉质绵软、口感欠佳，并不适合食用，却能长时间散发出沁人心脾的香气。

“这里是紫宸国的王室园囿之一——沁芳园。据说，过去的几位君主都很喜欢在这里依靠果树的香味舒缓压力。不过，除此之外，这里还有一个秘密，”姬稷一边大口大口地呼吸着充满苹果香气的空气，一边解释道，“尤莉，前面左转。”

“遵命。”在姬稷的指示下，两艘飚艇拐入了园囿深处的一条隐秘小路。一座人造小山位于这条小路的尽头，而在小山的一侧，是一座通往地下深处的洞穴。湿润的凉风不断从洞内吹出。

“这是……地下水宫的入口吗？”见识最多的碧菘问道。

“正是。所有了解瑶京城的人都知道，这座城市中，有三样旧文明纪元留下的奇观：无忧宫、城墙，以及地下水宫。”在飚艇进入充满湿润凉风的地下通道之后，姬稷说道，“当然，大多数人只会注意到位于地表的前两者，却总是忘掉最后一样……而事实上，论起壮观，地下水宫可不比无忧宫和城墙差多少。”

“这……哇啊……”在驶过最初一段较为逼仄的通道之后，“绯红誓约”的三人不约而同地发出了惊叹声：虽然在一些近年来迅速发展的大型城邦里，用于排水的地下设施已经初具雏形，但也无法与这座直接从坚固的基岩中雕凿出来、由成百上千高达十余米的巨型立柱支撑着的地下宫殿相媲美。虽然没有瑶京城城墙与无忧宫那种由高度所产生的强烈压迫感，但这座巨型地下建筑仍然足以让每一个初见者感受到直达灵魂的震撼。

“瑶京城的地下水宫面积相当于城墙内面积的五分之一……或者说，狐港面积的一半，在旧文明纪元时的最初修筑用途不明。但现在，它是维持城市运作的关键——在平时，它被用于储备饮用水。但如果发生了洪涝灾害，也可以用于高效地排水。一部分独立的区域则被专门用于城市排污，所以瑶京城才一直是山玄大陆上最干净的城市。”当两艘飚艇在由巨型立柱支撑着的地下通道之间穿行时，寂静的通道内只能听到姬稷侃侃而谈的声音，“水宫的部分附属通道可以一直通往城外数十千米远处，因此，这里也在紧急状况下被用于瑶京城内与城外的交通联系。”

“原来如此。”青葵点了点头，“所以，现在有人要从地下进入城内咯？”

“对。”

“而且水宫里并不安全？”碧菘问道。

“有可能，所以才需要你们护送。”姬稷说道。而就在他说完这话后不久，“绯红誓约”的三人在飚艇下方的水面上看到了一只漂浮物：那是一只已经死去的太岁，有着蝠鲼状的宽阔滑翔翼，以及软体动物般的圆锥形躯干，“如你们所见，水宫的这些附属通道可以通往城外，而且许多通道出口无法被关闭。虽然年兽体积太大，不能进入其中，但与它们共生的太岁却可以——幸运的是，由于太岁所需的营养需要从共生的年兽体内摄取，它们极少远离年兽行动，几乎不可能大规模利用水宫入侵城内。但保不准会有几只迷路的家伙转悠进来，不过应该不会太多。”

“哪怕只有一只也已经够多了。”小晴不快地嘀咕道。由于射击技术实在是乏善可陈，她对于这些快速灵活的小东西一直有着一种特殊的心理阴影。好在，他们今天的运气不错，直到两艘飚艇抵达水宫的一处出口，他们也只看到了几只漂在水面上的太岁尸体——它们显然都是误入此处，因为无法及时离开而被饿死在下面的。至于活着的，倒是一只都没有。

在水宫的出口处是一片茂密的竹林。由于年兽们都忙着在更加美味可口的稻田之中进餐，这里暂时还没有遭到摧残。一小队战战兢兢、神情惶恐的人马就藏在竹林的最深处，总共包括了两艘经过改装、安装了笨重的金属挎斗的“鸢”式飚艇和 10 个人。

“欢迎，用于‘回禄’终端的替换部件已经带来了吗？”在停下飚艇之后，姬稷问道。

“是的。我们……等等，您是姬稷阁下？”在认出姬稷之后，这支小小队伍中的头领露出了诧异的表情——他们显然没有料到，作为瑶京城目前防卫作战最高指挥官的姬稷居然会亲自前来接应他们，“这几位是……”

“她们是我最信任的战友，在这次行动中与我一同担任护送任务，负责引领你们安全经过地下水宫，”姬稷说道，“怎么，对我亲自前来有意见吗？”

“没……没有。我们只是觉得有……有点意外而已。”那头领说道，“毕竟，像这种小事……”

“小事？这可不是小事！各位负责运送的替换部件是激活‘回禄’系统的最后一步，不容有失，我当然有必要亲自确保部件被安全运到。”姬稷摆了摆手，“况且，我虽然名义上是城防指挥官，但事实上只是整体战略的总负责人。在战斗开始之后，负责挑起重担的就是那些勇敢的前线指挥官们了。即便我不在无忧宫，也不会有什么差别。”

“那……就多谢您的好意了，阁下。”这支小队的头领点了点头，算是接受了姬稷的说法。接着，他们纷纷攀上了经过改装的飚艇，在“沧溟”号和“小玉”号的引导下驶入了地下水宫。

由于在来时就已经确认了地下水宫中的危险不大，在回程的路上，青葵虽然因为碰不上战斗而感到略有点郁闷，之前一直悬着的心也放松了下来，甚至有心情和这些客人攀谈几句了：“请问，你们送的究竟是什么东西呢？为什么非要在这种时候运进城里？”

“你觉得我们喜欢挑这种时候进城吗？”客人之一嘀咕道，“要不是系统的地面控制终端在关键时刻发现了问题，需要临时从降星之里运替换部件来，我可不想在这种年兽满地滚的时候到处跑。”

“没错，这一路上我们遭遇年兽的次数，比以前一辈子遇到的都多，”另一个人补充道，“能活着抵达城外，已经算是东皇太一的特别眷顾了。”

“你们说的这套‘系统’又是什么？”青葵问道。当然，她其实并非对这套设备一无所知——在之前的多次会议中，那些对“神农氏”历代计划都有所了解的紫宸国重臣们，以及刚刚投靠他们的“破戒者”都曾经提到，瑶京城保卫战的胜负手正是某套特殊的武器系统。相较之下，无论是史无前例地从大陆各处集结的数千名游侠和近千艘各类飚艇，进行了数年针对性训练、有古老的科技装备加持的紫旗卫，还是城内的数万守军，都只是这幕大戏的配角，他们的任务仅仅是争取时间，诱导年兽尽可能地集中在瑶京城的高墙之外，以便为最后决定性的一击争取时间。不过，这套设备究竟在哪儿、以什么原理运作、目前的状态又怎么样，她可就一点儿都不知道了。唯一能够确定的是，以云中君为首的一批原“破戒者”技术人员，正在夜以继日地抓紧时间对它进行整备工作。

“这个……”在听到问题后，对方迟疑了片刻，“按理说，这其实也算是机密。不过既然已经到这种时候了，就算告诉你也无所谓了吧……这套系统在旧文明纪元被称为‘回禄’，是郁林星的空间防御系统的一部分。它原本还有一套对应系统，在旧文明纪元的代号是‘祝融’。”

“祝融、回禄……”小晴低声嘟哝道，“唔……‘昔夏之兴也，融降于崇山；其亡也，回禄信于聆隧。’……这是古代东亚传说中的火神吗？”

“听说是这么回事儿。也许设计它们的人，希望它们的火力能够如同火神的愤怒一样摧毁一切目标吧。”对方说道，“这两台设备其实是两艘自律型的无人太空站，和降星之里的空间站非常相似。只不过，里面安装的并不是实验室与库存设施，而是一套能量武器系统。它们的主要用途是摧毁接近郁林星的、未经许可的航天器，以及对行星安全构成威胁的小天体。虽然它们在原则上是全自动的，但为了以防万一，当初在郁林星负责保护区项目的科学家仍然保留了一套专门的地面控制系统。而目前被用作紫宸国王宫的无忧宫，过去的用途其实是郁林星科研机构的行政大楼兼通信中心，同时也正是这套系统的地面控制站所在地。”

“而我们打算用人工手段对它的程序进行修改，让它可以打击地面目标。”见青葵等人已经知道了这事，姬稷也不再隐瞒，“如果地面控制站已经完工的话，这其实不算什么问题。但不幸的是，在旧文明纪元终结、邦联崩溃时，这里的工程尚未完成——顺带一提，现在的瑶京城，在当时原本是计划中的地面科研基地。但直到最后，建成的也只有防年兽围墙，以及地下设施的轮廓罢了。”

“也就是说，你们要把过去的人没完成的工程接着造完？”碧菘惊讶地问道。由于读了不少书，她比绝大多数人都更清楚，旧文明纪元的造物根本不是这个时代的人能够染指的。绝大多数到今天尚能使用的古老科技产品，都是依靠过去留下的自动化制造及维护系统维持的，游侠们的飚艇就是最好的例子。“这……能行吗？”

“严格来说，不是‘造’——我们现在当然没这技术手段。在这个世界上，如果不利用游侠盟会总部留下的自动维护系统，就连制造一颗合格的螺钉、一块有机玻璃，都是比登天还难的事。”姬稷说道，“我们的工作其实是组装：在过去，为了降低成本，几乎一切可以规模化生产的工业品，都会尽可能采用能够相互通用的标准部件，哪怕是地面控制站这种复杂系统也一样。幸运的是，‘破戒者’们在降星之里的总部，正好可以为我们提供一些需要的部件。”

“因为那儿也是一座旧文明纪元的空间站，而空间站内的设备零部件很可能是通用的，只要按需求拆卸就行……”碧菘点了点头，“怪不得你之前想尽办法也要找到‘破戒者’们的总部。”

“没错。当然，云中君阁下和他的‘破戒者’同伴们的技术与知识，也是我的目标之一：如果没有他们的协助，就算有必要的设备，搞定整个工程的难度也会相当之高。”

“幸好，等这部分部件到位之后，整套系统应该就可以运作了——云中君阁下之前在通信中提到过，这是系统组装结束后的复查中发现的最后一个问题。”负责运送部件的小队首领说道，“虽然作为曾经的‘破戒者’，我们不喜欢这个计划，但事已至此，只能希望它圆满成功了。”

“那是当然的。”姬稷说道，“尤莉，前面左转。”

与离开瑶京城时不同，在返回的途中，姬稷选择了一条不同的路线。由于不太清楚地下水宫的布局，青葵能做的只有紧跟着“沧溟”号行动。但她还是能够感觉到，这一次，他们显然绕了更多的路：有好几次，在水宫蜿蜒的地下通道内拐弯之后，前方都出现了由通往地面的出口透出的天光，但姬稷总是在离出口咫尺之遥时突然转向。除此之外，虽然还是没有遇到任何一只活着的太岁，但不止一次，她都隐约听到了从水宫远处的黑暗中传出的、类似于有翼太岁扑打翅膀飞行的声音……

“好了，就是这儿。”就在青葵感到越来越困惑时，这支小小的队伍抵达了出口。不过，他们这一次并没有从之前的王家园囿返回地面，而是进入了一处阴暗的地下室中。从周围摆放着的大量货柜，以及其他坛坛罐罐来看，这里似乎是一座地下仓库。

“这里是……”“破戒者”小队的首领问道。

“无忧宫的地下一层，从前方的通道可以抵达地面一层。各位到时候就把飚艇停在那儿，然后坐电梯……”

“等等，有什么不对劲！”青葵突然打断了姬稷的话——就在刚才，她敏锐的战斗直觉拉响了警钟。而接下来发生的事表明，她的直觉并没有出错。

几个戴着面具的人从一只货柜中一跃而出。

“谁？！”“破戒者”小队的首领刚问出这句话，就被一枚枪弹击穿了喉咙——这不是这个时代那些用黑火药发射的球形铅弹，而是由电磁加速线圈推进的、带有碳化硅弹芯的小口径穿甲弹。无论是弹药本身，抑或是发射它的电磁手枪，都是旧文明纪元的遗物。

“可恶！”青葵喊道，“小晴，开火！”

“啊啊，好……诶？！”凡事总是慢一拍的小晴正要扣动爆能枪的扳机，却发现自己无法使用这件自卫武器攻击对方——不知为何，飚艇的系统居然将这些身份不明的家伙全部判定为“不可攻击”对象，“那个……爆能枪出问题了！怎么办怎么办怎么办……”

“这么办！”虽然情况比预料之中的要糟糕得多，但青葵还是当机立断地采取了计划 B：直接操控着飚艇在短短数米的距离内展开加速，撞向了那些袭击者。由于正忙着射杀带有“回禄”地面控制系统部件的“破戒者”小队成员，青葵的行动打了这些袭击者一个措手不及。“小玉”号直接撞飞了两名最近的袭击者，让他们的身体重重地砸进了排列在地下室墙边的货柜。但是，由于在狭小的空间内无法及时减速，这艘陪伴“绯红誓约”多年的飚艇也猛地撞进了一堆杂物，操纵席的控制面板上红灯闪烁，陷入了动弹不得的状态。

“可恶的‘异物’，你就这么急着被排除吗？！”由于遭受了意料之外的损失，其中一名袭击者恼火地朝着青葵一行人举起了电磁手枪，不过，他忘记了一件事：此时此刻，双方的距离不到 5 米。而卫兰人先天性的体质优势决定了，他们在 5 米之内通常比枪更快。

“咕呜——”由于青葵的第一击就踢碎了他的喉结、折断了他的脊椎，这人只发出了一声苦闷的低呼，就瘫倒在地，没了声息。但是，他的同伴们并未因此感到不安：虽然损失了 3 个人，但这些袭击者还是趁机成功地射杀了几名“破戒者”，并从其中一人身上夺取了一只上锁的金属盒——无疑，里面装着的正是替换用的部件。

“把东西放下！”青葵一把抓起了被她踢断脖子的那个倒霉鬼丢下的电磁手枪，准备干掉剩下的袭击者。但在下一秒钟，她又因为某些原因而放低了枪口，而就在那之后，一名袭击者将一枚爆炸物丢到了地下仓库的中央，接下来，她记得的就只剩下了爆炸和闪光，以及袭击者“该死的异物”的咒骂声……

“啊……我当时到底为什么没开枪呢？”虽然记忆几乎全都已经恢复，但唯有这至关重要的一小块，青葵死活想不起来。

“别问我，”碧菘说道，“爆炸发生的时候，我刚刚从‘小玉’号里爬出来，所以什么都没看清楚。”

“我也一样。”小晴点了点头。就算祖先都接受过强化身体的基因改造，但后天差异在这种时候就显现了出来。就算在卫兰人之中，能像青葵那样在被撞得七荤八素之后立即爬起来应战的，也是少之又少。

“欸……算了。”青葵迅速扫视了一圈身边的死者，让她略感欣慰的是，姬稷和他的副手尤莉不在这些人之中。4 艘飚艇之中，负责运送部件的“破戒者”成员搭乘的那两艘在袭击开始时就遭到了集火，被旧文明纪元生产的弹药打成了筛子，“小玉”号也在撞击中被严重破坏，只有姬稷的座驾“沧溟”号还算完好，“我们先到地面上去吧。那些家伙应该还没走远。”

“但他们到底是什么人啊？”在钻进“沧溟”号座舱时，小晴问道。

“不知道，但我有一个猜测。”与她一同钻进座舱的碧菘说道。与采用三人乘员组的“鹭”式飚艇不同，“沧溟”号是双座型的“隼”式飚艇。虽然对作为驾驶员的青葵而言没啥问题，但碧菘和小晴就只能勉强挤在姬稷的座位上了，“你注意到，那些袭击者是怎么称呼我们的吗？”

“呃……‘异物’？”

“是的，之前叶欢喜也这么怀疑过我们，你们都忘了吗？”碧菘继续说道，“那些家伙恐怕就是‘破戒者’中的极端派。”

“可恶，这些家伙为什么好死不死，偏偏挑现在这种时候钻出来捣乱？”青葵龇出了尖锐的犬牙，“他们在哪儿？”

“不清楚，但肯定跑到地面上去了，而且多半没跑远。”碧菘说道，“要追上他们应该不难。”

由于这座地下仓库位于无忧宫的正下方，在沿着仓库一侧的螺旋形通道行驶一小会儿之后，“绯红誓约”的三人就抵达了无忧宫的一楼。就像古代大型写字楼的第一层一样，这一层的面积虽然宽广，却并没有设置任何功能性设施，而仅仅被作为等候室和门房使用。在平时，那些奉命去觐见紫宸国统治者或者有事需要报告和请愿的人，都会在这间由华丽的帷幕、地毯和屏风装饰的大厅中等待，并依次乘上大厅中央那座仍在运行的古老电梯前往高处的太虚之厅。但现在，大厅里那些昂贵的装饰品都已经在交火中被打得稀烂，穿着华丽仪仗盔甲的卫兵尸体散落各处，身上的弹孔充分表明了他们的死因。

“那些家伙看来有不少旧文明纪元的武备。”青葵瞥了一眼刚刚夺来的电磁手枪——自己之前能够干掉3个“破戒者”极端派成员，并且抢到这把武器，完全是靠着出其不意外加对方对自己的低估。如果剩下的那些家伙有那个意愿的话，要杀死她并非不可能。他们却主动撤退了，就连丢出那枚爆炸物的行为，也更像是在拖延时间，而不是打算干掉她们。

“这些家伙往哪儿跑了？”碧菘问道。

“恐怕是这边，”青葵瞥了一眼大厅末端被暴力砸坏的大门，以及留在那里的一串血脚印，“他们往街上去了！而且很可能还挟持了公子殿下！我们必须快——呃？”

就在青葵快要把“追”字说出口时，一道黑影突然如同离弦之箭般从破裂的大门外蹿了进来，把三人吓了一跳。幸好，在下意识朝对方开枪之前，她辨认出了那影子的身份：这只身体滚圆、毛色溜黑、长着一对小小獠牙的动物正是之前被她们托给朱刃红照顾的斑斑。在早些时候的几次对话中，那位大小姐曾经提到，由于斑斑不喜欢被关在圈舍或者笼子里，因此她在没空照顾它时，通常放任它在无忧宫附近自由行动。时间一长，经常在这一带出入的公务人员和卫兵都将斑斑当成了类似吉祥物的存在，经常为它投喂食物，倒是替朱刃红省下来不少饲料钱。

“唔，好乖好乖，”当斑斑跳进座舱后，青葵拍了拍它的肩膀，“你怎么到这儿来了，想我们了吗？”

“我……我觉得斑斑应该不是因为想我们才跑到这儿来的，”小晴摇了摇头，“看那儿！”

在斑斑冲进破损的大门后不久，几只丑陋的生物也跟着钻了进来。这些家伙看上去就像是在陆地上走路的章鱼，只不过，一般的章鱼可不会有 6 根尖端长有尖锐爪子的腕足，更不可能喷射高温腐蚀性液体。如果不是青葵的战斗直觉让她及时将头部和四肢缩回了飚艇的风挡之后，一团直奔她面部而来的腐蚀液很可能会直接烧掉她的半张脸。

“太岁！是太岁！啊啊啊啊啊！”小晴尖叫了起来。

“好啦，安静。这事儿你不说我也知道。”青葵动作麻利地打开了“沧溟”号控制面板上的两个开关，让一个十字准星投影出现在了风挡的内侧——虽然她最习惯驾驶的是“鹭”式飚艇，但所有担任驾驶员一职的游侠，都接受过全部飚艇型号的基础驾驶训练。因此，青葵很清楚，“隼”式飚艇的自卫武器并不是“鹭”式飚艇那种由通信侦查员操纵的后座爆能枪，而是装在艇身前端的两挺火力略弱的轻型爆能枪，并由驾驶员控制。在目前的情况下，这倒是刚好合适。

随着上百道炽热的等离子束如同暴雨般朝前飞出，原本已经遭到破坏的无忧宫一层大门残骸上又多出了不少灼痕，十来头被烤焦的太岁残骸堆叠在门口，散发出了一股与狐港街头贩卖的章鱼烧颇为类似的味道。只不过，青葵不认为有任何正常人会愿意吃下这种东西。在扫清这些麻烦之后，青葵立即加快速度，冲上了无忧宫外的街道。

接下来，她看到的是一幕地狱般的景象。

出现在城内的太岁并不是数十只，甚至也不是一两百只，而是多到足以淹没整条街道的庞大军团。虽然自从年兽群逼近瑶京城开始，紫宸国军队就一直对城内所有街道进行昼夜不断的巡逻，但在对方压倒性的数量优势下，这条街上为数不多的卫兵很快就被淹没了，只有一小队恰好出现在这里的紫旗卫，仗着身披坚甲的优势，还在拼命抵抗，看上去像极了矗立在湍流中的一小块礁石。

“这是怎么搞的？难道年兽已经把城墙攻破了？”在看到这一幕之后，“绯红誓约”的三人不约而同地想到了这个可能性——但这个想法只持续了一瞬间。毕竟，如果真的有直径超过百米的“镇星”以上级别年兽攻入瑶京城，哪怕只有一头，制造出的动静也必然非常夸张。但现在，她们既没有看到巨大的影子，也没有感觉到大型年兽运动所必然造成的微型地震，举目所及，能看到的只有大群形态各异的太岁。

既然没有年兽，这些太岁又是从哪儿来的？在朝黑压压的太岁群开火扫射的同时，青葵继续思考着。没错，从技术上讲，一部分飞行特化的太岁可以直接飞越瑶京城城墙，但考虑到它们必然会在这一过程中遭遇守军的拦截，靠这种办法攻入城市中心的可能性基本上是零。

那么，难道是像之前姬稷提到过的那样，从地下水宫里钻进来的？这倒不无可能，但概率仍然非常低：众所周知，太岁这种生物是字面意义上的“没有脑子”，在水苍大陆，游侠盟会曾对这种与年兽共生的软体动物进行过解剖。而解剖结果表明，它们只有极度简单的神经系统，勉强可以基于简单的外部刺激，以及诸如进食这样的本能冲动而行动，但任何稍微复杂一点的思维活动，都与这些黏糊糊的丑八怪无关。从纯粹的概率论角度上讲，它们也许能有一两只个体误打误撞地跑进城内，但是，要像这样大规模地闯进来，怎么想都是不太可能的事情。

但现在，这种不可能的事却实打实地发生了……

不过，青葵并没有继续就这个问题思考下去——在“沧溟”号来到街道上后，周围的太岁们就像是收到了某种命令一样，突然一窝蜂地朝她们冲来。好在，这些太岁大多是既没有翅膀，也没有喷射推进结构的地面型个体，在青葵迅速增加飚艇的反重力引擎出力，让“沧溟”号上升到数十米高处后，大多数太岁针对她们的攻击手段就只剩下了喷射高温腐蚀液而已。

但是，街道上的其他那些突然陷入太岁狂潮的人，可就没有这么幸运了。普通人大多在遇到拥有压倒性数量优势的太岁群体的瞬间，就被吞噬得连骨头渣也不剩，即使是那几名依靠身上的装备获得优秀的防御能力的紫旗卫士兵，在奋战一番之后，也接连被压倒在地。被当作盔甲使用的太空动力工程服被腐蚀液破坏，长有锐爪的触手从裂缝中探入、开始撕裂血肉。在绝望中，小队里的最后一名士兵开始朝“沧溟”号的方向挥动唯一还能动的一只手，然后又指了指自己。

青葵当然知道这个手势的含义。

“小晴，你知道怎么操作‘隼’式飚艇的主武器吗？”

“呃……这个……勉……勉勉强强是能的。”

“向目标射击，我们现在能做的只有这个了。”

“好……好的……”小晴点了点头，开始用不太熟练的动作启动这艘飚艇威力强大的激光炮。下一个瞬间，一道激光的洪流扫过了被大量太岁掩埋的紫旗卫士兵，将太岁与垂死的士兵一同扫荡殆尽，但是，这道激光并不是由她们发射的。

“有增援来了！”在见到射出激光的那艘“隼”式飚艇之后，小晴兴奋地喊道。可惜的是，她的这股子兴奋劲只持续了极短的一小会儿，就在极度的惊讶之中被打破了：在激光炮发射完毕之后，那艘“隼”式飚艇立即将攻击目标转向了“沧溟”号。一连串爆能枪射出的等离子弹接连落在这艘飚艇的周围，而且显然不是误击……

“这……这是怎么回事？”虽然青葵搞不明白，但她还是条件反射地操纵着飚艇进行了一连串大尺度机动，在避开第一波攻击的同时，还顺带让几只“幸运”的太岁被轻型爆能枪的火力烧成了焦炭，“小晴，联络那艘飚艇！让那上面的混球赶紧给我停火！”

“那个……不行啊。通信系统似乎故障了。”小晴手忙脚乱地按下几个按钮，并在操纵面板上开始亮起红光之后傻了眼。

“怎么了？是无法启动吗？”

“不……不是。按照这上面显示的信息，通信系统目前正在使用中……而且正在自动播送一段信号。我目前无法确定这段信号的内容，不过，它的播放优先权被设定为‘最高’，我没办法取消它，也没法使用通信系统……”

“真是活见鬼了！”青葵朝着前方街道上的太岁群一通扫射，惊起了不少具有飞行能力的个体。这些在空中乱蹿的软体小怪物成功地干扰了对方的视线，让那艘“隼”式飚艇的下一轮射击失去了准头。但很快，又有好几艘飚艇从不同方向出现，并且接连朝着“沧溟”号开了火。炽热的等离子弹在空中划出一道道闪亮的痕迹，就像是一群狂舞的金蛇——幸好，它们都只使用了作为辅助武器的爆能枪，而没有动用威力巨大的主武器进行范围轰炸，否则在如此之近的距离上，就算青葵的操作技术再好，也注定难逃一劫。

“这些人难道不应该是自己人吗？”碧菘问道，“为什么不去打太岁，专门朝着我们开火？”

“也许是因为这些太岁都在朝我们这边跑吧？”小晴咬了咬嘴唇，提出了一个不太靠谱的猜测。当然，任何头脑正常的人都能看出，她的猜测和事实相去甚远：虽然那些飚艇的火力确实干掉了一些太岁，但它们的射击目标显然是“沧溟”号。

“不过话说回来，那些小怪物确实像是被我们吸引着似的……”在看了一眼越聚越多的太岁之后，青葵嘀咕了一句，“它们的出现不会是巧合，难道说……”

就在这个瞬间，青葵的记忆中缺失的最后、也是最关键的一小块拼图也出现在了脑海之中。她终于想起了自己在那个关键时刻，究竟是为什么没有开枪……事实上，更准确地说，她是刻意不去想起这段记忆的，因为在那时，她的情感无法接受那种事实。

但现在，青葵终于接受了这一切。

# 第十九章　理性的选择

当那群从地面上惊飞而起的有翼太岁出现在这艘“隼”式飚艇前方时，坐在武器控制席上的叶欢喜皱着眉头，露出了略微不快的表情——她并不担心这些丑陋的生物会危害到她，毕竟，这艘飚艇的驾驶员是她亲自从紫宸国游侠盟会挑选出的最优秀者，其战斗技术完全值得信任。而在没有年兽支援的情况下，即使太岁的数量再多，其整体威胁程度也相当有限。

真正让叶欢喜感到不悦的，是处理这些可憎的小生物需要额外花费的时间。这意味着，她解决完目前的意外状况所需要的耗时会更长，出现更多变数的可能性也会变得越大。而她从骨子里讨厌一切意外。

尤其是在目前这么关键的时间点上。

在临时安装在这艘“隼”式飚艇后座的一系列通信器屏幕上，由10多个不同信源传来的画面与文字资料正不断更新着，让叶欢喜可以实时地了解到瑶京城各处的状况：在高达百余米的宏伟城墙之外，紫旗卫和游侠们组成的混编部队在两个地点逐退了另一批试图接近城市的年兽群，一头球状外壳直径接近150米、平时数十年都难得一见的巨型年兽刚刚被强行登上它表面的紫旗卫突击队员成功从内部爆破，由外壳顶部的孔窍中冒出的火焰与尘烟让它看上去活像是一座小型活火山。在离城外更远的地点，冒险执行侦察的“鸢”式飚艇的侦察表明，已经登陆的年兽中，已经有超过四分之三聚集在了瑶京城外，这一数量极有可能已经超过了上一次横扫整个郁林星的“凶年”中出现的年兽总数。在城墙内侧的各个街区，缺乏正面对抗年兽手段的紫宸国军队正在执行力所能及的任务，一边维护秩序、防止城内发生动乱，一边消灭少量越过城墙、进入城内的太岁。

虽然零星的变数一直存在，但直到接收到从城市中心传来的警报之前，一切都在事先制定的作战计划框架内有条不紊地进行：按照计划，城墙上的防御者们将会坚持足够长的时间，并通过在特定区域展开反突击的方式吸引年兽群的注意力，最终让登上山玄大陆的年兽全部聚集到瑶京城外的几个特定地点。而到那时，无忧宫中的“回禄”系统地面控制终端也会完成维修作业，并与郁林星高轨道上的那座古老天基武器平台取得联系，之后，愤怒的天火会坠落到大地。虽然根据现存的记录，“回禄”系统的全威力射击耗能巨大，短时间内的发射次数也很有限，但只要年兽群的密度够大，就足以在一轮射击之内一举将这些危险生物从星球表面抹除。

由于行星两侧大洋中几乎所有的大型年兽都已经在这次“凶年”中蜂拥而出，一旦被全部歼灭，新的年兽群体成长成型所需的时间将会极为漫长。根据最保守的估计，这一击会为郁林星赢来至少数百年的平稳日子。不再需要惧怕年兽的定期袭扰的人类将有充足的时间休养生息、发展壮大，重新寻回旧文明纪元的科学与技术，并离开这个位于银河系边缘的偏远世界……当然，这一切的前提，是整个行动绝对不能出现意外。

而意外确实发生了。

“根据目前的初步估算，出现在瑶京城中心的太岁数量约为4000 ~ 5000只，并且还有新的太岁涌入，不过增长速度已经呈现明显衰减，”在切换了通信频道后，叶欢喜听到了自己手下一名参谋的报告，“它们的出现地点遍及9个街区，但没有发现年兽。目前唯一合理的推论是，所有太岁都来自地下水宫。”

“明白。”虽然这一报告有些意外，但叶欢喜并不是那种喜欢念叨“这不可能”“不合理”的人。对她而言，一切存在的客观事实必然具有，或者至少曾经具有某种合理性，因此，她只会设法分析究竟是什么让这一事实变成了“可能”。比如这一次，在短暂的思考之后，她就迅速在脑海中开列出了好几种可能性：“太岁不可能主动远离作为宿主的年兽活动，唯一的例外是有人用年兽的信息素对它们进行了诱导……之前有人进入地下水宫吗？”

“根据卫兵的报告，有。”参谋说道，“姬稷殿下和他的副手尤莉在两个半小时前进去过，他们计划去城外接应运送‘回禄’地面控制系统的小队。但在返回城内后，两人却突然失去联系。”

“这种事为什么不提前报告？！”

“请……请您原谅，侍从将军阁下！因为之前城内的情况太过混乱，所以我们没来得及……对了，在出发前，姬稷殿下提到，来自水苍大陆的游侠小队‘绯红誓约’自愿担任他的护卫。”

“是那些人？！”叶欢喜下意识地咬住了自己的下嘴唇，“对了，这次送来的部件上，应该也装有‘那东西’吧？”

“啊，是，没错。”参谋说道，“我们正在搜索信号……有了！这就把定位信号转发给您。”

片刻之后，在叶欢喜面前的平面显示器角落中，多出了一个不太起眼的红色箭头——在旧文明纪元，为了避免丢失或者意外损坏，许多高价值或者用途重要的关键零部件上都会额外安装定位信号发射装置，而飚艇的通信系统也拥有额外接收这些信号、并转化为可视图标的功能。在这个红色箭头的指引下，叶欢喜的飚艇小队迅速穿过了到处都是乱蹿太岁的瑶京城中央区域，并在途中与接到紧急通信、从城墙一带仓促赶来增援的朱刃红率领的分队会合，组成了一支实力颇为可观的队伍。

而就在两支队伍会合后不久，叶欢喜听到了朱刃红的报告。

“侍从将军阁下！我们发现了姬稷殿下的飚艇‘沧溟’号！就在无忧宫外！”

“什么？！殿下他——”

“殿下不在飚艇上！现在驾驶飚艇的好像是……是‘绯红誓约’她们！”

“是那些女人？！”叶欢喜的双手不由自主地颤抖了一下，而在下一个瞬间，透过平面显示器上的投影，她也看到了正在太岁成群的街道上试图闯出一条道路的那艘飚艇——而那个指示定位信号源的红色箭头也正好指向了它的驾驶舱！

“我就知道会这样！”

叶欢喜恼火地攥紧了双手：虽然她自认为自己对于姬稷这位法理上的婚约者并不存在两性之间的情感，但姬稷确实是这个世界上极少数能让她发自内心地赞赏的人——她不喜欢感情用事的傻瓜，也不喜欢那些缺乏逻辑能力的蠢蛋。而姬稷符合了她对完美的知性与理性的想象。直到姬稷在一年前前往大陆西方、调查“破戒者”们的秘密行动之前，叶欢喜一直与他保持着高效的相互合作关系，并且坚信自己才是唯一值得姬稷信任的那个人。

但自从“绯红誓约”的三人出现之后，一切都变了。

在最初得知姬稷与这三人待在一起时，叶欢喜并没有将这事放在心上——就算是再怎么无能的平庸之辈，在特定情况下仍然可以派上用场。但是，当姬稷返回瑶京城后，他却仍然将“绯红誓约”的三名平庸之辈留在自己身边，甚至表现出了对于这些人的信任，这一变化让叶欢喜感到了不解：她能够感觉得到，姬稷显然受到了某种刻意的蒙蔽或者误导，而这也意味着，这三人显然并不可能真的像看上去那么平庸。

在叶欢喜的推测中，“绯红誓约”很可能与一直潜伏在阴影之中、将郁林星上的人类视为“异物”的“破戒者”极端派有联系，只不过，在这之前她一直没有找到任何证据，就连在特意用上了自己的天赋之后，也没能从对方身上闻出半点异样。而现在，不可忽视的证据已经出现在了她的面前：这些人不但夺走了目前下落不明的姬稷的座驾，甚至还抢走了至关重要的“回禄”地面控制系统的部件！而在这种时候“恰到好处”地从地下水宫里冒出来的大群太岁，自然也和她们脱不了干系。

“阁下，我们该怎么办？”朱刃红问道。

“‘绯红誓约’小队，以紫宸国侍从将军的名义和权限，我命令你们就地停下，接受检查。”叶欢喜在通信频道中说道。不过，她并没有收到对方的回复，反倒听到了参谋军官急切的声音。

“阁下！我们侦测到‘沧溟’号正在用某种加密信号进行通信。信号本身无法破解，也没有使用我们已知的任何密码，很可能是在联系……”

“明白了。‘绯红誓约’小队涉嫌叛乱行动，立即歼灭！”叶欢喜点了点头，“但不要使用飚艇的主武器。装部件的密封盒的强度虽然很高，但无法抵御激光炮和重型等离子发射器。只准用爆能枪射击。一旦消灭目标，必须在第一时间寻回部件，明白吗？”

“遵命。”

虽然叶欢喜同样不太喜欢朱刃红，认为这位遇事首先想着逃避、缺乏担当的世家大小姐难以信任，但在有人给出合适的指示的前提下，她还是能够发挥出优秀的专业素养、有效地执行分配给她的任务的。而这次的情况也不例外：在接到指令后，朱刃红立即将她负责指挥的小队分成了三个小分队，从不同方向对自己的几位“老朋友”开了火。

但是，“绯红誓约”也并不是任凭宰割的对手：在意识到自己的不利处境之后，她们立即设法惊扰起了街道上的大群太岁，让这些小怪物四处逃窜、飞上空中，以此扰乱攻击者。而对于这种情况毫无准备的游侠们下意识地根据他们所接受过的训练展开了行动——就地与太岁们展开缠斗，而不是继续追击。虽然叶欢喜和朱刃红立即在通信频道中对他们大声吼出命令，要求他们无视周围的太岁，但这么做已经太迟了。原本严密的分头合击队形被完全打乱，在重新恢复追击时，朱刃红指挥的飐艇分队已经变成了一支紧追在“沧溟”号后方的一字长蛇阵，完全无法发挥出数量优势。

而更糟糕的事情还在后面。

虽然瑶京城的中央区域目前到处都是太岁，但不知为什么，“沧溟”号每逃到一个地方，周围的太岁都会像嗅到蜂蜜味道的蚂蚁一样一拥而上，密密麻麻地聚集在它后面。不止一次，叶欢喜试图指挥部下重新组成适合追击的雁行阵型，但从各个角落钻出来的太岁群总是会“恰到好处”地打乱她的行动。

“现在一切前因后果都再清楚不过了，”她恼火地嘀咕道，“这些东西也是那三个女人带进来的……城内的守卫部队呢？为什么不对这些怪物进行牵制攻击？”

“第一批遭到攻击的人员几乎全军覆没，阁下。”那名参谋说道，“从其他区域抽调地面增援部队需要时间，无忧宫上层的防卫部队已经在各部队指挥官自主决定下，全部前往地面作战，应该很快就能对入侵城内的太岁群形成牵制。”

“唔……行吧。”虽然对这一对策的效率相当不满，但叶欢喜很清楚，这已经是目前最高效的应对方法了。而她能做的，只有继续硬着头皮追击下去。值得庆幸的是，随着来自无忧宫的卫队投入地面战斗，拦在他们面前的太岁数目有了明显的减少。而或许是意识到无法依靠这些丑恶的小生物继续阻挠追击，“绯红誓约”驾驶的“沧溟”号一头冲进了离无忧宫不远处的沁芳园内……似乎是打算利用这里茂密的果树遮蔽对方的视线。

“呵呵，看来这些家伙还不知道，他们究竟带着什么东西呢。”叶欢喜冷笑了一声——在平面显示器上，那个红色箭头仍在闪烁着，实时指明了逃亡者的位置。由于不需要依靠目视观察，她让部下的飚艇全都将高度保持在果树的树梢以上。与被迫在树林中躲避树干、不得不降低速度的“沧溟”号相比，这一做法让他们获得了明显的速度优势，并迅速重新拉近了距离。最后，在叶欢喜的示意之下，一艘跟在后面的“鹭”式飚艇朝着对方逃跑路线的正前方射出了一枚威力被调整到最低程度的等离子弹，爆炸的火球在烧毁数十棵苹果树的同时，也逼迫红色箭头停止了前进。

“他们已经停止逃跑了，阁下。”朱刃红报告道。

“降落，尽量抓活的。”在确认红色箭头确实已经不再动弹后，叶欢喜下达了命令。当然，她并不特别在乎“绯红誓约”的三人是否还活着，但为了安全起见，在飚艇缓缓降落到轰炸产生的那片焦黑空地上时，她还是抽出了一支从古代遗迹中找到的电磁枪，并在几名部下的陪同下，小心翼翼地接近了果树林。

没有人开枪还击，也没人试图逃跑，只有一个身影躲在一棵被冲击波击倒的苹果树下瑟瑟发抖。“举起手来！”叶欢喜喊道。但是，对方并没有服从她的命令。

因为那根本不是一个人，当然，它也没有双手。

“东皇太一保佑，希望他们不要为难斑斑。”在看到一直追击她们的飚艇在远处逐一降落之后，小晴低声说道。

当果树林被焚烧的烟雾在远处腾起的同时，隐藏在不远处的“沧溟”号也在青葵的操纵下离开了藏身的果树丛。这一次，既没有太岁蜂拥而来，也没有叶欢喜率领的部队围追堵截。而为了实现这点，青葵总共只做了两件事：首先，她用电磁手枪朝着不受控制、一直播放着天知道究竟是什么内容的加密信号的飚艇通信系统开了一枪；接着，她取下了姬稷送给自己的“礼物”，将它拴在了斑斑的耳朵上，并在果树林里将它放下了飚艇。

而青葵之所以这么做，是因为在那艘“隼”式飚艇朝她们开火的瞬间，她恰好找回了最关键的一小块记忆拼图。

之前，在地下仓库之中，青葵在关键时刻并没有朝剩下的袭击者开枪，使得他们成功逃脱了。造成这一结果的原因，她直到最后才回忆起来——在那一刻，姬稷突然冲到了她的面前，并朝她抬起了一只手，做了个“停下”的手势。

而她也确实停了下来。

青葵知道，自己之所以迟迟没有想起这段记忆，纯粹是因为不愿意想起它而已：她很清楚，姬稷当时的行为只能有一个解释，那就是他正在包庇那些袭击者。而这一事实意味着的可能性，是她下意识地不愿意去思考的。正因如此，她的潜意识一直顽固地拒绝想起这一切，拒绝想起那些可能性。

而在想起这些事的瞬间，青葵立即打开了姬稷送给她的那件“礼物”。

装在锦囊之内的东西是一大堆诡异的粉末，其中还放着一台圆筒状的机械设备。虽然对于旧文明纪元的生命科学和微电子工业技术全都一窍不通，但单凭多年以来积累的经验，她们三人也能猜出这些东西都意味着什么。而事实证明了这一猜测……同时也间接证明了青葵所想到的那些可能性。

“呵……呵呵……呵呵呵……”随着“沧溟”号的高度越来越高，青葵突然开始苦笑起来。

“欸……你……你还好吧？”碧菘问道。

“我没事。”青葵深吸了一口气，同时故意朝着空无一物的空中发射了一束高能激光炮——她很确定，正在附近作战的游侠小队会注意到这一举动，并发现“沧溟”号的位置。

当然，他们来不及在“沧溟”号抵达目的地之前追上它。

按照规定，所有试图前往无忧宫上层区域停泊的飚艇，都必须提前提出申请，并报告自己的身份。但是，青葵不但没有这么做，甚至也没有操纵“沧溟”号在位于无忧宫主建筑结构边缘的起降平台上降落。取而代之的是，她直接操纵飚艇飞向了这座高塔顶部的太虚之厅，并按下了轻型爆能枪的射击按钮。在眨眼之间，已经存在了数百年之久的强化有机玻璃就在近万摄氏度的高温中被熔毁，出现了一个恰好足够“沧溟”号的艇身部位穿过的洞口。

在这艘飚艇停下来之前，它两侧的短翼和后方的尾翼全都被撞掉了，艇身也被严重擦伤，不经历一次大修就再也无法使用，细碎的强化碳纤维残片像一阵灰色的雪一样纷纷扬扬地撒满了整座大厅，为金碧辉煌的王座与奢华的黑曜石会议桌抹上了一层黯淡的色调。但青葵对此毫不关心：虽然她之前并不清楚“回禄”系统的具体情况，但也知道，它的地面控制终端就位于无忧宫内，而在平时，整座无忧宫中，只有“太虚之厅”下方的两层禁止一切闲杂人等进入，不但电梯不会在那里停留，甚至连安全扶梯的门也处于封锁状态。

不过，这一切在目前同样毫无意义。

在青葵用一把斧子朝门锁猛劈了几下之后，隔开楼梯间与太虚之厅下方楼层的大门就打开了——这扇门本身就只有象征意义，在平时，守在门后的卫兵才是防止不速之客闯进这里的主要保障。但在此时此刻，这两个不幸的人已经倒在了自己的鲜血之中，从他们脸上惊愕的表情判断，他们显然对于自己将会遭受的袭击全无准备，甚至在最后一刻也不知道发生了什么。而在前方更远处，倒在地上的死者逐渐变成了与青葵等人有过数面之缘的那些人：他们大多是在降星之里突袭战后选择与紫宸国合作的“破戒者”技术人员，并被派到这里参加“回禄”系统的修复工作，却没料到一切会以如此的方式收场。

在认出几个见过的人之后，青葵没有费力去辨认其他人的脸：从死者身上穿着的制服就能看出来，除了守门的那两个卫兵，这一层楼里连一个守卫都没有——由于之前大量太岁突然涌上街道，无忧宫的绝大多数卫戍部队都赶往街道，前去协助清除这些入侵者了。而这也意味着，高层区域陷入了缺乏保护的状态。

那些入侵者对此心知肚明。

在走廊的尽头，是一扇已经被破坏、无法关闭的大门。电子显示屏的幽蓝色光芒不断从门后透出。当青葵接近时，一颗脑袋从门后一侧透了出来，结果立即挨了一发电磁手枪的子弹、像被砸碎的西瓜一样破裂了。接着，另外两个人冒出头来，试图朝“绯红誓约”的三人开枪，却被青葵抢先用一阵乱射压制了回去。

当然，青葵抢到的这支电磁枪的弹药是有限的。虽然由于不像常规热兵器一样需要发射药、只需要弹头，它的弹匣储量多达 40 发，但也仍旧无法支持太久的射击。不过，对青葵而言，这已经足够了：在打光子弹时，她已经抵达了离大门数米的位置，并朝里面抛出了一大包炭灰——这是她们之前在沁芳园中降落时，随手从卫兵用来烧茶热饭的火盆里取来的。

虽然在空中飞舞的炭灰短暂地干扰了双方的视野，但真正失明的只有青葵的对手：多亏了祖先获得的基因强化，青葵即便在难以视物的情况下也能保持平衡感和方向感，并且依靠听力和嗅觉补正自己的感官。而对方在惊慌之下发出的喊叫声更是准确地指出了他们的准确方位。在仅仅 10 秒钟后，守在门两侧的 5 名袭击者就已经被全部击倒在地，像是被蜘蛛咬住的小虫一样无力地抽搐着，而他们的武器全都落入了青葵一行人的手中。

“投降吧，姬稷先生。”当飘浮在空气中的炭灰重新在行星引力影响下落回到地面之后，青葵快步走到了姬稷的面前。这位已然是孑然一身的东怀公子神色平静地坐在一处古老的控制台后，手指灵活地敲击着机械式键盘，散落在地板上的大量工具表明，他刚刚才完成了对这台设备的最后“处理”工作。“很快，叶欢喜和她的部下就会追着我们来到这里，并且发现你的所作所为。”

“我知道。”姬稷抬头看了他一眼，“好，我宣布，我现在已经投降了。你瞧，我没有武器，也不对你构成威胁。”

“那么……请把手从键盘上拿开。”虽然青葵想用更加具有压迫力的语气说话，但在姬稷面前，她却下意识地换上了请求的腔调。

“好的。”姬稷微笑着抬起了双手，“不过，我们只有 10 分钟时间。”

“什么？！”

“就在你们上来之前，我已经完成了指令的上传……多亏云中君先生习惯于把密码带在自己身上，让我省去了不少破解的麻烦。”姬稷瞥了一眼倒在角落里的一名死者，那正是“破戒者”组织曾经的首领，“10 分钟后，‘回禄’系统就会对目标开火。”

“目标？你指的是什么？！”

“我来看看！”碧萮一个箭步冲到了姬稷面前的控制台旁，瞥了一眼在屏幕上出现的红圈，“这些地方是……”

“……年兽们目前在瑶京城外聚集的区域，仅此而已，”姬稷双手一摊，“你们觉得我会有什么坏心思不成？”

“没有坏心思？”碧萮沉着脸说道，“城区内的这几个红圈是怎么回事？那里现在可没有年兽！而且如果我没记错的话，这地方是城外难民的聚居区，至少也有 4 万人！”她指着其中一个红圈的位置说道。

“嗯，没错，4 万人。”姬稷微笑着重复道。

“姬稷先生，你能解释这是为什么吗？”青葵问道，“难道你真的打算……”

“没错，我知道你在想些什么。”姬稷点了点头，表情与语气平静得像是在讨论明天该去哪里郊游一样，“就最基础的事实而言，你们猜对了：我之所以与‘破戒者’中的极端派系联合、共同谋划了这次行动，目的正是通过制造混乱引走无忧宫的绝大多数守卫，然后让‘回禄’系统按照我们的意愿开火。”

“你赞同他们的想法？！”小晴惊讶地问道，“你也觉得郁林星上的人们需要被铲除吗？这……”

“我确实认为，他们的理念在某种程度上是正确的，”姬稷微笑道，“比如说，郁林星确实并不是适合人类居住的世界——只要在这里长期生活，或迟或早，人类的文明发展必然会破坏掉这里的农业遗传资源……而很不幸，这将意味着成千上万的作物、家禽和家畜原始品系的灭亡。毕竟，古地球和另外几个为人类提供了主要的农作物和牲畜品种的世界的本土生态甚至在旧文明纪元结束前就早已瓦解，而银河系中并没有第二颗郁林星。这样的损失，将会是不可逆的。相较之下，虽然我们失去了与外界联系的能力，但残留在行星轨道上的空间站数百年来一直在断断续续地接收来自银河系各地的通信信号。通过这些信号，我们不难推断出，在旧文明纪元结束后，许多世界上仍旧有人类幸存下来，相比之下，这个世界上的这点人类……并不具备不可替代性。"

"等等，什么叫'必然会破坏'？人类的发展明明一直被年兽抑制着……"碧菘问道。

"但这种抑制不可能长久——诚然，当年的科研组织留下的巡林官装备不足以抵御大规模的年兽入侵，更不可能阻挡'凶年'，但年兽作为一种抑制因素，注定不可能存在太久。"

"为什么？"

"因为当初对年兽的基因改造纯粹是个欠缺考量的临时措施——那些科学家在赋予年兽可以侦测和发现较大规模'基因污染'的能力和消灭这种'污染'的本能的同时，也意外地损害了它们的繁殖能力。根据旧文明纪元的最后一次估算，大约在1000个本地年内，粗暴的基因改造带来的副作用会让年兽变得完全无法繁殖。因此，即使什么都不做，最后，郁林星的人类仍然可以摆脱年兽威胁的阴影。"

"那……你就为了这个，就要把我们、把你的同胞都消灭掉？！"青葵攥紧了拳头。

"不，我做不到。'回禄'系统威力再大，本质上也只是一件战术武器。就算在瑶京城内的人员已经如此密集的情况下，它的全力一击，也就只能杀死区区数万人罢了。对我而言，这只是手段，而不是目的。"姬稷敲了敲面前的屏幕，"但是，这一击可以让我获得更加重要的东西。”

“是什么？”

“轨道上的船队的控制权。”姬稷答道，“在过去，负责郁林星项目的科研团队曾经在行星轨道上留下了一支规模巨大的船队，其中包括了大量可以在星系间航行的超光速飞船。直到现在，其中很大一部分仍然是可用的。但问题是，我没有它们的控制权——郁林星上的所有人都没有。毕竟，这支船队的控制权限在过去直属于邦联的星区航运委员会，当初为了逃避战乱而仓促来到这个世界的难民们，不可能拥有这种权限。不过，在研究了大量过去留下的资料之后，我意外发现了一种间接获得权限的手段：虽然操纵不了过去留下的船队，但依靠地面控制终端，我们可以控制在理论上也属于船队一员的‘回禄’防御平台。而船队的安保协议中有这么一条：一旦设备的运作意外导致可以达到‘A 级事故标准’的大规模人员伤亡，就必须将权限下交给具有相对最高权限的当地人员……以目前的情况而论，就是能够操控这台地面控制终端的人。”

“呃……这个……”虽然姬稷已经尽可能地言简意赅，但脑袋不太够用的青葵和小晴还是一脸困惑地大眼瞪小眼。只有碧菘听懂了他的意思：“也就是说，只要让‘回禄’的武器系统造成大量人员伤亡，你就能操纵轨道上留下的飞船？”

“不，任何人都能通过这台系统控制它们——顺带一提，这其实是件非常简单的事情。因为那些飞船全都拥有相当成熟的人工智能辅助系统，只需要直接下达指令，它们就会自动替你完成。”姬稷耸了耸肩，“如果你们不放心我的话，届时，可以由任何其他人来负责操作，这不会有太大的差别。届时，郁林星上的人们将会有机会脱离这个束缚了他们祖辈数百年的世界，并前往附近的任意一个人类殖民世界。”

“这样一来，那些‘破戒者’极端派所谓的‘消灭异物’的目标也算是达到了……”青葵点了点头。与此同时，姬稷面前屏幕上的倒计时已经由 10 分钟变成了 5 分钟，“这就是历代‘神农氏’所筹划的计划？”

“不，诚实地说，这只是‘我这一代’的计划而已。”姬稷温和地微笑道，“我的历代先祖所希望的，只是尽快重创年兽，为郁林星的人们争取发展的机会，最终靠着自己的力量重新发展起来……但在调查了旧文明纪元留下的大量记录后，我意识到，这不太现实。你们知道，为什么郁林星会被批准成为一处农业遗传资源保护区吗？”

“因为这里的环境合适？”碧菘想了想。

“环境合适？那只是当时评估报告里的陈词滥调罢了。论起环境，比这里更合适的行星多如牛毛——事实上，郁林星的环境只有宜居带内才是勉强‘合适’的，本地生物进化水平使得大气可以呼吸、却没有演化出复杂陆地生物这点，大概也算一个因素。”姬稷说道，“但真正重要的是，郁林星极度缺乏开发价值：这颗星球的金属矿数量很少。在农耕社会中，或许体现不出来，但一旦开始工业化，人们必然会为缺乏可用的矿脉而发愁。另外，由于行星上原本非常缺乏高等动物，整体生物量也不大，这里几乎没有煤炭，石油和天然气也极为稀少。因此，工业化必需的内燃机根本无法开动……除非以人为引发饥荒为代价，用粮食制造燃料乙醇。另外，这颗行星在形成过程中，重元素朝地核沉降的程度非常高，因此也几乎不可能在地表获得核燃料。”

“你说这些的意思是……”

“我的意思是，如果不依靠轨道上的船队，凭这颗行星上的人们自己，永远也无法发展到可以离开这个世界的一天——这也证明了我的计划的合理性。”当屏幕上的倒计时还剩下 3 分钟时，姬稷说道，“从功利性的角度而言，经过我修改的计划可以满足不同的需求：无论是那些想要离开行星的人、希望保护这个世界上的农业遗传资源的人，还是纯粹不愿意继续在年兽的威胁下苟延残喘的人。”

“而代价是马上就会死去的那几万人，对吧？”碧菘问道。

“严格来说，大概是 10 ~ 15 万，足以被视为一场 A 级事故，”姬稷纠正道，“如果要达成这个目的，就非如此不可。”

“所以，你才坚持把各地的难民聚集到瑶京城里来……”青葵下意识地咽下了一口唾沫，“我……我果然还是不能同意这么做。”

“为什么？”姬稷挑起了一侧眉毛，此时此刻，倒计时只剩下了两分钟。在更下方的楼层，零星的枪声和爆炸声正不时传来，很显然，意识到情况不对劲的紫旗卫和无忧宫守卫正在紧急回防，并与守在下面的极端派人员发生了冲突，但这已经不重要了。

“我……我是弄不清楚什么‘遗传资源保护’或者工业化之类的事啦。”青葵说道，“但我知道一件事，那就是，这些事情全都是以后的事，和现在的我们无关。我们眼下只想过好自己的日子，在这个世界上活下去，而不是去履行什么古老的义务，或者为了未来做什么努力。”

姬稷的表情波动了一下，似乎想要说些什么。但最后，他还是保持了沉默。

“所以说，无论这么做可以给未来的人带来什么样的好处，对现在就死去的人而言，那也毫无关系。我们不知道郁林星上的计划对过去的人到底有多重要，但那是他们的事情！”小晴补充道，“为了这种事把好几万人牵扯进去，这是很不道德的！”

“所以，请让系统停下。”碧菘在开口之前做了个深呼吸——现在，他们还剩下一分钟，“我们不能允许你继续这么做了。”

“我拒绝。”姬稷说道，“很抱歉，但这是我的判断，无关道德，只和理性与逻辑有关……而你们并未在这个方面说服我。”

“那我们只能暂时把殿下控制起来了。”青葵说完这句话，就作势要朝姬稷走去，但却被碧菘拦住了。

“这么做没用，”碧菘贴着青葵的猫耳朵，小声说道，“我……之前曾经向云中君请教过关于一些古代设备的知识。看情况，殿下是把自己登记成了这台设备目前的唯一使用者。就算将他控制住，我们也无法更改设置。”

“那……难道就没办法了吗？！”

“也不完全，”说到这儿，碧菘的脸上露出了犯难的神色，“从技术上讲，如果使用者突然发生……意外，终端设备是可以检查到的。此时，故障自动保险装置会启动，允许其他被登录为‘己方人员’的人进行操作——顺带一提，在初次进入无忧宫后，我们在理论上就已经被登录了。只不过，如果我没弄错的话，所谓的意外指的大概是……”

“我知道了。”青葵摆了摆手，示意碧菘不必继续说下去。

“你真要这么做？”在看到青葵朝他举起电磁手枪后，姬稷语气平淡地问道，“如果只是恐吓的话，这是没用的。我的决定不会改变——因为这是最为理性的选择。”

“我……我……”青葵握枪的双手颤抖着。有那么一刹那，她突然回忆起了自己成为游侠之前的那场测试。在过去的许多个夜晚，她都曾经梦到过那段一生中印象最为深刻的记忆，但此时此刻，这段记忆所带给她的，却别是一番滋味。

在那一天，担任裁判的御风对她说过，模拟测试无法模拟一种东西：那就是最为决绝的决心。当时，青葵对此不以为意，认为御风所谓的“决心”，不过是在战斗中决死突击的勇气——而她和她的同伴并不缺乏这种勇气。但在此时此刻，她才意识到，那仅仅是“决心”中的一小部分而已。

青葵长长地做了一个深呼吸，然后是第二个。她的理性告诉她，在半分钟之内，她必须扣动扳机，否则就将不得不面对她不愿见到的一幕。但是，她的情感——那是一种无法用理性分析、也不接受基于逻辑的辩驳的存在——却阻挠着她这么做。在这一瞬间，她也意识到了叶欢喜对她的鄙夷以及对姬稷的崇敬的来源：在她面前的这个男人或许在情感上也不会认可自己的做法，但他坚信这就是最优解，而且愿意去不惜一切地实行。

而她不行。

青葵就这么在近乎失神的状态下保持着举枪的动作，却迟迟什么都做不了，直到另外两只手指同时挤进了她握着的电磁手枪的扳机护圈，然后替她扣下扳机为止。在那之后，她又维持着这个姿势，等待了很长一段时间，直到碧菘通过失去注册操纵者的控制面板取消指令，直到紫旗卫冲进房间，直到紫宸国的侍从将军从她手中抢走电磁手枪、并开始大声质问这里究竟发生了什么事。

在叶欢喜问完所有问题之后，青葵也提出了自己的问题——只不过，这个问题是对刚才替她扣动扳机的小晴和碧菘问出来的。

“你们刚才为什么要这么做？”

“和你不这么做的理由一样，”碧菘和小晴对视了一眼，“这个世界以后会怎样，我们不清楚也不在乎。但是，我们不希望看到自己的朋友用整个下半辈子后悔。”

# 尾　声

“唔，就只有这些内容吗？”

在合上手中这本古老、做工粗糙的纸质书之后，专程来到郁林星进行田野调查的邦联历史学家伊斯坎德尔·罗蒙诺索夫在行星上唯一的图书馆中打了个呵欠——作为一个在大崩溃后被孤立了超过600个标准年、技术发展因为自然条件而严重受限的世界，这个曾经的农业遗产资源保护区所留下的历史资料并不太多，凑在一起也只是勉强塞满了他身边的这间大厅，而质量更是乏善可陈，充满了缺乏考证的传说和道听途说的故事，堪用的并不太多。

当然，伊斯坎德尔手中的这本书也不例外。这本有着《不为人知的秘史——关于来自水苍大陆的“绯红誓约”小队是如何改变了我们世界的历史的故事》这么个冗长、庸俗而无聊的标题的大书倒是有着非常详细的内容，相当一部分甚至是直接基于传主的视角写下的，但对受过历史学训练的人而言，这种过度详细的记录反而令人生疑：如果那个没有留下姓名的作者不是“绯红誓约”小队的成员，那么，这本书很可能就是一本依靠捕风捉影的传言拼凑起来，甚至纯粹出于作者想象的小说，史料价值几乎可以忽略不计。

但是，就算是小说，它至少在逻辑层面没什么太大的问题。书中的记述也确实可以与其他相对可靠的史料一一对应：在那一天，担任瑶京城防卫作战总指挥的姬稷确实死亡了，只不过在其他记录中，他的死因被标注为“不明”。而那座代号为“回禄”的天基武器平台也确实向郁林星的地表降下了愤怒的天火。超过1500头年兽在轰炸中被歼灭，其中甚至包括了个别外壳直径接近200米的超巨型个体。而在那之后，城内的守军、各路游侠和紫旗卫经过整整两个本地日的奋战，在付出上万人伤亡的代价后，又消灭了超过200头大中型年兽，并迫使剩下的少数年兽逃回了位于行星两侧的汪洋之下。

在那之后的两个世纪中，数量骤减的年兽虽然偶尔还会零散地在大陆上游荡破坏，但已经永久性地失去了肆虐成灾的能力。不过，郁林星的居民们也没有离开行星：在这颗行星所处的行星系外围，确实停留着一批过去的科研人员留下的船舰，而直到重组的邦联再度发现这个世界、并派来第一批舰队时，它们仍旧留在原地，在数个世纪之中从未开动。

这一切都是因为，在那一天，天火焚烧的对象只有位于城外的年兽群。除了数百名被突然涌入城市中央的太岁杀死的市民，瑶京城中没有其他平民伤亡。

有些奇怪的是，虽然这本书极为详细地记载了“绯红誓约”的三名成员在那一年时间中的经历，不过，它却完全没有记述那三人之后的经历。在其他史料中，对这三位曾在历史的关键时刻产生过影响的人物的记录也严重不足：一些记录表明，在瑶京城防卫战结束10年之后，已经不再是游侠的碧菘曾经在紫宸国担任过一段时间的文书类官职，并逐渐成为一位顾问，青葵则在狐港留下过自己的行动记录，但进一步信息全部付之阙如。相较之下，倒是小晴的记录稍微多一点：一部宗教史著作提到，在战后不久，她就重新成为东皇太一的奉祀官，并为这一信仰的发展做出了非常重要的推动作用——由于那场“凶年”

在人们意识中留下的浓重阴影，山玄大陆上的许多人开始对“神农氏的赠礼”感到惊恐不安，并回忆起了曾经的东皇太一信仰，最终，这种思潮变成了要求重新恢复古老禁忌的浪潮，甚至演化成了支持与反对双方的暴力冲突。在当时已经颇有人望的小晴调解下，山玄大陆上发生了一场规模浩大的移民浪潮。不愿重拾禁忌的人们开始向接近昼半球的南方区域迁徙，在那里继续种植高产作物、养殖经过反复选育与基因改造的牲畜，其他人则迁往大陆的北方和中央地带，逐渐恢复了祖先的那种以狩猎采集为主、原始农业为辅的生活。等到这个世界重新被邦联发现时，两大人群已经多年没有任何交流。唯一联系两群人的，是新组建的东皇太一教会：除了负责南北之间的贸易活动，他们的另一项主要职能是通过募捐的方式从南方获取多余粮食，并在面临饥荒的年份将食物分发给居住在北方的人群。一些历史记录表明，这是当时已经成为高阶奉祀官的小晴提出的主意，还有些记录表明，在那时已经成为紫宸国重臣议会顾问的碧菘制定了这些行动的细节，但没有进一步的证据可以证明这上述论点。

“从技术上讲，这一迁徙行动不但成功地避免了因为意识形态造成的冲突，防止了因为骤然放弃原有农业体系而可能导致的饥荒，而且也在不进行大规模战争和武装征服的前提下，尽可能地保留了行星上的遗传资源。”在挠了挠银白色的长发之后，历史学家通过意识信号将这段话记录在了人工智能助理的信息库中，“直到邦联在两个世纪之后重新找到这个世界时，在水苍大陆，87.7% 的在册物种没有出现严重的杂交退化或者因为人类活动灭绝，在山玄大陆的北方，这个比例为 60.15%，西部则是 58.8%，即便是在南部沿海地区，也还有 34.28%。虽然我们必须承认，仍旧有大量农作物和养殖动物原始品系的遗传资源在这段时间中永久性灭失了，但考虑到行星上的人类活动规模，这一结果已经是相对理想的了。”

在确认这段话已经被录入到他未来的专著文稿中后，伊斯坎德尔又一次停了下来，重新将目光投向了那部两个世纪前留下的手抄本书籍。在翻开用鞣制的动物皮革和软木板制成的封面时，他突然注意到，在封面内侧，还夹着一张只比成年人小指略长一点、只有指甲盖那么宽的细纸条。由于不太显眼，在这之前，他完全忽略了这张纸条的存在。

虽然没有标明日期，但从泛黄变脆的质地判断，纸条和这本书一样，应当也是数个世纪前的遗留物。在纸条上，某个没有留下姓名的人用蝇头小字潦草地写下了这么一段话：

直到最后，我也没有下定御风先生所说的‘最决绝的决心’。我知道，作为一个普通人，有些事情，是我所做不到的。但至少，作为一个普通人，我也避免了站在不那么平凡的位置上做出决策所需要承担的重负。我必须承认，作为一个缺乏担当的人，能有替我担起责任的同伴，实在是一件相当幸运的事。

当然，因为缺乏担当，我搞不明白、也不在乎未来究竟会如何——这些事就让那些聪明人去伤脑筋好了。属于我的义务已经完成，接下来，我也应该去好好为自己找点儿乐子了。

就这样吧。

历史学家皱着眉头，将纸片上的文字看了好几遍。最终，他将纸片重新夹回了书页之间，又把那本旧书放了回去。虽然许多历史类畅销读物的作者对“轶闻”“密史”之类的东西非常感兴趣，但伊斯坎德尔·罗蒙诺索夫是个严肃的研究者。在他眼中，宏观的历史之河本身才是研究的主体，被河水裹挟的泥沙当然也值得研究，但却没有必要仔细分辨其中的每一颗沙砾的旅程。

虽然对于那颗沙砾而言，这段旅程就是一切。

（完）

# 拓展阅读

## ❖ 1. 红矮星和潮汐锁定

◆ 红矮星是指表面温度低、颜色偏红的矮星，尤指主序星中比较“冷”的 M 型及 K 型光谱恒星，这些恒星质量不超过太阳质量的一半，但不低于 0.08 个太阳质量（否则不能发生核聚变），表面温度通常为 2500 ~ 5000K。除太阳外最接近地球的恒星比邻星，也就是诸多科幻作品中的故事发生地，便是一颗红矮星。

◆ 红矮星的温度低，聚变速度慢，所以“寿命”极为漫长，主序星阶段可达数百亿年，目前银河系中的多数恒星都是红矮星……因此，故事发生在一颗红矮星附近并不奇怪。

◆ 潮汐锁定，指的是天体由于绕转的另一天体的重力影响，导致同步自转，永远以同一面对着另一个天体；例如，月球永远以同一面朝向着地球。通常而言，质量悬殊的较小天体在靠近较大天体公转时往往出现这种现象，小说中的郁林星就是如此——因为红矮星光度弱、宜居带窄，处于宜居带内的行星很可能会陷入这种状态。不过，由于轴偏角的存在，这个世界的部分区域仍然存在昼夜交替。

❖ 2. 种质资源的意义和价值

◆ 种质资源又称遗传资源。种质是指生物体亲代传递给子代的遗传物质，它往往存在于特定品种之中。如古老的地方品种、新培育的推广品种、重要的遗传材料以及野生近缘植物，都属于种质资源的范围。

◆ 对于现代农牧业而言，丰富的种质资源是至关重要的——虽然其中的大量遗传性状未必能在生产中直接派上用场，但复杂的种质资源的存在，意味着更多的遗传性状储备，以及更多的可能性。

❖ 3. 野生种群保护与种质库

◆ 目前人类所栽培、养殖的几乎所有动植物，都来自自然界中的一个或多个物种（比如玉米就很可能来自多个物种杂交，骡也是），这些物种生活在野外，未经人类驯化、杂交、选育，在自然环境中继续演化的种群，是极为重要的遗传资源来源，可能蕴含着许多对于人类有利用价值的遗传性状，因此很有必要加以保护。一些物种的野生种群已经消失，如牛的祖先原牛，这种状况称为“野外灭绝”。在保护物种的野生种群时，除了保护动植物个体及其栖息地，也要防止驯化、杂交或者近亲物种逸为野生后与其混血导致基因被污染、失去原有的遗传特征。

◆ 种质库是用来保存种质资源（一般为种子）的保存设施，主要依靠低温保存的方式确保种质资源的长期保存。目前世界上最大的种质库是斯瓦尔巴特全球种质库。它建在斯瓦尔巴特群岛地下深处，是确保全球粮食安全的最后一道防线。这座种质库可存储 22.5 亿颗种子，旨在保护农作物多样性和应对小行星撞击地球、核战争等灾难。

◆ 当然，仅仅依靠冷冻保存种子的种质库，要在极长的时间跨度上保证种质资源稳定存留，仍然相当困难，因此，故事中的郁林星在被开发之初，便兼具有保护野外种群（实质性的易地保护）和作为农业作物、牲畜种质资源库的两大作用。

### ❖ 4. 驯服与驯化

◆“驯服”和“驯化”两种概念经常被搞混。但事实上，所谓“驯服”，指的是让动物变得服从人类指令，如野生大象、猎豹等，在被捕获后都可以通过训练加以驯服。但驯服不等于驯化，驯化是人们在生产生活实践当中出现的一种文明进步行为，是将野生的动物和植物的自然繁殖过程变为人工控制下的过程。因此，人类对这类资源的开发利用主要包括两个方面：植物的驯化和动物的驯化。它们出现的历史先后顺序也不尽相同。换言之，二者最大的差异在于“繁殖”——只有在人工控制下可以正常繁殖的物种，才是被驯化的物种。如猎豹，就难以在人工环境下繁殖，因此并不算是被“驯化”。而在人工繁殖下成功出现诸多品种的狗则是被驯化的典型。在故事中，引起星球防御机制攻击的行为必须是成规模的驯化活动（对象包括动物和植物），而非驯服。

### ❖ 5. 植物的病害与虫害

◆ 虽然常被统称为“病虫害”，但植物的病害和虫害其实是两码事。前者主要由细菌、病毒等病原体，以及重金属等有毒物质导致，后者则主要由各种蛀食植物的昆虫和其他节肢动物引发。比如一度重创了香蕉种植业的香蕉黄叶病（由枯萎镰刀菌引发），就是典型的植物病害。而最常见的虫害则是大名鼎鼎、困扰人类数千年的蝗灾，此外，害虫还包括同样危害巨大的棉铃虫、蚜虫等。

### ❖ 6. 选育、杂交与转基因

◆ 选育与杂交是不同的动植物培育技术。前者较为简单，主要是有意地选择那些表现出人类需要的遗传性状（如更多的果实、更丰富的营养、更好的抗逆性等）的动植物，并进行繁育，确保下一代拥有更好的性状。杂交则是让不同的物种（可能是同一种的亚种，但也有跨种杂交，极端情况下甚至存在跨属和科杂交的）相互交配，产生带有人们需要的遗传性状的后代。只不过，如果亲缘关系太远，这种杂交产物往往无法留下后代，比如最典型的例子——骡子。传统的孟德尔遗传学正是基于这一基础发展起来的。

◆ 转基因则是 20 世纪末现代遗传学发展成熟后产生的新技术。其原理是通过各种特定工具为媒介（比如腺病毒等）将人们期望的目标基因，经过人工分离、重组后，导入并整合到生物体的基因组中，从而改善生物原有的性状或赋予其新的优良性状。除了转入新的外源基因，基因工程技术也可以通过对生物体基因的加工、敲除、屏蔽等方法改变生物体的遗传特性，获得人们希望得到的性状。

◆ 在故事中，郁林星的人类因为科技水平受限，并不存在转基因技术，但是选育和杂交技术在“神农氏”密谋之下迅速传播，并成为引发年兽侵袭的主要原因……而整场冒险，正是因此而拉开了序幕。